付秀莹 主编

2017中国 中篇小说
年度作品

中国出版集团
现代出版社

图书在版编目（CIP）数据

2017中国年度作品. 短篇小说 / 付秀莹主编. —北京：现代出版社，2018.3

ISBN 978-7-5143-6657-0

Ⅰ. ①2… Ⅱ. ①付… Ⅲ. ①短篇小说—小说集—中国—当代

Ⅳ. ①I217.1

中国版本图书馆CIP数据核字（2017）第317463号

2017中国年度作品. 短篇小说

主　　编：付秀莹

组稿编辑：庞俭克

责任编辑：申　晶

出版发行：现代出版社

地　　址：北京市安定门外安华里504号

邮政编码：100011

电　　话：010-64267325　64245264（兼传真）

网　　址：www.1980xd.com

电子邮箱：xiandai@cnpitc.com.cn

印　　刷：三河市宏盛印务有限公司

开　　本：710mm×1000mm　1/16　　字　　数：340千字　　印　　张：20

版　　次：2018年3月第1版　　　　　　印　　次：2018年3月第1次印刷

书　　号：ISBN 978-7-5143-6657-0

定　　价：39.80元

目　录

英哥四幕

刘庆邦①

第一幕

　　荒郊野外，秦香莲穿一身皂衣，左手拉着儿子英哥，右手扯着女儿冬妹，茫然四顾上场。

　　秦香莲唱：跋千山涉万水艰难受尽，秦香莲携子女来寻夫君。

　　英哥：妈，啥时候才能找到俺爹呀？

　　秦香莲：儿呀，来此已是汴京南关，你爹就在城里居住，眼看就要到了。

　　冬妹：妈，我走累了。

　　英哥：妈，我也走累了。

　　秦香莲：这……儿啊，那厢有一店房，咱暂且住下就是。

① **刘庆邦**　1951年生。现为中国煤矿作家协会主席，北京作家协会副主席，一级作家，北京市政协委员，中国作家协会第五、第六、第七、第八、第九届全国委员会委员。著有长篇小说《断层》《遍地月光》等九部，中短篇小说集、散文集《走窑汉》《响器》《黄花绣》等五十余种。短篇小说《鞋》获第二届鲁迅文学奖。中篇小说《神木》《哑炮》获第二届和第四届老舍文学奖。长篇小说《遍地月光》获第八届茅盾文学奖提名。根据其小说《神木》改编的电影《盲井》获第53届柏林电影艺术节银熊奖。曾获北京市首界德艺双馨奖。多篇作品被译成英、法、日、俄、德、意大利、西班牙等外国文字，出版有六部外文作品集。

宋楼是个大村子，有三千多口人。这个村子坐落在一处偏僻洼地里，离集镇较远，离县城更远，想听一场戏不容易。可宋楼的人又喜欢听戏，怎么办呢？他们只好就地取材，自发组织起一个戏班子，锣鼓打起来，弦子拉起来，自唱自听。他们在农闲时练功、排演，到了过年过节，就搭起戏台开唱。宋楼的戏班子与别的草台班子有所不同，他们一般不到外地演出，也不指望靠演戏挣钱，吃饱肚子没事干，就是凑到一起玩玩而已。别看只是玩玩，偌大一个村庄，有得玩和没得玩情况大不一样。没有戏班子之前，村里人的眼睛是寡的、空的，去没地方去，站没地方站，像一群无头苍蝇一样。自从建了戏班子，宋楼人的精神像是一下子有了方向，觉得天不是原来的天，地不是原来的地，整个生活都有了改变。不光有正式演出的时候他们才去看去听，演员在练功和排演的时候，他们也愿意去看一看，听一听。演员集中排演的地方，原是一个生产队的饲养室，里面饲养的是牛是驴。后来全村由四个生产队合成一个生产队，这个饲养室就腾出来了，变成了人们唱戏的场所。有时这里并没有排演，但有人从家里出来，脚当家人不当家，不知不觉间就走到这里来了。

村里有个男孩叫宋景辉，最爱看练功的演员练习捏腰、劈叉和翻跟头。捏腰是这里的说法，别的地方说是下腰。所谓捏腰，是把身子向后弯，弯得头朝下，脸朝下，以双脚和双手撑地，直到把整个身子弯得像一孔拱桥，或者像一个月亮门。劈叉分竖劈横劈，都是上身挺直，把双腿贴地面劈开，劈得越直越好。宋景辉看了人家捏腰，劈叉，记在心里，回家悄悄地在自家堂屋里练习。腰是捏的，叉是劈的，捏腰和劈叉并不难，他很快就把这两样动作学会了。宋景辉最佩服的是演员翻跟头，那种跟头被称为没底子跟头。演员打过一个车轱辘后，身子顺势向后腾空而起，噌地一下子，一个没底子跟头就翻了过去。接着又噌地一下子，一个没底子跟头又翻了过去。宋景辉看得眼都直了，禁不住暗暗叫好：哎呀，不得了，这才是真功夫，孙猴子也不过这样吧！叫好之后，宋景辉也想学习打车轱辘和翻跟头。双手触地，双腿朝上划一个弧，双脚落在地上站稳，就算打了一个车轱辘。打车轱辘宋景辉倒是学会了，可翻跟头就难了，一翻摔一个屁股蹲儿，怎么也翻不成。宋景辉听人说过投师学艺这个词，以前并不理解。通过翻跟头他才知道了，人的身体里是藏有花样的，就看你学习不学习。如果学习，就会把身体里的花样挖出来。如果不学习呢，就只能像猪像羊一样，除了吃，什么都不会。有一天，他向娘提出，他想去学戏。娘一听就急了，说好好上你的学，学什么戏！那年宋景辉刚上小学一年级。娘还说：你再敢提学戏，我就让你爹回来揍你！宋景辉的爹先是当兵，后来转业到工厂当工人，爹所在的工厂离宋楼远着呢，爹回来一趟不是那么容易。尽管爹一时揍不到他，他还是把学戏的念头放弃了。他不想惹娘生气。

别看宋景辉没能到戏班子里学戏，一个偶然的机会，他却被拉上戏台，演了一场戏。这年的大年初三，宋楼的戏班子就开始搭台唱戏。他们不唱梆子，不唱越调，也不唱道情、二夹弦之类，只唱曲剧。曲剧唱起来本腔本嗓，直抒胸臆，最适合唱苦戏。他们上午唱的是《卷席筒》，晚上的灯戏要唱《秦香莲》，都是让人伤心落泪的苦戏。戏台搭在家门口，只要有戏，宋景辉就去听。反正学校放了寒假，过年时爹又没回来，不去听戏干什么呢！他上午听了戏还不够，晚上又早早来到戏台前，在被称为戏台的嘴叉子那里占据了一个有利位置。灯戏开演前，一个远门的婶子从后台走出来，对宋景辉招招手，把宋景辉叫小辉，让小辉到后台来一下。这个婶子在《卷席筒》里演苍娃他嫂子，在《秦香莲》里演秦香莲，都演得很好，小辉对她甚是崇拜。婶子一招呼，小辉就跟婶子到后台去了。后台是用秫秆箔圈起来的，里面放着盛戏装的大木箱子，箔篱子上挂着马鞭子、胡子和一些满是玻璃珠子的头饰，有的演员正对着镜子化妆。婶子告诉小辉，原来演英哥的那个男孩儿，今天放炮时炸伤了脸，脸上打了胶布，不能再上台演戏，问小辉能不能补补台，替那个男孩儿演一回。小辉只在前台看戏，从没进过后台，到了后台，小辉显得有些紧张。听婶子说让他上台演戏，他更紧张了，吓得说不出话来。婶子说：你不用紧张，听戏是玩儿，演戏也是玩儿。我见你场场都来听戏，你没学会吗？

小辉摇头，说没有，没学会。

不会没关系，英哥没有唱段，就几句台词，我一教你就会了。我看你是个聪明的孩子。

俺娘说过不让我学戏。

这不算让你学戏，只是让你临时救救场。俗话说救场如救火，你娘不会不同意。你要是演得好，哪天婶子给你买一块儿糖吃。婶子把小辉交给那个演公主的闺女，说好了，让"公主"给小辉化化妆吧！

就这样，宋景辉被涂上了红脸蛋，戴上了发帽，穿上了戏装，作为秦香莲的儿子英哥，被秦香莲拉上了场。过年无事，台下听戏的人很多，除了宋楼村的人，四外村也来了不少听戏的，人头黑压压一片，眼睛星光一样闪烁，一眼望不到边。宋景辉只在台下往台上看过戏，从没有登台见过这么多人，他一下子蒙了，头也有些发晕，脚下软得像踩了云彩一样。他赶紧塌下眼皮，不敢再往台下看。在走台时，好在有秦香莲一直拉着他，他才没有摔倒，总算跟上了秦香莲的步伐。可秦香莲唱罢，该他说台词时，他却忘了。亏得秦香莲事前给他留有暗号，秦香莲使劲攥了一下他的手，他才想起来了，望着秦香莲的脸说：妈，啥时候才能找到俺爹呀！把秦香莲喊妈时，不知为何，他想起了自己的娘，眼里突然涌满了泪水，说话的声音也带了哭腔。戏里对英哥的要求就是这么规定的，应该说宋景辉演出了应有的效果。接下来的一句话是走累了，由冬妹先说，英哥后说。宋景辉跟着冬妹说，也没有说错。

演完戏回到家，宋景辉以为娘会骂他。娘也喜欢听戏，特别爱听《秦香莲》，娘一定会在戏台上看到他。然而娘不但没有骂他，还夸他演得不赖，比原来那个演英哥的男孩演得一点儿都不差。娘还说：你穿上戏装，我一开始没认出你来，你一说话，我才知道是你。

我说我不会演，演秦香莲的婶子非要让我演。

没事儿，演戏都是演着玩儿的，穿上戏装是英哥，脱下戏装你还是娘的儿。

别看宋景辉只演过一次英哥，村里却有人以假当真，把英哥的标签贴到了宋景辉的头上，对英哥指指点点，说英哥，英哥。过罢春节开学后，有的同学不但把宋景辉叫成英哥，还把宋景辉说成是秦香莲的儿子。见宋景辉背着书包走过来，两个女同学互相咬耳朵，说快看，秦香莲的儿子来了！更有甚者，有的男同学跟宋景辉闹了意见，竟当着不少同学的面问宋景辉：你知道你爹是谁吗？

宋景辉当然知道自己的爹是谁，他刚要说出爹的名字，不料那个同学说：不知道吧，我告诉你吧，你爹的名字叫陈世美！

在这里陈世美的恶名家喻户晓，谁都知道，陈世美是一个贪图富贵、忘恩负义、借刀杀人的人，是一个被铁面的包公用铜铡铡死的人，要是说谁的爹是陈世美，比骂他祖宗八辈还厉害。宋景辉一听这个男同学骂他爹是陈世美，登时就恼了，指着他的同学对骂道：你爹才是陈世美呢，你爹才是陈世美呢！

第二幕

　　门官知道了秦香莲的身世，设计把秦香莲和两个孩子领进了宫门，见到了陈世美。

　　陈世美唱：是何人大胆闯宫门？

　　秦香莲唱：含悲忍恨我把夫君认。

　　英哥、冬妹喊：爹……

　　陈世美怒唱：我一足踢倒贫贱人！

　　秦香莲被踢倒在地。

　　英哥、冬妹扑过去喊：妈！

　　秦香莲唱：你离家三载无音信，难道说父母妻子儿女不挂心？

　　冬妹：爹，俺爷爷、奶奶都死了，俺跟俺娘好容易才找到了你。

　　英哥：你怎么不认俺哪？

　　秦香莲和一双儿女抱头痛哭。

　　戏台上的陈世美，身穿大红袍，头戴官帽，脚登粉底靴，一副盛气凌人的样子。扮演英哥的宋景辉，第一次在戏台上近距离地面对陈世美，对陈世美的印象很不好。陈世美的样子太凶了，他对陈世美有些害怕，还有些抵触。当他把陈世美喊爹时，仿佛有个声音在对他说，这是假的，不是真的，你爹叫宋国成，不是陈世美；你爹只是个工人，也没中什么状元。当陈世美一脚把秦香莲踢倒时，宋景辉简直有些生气，作为秦香莲的儿子英哥，他真想还给陈世美一脚。但剧情中没有这样的安排，他不能踢陈世美。虽然他的动作没能出台，但他眼中有一股怒气自然流露出来，这比原来的英哥一味示弱要好。观众也评价说，那个演英哥的小男孩演得很有灵气。

　　宋景辉考上中学后，不在宋楼上学了，到离宋楼二十多里外的一个镇上去上学。一个消息在宋景辉所在班里的同学之间悄悄传播，宋景辉演过戏。宋楼有戏班子，说家在宋楼的宋景辉演过戏应该不是瞎说。一个演过戏的人，肚子里装的肯定有戏。肚子里有戏，处处是戏台。肚子里有戏的人和没戏的人是不一样的。同学们经过对宋景辉的暗暗观察，发现宋景辉无论是长相、身材，还是说话、走路等，与别的同学是不大一样。一天晚上，在男生的集体宿舍里，一个同学在宿舍熄灯后突然向宋景辉发问：宋景辉，听说你演过戏？

在黑暗里，同学们的眼睛都睁得大大的，似乎都对这个问题感兴趣。

宋景辉没有否认自己演过戏，却轻描淡写似的说：演着玩儿呢！

你演过什么戏？

《秦香莲》。

演的什么角色？是陈世美吗？

哪里呀，我那时还小，演的是英哥。宋景辉说了实话：原来演英哥的男孩儿放炮受了伤，临时把我拉上场，凑了个数儿。

噢，原来是这样！同学们有些失望，还有些想笑。英哥在《秦香莲》中只是一个配角，一个小小的配角，连一句唱词都没有，演英哥算什么演戏呢，没戏！

嫉妒之心人皆有之，孩子上了中学，嫉妒之心也到了中等水平。班里再有人说到宋景辉演过戏时，连宋景辉演过英哥都不愿说，只说他演过一个小孩儿，或者以贬低的口气，说他只演过被老包铡死的那个人的儿子。

在学校吃住的宋景辉，一星期回家一次。他一般都是星期六下午放学回家，星期天下午带上够一星期吃的东西，再回到学校。这个星期六的晚上，一家人在煤油灯下吃过晚饭后，娘让宋景辉替她写一封信。宋景辉问给谁写信？娘说：我还能给谁写信呢，还不是给你爹。

你不是都请别人替你写嘛，我没写过信，我不会写。

你都上中学了，难道连一封信都不会写嘛！人上学就是为了学会写信，连封信都不会写，我供你上学干什么！

在学校里，老师的确教过同学们如何写信。老师还给同学们布置了作业，要求每个同学都要写一封信。至于给谁写信，由自己选择。不过老师给出的建议是，最好把信写给自己的亲人。听了老师的建议，宋景辉想到的第一个亲人就是自己的爹。爹在外地工作，信是距离的产物，给爹写信才有意思。在给爹的信里，他汇报了自己的学习情况，写了家里的情况，说一切都好，请爹不要挂念。他说娘腌了一坛子咸鸭蛋，妹妹想吃一个，娘不让吃，说等爹过年回来时再开坛子。信的最后，他希望爹今年一定要回家过年。他还希望，有机会能到爹的工厂看一看。他给爹的信写在作业本上，老师给他的作业批的是"优"，还批了"格式正确，富有感情"。这样的信他没有给爹寄去，没寄出的信不知算不算信。给爹写信，他是以自己的口气写的。而娘让他写信，要以娘的口气写。他是他，娘是娘，他不知道这样的信怎样写。

娘大概看出了他的为难，说这有什么难的，我说啥，你写啥，就行了。娘拿出事先准备好的信纸，放在桌子上，说好了，开始写吧。娘说的是：小辉他爹，你身体好吧！我上次请人给你写信，都过去三个月零三天了，怎么一直没收到你的回信呢？你就那么忙吗？你心里要是还有我们娘儿几个，工作再忙，也能抽出时间给我写几句话吧。说了这几句，娘问小辉：写上了吗？

小辉塌着眼皮，说写上了。

娘接着说：我问你，你是不是起了外心？要不是起了外心，你就不会这么狠心！宋国成，你难道变成了陈世美吗？我在你眼里成了秦香莲吗？小辉和小明成了英哥和冬妹吗？娘说着，流下了眼泪。娘吸了一下鼻子，勾起指头把眼泪擦了擦。

娘的话让小辉吃惊不小，他也差点流了眼泪。因为他演过一次英哥，对《秦香莲》这部戏的故事情节比较了解。以前他认为，戏是戏，生活是生活，戏和生活是两张皮，两者之间没什么关系。他更没有把戏台上的戏和他家里的生活联系起来看，从没想过他们家也会发生类似戏里边的事。听了娘的话，他把他们家的情况和秦香莲家的情况对比了一下，心里不由得沉重起来。秦香莲一儿一女，他们家也是他和妹妹两个孩子。英哥和冬妹的爹在外地，他们的爹也在外地。陈世美做了官就不再回家，他们的爹去年过年时就没回来，不知道今年过年时回来不回来。这些情况难道只是巧合，还是爹真的不想要他们了呢？小辉像是有些走神儿，没有把娘说的这段话往信纸上写。

娘问他停下来干什么？

小辉说：我觉得这样写不太合适，我爹看了会不高兴的。

这有什么不合适的，我说什么，你只管往上写，我就是要刺激刺激他。你还要写上：我和两个孩子都盼望你今年春节能回来过年。你今年要是再不回来，我就带着两个孩子去厂里找你，看你到底还认不认我们。

小辉皱着眉头，还是把娘的话写上了。

信的最后，娘说：小辉大了，会写信了，这封信就是我让咱儿小辉给你写的。从今以后，我再也不用请别人给你写信了。

这个我不写！这一次小辉态度很坚决。

为什么？

小辉没说为什么，只说不想写。

娘不识字，连一个字都不会写。娘会扎花子、描云子，干起别的活儿来手巧得很，就是不会写字。有些话小辉不想写，娘总不能拿着他的手让他写。就算拿住了他的手，但娘心里没有字，手上也没有字，就算拿住他的手也是白搭。这一次娘做出了让步，说他实在不想写就算了。娘把小辉写好的字拿走了。

这一次爹回信回得比较快，一去一回，还不到两个星期。娘收到爹的回信，没等到小辉星期天回家，就先请别人把信念了。等星期天小辉一回到家，娘就把爹的回信拿给他看。小辉说，老师说过，不要看别人的信。娘骂了小辉的娘一句，说我又不是别人。小辉把爹的回信看了一遍，没有把信念出声来。小辉的眼睛看着信上的字，娘的眼睛看着小辉的脸。信的大意是，不要看了一两个戏就当真，就胡思乱想。戏都是一些文人闲着没事瞎编出来的，什么这个那个，不要对号入座，自寻烦恼。爹表示，他今年一定会回家过年。

小辉看完了信，娘让他念一遍。信的内容小辉估计娘已经请别人念过了，说：你不是已经知道了嘛！

娘脸上红了一下说：再念一遍也不多呀，念吧，念慢点儿。

小辉只得把爹的信又念了一遍。

娘说：你看看，让你写信，你爹这么快就回信了，你爹是不是认出是你写的字呢？

小辉说，他也不知道。

第三幕

韩琪追到一座庙里，手举钢刀要杀秦香莲，唱的意思是：驸马要验刀上血，没有凭证我回去没法向驸马交代。

秦香莲唱：要杀你把我一人杀死，

留下我一双儿女逃性命。

英哥和冬妹上前抱住韩琪的双腿，哭喊：军爷，你别杀俺了，俺再也不敢去找俺爹啦！

韩琪无奈自刎而死，轰然倒地。

秦香莲：哎呀，不好！（跪行扑尸），表示要去包大人面前把冤鸣。

在演杀庙这场戏时，扮演英哥的宋景辉见韩琪手中的钢刀明晃晃的，老在他眼前晃来晃去，他的确有些害怕，吓得手都抖了。演秦香莲的婶子大概觉出了他在发抖，使劲把他的手攥了两下，他的手才不抖了。韩琪在弄清事情的原委之后，为了保住秦香莲和英哥、冬妹的命，用钢刀抹了自己的脖子。韩琪舍己为人的壮举也的确让宋景辉为之感动。感动之余，宋景辉也有不明白的地方，韩琪自杀倒地，脖子里怎么一点儿血都没流呢，就算杀死一只鸡，也要流不少血呢！宋景辉想起来了，戏都是演出来的，哪能真的流血死人呢，要是演一场戏死一个人，那得死多少人哪！

宋景辉高中毕业后，他爹宋国成提前退休，让他顶替爹的职位，到城里的工厂参加了工作。一年后第一次回家探亲，那个曾饰演过秦香莲的婶子给宋景辉介绍了一个对象，是宋楼本村的，叫杨文娥。据婶子介绍，杨文娥还是宋景辉的小学同学。可宋景辉对杨文娥没留下什么印象，想不起杨文娥长什么样儿。及至两个人在"秦香莲"安排的地方见了面，杨文娥眼睛亮亮的，脸上红红的，一直在嘻嘻笑。宋景辉问杨文娥笑什么？杨文娥说，她想起了宋景辉演英哥的样子。

穿了一身工人制服的宋景辉架子有些端，他说嘿，那都是过去的事了。

你说是过去的事，我怎么觉得像在眼前一样呢！看过那么多人演英哥，数你演得最好了，最让人难忘。

宋景辉还是说嘿，那是他第一次演戏，连他自己都不知道自己是怎么演下来的。

杨文娥说：可能就是因为第一次，你有点儿紧张，才演得跟真的一样。

二人结婚后，杨文娥不把宋景辉叫景辉，也不把宋景辉叫小辉，喜欢把宋景辉叫英哥。特别是只有他们小两口在一起的时候，杨文娥老是叫他英哥，英哥。宋景辉说：你不要叫我英哥。

杨文娥撒娇撒了一床，说不嘛，人家就喜欢叫你英哥嘛，英哥，英哥，我的亲不溜溜的亲哥哥。

把他宋景辉的名字叫成戏中人的名字，这叫什么事呢！可既然成了他妻子的杨文娥喜欢这么叫，那就随她去吧。

老包铡了陈世美之后，不知英哥后来的命运如何。宋景辉的命运却相当不错。因他的文化水平比较高，又爱钻研技术，进厂时间不久就当上了技术员。过了一两年，他被提拔到厂里的生产科，当上了副科长。副科长只是一个级别很低的小官，比中状元和当驸马差十万八千里都不止。然而，就是因为他脱掉了工装，换上了干部服；从车间里出来，走进了楼上的办公室，使他的感情生活遇到了一场考验。起因是厂团委有一位女性副书记，名字的后两个字和宋景辉的名字一模一样，也叫景辉，只不过宋景辉姓宋，团委副书记姓张。这里称呼一个人，一般会省略姓氏，直呼其名。两个人都在场时，一有人叫景辉，一开始他们两个都答应，场面有些尴尬。后来他们都不答应，这景辉看那景辉，看到底叫谁。看来看去，男景辉和女景辉就熟悉了，男景辉问女景辉：你的名字怎么和我的名字一样呢？

女景辉说：我正要问你呢，我的问题跟你的问题一样。

男景辉说：你的名字怎么有些男性化呢？

女景辉说：不对吧，是你的名字怎么有些女性化呢？

听女景辉说他的名字有些女性化，男景辉的脸不由得红了一下，连眼皮都红了。

女景辉注意到了男景辉羞涩的表情，说：我发现你的内心世界很丰富啊！

是吗，我哪里有什么内心世界，你不是和我开玩笑吧！

张景辉住在厂里的女工宿舍里，她还没有结婚，连对象都没有。宋景辉虽说结了婚，并有了孩子，因妻子在老家农村，他也只能一个人住在男工宿舍里。两个人在同一座办公楼里上班，在同一个食堂吃饭，还在同一个团支部参加活动，见面的机会是很多的。相同的名字如一根线，把他们牵到了一起。在业余时间，他们相约看了两场电影，两只火辣辣的手就在暗影中互相握住了。手是人身体上的把子，人与人之间的接触一般都是从把子的接触开始的，抓到了把子，离整个身体的接触就不远了。加上张景辉风华正茂、激情四射，谁能抵挡住青春的魅力呢！随着二人的关系不断加深，张景辉感叹：怪不得咱俩的名字是一样的，原来咱俩是一个人啊！

在宋景辉陷入温柔旋涡不可自拔的情况下，他先是过年不再回家，跟张景辉在厂里过年，接着给杨文娥写了一封信，试探性地提出了跟杨文娥离婚。写这封信时，宋景辉犹豫过，内心有过冲突。因为他不可避免地想到了自己演过的英哥，继而想到了秦香莲和陈世美。他要是提出和杨文娥离婚，杨文娥会不会像秦香莲一样，带着孩子到厂里来找他呢？倘若杨文娥到厂里找他说理，他和张景辉的私情就会暴露，厂领导就会出面干预，说不定还要处分他，那就不好了。还有，宋楼的人要是知道了他提出和杨文娥离婚，有一句话一定会说出来，那就是说他变成了陈世美。在他们老家，陈世美的臭名家喻户晓，要是把谁说成是陈世美，名誉上跟挨了铡刀差不多，很难再翻过身来。可是，宋景辉犹豫再三，冲突再四，还是把离婚的意思委婉地向杨文娥提了出来。没办法，这一切都是因为张景辉太好了，不管从哪方面的条件讲，张景辉都比杨文娥高出许多，他实在太想长期和张景辉在一起了。

也是因为遇到了张景辉，促使宋景辉站在陈世美的立场上，对陈世美的所作所为进行了一番重新认识和理解。他觉得陈世美的一些想法和做法是可以理解的。试想想，天底下的男人，哪个不想娶皇姑呢，哪个不想当驸马呢！看来，陈世美的心思，是天下所有男人的心思，如果遇到了自己心仪的美女，谁都愿意当一回陈世美。

家里人收到信，杨文娥倒没有带着孩子到厂里来，匆匆赶来的是宋景辉的爹宋国成。爹一见到宋景辉，就关起门来问他：怎么，你这孩子，难道要当陈世美吗？

宋景辉冷笑了一下，不予回答。他对爹这样的问话很是不悦。

爹说：你小子不要不服气，你要是当了陈世美，老家的人就会看不起你。不光看不起你，连我和你娘在村里都抬不起头来。

宋景辉把嘴撇了撇说：你们动不动就拿陈世美说事儿，其实你们并不了解陈世美。据我了解，陈世美在历史上真有其人，而且是一个好官。就因为他是一个好官，难免得罪一些坏人。那些人就编了一个戏编派他，往他身上泼脏水。

我不管是不是真有陈世美这个人，我只知道戏中的陈世美。戏是扎翅膀的，一扎上翅膀到处飞，影响就大了。反正全国人民都知道陈世美是一个忘恩负义、借刀杀人的坏家伙，一旦被说成是陈世美，就得名誉扫地。说到这里，爹叹了一口气，说：谁都从年轻的时候过过，你的心情我完全可以理解。但到了关键时刻，人还是要守住自己，不能放纵自己。爹接着对宋景辉讲了他年轻时的一个秘密，这个秘密是宋景辉没有想到的。爹说他在厂里工作的时候，也遇到过一个女工友，那个女工友人很好，对他也很好，他曾经动过心，想和宋景辉的娘离婚，和那个女的结婚。后来收到了家里的一封信，信里说到了秦香莲、陈世美。他一看信的字体，就知道是宋景辉替娘写的。信让他猛醒，并最终战胜了自己。爹希望宋景辉也能战胜自己，回到正确的轨道上来，不能把自己的妻子变成秦香莲，也不要把自己的儿子变成英哥。村里人都知道宋景辉是演过英哥的人，最理解英哥幼小的心灵所受到的伤害。你现在有了儿子，你的儿子又是那么可爱，你怎么能忍心伤害自己的儿子呢！

第四幕

秦香莲手拉英哥和冬妹上堂，面见包拯，唱得悲悲切切，意思是终于见到包青天了，请包青天一定为她做主啊！

包拯面露难色，唱了一大段，意思是：说什么青天不青天，你这官司问着太难了。宋王爷干预此案，要赦免陈世美，你让我怎么办？我看这样吧，补偿给你三百两银子，回去继续种你的田，供两个孩子把书念。光念书不要再做官，做官容易生变。你看，你丈夫若不是把官做，你也不会走到这一步。

听了包拯的唱，秦香莲很是失望，她埋怨包拯，说什么你是包铁面，看起来官官相卫有牵连。秦香莲愤怒地退回了三百两纹银，说就是屈死，她再也不喊冤了。埋怨之后，她带着两个孩子就要下堂而去。

包拯把秦香莲母子喊回，一腔热血往上翻，他摘下头上的乌纱帽，托在手里，拼上自己的官不做，还是下令铡死了犯官陈世美。

宋景辉没有和杨文娥离婚，当然也没能和张景辉结婚。张景辉的爸爸在总厂的办公室当主任，他知道了女儿和宋景辉的恋情之后，批评了女儿，把女儿调到另一个厂的宣传科去了。

时间改变一切，塑造一切。一转眼，当年的"英哥"到了退休年龄。又一转眼，"英哥"儿子也长大了，并娶妻生子。"英哥"儿子的名字是"英哥"的爹宋国成给起的，叫宋阳。

宋阳没有走爷爷和爹的老路，没有到工厂去当工人，或去当干部，而是自己办起了工厂，并当上了厂里的老板。宋老板的钱越挣越多，他不必把钱缠在腰里，谁都不知道他的腰有多粗。他在城里买了房子，把老婆孩子都接到城里去住。他买了一辆豪华小轿车，把轿车的四个轮子变成了自己的两条腿，日跑到这儿，日跑到那儿，那是自由自在得很。他还直接把车开回老家去了，把他爹宋景辉拉到城里新开的皇庭洗浴中心去享受。那次享受，又是汗蒸，又是打芦荟，又是捏脚，又是捏头，又是剪鼻毛，又是掏耳朵，让演过英哥的宋景辉觉得很不享受。一方面他觉得儿子为他花钱太多了，他心疼那些钱。洗完了澡，服务生拿出一条红色的新裤衩让他换上。他穿来的旧裤衩，本来不想换，可儿子说，换上吧，这是意大利进口的，名牌，穿上舒服。他穿上才知道，光这一条裤衩就二百多块。乖乖，裤衩子穿在里边又看不见，要这么贵的裤衩子干什么！他欲把裤衩子脱下还给服务生。服务生说，穿上了就等于用过了，用过了就不是处女了，不是处女谁还要呢！宋景辉正要跟服务生讲理，儿子说算了，穿着吧，钱就是为人服务的，不花它是钱，花它就是处女。另一方面，宋景辉有些替儿子担心，担心儿子会在男女关系方面出问题。想当年，他手里没什么钱，还差点儿当了陈世美。现在儿子的钱多得像孙猴子身上的猴毛一样，随便揪下一撮，吹一口气，就可以变成各种各样的东西。儿子的钱既然能买别的东西，谁能保证他不去买一个皇姑一样的女人呢，谁能保证他不重蹈陈世美的覆辙呢！

宋景辉的担心还没说出来，宋阳已经跟他的助理小黄好上了。他给小黄另买了一套房子，小黄成了他的外室。他以工作忙和出差为由，时常秘密到小黄那里去住。这样一来，小黄在办公室是他的助理，在床上仍是他的助理。就生活水平而言，恐怕比驸马和皇姑也不差吧。不料小黄怀上了宋阳的孩子，小黄不愿意流产，想为宋阳把孩子生下来。宋阳和他老婆已生了一男一女，她为宋阳再生一个也不算多吧。宋阳为了给小黄一个名分，也是为了给孩子一个名分，就提出了和老婆离婚。老婆一听就炸了锅，嚷着要喝药，要上吊，要跳楼，坚决不同意和宋阳离婚。见以死要挟不住宋阳，她就打电话把公爹宋景辉搬了出来。

对于儿子出这样的事，宋景辉一点儿都不觉得惊奇，年轻人嘛，谁能不犯一点儿错误呢！特别是儿子有那么多钱，钱是好东西，也是坏东西，一点儿不注意，钱就会变成魔鬼。他想起当年娘让他给爹写信，提到了陈世美，使爹回心转意，没有跟娘离婚。他还想起自己的婚姻遇到危机时，是爹回过头拿陈世美当反面教材，做他的工作，使他和张景辉断绝了关系。从爹和他两代人所经历的事情看，《秦香莲》这部戏像是一个法宝，一使用这个法宝，就可以收到不错的效果。他相信，到了他儿子这一代，这个祖祖辈辈流传下来的法宝仍然可以沿用。于是他到厂里找到宋阳，问宋阳知道秦香莲这个人吗？

宋阳正拖着鼠标，翻看电脑上的一些表格，说不知道。

那你总该知道陈世美吧？

这个名字好像听说过，是哪庄的？做什么生意的？

宋阳的回答让宋景辉深感意外，不管什么法宝再好，儿子不了解法宝的性质，恐怕很难派上用场。他说你这孩子，好歹也是个中专毕业，好歹也算个文化人，怎么连秦香莲和陈世美都不知道呢，我得给你补上这一课。不瞒你说，我从小就听这出戏，还有幸扮演过其中的一个角色。这出戏的名字叫《秦香莲》，也叫《抱琵琶》《铡美案》，咱老家习惯说成老包铡陈世美，反正都是一出戏。

宋阳摆摆手打断了爹的话，说你不要跟我扯这个，我最不爱听戏，一句啊啊半天，还不知道啊的是什么，多烦人哪！

那你喜欢听什么？

反正我喜欢听的，你都不喜欢听，我跟你说，你也不懂。有事儿你只管说吧。时间就是金钱，我的时间宝贵得很。

你不要不耐烦，不管你有多牛，我还是你爹，该管你的时候我还是要管你。爹把他所掌握的情况对宋阳指了出来。

宋阳没有否认爹所指出的事实，但他说：这是我的家庭内政，请你不要干涉我的内政，一切我都会摆平的。

什么内政外政，你少给我玩外交辞令那一套，这个我懂。我问你，目前你和你结发妻子曹平的矛盾已经非常激烈，你打算怎么摆平？曹平想不开，万一有个三长两短，你是要负法律责任的。

是她想不开，又不是我想不开，是她自己想自杀，我又没有杀她，我负什么法律责任！

不管怎么说，曹平总是你的两个孩子的妈妈吧，你怎么能忍心让两个孩子失去妈妈呢！

不可能，她是拿死吓唬人的，越是口口声声寻死觅活的人越舍不得死。她不缺吃，不缺穿，我给她的钱，她花不完，她娘家的人也跟她要钱花，她现在生活得很幸福。

你开口钱钱钱，闭口钱钱钱，以为有钱就能代替一切嘛！人是讲感情、讲脸面的动物，除了钱，还要讲感情、讲脸面。你调个个儿想想，要是曹平在外边找一个人，你心里啥滋味，你能接受吗？

宋阳的脸不看电脑了，转过身来看着爹的脸，有些赞赏似的说，哎，你这个问题问得好，我可以明确地告诉你，没问题，我能接受。这个时代大家追求的是独立和自由，你自由，我自由，谁都可以自由。我一点儿都不干涉她，她想找谁就去找谁。能找到人说明她还有吸引力。

宋景辉气得嘴唇有些发抖，手指着宋阳：你你你，你太不像话了，你怎么能这样说话呢！树要皮，人要脸。树不要皮树死，人不要脸，就没人愿意理你。照这样下去，你怎么再回宋楼呢！

宋阳不屑地哼了一声，什么破宋楼，你以为我想回去吗，我既然出来，就不打算再回去！

宋景辉对宋阳的劝说没有收到应有的效果，他转脸站在儿媳曹平的立场上，要曹平坚决不要离婚，看他能怎样。

曹平为了拖着宋阳，她调动了跟踪侦察的手段，找到了宋阳和小黄的住所。此时小黄已把孩子生了下来，是一个女儿。曹平倒没有为难小黄，只跟宋阳讲价钱，要宋阳拿钱来，十八万。要是宋阳不乖乖拿钱，她就把宋阳告到法院，告宋阳偷偷娶小老婆，犯了重婚罪。不就是钱嘛，无所谓。宋阳先一把给了曹平六万，还有两个六万，他答应以后分期分批付给曹平。他说他给曹平的是维稳费，拿到了维稳费，就要维护家庭的稳定，不许再瞎胡闹。

宋景辉不甘心儿子在错误的道路上越走越远，还在想办法把儿子往回拉。他到剧院看过，见《秦香莲》这个戏还在演，就买了两张戏票，准备拉儿子把这个戏看一看。他想到了儿子可能会拒绝，没告诉儿子是什么戏。

儿子说：我说过我不喜欢看戏，你这是干什么！

宋景辉把情绪沉了沉，悲了悲，说：权当你陪陪我吧。你这是第一次陪我看戏，也可能是最后一次。我这么大岁数了，你这次要是不陪我，我哪天死了，你想起来会后悔的。

爹把话说到这份儿上，宋阳让爹把票给他留下一张，他看看时间允许不允许。要是时间允许的话，他就去看一会儿。

铃声响过，大幕拉开，宋景辉旁边的座位一直空着。

看到台上的英哥，宋景辉想到小时候的自己，鼻子酸得厉害。

怀 鱼 记

王祥夫 ①

　　谁也不知道这条江从东到西到底有多长，有人沿着江走，往东，走不到头，往西，也走不到头，而这条江却又叫了个"胖江"的名字，江还有胖瘦吗？真是日他先人。这条江其实早就无鱼可打了，用当地人的话说是这条江早已经给搞空了，就像一个老女人，不会再有孩子给生出来也不会再怀上了，你就是再怎么使劲她也不会给搞出个什么名堂。虽然江里还有水，但水也早已变成了很窄很细的一道，所以说这条江现在叫"瘦江"还差不多。虽然如此，但人们都还会经常说起这条江的往事，岁数大一点的还能记起哪年哪月谁谁谁在这条江里打到了一条足有小船那么大的灰鱼；或者是哪年哪月谁谁谁在这条江里一次打到的鱼几大车都装不下，一下子就发了财娶了个内江媳妇。这个人就是老乔桑。

　　当年，江边的人们都靠打鱼为生，别看鱼又腥又臭，但鱼给了人们房子，给了人们钱和老婆，鱼几乎给了人们一切。但现在人们都不知道那些银光闪闪、大的小的、扁嘴的、尖嘴的，成群游来游去的鱼们都去了什么地方？这条江里现在几乎是没有鱼了，男人们只好把船拉到岸上用木棍支了起来，外出四处游荡，女人们也不再织补渔网，即使有人划上船去江里，忙活一天也只能零零星星搞到几条指头粗细的小鱼。人们在心里对鱼充满了仇恨

①　**王祥夫**　著名作家，曾获"鲁迅文学奖""林斤澜短篇小说奖杰出作家奖""赵树理文学奖""小说月报百花奖""上海文学奖"等，并屡登"中国小说排行榜"。著有长篇小说、中短篇小说集、散文集三十余部。

和怀念，但每过不久还是要到鱼神庙那里去烧几炷香。"鱼啊，别再四处浪游，赶快回家！"人们会在心里说。

老乔桑当年可是个打鱼的好手，村里数他最会看水，只要他的手往哪里一指，哪里的水过不多久就会像是开了锅，鱼多得好像只会往网眼里钻。乡里赏识他，说像他这种人才是当村长的料，但他当村长十几年却没搞出什么名堂，虽然也没搞过女人什么的。老乔桑的内江老婆很是厉害，脾气又大，她对老乔桑说你要敢搞我就去死。

老乔桑老了，现在没事只会待在家里睡觉，或者挂着根棍站在江边发呆。他那个内江老婆已经抢先一步睡到地里去了，尖尖的坟头就在江边的一个土坡上。

老乔桑的两个儿子先后都去了县城，他们都不愿待在江边，江边现在什么都没有。他们也不会去江边种菜，再说也没有哪一片江边的土地会属于他们，江边的土地都是被现在的村长指使人们开出来的。虽然江里没了鱼，但江边的土地却是十分肥沃，白菜、青菜、圆菜、长菜、萝卜、洋芋，无论什么菜种下去过不几天就会"唑唑唑唑"地长起来，而且总是长得又好又快。不少过去靠打鱼为生的人现在都去种菜了，撅着屁股弯着腰，头上扣顶烂草帽，乔土罐就是其中的一个。

老乔桑对在河边种菜的乔土罐说：

"狗日的，鱼都给你们压到菜下边了。"

"狗日的，鱼都被你们压死了。"

"狗日的，听到听不到鱼在下边叫呢。"

乔土罐被老乔桑的话笑得东倒西歪：

"老伙计老村长，人老了说疯话倒也是件好事，要不就不热闹了。"

老乔桑更气愤了，用手里的木棍子愤怒地敲击脚下的土地：

"知道不知道鱼都被你们压到这下边了！还会有什么好日子！"

乔土罐说："老伙计老村长，莫喊，县城的日子好，你怎么就不跟你儿子去县城，县城的女人皮肤能捏出水，有本事你去捏。"

老乔桑扬起手里的棍子对乔土罐说："我要让鱼从地里出来，它们就在这下边，都是大鱼，我棍子指到哪里哪里就是鱼。"

乔土罐和那些种菜的人都嘻嘻哈哈笑得东倒西歪。

"下边是江吗？那咱们村有人要做鳖了，乔日升第一个去做！"乔土罐说。

老乔桑说信不信由你们，我天天都听得清下边的水"哗啦哗啦"响，我天天躺在床上都听得清下边的鱼在"吱吱吱吱"乱叫。

人们都被老乔桑的话说得都有些害怕，你看看我，我看看你，然后又都看定了老乔桑。过好一会儿，乔土罐用脚跺跺地面，说老伙计老村长，我们当然都知道地球这个土壳子下边都是水，要不人们怎么会在这上边打井呢？但水归水，鱼归鱼，有水的地方未必就一定会有鱼，是你整天胡思乱想把个脑壳子给想坏了，是鱼钻到你脑壳子里去了，钻到你肚子里去了，钻到你耳朵里去了，所以你才会天天听到鱼叫。因为什么钻到你脑壳子钻到你肚子钻到你耳朵里，因为那都是些小得不能再小的小鱼。

乔土罐一跳，过来了，把一支点着的烟递给老乔桑。

"现在江里的水都坏了，哪儿还会有大鱼。"乔土罐说。

"我见过的鱼里灰鱼最大。"老乔桑把烟接过来。

"还要你说。"乔土罐说。

"就没有比灰鱼大的。"老乔桑又说。

"说点别的吧。"乔土罐说。

"我也快要到这下边去睡觉了，不知还能不能看到大鱼。"老乔桑用棍子敲敲地面，说。

老乔桑也已经有好多年没见到过这样大的鱼了。

这天中午，老乔桑的大儿子树高兴冲冲给他老子提回了两条好大的灰鱼。

树高开着他那辆破车走了很远的路，出了一头汗，他把鱼从车上拖下来，再把鱼使劲拖进屋子"扑通"一声摞在地上，然后从水缸里舀起水就喝，脖子鼓一下又鼓一下，他真是快要给渴死了，这几天是闷热异常，黑乎乎的云都在天上堆着，但就是不肯把雨下下来，这对人们简直就是一种挑衅。

老乔桑被地上的鱼猛地吓了一跳，人几乎要一下子跳起来，但他现在连走路都困难，要想跳只好等下辈子。老乔桑好多年没见过这么大的灰鱼了，鱼足有一个人那么大，鱼身上最小的鳞片也恐怕要比5分硬币还要大。

老乔桑开始绕着那两条大鱼转圈儿，他一激动就会喘粗气，他绕着鱼看，用他自己的话说看到鱼就像是看到了自己的亲祖宗从地里钻了出来。

树高喝过了水，先给他老子把烟点了递过去，然后再给自己点一支，树高要他老子坐下来："老爸你别绕了好不好？你绕得我头好晕。"

树高蹲在那里，求他老子不要再转圈子。"你怎么还转。"

树高对着自己手掌吐一口烟："爸你坐下，好好听我说话。"

"我又不是没长耳朵，我听得见鱼叫还会听不到你说话。"老乔桑说。

"人们都说下大雨不好，我看下大雨是大好事，东边米饭坝那里刚泄了一回洪，好多这么大的鱼就都给从水库里冲了出来，人们抓都抓不过来，抓都抓不过来，抓来也不知道该怎么办，我看只好用盐巴腌了搁在那里慢慢吃。这次给洪水冲下来的鱼实在是太多了，不是下大雨，哪有这等好事！"树高对他老子说他赶回来就是要把这个好消息告诉家里人："只要下雨，咱们这里也要马上泄洪，听说不是今天就是明天，要是不泄洪水库就怕要吃不消了，到时候鱼就会来了，它们不想来也得来，一条接着一条，让你抓都抓不完，所以咱们要做好准备。""我老了，就怕打不过那些鱼了。"老乔桑说。

"人还有打不过鱼的？我要树兴晚上回来。"树兴是树高的弟弟。

"日他先人！"老乔桑虽然老了，骂起人来声音还是相当洪亮。

老乔桑就想起昨天从外面来的那几个人，都是乡里的，穿着亮晶晶的黑胶鞋在江边牛哄哄地来回走，这里看看，那里看看，原来是这么回事。

老乔桑找到了那把生了锈的大剪子，因为没有鱼，那把剪子挂在墙上已经生锈了，老乔桑开始收拾树高带回来的那两条大鱼，鱼要是不赶快收拾出来就会从里边臭起来。老乔桑现在已经不怎么会收拾鱼了，他现在浑身都僵硬，在地上蹲一会儿要老半天才能站立起来。他把又腥又臭的鱼肚子里的东西都掏了出来，把它扔给早就等候在一边的猫，猫兴奋地"喵呜"一声，叼起那坨东西立马就不见了。老乔桑又伸出三个鸡瓜子样的手指，把两边的鱼腮抓出来扔给院子里的鸡。鸡不像猫，会叼起那些东西就跑，而是先打起架来，三四只鸡互相啄，呼扇着翅膀往高里跳。盐巴这时派上了用场，鱼肚子里边和鱼身子上都给老乔桑揉抹了一回。鱼很快就给收拾好了，白花花的，猛地看上去，它不像是灰鱼，倒像是大白鱼。

老乔桑高举着两只手提着鱼走出去，把这两条大得实在让人有点害怕的灰鱼晾在了房檐下，房檐下的木杆上以前可总是晾满了从江里打上来的大鱼，现在别说这么大的鱼，连小鱼也没得晾了。鱼腥味扩散开来的时候，四处游荡的猫狗很快就都聚集到老乔桑的院子里来，它们像是来参加什么代表大会，你挤我，我挤你地从外面进来，你挤我，我挤你地在那里站好。鱼的腥味让它们忽然愤怒起来，它们互相看，互相龇牙，互相乱叫，忽然又安静下来，排排蹲在那里，又都很守纪律的样子。它们不知道接下来会有什么好事发生，所以它们都很紧张。

这时有人迈着很大的步子过来了，鱼的腥味像把锥子，猛地刺了一下他，是乔土罐，他给挂在那里的鱼吓了一跳。

"啊呀，老伙计老村长，那是不是鱼，不是吧？莫非是打了两条狗要做腊狗肉？但现在还不到做腊肉的时候？"

"睁开你的狗眼看好，那怎么就不是两条狗，那就是两条大狗，两条会凫水的大狗。"老乔桑嘻嘻笑着说。

乔土罐已经把三个手指——大拇指、食指和中指并在一起伸到了大张开的鱼嘴里，一边笑一边让手指在鱼嘴里不停地出出进进。嘴里"啧啧"有声。

"啧啧啧啧，啧啧啧啧……"

老乔桑知道乔土罐在开什么玩笑，但他现在实在是太老了，身体一天不如一天，对这些玩笑已经不感兴趣。很快，又有很多人围了过来涌进院子，是鱼的腥味召唤了他们，他们的鼻子都特别灵，许多年了，他们都没见过这么大的灰鱼。有一个消息也马上在他们中间传开了，他们吃惊地互相看着，都兴奋起来。米饭坝泄洪的事他们早就听说过了，但他们一直认为水再大也不会淹到他们这里，这事跟他们没多少关系。但他们此刻心动了，想不到他们这里也要泄洪了，更想不到泄洪会把这么大的灰鱼白白送给人们。老乔桑屋檐下的那两条大鱼已经让他们激动起来，他们抬起头看天上，天上的云挤在一起已经有好多天了，云这种东西挤来挤去就要出事了，那就是它们最终都要从天上掉下来，云从天上一掉下来就是雨，或者还会有冰雹。

乔土罐这时又把泄洪的事说了一遍，"只要一下大雨，不是今天就是明天，就等着大鱼的到来吧，你们就等着抓鱼吧。到时候它们会像一群数也数不过来的大猪小猪钻进鱼篓钻进渔网钻进女人们的裤裆，女人们到时候千万都要把裤子扎牢，要是扎不牢恐怕就要出大事了。"

乔土罐这家伙的嘴从来都藏不住半句话，人们就更兴奋了，让他们更加兴奋的是他们看见老乔桑弯着腰把放鱼的大木桶和大网袋都从屋子里拖了出来，这些东西都多年不用了。人们明白老乔桑这么做意味着什么，人们忽然都散开了，都明白了，大鱼真的要来了，这种事不能等，时间就是金子，人们都往自己家里跑，人们都知道要发生什么事了，人们互相奔走相告：

"大鱼要来了。"

"大鱼要来了。"

"大鱼要来了。"

乔土罐平时和老乔桑的关系最好，虽然老乔桑的脾气一天比一天古怪，总是有事没事说些谁都听不明白的话。乔土罐也不安起来，又接过一支树高递过来的烟，说抽完这支马上就走，说也要回去准备准备，看样子，雨马上就要来了。乔土罐又笑嘻嘻对老乔桑说："你这人平时看上去像是个好人，这一回怎么一声不吭就干起来了。"

老乔桑说谁让你是个罐子，你就好好等着，到时候只要你张开嘴，就会有鱼掉到你这个罐子里。

"但不会是大鱼。要装大鱼，非要这种大鱼桶不行。"

老乔桑用棍子把木桶敲得"嗵嗵嗵嗵"响。

乔土罐又不走了，他蹲下来，用手摸摸桑木鱼桶："说到拿鱼，谁都不如你。你知道大鱼从哪个方向来，到时候我一定请你喝酒。"

老乔桑说："人老了，哪个还会看水，不让水冲跑了就是万幸。"

乔土罐说："反正到时候我跟定了你，一有动静我就过来。"

"鱼在这下边，你抓吧。"老乔桑忽然说，用手里的棍子狠狠敲击地面。

"你把这地方挖开鱼就出来了。"老乔桑又说。

"我去把酒准备好。"乔土罐站起身。

"一条接着一条，一条接着一条，大鱼就要来了。"老乔桑又大声说。

"下水抓鱼就得喝酒，我去准备。"乔土罐拍拍屁股，说他这回真要走了。

树高和树兴把乔土罐从家里送了出来，外面有风了，让人很舒服。

"你爸这样很长久了。"乔土罐小声对老乔桑的两个儿子说。

"赶快下雨吧，大鱼一来他就好了，他一看到鱼就好了。"树高看看天。

"抓大鱼是苦差事，我最讨厌抓鱼。"树兴看着乔土罐。

乔土罐扬扬手，风从那边过来，他再一次闻到了好闻的鱼腥味。

这天晚上，老乔桑兴奋得一直没睡，外面风很大，看样子真是要下雨了。

老乔桑对两个儿子说鱼马上就要来了，这一回可是真的，鱼又要回来了，只要一下大雨，鱼就会从水里从地里从四面八方来了，到时候抓都抓不完，"可惜你妈看不到了，你妈再也看不到那么大的鱼了"。

村里的许多人也都兴奋得难以入睡，他们也都等着，有的人甚至喝开了，在火塘边烤几片鱼干或洋芋，一边喝酒一边等着大雨的到来，但他们最关心的事还是水库那边泄洪，这真是让人烦死了。他们已经好多年没见过那么大的灰鱼了，他们好像已经把灰鱼完全忘掉了，但它们又突然出现了，竟然还是那样大的两条。虽然是两条死的，被挂在老乔桑的房檐下，但人们知道像这样大的灰鱼会伴随着下大雨泄洪一条接着一条出现，一条接着一条出现。人们这时候都不讨厌雨了，而且希望它下得越大才越好，只有雨下大了水库那边才会泄洪，只有泄洪那些大鱼才会随着洪水一条接着一条地到来。只有那些大鱼来了人们才会把破旧的房子重新修过，人们才会去买新的电视和别的什么东西，只有大鱼出现，人们的好日子才会跟着来，没有媳妇的光棍到时候就可以娶到媳妇了。人们还希望这样的大雨最好不要停，最好连着下它几个月，让水库放一次水不行，要让水库不停地泄洪放水，那些平时深藏在水里的大鱼才会无处藏身，才会一条接着一条地被水冲到这里，金子银子都不如它，日你先人的鱼啊，你不是不来了吗？你怎么又出现了呢？人们都准备好了，把平时被扔在一边没了用场的渔网重新又找了出来，那种能伸进一个拳头的网是专门用来对付大灰鱼的。还有就是各种鱼叉，还有打鱼的棒，那种用麻梨木做的棒子，上面总是粘着几片银光闪闪的鱼鳞，那些大鱼，你非得用棒子使劲打它们的脑袋不可，你不把它们打晕了它们就不会乖乖被你搞到手。女人们也兴奋起来，她们在雨里忙另一件事，她们把没用的房子都倒腾了出来，把挂鱼的架子也重新支了起来。家里人手不够的，她们急不可待地给在外的家人捎口信要他们赶紧回来，她们没有那么多的话，她们只说一句："大鱼要来了，大鱼要来了！"

老乔桑闭着眼睛坐在床上，好像睡着了，但又好像是没睡，每逢这种时候他总是这样，每逢江上有大鱼或鱼群出现的时候他总是这样，或者可以说是人睡着了但耳朵却没有睡。多少年了，虽然他现在老了但这个习惯他还没改掉也不可能改掉。他的耳朵生来就是听鱼叫的，鱼的叫声很奇怪，是"吱吱吱吱"，声音很小，但老乔桑的耳朵从来都不是吃素的。当年捕鱼，老乔桑就日夜睡在船板上，人睡了，耳朵却总是醒着，鱼的叫声从来都逃不过他的耳朵。老乔桑现在坐在那里睡着了，蒙眬之中，他感觉雨终于下了起来，闪电像一把看不到的斧子，一下子就把天给劈开了，雨从天上被雷劈开的缺口一下子就倾倒了下来。

老乔桑的两个儿子树高和树兴还都在呼呼大睡。

是老乔桑的喊叫声把树高和树兴同时惊醒了过来。

"雨下得好大，雨下得好大。"老乔桑大声喊，跳下地就往外跑。

"雨下得这么大，大鱼就要来了。"老乔桑一边跌跌撞撞往外跑一边说。

树高和树兴从床上跳下来跟着他们的父亲都跑到外边去。外面是漆黑一片，没有一点点光亮，有风吹过来，从这片树梢到那片树梢再到更远的树梢，发出"哗哗哗哗"的响声。树高和树兴忽然都感到有什么地方不对头，他俩都抬起头来，用手摸摸脸，却没有哪怕是一点或两点雨水落在他们的脸上，这真是奇怪。因为仰着脸，没有雨水淋到他们的脸上，他们却意外地看到了星斗，是满天的星斗，白天的云彩此刻早就不知道去了什么地方，既然那些云彩都去了别处，人人都知道，别说大雨，就是小雨也不会再从天上飘然而至。这时树高和树兴又都听到了什么？声音不高不低不远不近，像是有什么在叫，好半天，树高和树兴才明白过来那是猪在睡梦中哼哼，那声音很像是女人在床上发出的呻吟。除了猪的哼哼声，还有鸡的"叽叽咕咕"，那几只鸡到了晚上也都睡在猪圈里，就好像它们和猪原本就都是亲戚，只不过是长得样子有所差别。

"大鱼才这么叫，大鱼才这么叫。"老乔桑忽然小声说。

风呼呼吹着，树高和树兴都不说话，但树高和树兴马上就感到了害怕，他们听到他们的老子自己在跟自己小声说话。老乔桑在说："这么多的鱼啊，这么多的鱼啊，啊呀，这么多的鱼啊。"老乔桑不停地说，身子不停地往后退，就好像水已经没了他的脚踝，已经没了他的腰，马上就要没了他的脖子，所以他只能往后退，只能往后退。老乔桑往后退，往后退，忽然大叫一声，一屁股坐在了地上，树高过去往起扶自己的父亲时，老乔桑突然又大叫起来，说是一条大鱼压住了他。

"啊呀，好大！好大的一条鱼啊！"

树高和树兴把父亲拉回屋里按在床上，老乔桑又叫了起来："鱼呢鱼呢鱼呢。"

树高忙把挂在外面的大灰鱼提了进来，说："鱼在这里。"

老乔桑把鱼一把搂住了，这是多么大的一条鱼啊。最小的鱼鳞几乎都有5分硬币那么大。当年老乔桑在船上打鱼的时候就是这么搂着大鱼睡觉，那时候每次出去打鱼都能打到许多许多的鱼，船里连人待的地方都快没有了。老乔桑说大鱼就和老婆一样，只有搂着睡才舒服。

老乔桑睡了一会儿马上又醒了，又大叫起来："鱼呢鱼呢鱼呢。"

老乔桑睡着的时候树高又把那条鱼提了出去，人总不能跟一条鱼待在床上。

树高再次出去的时候，那两条挂在那里的大灰鱼却不见了。

"鱼呢？"树高吃了一惊，对树兴说。

"鱼呢？"跟在后面的树兴也看着树高。

"大灰鱼呢？"老乔桑在屋里大声说。

"鱼不见了。"树高和树兴又站到了父亲的床边。

老乔桑坐了起来，眼睛睁得很大，出奇的亮，他忽然不叫了，他拍拍自己的肚子，看着树高和树兴。

"鱼在这里。"老乔桑说。

"鱼就在这里。"老乔桑又说，说鱼刚才已经钻到了自己的肚子里。

"那么大的两条鱼就不应该挂在外边，不知道便宜了谁。"树高对树兴说。

兄弟俩又出去找了一下，屋前屋后都没有，天快亮了。

老乔桑病了，他这个病和别人的病不一样，人虽然半躺半坐地待在那里，要说的话却比平时多上十倍。老乔桑现在不说鱼在地下的事了，他见人就说，有一条很大的鱼就在他肚子里，很大一条很大一条，这么大一条。

"好大一条，总是在动，就在这里。"老乔桑皱着眉头指着自己的肚子。

那些在河边种菜的人来家里看老乔桑，他们几乎是齐声对老乔桑说：

"那么大一条鱼能放在你的肚子里吗？你不觉得奇怪吗？"

"好大一条，就在我的肚子里，它已经钻到我的肚子里了。"这回是老乔桑用棍子轻轻敲击自己的肚子，说鱼就在这地方，在动，打这边，它就跑到那边，打那边，它们就跑到这边，啊呀，好大的一条鱼。

"那你就打啊，张开嘴，把它从嘴里打出来。"人们嘻嘻哈哈齐声说。

老乔桑就真的用棍子在自己的身上"砰砰嘭嘭"地打起来，像在练什么套路。

人们赶快冲上去把老乔桑手里的棍子夺下来。虽然人们个个都不相信鱼会钻进老乔桑的肚子，但人们个个又都想听老乔桑说说那条鱼是怎么进到他的肚子里去，人们虽然知道这种事不可能。虽然知道这只是老乔桑在昏说，但人们就喜欢听老乔桑昏说，只有这样，寡淡的日子才会有一点生气，一点欢乐。

"这是不可能的事，鱼怎么会跑到你的肚子里？"乔土罐这天也在场，他蹲在那里，抽着烟，仰着脸，眯着眼，很享受的样子，他觉得这件事实在是可笑。不单单是老乔桑说鱼钻进了他自己的肚子里可笑，是一连串的可笑，最可笑的是他们把多年不用的渔具都辛辛苦苦准备好了，天上的云彩却忽然跑得无影无踪一丝全无，别说大鱼，现在就是连小鱼也难得一见，不过这几天人们还是在盼着来一场大雨，但天空上现在连一小片云都没有，云不知道都去了什么地方。

"就在这里，就在这里。"老乔桑用手使劲拍着自己的肚子。

"你再说，在什么地方，在什么地方？"乔土罐笑着说。

"就在这里，就在这里。"老乔桑使劲拍着自己的肚子。

乔土罐就笑了起来，说："这可是千年少见！"

"怎么说？"老乔桑看着乔土罐，两只眼睛亮得出奇。

"老伙计老村长，恭喜你，你怀上了。"乔土罐说。

老乔桑的眼睛突然瞪起来，瞪得像两只铜铃，他从床上一下子坐起来，那根棍子就朝乔土罐飞过来，"砰嘭"一声，好在乔土罐躲得快，被砸碎的是他身后的一个菜缸。

菜缸里的酸菜水"咕啦咕啦"淌出来的时候，乔土罐已经从屋子里奔跑了出去。

乔土罐对站在外边看热闹的人们说："树高和树兴都得赶快回来，请乔仙也过来看看，是不是真是有什么鬼魂钻到了他的体内，一个人，肚子里怎么会放得下那么大的鱼。"乔土罐说自己好在躲得快，要不那根棍子就要从这里穿过了。乔土罐用手指点点自己的额头，好像那根棍子已经穿过了那里。

乔土罐用手捂着额头回家去了，额头那地方好像真有一个洞，还好像有风，"咝咝咝咝"地从那地方穿过。

老乔桑拄着那根棍子出现在门口的时候人们还没有完全散去。

"乔土罐，满嘴放屁，哪个才会怀上，什么叫作怀上。"

老乔桑是气坏了，他认为乔土罐说了句最最难听的话，最最不敬的话，因为只有女人才会怀上。要是猪，也只能是母猪，要是羊，也只能是母羊，要是兔子，也只能是母兔子，"什么东西才会怀上！"

"这地方是胃，是胃。"老乔桑把自己的衣服扒开，露出他的肚子，肚脐眼此刻就像是一只瞪得很大的眼睛，"那条鱼就在这地方，这是胃，在胃里怎么能够说是怀上？"老乔桑一边说一边把自己的肚子拍得"砰啪"响。老乔桑说要找一把刀把这地方剖开，让那条鱼从里边出来。老乔桑说这种事只有医生做得来，只有医生能把自己胃里那条鱼取出来。

说话的时候，老乔桑两眼放光，有点怕人。

这天晚上，老乔桑拄着棍去找他的老伙计乔谷叶。乔谷叶当年做过许多年的赤脚医生，虽然现在早不做给人看病的事了，但他毕竟还认识许多草药，闲的时候他还会到处去采，他知道许多关于治病的事。乔谷叶一听老乔桑说话就忍不住嘻嘻哈哈笑了起来。乔谷叶说："这是好事嘛,人们现在都知道你的肚子里怀了一条鱼,也许,到了10个月的头上它自己就会出来了,到时候怎么吃,煮上吃或是做风干鱼都是你的事。"

"怎么你也这么说!"老乔桑火了。

"你不是说肚子里有条大鱼嘛。"乔谷叶说。

"这地方,这地方是胃,在胃里能说怀上吗?"老乔桑把肚子拍得"砰啪"响。

"那不是怀上又是什么?"乔谷叶又笑了起来。

老乔桑脸色煞白,他可怜巴巴地看着乔谷叶,说："你真不知道,真是一条很大的鱼在我肚子里,到了晚上还会咕咕叫,你不来救我谁来救我,难道你还想看我亲自拿把刀把它从我的肚子里取出来吗?你把它取出来,出了事我不会怪你,你给我取,有白酒有刀就行,我知道你有这两下子。"

"这个我可没得一点点办法,我当年没学过妇科,要是在别处动这个手术或许还可以,我保证切得开也缝得住,但这是妇科的手术嘛。"乔谷叶一半是开玩笑一半是实话实说。

"你摸摸我这地方,你一摸就知道里边这条鱼有多大,你摸这边它就往那边跑,你摸那边它就往这边跑。"老乔桑脸色煞白,他让乔谷叶摸他肚子。

"这是妇科的手术嘛,可惜我没有学过。"乔谷叶又说。

老乔桑已经把乔谷叶的手按在了自己的肚子上,乔谷叶只好用手去摸,用手指去按,那个地方,也就是肚子,就好像是一只松松垮垮没装任何东西的袋子。乔谷叶此刻不知该说什么,只好口不随心地说："要想把这条大鱼从肚子里取出来最好先弄死它。"老乔桑满脸大汗的样子让他心里很不舒服很难过。

"哪个要它死,我要让它回到江里去,让它在江里游来游去。"老乔桑说。

乔谷叶把老乔桑从家里送出来,说你慢些走,小心把鱼掉出来。

"我看他是跟上鬼了。"老乔桑离开乔谷叶家的时候,乔谷叶的老婆正把一桶猪食倒进猪栏,她小声对乔谷叶说。乔谷叶忽然忍不住笑了起来,这时候老乔桑已经走远了,他对老婆说："他还不如怀上一头猪,到时候杀了可以做腊肉。"乔谷叶笑得直哆嗦。

"我看他是跟上鱼鬼了。"乔谷叶老婆说凡是世上的东西死后都有鬼,猪鬼、羊鬼、牛鬼、蛇鬼、狗鬼、猫鬼,老乔桑最好赶快去鱼神庙烧烧香。

乔谷叶笑着对老婆说："明明不对嘛,酒也不会死,怎么还会有酒鬼?"

乔谷叶的老婆再想说什么，乔谷叶又去喝他的酒了，他自己用各种草药泡了一大罐酒。每次喝过这种酒，乔谷叶就总觉得自己像个火炉子，里边的火旺得不能再旺，火苗子呼呼的，床头把墙壁撞得"砰嘭"乱响。

树高和树兴这天都赶回来了，提着两条腊肉，还有一盘老乔桑最喜欢吃的猪大肠。树高用手摸摸老爸的手，吓了一跳，老爸的手很烫。他们弟兄两个都已经商量好了，这回一定要把老乔桑接到县城里去。县城里又没有江，看不到江就不说鱼的事，什么大鱼小鱼，到时候都跟他们老爸没关系，人老了，应该好好活几年了，老爸到了县城一替一个月轮着在两个儿子家里住还新鲜。老乔桑毕竟是做过村长的人，马上就答应了，倒是爽快，但吃饭的时候却又突然说去县城可以，但怎么也不能把肚子里的鱼也带到县城里去。

"这么大的一条鱼，你看它此刻又在肚子里跑水，快快快，跑到这边了，跑到这边了，"老乔桑拉住树高的手就按在自己肚子上。"鱼头在这，鱼尾在这，这么大一条鱼你会摸不到，又跑开了又跑开了，鱼头在这在这在这。"

树高一把把手抽开，说："爸你是怎么回事，那是软绵绵的肚子嘛，哪里有什么鱼，你还鱼头鱼尾鱼肚子。"

老乔桑又把树兴的手一把拉过来按在自己肚子上，说："这地方，就这地方，你用力按，就这地方。"

树兴从小就坏，他笑嘻嘻说："可不是，这就是一张鱼嘴，我摸到了，在一张一合一张一合。好家伙，它又转过身子了，这是鱼尾了，摆开了摆开了，这鱼尾摆得就像我妈在扇扇子，好大的扇子，想不到老爸肚子里有这样一把扇子。"

树兴把手里的一把破竹壳扇子放在老乔桑的肚子上："爸你说，你肚子里的鱼尾巴有没有这把扇子大？"

"当然要比这把大。"老乔桑忽然有些不高兴，说你兄弟两个王八蛋是不是以为老爸跟你们开玩笑胡说？老爸这就找把刀剖给你们看。

"现在又不是流血牺牲的年月，您不要把话说得这样怕人嘛，怎么说您都是当过村长的人。"树兴说，"问题是，我们都想知道这么大一条鱼是怎么进去的，从什么地方，您总要给我们说清楚嘛，这样不明不白也说服不了人，是从一颗鱼卵的时候就进去的还是整个长成一条大鱼才撞进去的，到底怎么回事？"

"狗日的。"老乔桑用棍子猛地一敲桌子，"请医生又不用你们花钱，我自己还有。我跟你们说鱼在这里就在这里，还说从什么地方进去的，我要知道它是从什么地方进去的倒好了，就不会有现在的事。"

老乔桑不再吃饭，已经气得鼓鼓的，辣子炒肥肠也像是没了什么滋味。

树高树兴两兄弟没心思再吃下去，他们双双出门去找乔日升，乔日升现在毕竟是村长，村里有什么事找他总没错，再说这种事，找个人拿拿主意也好。再说乔日升的老婆乔桂花还是树高和树兴的亲表姐，要不是乔桂花是他们的亲表姐也许乔日升还当不上这个村长。

乔日升住的房子离老乔桑不远，转过几道墙就到，墙里的叶子花开得好红。

树高和树兴没想到乔日升一看到他兄弟俩儿先就忍不住笑了起来。说就你们那老爸，送到正经地方算了，我这几天正为此事发愁。

"看看看，看看你一个做村长的是怎么开口说话。"树高说。

"那你说，那么一大条鱼是怎么钻到你老爸的肚子里。"乔日升正在吃饭，已经吃出了一头汗，一张大肥脸像是涂过了油，亮的要放出光来。乔日升说还有好事呢，不少外边的人都要过来参观你爸的肚子，人们都奇怪得了不得，都想知道好大一条鱼怎么就会钻到一个人的肚子里。乔日升说他已经把好几拨人拦住才没让他们来，"都是县里的，都对此事感兴趣，我对他们说哪有这回事，人家还不信，说现在世上什么离奇事都有，你们村里出了这种事也是好事，可以增加旅游收入……"

乔日升这么一说树高和树兴俩兄弟就一下子愣在那里。

"要不先请报社的记者过来看看宣传一下，也不是什么坏事。"乔日升说。

"你以为是耍猴。"树高马上就不高兴了，乔日升比他也大不了几岁，说起来他们还都是一个学校的同学。树高说我们兄弟俩是过来向你讨个主意，你怎么说起增加旅游收入。我老爸，你又不是不知道他那个性格，这会儿就在家里找刀呢，说要自己把肚子剖开让那条大鱼出来。他要是真把肚子用刀给搞开，你未必就没有麻烦，这是你的地盘，你是这里的村长。

"问题是我也没碰到过这种事。"乔日升说前几天在县里开会不少人又问这件事，都想过来看，你让我怎么回答？要是马戏团耍猴，也未必会有人这么上心。乔日升说趁你兄弟俩都在，你们说怎么办，我是村长不假，你兄弟俩给拿个主意，人肚子里怎么会有大鱼？这事越传越热闹，都说不清，要这样下去，我长一张嘴不行，得再长一张嘴。

乔日升这么一说，树高和树兴俩兄弟就都没了话。

在一边吃饭的乔桂花这时用筷子敲敲饭碗，说这事我倒有个主意，别管别人怎么说怎么看，重要的是找个大夫把你爸肚子里的鱼取出来就是。

"问题是肚子里没鱼，有鱼倒好了。"树高说。

"看你说的，肚子里哪会有鱼。"树兴也跟上说。

"你这是起哄，还嫌不热闹？"乔日升说那是你叔，看你说的。

乔桂花把饭碗放下，把筷子也并排放下，说你们几个大男人都快要笨死了，这件事只把你老爸哄过就是，明摆着是你老爸精神出了毛病，这件事也只好这么办。乔桂花说那是我叔，我能不想办法，我也想了好多天了。

"那你说怎么办？"乔日升说，看着自己的老婆，实际上，村子里有什么事他总是让老婆给拿主意，他也知道自己是个草包，只会不停地把自己吃胖。

乔桂花又把饭碗端起来往嘴里扒拉几口饭，然后才如此这般，这般如此把主意说了一下。说这件事说好处理也好处理，到什么地方买那么一条大鱼，就说给他做手术从肚子里往外取鱼，到时候打一针麻药针就完事，大不了在肚皮上划那么一个口子，也要不了命，这也是没办法的办法，只要消毒好就要不了命。

"总比你爸忽然哪天想不开自己动刀把肚子拉开要好得多。"乔桂花说。

乔日升忽然笑了起来，说乔桂花想不到你还真有一手。

"那谁来做这事，你去医院，医院会不会给你做？"树高说你以为医院是你家开的你想做什么就做什么。

乔日升就笑了起来："这点事，乔谷叶就做得来。当年有头驴给车在肚子上撞开个大口子还不是他缝的，缝衣针上穿根细麻线，那头驴也没死，照样拉磨磨豆子。"

"看你，我爸又不是驴。"树高说，两眼看定了乔日升。

"这事就让乔谷叶来，我去对他说。"乔日升说，"只在表皮拉道口子缝一下就行，又不用拉通，出不了大事。到时候你只需把大鱼买好装神弄鬼就是。"

乔日升是个急性子，又扒拉几口饭，他不吃了，拍拍屁股去找乔谷叶，树高和树兴跟在他屁股后面。外面很热，鸡都在阴凉处打瞌睡，狗热得没了办法，只会把舌头吊在外边晃里晃荡，远远看去倒好像它们嘴里又叼了块什么。

乔谷叶正在睡觉，他这做派和乡下人完全不一样，除了喝药酒，他天天中午都要躺在那里睡一下。乔谷叶一听要他给老乔桑做这个手术就马上说不行："天天碰面，没有不露豆馅儿的时候，我做不来。"乔谷叶说这手术最好去米饭坝医院那边去做，他那边有朋友，给几个钱在医院里找个地方就可以装神弄鬼。到时候他可以打下手。

"听说那边的茅厕一下子捞出过十多个死婴。"乔日升说。

"那又不是你搞出来的你怕啥。"乔谷叶说现在是太解放了，年轻人开房就像吃炒豆子，米饭坝医院也是在做好事，要是他们都不给做流产，那些年轻人还敢不敢再去找快活。

从乔谷叶的家里出来，在回去的路上，乔日升忽然又有了新鲜的想法，他对树高和树兴说："到时候，要好好买一条大鱼，而且要把消息说出去，就说很成功地从你老爸肚子里把那条大鱼取了出来，这事要报道一下，好好报道一下。"

"做了再说。"树高说这就像演戏，别演不好砸了锅。

"没问题，打了麻药人就什么也不知道了，在肚子上浅浅拉一刀子，又不是真的开膛破肚，再在拉的口子上缝几针，你老爸难道还会不相信？还会再用手把伤口拆开？世上就没有这种人。"乔日升说。

"好，就这么办。"树高忽然高兴起来，这事终于有了解决的办法。

树兴却苦着脸，小声问树高："这会花不少钱吧？"

"那不是别人！那是你老子！你和我都是被他从咱娘肚子里给搞出来的！"树高忽然又有些生气，大声说。

虽然说谁也不清楚这条名字叫了"胖江"的江到底有多长，但只要从乔娘湾往东走，第一个歇脚处就会走到米饭坝。米饭坝的老地名其实是叫米饭镇。因为人们走路会累，累的结果就是饿，大人会对小孩子们说："再走走就到，再走走就到，到了就有米饭吃。"所以久而久之这地方就叫了米饭镇，及至1988年这里修了大坝，政府组织人们参观这个工程，米饭镇倒不被人们说起了，所以这地方只叫了米饭坝。

树高和树兴说是陪老爸去米饭坝把肚子里的大鱼取出来，其实去的就是米饭镇。为了去米饭坝把肚子里的鱼取出来，树高和树兴劝说老爸在家里好好歇了两天，其实这两天树高是一直在忙买大鱼的事，大鱼买不来就不能动这个手术，水库泄洪的时候，整条米饭镇的街上到处都是大鱼，到后来卖不出去的大鱼臭得像一坨一坨的狗屎，而现在想买条大鱼却很难。但这条鱼终于托人买到了。

乔谷叶也已经和那边医院说好了，临时找一个病房，一切按着手术的程序办，该交多少费就交多少费，为了让老乔桑不起一点点疑心，到时候还要给他打打麻药。但医院那面又说了，麻药打多了怕出事，这又不是真正的开膛破肚，好不好只在肚子的表皮上局部来几针，然后给病人再吃两粒睡觉药，让他睡着，一觉醒来给他看鱼就是。到时候就说："好了，大鱼从你肚子里给取出来了！"医院那边也都知道了老乔桑的怪事，医院那边说，不管他得的是什么病，不管能治不能治，只要是能对他有好处就算是治病救人。所以，一切都按着计划进行。

做手术的时候，天上忽然"呼呼呼呼"刮起了好大的风，紧接着云也来了，看样子有场大雨要下。医院那几个给老乔桑做手术的医生都是乔谷叶的老朋友，当年他们曾经在一起受过赤脚医生的培训。手术前，乔日升请他们吃了一顿饭，狗肉驴肉一齐上，又都喝了些酒。老乔桑给摆在手术台子上时，衣服全部都给剥去，光溜溜躺在那里，肚皮那地方给划了道线，大家都知道这是什么手术，所以下刀都很浅，麻药打下去之前只说是还要吃几粒防呕吐的药，其实就是睡觉药。老乔桑居然很配合，听话倒像一个孩子，把药乖乖吃了，只一会儿，老乔桑就人事不知。这其实是最简单的手术，只是在肚皮上轻轻拉一道很浅的口子，然后马上再缝合起来，那条大鱼事先被兜在医院做手术用的帆布兜布里，还被一次次淋过水，又被吊起在旁边的一个金属架子上，是为了好让老乔桑醒来一眼看到。这真是最简单的手术，因为喝了酒，人们一边做事一边"嘻嘻哈哈"说些陈年往事。麻药打下去，药片吃下去，老乔桑就像睡着了一样。等他醒过来，已经过了好长时间。

乔日升对树高和树兴说："这个手术做完后你老爸就好了，就会像正常人一样，会再好好活几年。"旁边的那几个医生说这种事多着哩，这也只能算是最轻的癔症，如果重了会满街乱跑，见了狗屎都会抓起来吃。那个负责麻醉的医生说，这种病说好治也好治，只要把他的心病一下子去得干干净净，人就又会回到从前的那个人。

手术只用了一小会儿时间，然后乔日升乔谷叶和树高树兴就陪着那几个医生去到另外的一个屋子里去说话，喝茶嗑瓜子和吃西瓜。手术做得真是成功，到老乔桑该醒来的时候他果真醒了。

老乔桑醒来，睁开眼，眼球开始打转，这边看看，那边看看，站在他旁边的树高树兴便马上俯下身子对他说："这下好了，鱼取出来了，真是好大一条鱼。"

　　老乔桑此刻的声音是"呜呜呜呜",舌头仿佛打了卷儿,旁边的一个医生说不要紧,这是麻药的反应。老乔桑掉过脸看到那条大鱼了,被兜在医院的帆布兜布里,鱼真是很大,一头一尾都露在外边。

　　老乔桑突然"呜呜呜呜,呜呜呜呜"叫了起来,"呜呜呜呜,呜呜呜呜"声音虽然含混不清,但人们还是听清楚了老乔桑在大喊不对。树高把他老爸那两条扬来扬去的胳膊一把抱住,听到老乔桑在说他肚子里的那条鱼是大灰鱼,一条很大的灰鱼,怎么会是现在的四须胖头鱼?

　　老乔桑"呜呜呜呜"地说这不是他的鱼,他的鱼还在他的肚子里。

　　医院的那几个医生也马上围拢过来,他们知道怎么对付这种情况,他们把老乔桑轻轻按住,并且马上对老乔桑说:"手术还没做完呢,手术还没做完呢,那是别人的鱼,现在肚子里有鱼的人很多,你的鱼还没有取出来呢。"这几个人,又是一阵忙乱,重新又给老乔桑吃了药片,再一次打过麻药。这边这样忙,那边的树高和树兴忽然从医院里奔跑出去,米饭镇是个小镇子,树高和树兴知道人们赶场的地方在什么地方,但他们就是不知道现在那地方还会不会有很大的灰鱼。树高忽然很想大哭一场:

　　"如果没有大灰鱼怎么办?"

　　"如果没有大灰鱼怎么办?"

　　"如果没有大灰鱼怎么办?"

　　树兴不知道该说什么好,只是不停地跟着快走。

　　"是大鱼就是了,你们老爸真是事多!"

　　树兴还没答话,乔谷叶却跟在后面说了话,他想去乡场上再买些烟叶。

蒋近鲁的艺术人生

邵　丽 [①]

一

　　我刚刚到办公室坐下来，路上买的早餐还没来得及打开，老蒋就打电话来，说有个事让我帮他办一下。我赶紧放下早餐，一手拿电话，一手拿起纸笔，问他有什么事。他说也不是什么大事，就是想在我们楼上的展览中心，搞一个摄影展。具体日期定在 4 月 11 号，是个周末。至于需要请的人员，他那边都是谁谁谁，我这边需要请谁谁谁，开幕式需要谁谁谁讲话……等电话讲完，早餐已经变凉了。

　　前年这个时候，他在我们这里办过一次书法展。那次展览把我累得够呛。且不说他的字写得根本不入流，还要请省内名家全部出席有多难，就是那种繁文缛节就能把人折腾死。要上当天晚上的电视新闻，报纸专题版面不得少于 1/3 版，晚上的招待一定要喝茅台，"除了茅台，我什么酒都不喝"，

①　邵　丽　中国作家协会主席团委员。现任河南省文联主席、河南省作家协会主席。先后在《人民文学》《当代》《十月》等报刊发表小说、散文、诗歌等作品，部分作品被《小说选刊》《小说月报》《中华文学选刊》《作品争鸣》《新华文摘》以及各种年选版本等选载。出版长篇小说两部、中短篇小说集多部、散文随笔集两部、诗集两部。部分作品被译介到法国、日本、希腊等国家。曾多次获得《人民文学》《小说选刊》《小说月报》《当代》《中华文学选刊》《北京文学》《十月》等刊颁发的中短篇小说奖。中篇小说《明惠的圣诞》获第四届鲁迅文学奖。

他特别叮嘱我。其实也不用他说，我早就知道他这个习惯。按上面的规定，公务招待不能上茅台酒。他丝毫也不理会这个规定，不管到哪里吃饭，非茅台酒不喝。有一次，一个不了解他性格的人请他吃饭，拿了十五年五粮液。酒打开了，他坚决不喝，安排司机拿他的茅台上来，给人家办得很难看。

他很少顾及别人的感受，而对自己的感受却格外看重。有一次，他被抽到组织部，下到一个市里去考核干部，任考核组长。酒足饭饱之后，他提出来要写字。书记市长非常重视，专门安排到常委会议室去写。当他拿起笔写了几个字之后，抬头看了看，扔下笔就下楼了。后面陪同的人都非常尴尬，百思不得其解。后来，考核组的秘书跟书记解释，安排的地方太冷清了，就那几个人，没有一点氛围。他需要掌声，也需要喝彩。

二

十多年前，我在老蒋任县委书记的县里挂职当副县长，那时候大家都喊他"蒋委员长"，他也答应。我到任的那天下午，他主持开了个欢迎会。按照惯例，晚上还要有一个欢迎晚宴，也应该由他主持。但开完下午的会他就走了，说是有一拨投资商过来，他要接到县界。听了这话，我们面面相觑。看得出来我们单位送我过来的领导老大不高兴，但出于礼节，也没表现出来什么。

晚上的招待是由政府刘县长主持的。还好，她也是个女同志，从心理上感觉近了些，也有很多共同语言，因此没人拼酒，酒喝的也不是太多。吃过饭后，单位来送我的领导和同事执意要回省里。我问，不是说好在这停两天，要到山上去转转吗？领导说，刚刚接到通知，明天有个紧急会议，必须得赶回去。我知道他们心里有气，便执意要留他们。女县长看看我，意味深长地说："他们要是真有事，就让他们走吧！"

我也不好坚持，就跟刘县长一起把他们送到高速路口。回来的路上，刘县长很少说话。只是回到住处之后，她让我到她的寝室去。县里给我安排的住处跟她是一个单元，她在三楼，我在四楼。

我是第一次进一个县长的住室，想不到这么简朴，甚至可以说是简陋。客厅里摆着几只沙发，墙角有一盆绿植，茶几上果盘里的水果估计放的时间不短了，看来也很少有人到她住室来。刘县长给我倒了一杯茶，在我对面坐下，问，今天感受如何？

我笑笑说，挺好的。

"真的挺好的？"她问我。

我低头喝了几口茶，看着她笑笑，多少有点尴尬和无奈。

"你今天的心情，肯定跟我来那天一样。"她给我续上水，站到沙发后面，两手扶着沙发后背，"我从市直单位调过来那天，市委组织部领导和原单位领导班子的人都过来给我送行。晚宴他倒是参加了，不过——"她仰起头，长长地出了口气，"参加还不如不参加。"

我看着她，用眼神鼓励她说下去。

"我来那天下午的欢迎会还好，大家都是按套路说的，气氛也不错。到了晚上的招待宴会，他喝了点酒，说话就有点放肆了。"她看着我，眼睛有点湿润了。但这话我无法接，怎么说都不合适。

"他跟送我来的市委组织部领导说，如果从工作角度讲，他是不欢迎女同志来的。在这个县里，县委县政府班子已经有三个女同志了，一个副书记，一个组织部长，还有一个常务副县长，都是重要岗位。然后，他用指头点着桌子说，这工作还让怎么干？组织部的领导赶紧接话，跟他讲我多优秀多能干。他说，那就拉出来遛遛吧！后来可能看我不高兴了，就跟我说，你别看我说话难听，说的都是实话，这也是对你负责任。女同志当县长，确实不合适，尤其是到咱们这个县，人多地少，经济困难，情况复杂，肯定有你哭鼻子的时候！"

"天！"我听得脊背发凉，这种情况是我无论如何都想象不出来的。没下基层锻炼之前，倒是听说过地方上书记县长很难团结，基本上都不怎么和谐，但弄到这个份儿上，确实闻所未闻。

"他说哭鼻子这事儿，倒真是很快就轮到我了。"她苦笑了一下，那笑真是比哭都难看，"我来不久，全县开工作会，四大班子和各部门的领导都参加。通知的是8点半开会，会议地点就在县委招待所会议中心。刚好头天市直几个同志来看我，晚上喝多了没走。我陪他们吃早餐，想着会议中心就在隔壁，晚去几分钟也不耽误。谁知送走他们我走过去，发现会议已经开始了。秘书和办公室主任去推门，里面全部都被反锁着。他们就跟里面的人交涉，没人敢出来开门。"

"没人敢出来给县长开门？"

她又长出了一口气，眼泪在眼眶里打转。但是，很快她就摇摇头，自嘲地笑了："后来才听班子的其他同志讲，他坐在台上看着表，一到8点半，就要求把会议中心所有的门都锁了，说，任何人都不能开！谁来了也不能开！如果有谁敢违反他的要求，就请他来当这个县委书记！"

三

我到县里挂职的第二年，刘县长就调走了。据说老蒋曾经跟她谈过，希望她到市直去，并帮助她做了很多工作。最后安排得还算不错，任市委组织部的常务副部长。临走的前几天，她情绪明显轻松了不少，每次下乡去跟各乡镇的干部告别，都要拉着我。

之前发生了一件事，在县里也传为笑谈。年初的时候，县委经济工作会上，老蒋与各单位签订目标责任书。当签到县电业局的时候，老蒋停住笔，笑着看着县电业局长，问："老韩，有着落了没有啊？"

电业局长老韩一脸懵懂："委员长，着落什么啊？"

"媳妇嘛！"老蒋说。

"有哇！老丈母娘藏着哩——"老韩五十多岁，快退休了。前年死了老婆，大家一直拿这事儿跟他开玩笑。他是全县少有的几个敢跟老蒋开玩笑的人。

"这样吧！"老蒋扔给老韩一根烟，然后自己点着，又把打火机扔给老韩，"今年给我交三千万的税，你只要看上谁，我成全你！"

"好！"老韩说罢，率先在责任书上签了字。

到了年底，老韩交了三千五百多万的税。那天下午开完表彰会，县里举办酒会，答谢这些纳税大户。老韩就坐在老蒋身边。喝到半道上，老韩借着酒劲，拍着老蒋的胳膊说："蒋委员长，您答应的事儿该兑现了吧？"

"什么事儿？说！"

"您不是说我只要看上谁，您就成全我嘛！我就看上她了——"老韩歪着头，偷偷指了指隔壁桌上的刘县长。

"喊！"老蒋一巴掌拍到桌子上，满桌酒杯乱跳，"你是说你喜欢上了刘县长啊！刘县长！刘县长——"老蒋扯着嗓子喊，老韩赶紧去制止。但是已经晚了，刘县长微笑着端着酒杯走了过来。

"刘县长，"老蒋不紧不慢地说，"人家老韩看上你了！"

我的脸唰地红到耳根，想着刘县长肯定会爆发。谁知道刘县长轻轻地笑了笑说："那好啊！老韩，你怎么个喜欢法呢？"

老韩闹了个大红脸。

　　回去的时候，我与组织部女部长坐刘县长的车。路上刘县长始终没说一句话，一直扭头看着窗外。下车的时候也没跟我们打招呼，咣地撞上车门，独自上楼了。

四

　　县委办公室主任李志杰，原来在市委跟着一个副书记当秘书，后来直接提拔到我们这个县当副县长。据说这个人的背景很深，姐夫是省委组织部的一个领导，姐姐也是省直一个重要部门的领导。他在当副县长期间，敢于拍板决策，常常挂在嘴边的话就是，我县长说了，就是政府说了，你敢不执行试试？据说他分管教育的时候，曾经把所有民办学校的老板和校长召集起来开会，宣布一条政策，从新学期开始，民办学校的收费和公办的一律拉平，全县不能再有一个"高价生"。这个政策一出，民办学校都炸锅了，毕竟公立学校拿着政府的各种补贴，民营学校不是能不能竞争过，而是能不能生存下来的问题。大家一窝蜂地去找县长。这么大的事情，刘县长也不敢擅自做主，就推到了老蒋这里。老蒋听罢，呵呵一笑说，他有政策，你要有对策嘛！我直接把县政府的决议否了，或者你们硬扛，都不是解决问题的办法。你们回去，自己想办法，只要不违反法律，我看都可以干！

　　结果这些民办学校都乖乖地执行了政府的决定，只是什么服装费、餐费、车辆管理费等乱七八糟的收费增加了很多。这些收费都不属于政府管理的范围，民营学校的收入也没减少。

　　但李志杰处理问题的果断，深得老蒋赞赏。老蒋说，四大班子里面，和事佬太多，有个性敢担当的人太少。后来他就把李志杰要到县委办公室当主任。俗话说，一个槽里拴不住两头叫驴，果不其然，两个人很快就闹得不愉快了。先是在办公室副主任王克敬的使用上，两个人发生了冲突。王克敬是从镇党委副书记的位置上选调过来的，这个人不但工作能力强，文字水平也很高。本来前任书记准备把他作为乡镇党委书记的苗子培养的，可老蒋来了之后，处处找他的碴儿，干什么都挨批评。这让李志杰看不下去。其次是老蒋晚上贪酒，而且喝了酒之后不回家，坐在办公室一根接一根抽烟，半夜才回去，秘书司机都得陪着。过去的办公室主任，也天天陪着他。李志杰作为市直下来的干部，一来不喝酒，二来不加班。下了班就回家。

　　有一次，开上半年工作总结会，四大班子都参加。因为重点工作推进比较理想，会后老蒋让办公室安排大家聚餐。老蒋带头，先用茶杯喝了一大杯。然后给每个人敬一杯，连刘县长都龇牙咧嘴地喝下去了，但是到了李志杰这里，他坚决不喝，一滴都不喝。

"真不喝？"

"真不喝！"

"咦！"老蒋呵呵笑着，"我不相信总书记敬酒你也不喝吧？"

第二天，老蒋跟李志杰谈话，说省委党校有个短期培训班，让他去参加学习。半个月后，李志杰从省委党校回来，发现自己在常委楼上的办公室被信息中心占了。他去找老蒋。老蒋说，现在办公用房太紧张，让他到大办公室，与大伙儿一起办公。

李志杰气得当晚就回到了市里。三天后，不知受了谁的开导，又回来了，找到老蒋，非要拉着他喝酒。老蒋呵呵笑着，让秘书安排了一个大房间，但不让任何人陪。过去的不快都在呵呵一笑中消散，甚至两人喝到兴头上，把办公室副主任王克敬的事情也给办了。

李志杰打着舌头问："蒋委员长，王克敬这个人你觉得真不行？"

"你说呢？"老蒋又开始抽烟。

"我说行。"

"你说行那就行！"

"蒋书记啊，你不能对王克敬有偏见。人家真是兢兢业业的好同志，而且文字水平确实好。可是每次给你写的讲话稿你都扔掉，还劈头盖脸把人家训一顿。"

"人啊，"老蒋现出少有的慈祥，"不磨不成器！"

"那你也不能折腾人吧？"李志杰的舌头更大了，"你每次扔掉的稿子，他拿给报社李明，知道你最欣赏李明。李明换个名字给你，你都说好，还拿着这个稿子训他。这样时间长了，就把同志们的心伤了。"

"哈哈哈哈！"老蒋大笑起来，"志杰啊，我给你说实话，王克敬是我最喜欢也是最看重的干部。我之所以这样折腾他，就是看看他忍耐的极限。他才高八斗，如果再经得起挫折，前途无量啊！不过，他像你一样，禁得住考验。来吧，喝一杯大的！"

五

根据政府分工，我分管文化、旅游和招商引资，要说都是闲差，和我同时下来挂职分到其他县里的人，大部分都是这样分工。根据自己的分工，我带着协助我工作的办公室副主任刘志，分别到所管部门进行调研，逐步了解情况。一圈走下来，才知道自己分工的部门，任务虽然不是很重，但是压力都很大。按照他们的说法，县里给他们下达了死任务，如果完不成的话，要就地免职。

我觉得挺逗的，在总结会结束后，我问办公室副主任刘志，政府工作还有死任务？他说，哪有什么政府工作啊，所有工作都是书记安排的，四大班子领导，包括县长，都有死任务。我更吃惊了，问，县长的死任务是什么？"第一是招商引资，第二是向上级部门要钱，"他说着，翻出年初四大班子分工的台账，翻到县长那一页，"县长今年的任务是招来四家投资不少于五千万的县外企业，向上级部门争取扶持资金不少于两个亿。"

我哭笑不得，这哪是什么书记，简直就是家长嘛！

刘志把秘书支出去，然后把办公室的门关好，小声对我说："您没听说过这样一句顺口溜吗？县委来了蒋近鲁，从此没有县政府。"

我想想女县长给我讲的故事，禁不住摇了摇头，心里想，莫非县长完不成这死任务，他还有权把人家就地免职？

很快我就知道了他的厉害。我分管的旅游局，今年的死任务就一个，就是把二神山从四星升格为五星级。他到县里之后，全面打造旅游品牌，硬是把一个没有多少旅游资源的地方，营造成鄂豫皖三省交界的旅游热点地区。据说他刚开始号召做旅游，大家都在下面偷笑。这个市所属的八个县，就我们这个县旅游资源最差。

但他不信邪，下着大雪带着工程队上山修旅游公路，随后又围着旅游区，修建了十几座水库，最后还把抗战时期武汉保卫战时炸掉的一座古庙，进行了修复扩建。但即使如此，还是游客寥寥。他就号召全县人民齐动员，"天中人游天中"，一下就把旅游炒热了，南山旅游区直接挂的就是 4A 级牌子。这个刚刚满三年，就要求旅游局把 5A 级的牌子挂上，难度有多大，可想而知。

景区里的二郎神塑像，他觉得一个是太小，一个是水泥的，档次太低，要改成石雕。后来旅游局根据他的要求，请来福建著名的雕刻之乡曲阳县的老师傅，花了近半年的工夫，雕像基本快竣工了。局长让我邀请他去看看。我去他办公室等了几次，都没等上，只好让他的秘书约时间。有一次周末，我回省城，刚走到半道上，秘书打电话说他要去看雕塑。我赶紧掉头向景区赶去，结果我到了他还没到。我看到雕塑旁边站了一队人马，都是全副武装。我说，这是干吗的？局长说，这是从煤矿请的爆破队。我说，看项目请爆破队干吗？局长苦笑了一下，还没往下说，他的车子已经到了。他在雕塑前下了车，围着雕像看了一圈，摇了摇头说："不中。"

局长赶紧问，"哪方面不中？"

"哪方面都不中！"他把手中的吸了一半的烟捹在地上，用脚踩灭。

局长说："我们专门邀请国家旅游局的专家看了，他们觉得不错才请您……"

"那你还让我来看啥？弄一堆红石头放这里，不协调，也太张扬。这立在景区门口，像一张老虎嘴，看着舒服吗？"说完，他看看我，让我坐他车子回县里，说有事跟我商量。我本来想跟他说，这是星期天，我要回家。想想他是个没有节假日观念的人，只好作罢。

我们的车刚刚拐上高速公路，就听到震天动地的爆炸声，一股浓烟冲天而起。我这才明白旅游局请爆破队的用意。可他却像没事人一样，丝毫不为所动。

六

据我的办公室副主任刘志讲，老蒋刚到这个县里的时候，日子也不好过。这是一个老区，这里的农业基础条件差，工业除了有一个国有的县化肥厂，其他基本上是空白。过去的领导也搞过招商引资，但招引过来的外商，过不了几年便跑的跑，死的死。所以老蒋过来之后，提出"要把投资者高高举过头顶"，营造一个投资洼地。他亲自跑招商，凡是投资者到了这里，他都要亲自接亲自陪。我来的那天就有一个新加坡的华侨回来投资，他亲自接到县界。

招商这种事儿，非一日之功。他搞了几个月没有一点效果，原因是项目根本落不了地。他建议挨着化肥厂，搞一个工业园区，主要是那个地方的水电路都很方便。这个建议在四大班子会议上一提出就遭到很多人的反对，他们说，化肥厂还要发展，预留的土地不能动。

"发展个屁！"老蒋怒不可遏，"再发展下去，我看就成了火化场了。不但没纳过一分钱的税，财政每年还要给予大量的补贴。"

"补贴也符合国家政策，这是涉农企业。"县人大主任不软不硬地顶过来。

开完会回来，有人私底下告诉老蒋，这个企业不能惹，不但在这个县里的关系盘根错节，就是在省里市里，也有很深的根子。所以到这个县履任的书记县长，首先要到化肥厂来拜拜山头，否则工作很难开展。

"而且，"那人神秘地看着老蒋，"您今天一脚踹到他们心口上了，化肥厂隔壁那块地是他们的心头肉，准备让化肥厂破产后，一起搞房地产开发的。"

老蒋笑了笑，没说什么，以后几个月也没再提化肥厂的事。后来大家发现县里公检法的主要领导挨个儿换了个遍。有一天下午，老蒋带着新调来的公安局局长和检察长以及一众随从，到化肥厂搞调研。化肥厂厂长照例大大咧咧地坐在办公室，等他们上来朝拜。老蒋径直走到中间的沙发上坐下，从口袋里掏出一根烟，夹在嘴上，也不点着。僵持了几分钟，厂长终于沉不住气了，站起来把老蒋的烟点上。

"这是新来的邹检察长，这是新来的公安局崔局长，这些人——"他指了指旁边的一干人，"是我从隔壁安徽省请来的审计事务所的同志。你打给县委县政府的报告我都看了，知道你们企业确实很困难，亏损严重。那么，今天我们服务上门，由邹检察长带队，成立工作组。审计之后，确实需要补贴的，县里再穷都不会亏待你们。"

化肥厂厂长面不改色，胸有成竹地微笑着，估计这样的阵仗见多了。

"但是，"他从秘书递过来的包里，抽出一沓子照片扔在厂长面前，"这个你今天得先说清楚。"说着，他又把照片一张一张捡起来，拿在手里让厂长看，有拉煤的车，有他把穿着白衬衣的手插进煤堆里的，也有煤车车厢里往外滴水的。"我跟公安局崔局长，还有检察长，在你化肥厂外守候了半个月。这些拉煤的车，你往煤里面注水还不可恨，一车煤，你能够转圈卖好几次，最多的可以卖十一次！于心何忍啊！"

说完他站了起来，重新把照片扔给厂长，然后把手机交给秘书："这一段时间不管谁打电话来，你都说我在治疗，无法接电话！"

说罢，拂袖而去。

很短的时间内，化肥厂的盖子被揭开了。化肥厂厂长及其老婆、家属亲属，共有七人被判刑。一时间，天中县人人自危。但很快他们就发现，事态并没有像想象和传说的那样继续扩大，县里的各项工作照常进行。

工业园区顺利开工，同时有七家企业入驻。剪彩那天，锣鼓喧天，鞭炮齐鸣，营造出一派热火朝天的气氛。老蒋专门安排人大主任代表四大班子发言。人大主任反复推辞，说这样名不正言不顺。老蒋说，天中县是你的老家，我们都是外来人，给你们来打工的。有些话你不说，谁说合适啊！

七

原来以为招商引资是个闲差，无非是全国各地跑跑，参加参加上级举办的招商活动，年底凑合几个项目报上去就行了。谁知这项工作老蒋抓得特别细，其实很多客商都是他亲自招来的。他办事雷厉风行，说到做到。按他自己的说法就是，只有人家客商想不到的，没有他做不到的。

但是有一次，在一个项目上耽搁了很久。这个项目是一个木材深加工项目，生产出口到日本的木地板。但是项目太大，县里的土地指标不够。

他说，先上车，后买票。你们只管干吧，遗留问题县里处理。

但对方是一个台资企业，人家严格按规矩办事，土地拿不下来坚决不动工。有一次他把我和土地局局长喊到办公室，就这个事情要开协调会。

他的协调会，其实就是拍板会。但是这一次土地局局长不敢妥协，因为所占用土地有一部分是基本农田，那是高压线，谁都不敢碰。

"蒋委员长"是这样跟我们"协调"的：

"咱们国家啊，人多地少，都知道这个事实啊。"他习惯性地点上烟，如果一口气抽下去一半，那就是要说难听话了。土地局长紧张地看看我，又盯着他的脸。"土地嘛，肯定要保护，对不对，老王？要不咱们国家十几亿人，吃风喝沫啊？但是就目前的科技条件看，企业就得建在地上。难道你有办法给它弄月球上去吗？"

我们看着他的脸在慢慢变大，颜色也深了，估计下面就要拍桌子了。好在这个时候，那个台湾老板带着几个人过来了。一看我们是在说他们这个项目，台湾老板赶紧说，我们都很清楚，王局确实已经很努力了。

"努力？那是你说的吧？你看看他有没有街边拉板车的努力啊？"

然后他扭头问："王局，这土地局长，肯定比拉板车的轻松一些吧？"

王局长赶紧站起来，挺胸答道："蒋书记，您放心，土地拿不下来，您就把我拿下来！"

"你们这些人啊，一让你们贯彻县委县政府的会议精神，你们大会小会都拍着胸脯讲，要把投资商当成上帝。"他用手指着那几个台湾客商，"你见过上帝吗？你信上帝吗？其实啊，我看有一点就足够了，"他夹着烟的大手一划拉，把我们几个都圈进去了，"你们把投资商当成我蒋书记，成了！"

八

我到县里的第二年，老蒋调到市里去了，任市政协副主席。县里人都知道，他这是明升暗降。可我看他的情绪丝毫没受影响，走的时候搞得轰轰烈烈，今天参加告别宴会，明天到乡镇看招商项目，仍然是一副当家做主的派头。

离开县里后，他倒很少回来，偶然回来一趟，也是公务，要么是陪着客人来参观，要么是市里组织的考察什么的。有一次我应酬完从宾馆出来，看见他往楼上走，秘书在后面夹着包跟着。不知道出于什么目的，本来我想躲开。谁知他却老远就向我打招呼，待我走近了，便问我说，县里那么多人去看他，为什么我不去？"当时让你来县里挂职锻炼，是我同意的。开始他们选的领导秘书，都被我否决了。我看你是个文化人才同意。"

感觉瞬间我的脸就像一块红布。我赶忙解释说，一来我不会喝酒，应酬的事做不来。二来也没什么事，害怕去了麻烦他。

"嗯，也是，别没事找事。"他突然指着自己的牙说，"我上去刷刷牙，吃完饭一定要刷牙，你看我五十多岁了，牙一点事没有。"

我点点头，尴尬地笑了笑。

"明天中午别安排事了，陪我吃饭。"他上楼的时候对我说。

第二天的饭局，是县政协的几个领导安排的，也算是例行公事。所以开始的时候，酒喝得不是很多。快喝到一半的时候，刘世明过来敬酒。他是县政法委书记兼法院院长，在隔壁有一桌客人。过来之后，他就倒了两杯酒，端着走到老蒋跟前说："蒋书记，我敬您！"

当时老蒋正在跟政协于主席说着什么，看见他过来，头都没扭，自顾自地说下去。

"蒋主席，我给您敬两杯酒。"刘世明赔着笑说。

老蒋还是像没听见一样，也不拿眼看他，接着自己的话头往下说。于主席看看他，又看看刘世明，尴尬地笑着。

刘世明见状，立马先把两杯酒喝了，又倒了两杯喝掉，再斟满两杯，端到老蒋跟前，说："蒋主席，我先喝为敬！"

"嗯，"老蒋这才转过身来，接过酒杯，但仍然不看刘世明，"你到底还是知道规矩啊！"

刘世明自嘲地笑着，又自罚了一杯酒。

"世明啊，我在县里的时候，你敢这样给我敬酒吗？"老蒋自己也倒了一杯，仰脖子干了，"我听说你对我没让你当县委副书记有意见，我这是在保护你。就你们法院那一坨事，老百姓背后咋骂的你不知道？我看你屁股不好擦干净。来！"他抓起两个茶杯，咕咚咕咚倒满酒，"咱俩来个大的！"

九

据说老蒋离开天中县是非常不情愿的。上级跟他谈了好几次话，说他干得不错，工作很有成效。而且市里现在有位子，又是提拔重用，也算是对有能力、敢担当的干部的一个交代。他都坚持自己的意见，不走。理由是，各项工作刚刚把基础打好，工业刚成规模，旅游业还需要大力拓展，财政收入虽然完成了保吃饭的目标，但用于发展的钱还不足。

"确实，你干的工作，取得的成绩，我们都知道。但是，"上级领导打开档案柜，搬出一沓子材料，足足有半米高，"这是告你的告状材料，也只是其中的一部分。虽然我们觉得大部分都是不实之词，但是人言可畏，可见你的工作阻力有多大！从爱护干部的角度出发，我们希望你回来。"

"那你们就去查嘛！这样不明不白地走，我死不瞑目！"

省里市里也根据告状信查了几次，都不了了之。但是赶到换届的时候，还是把他提拔成市政协副主席。他谁也没再找，也没再抗争，更没有发牢骚。那天我在调干宿舍楼下散步，碰到他从外面喝了酒回来，估计喝了不少，走路跟踉跄跄的。我还没说话，他就大着舌头说，县里各个部门都给他送行，就我分管的部门，连个电话都没有。

"我都安排过了，怕排不上队。"我撒了谎，红着脸解释道。

他哼了一声，说，你不会撒谎。然后就头也不回地上楼了。

他依然这么高调。

离开天中县的时候，根据领导的意思，四大班子开个欢送会就行了，不要搞太大的动静。但他坚持开个全县干部大会，说来的时候光明正大地来，走的时候也要光明正大地走。这是他在履新时开全体干部会时对大家的承诺，不能不兑现承诺，偷偷摸摸地离开。新来的县委书记也不好拒绝，就按照他的安排，开了个全县干部会。

各种歌功颂德，依依惜别的程序结束之后，最后请他讲话。

"我只讲两句话，"他一手夹着烟，一手夹着麦克风话筒头，"第一句，是说给书记县长你们俩人的。你们到这个县来工作，干得好坏，我觉得只有一个标准，那就是像我一样，可以随时仰着脸回来，神鬼都不怕，对谁都问心无愧！"

台上台下都寂静无声，几百人的会场，掉根针就能听见。

他停顿了至少有三分钟。

"第二句话，是说给我们的干部听的，尤其是台上的领导干部！"他扭头看看台上后面几排四大班子领导，"我来的时候赤手空拳，走的时候可不是这样啊，拉了满满四大箱子，四大箱子啊！"他伸出四个指头，放在头上比画着，"你们知道是什么吗？是你们在化肥厂报销的各种票据！我不知道我该拿这些票据怎么办，也希望你们别只顾着在背后捣鼓我，到我面前好好说说，这些票据该怎么办！"

"但是，我只想提个醒，很多事情，很多人，能躲过初一，躲不过十五！"

十

老蒋的摄影展如期举行，天中县来了不少人，大部分是前后任的领导干部。晚上吃饭的时候，大家还在开玩笑说，"蒋委员长"有魅力，只要在他手下工作过的人，对他都是言听计从。老蒋呵呵笑着跟大家碰杯。现在他的酒量小多了，喝多一点就胡乱说，完全没有了过去那种大将风度。

我是第一次知道他会摄影，而且拍的片子确实不错。这些年他在政协工作，世界各地没少跑。我站在他在肯尼亚国家公园拍摄的一幅照片前，心里涌出一种异样的温情。那是一头母象，领着一头小象，向草原深处走去。小象的鼻子搭在母亲的尾巴上，像个顽皮的孩子。草原上的草全黄了，稀稀疏疏的有几棵树。看得久了，就觉得世界就是这样开始，也是这样终结的。

人人都应该有一口漂亮的牙齿

张　楚①

一天晚上，三个人走着回家。其中一个说，真冷啊，不如我们去吃夜宵吧，暖和暖和。另外两个没吭声。提议的人见没有动静，就说，巫山烤鱼、麻辣小龙虾、麻辣香锅、滚烫的涮羊肉，或者新疆红柳烤串，再来瓶红星二锅头，天哪，光是想想就过瘾。她说话之前，可能隐约预感到将会冷场或被婉拒，因而底气不足，腔调不免显得疲弱，甚至有些冷清的温柔。另外两人中的一个，不妨称之为男1吧，没想到接茬儿道，也好也好，说实话，我根本没吃饱，光顾着喝酒了。说完男1和她都忍不住去看剩下的那个人——只好叫他男2了。男2龇着牙说，整就整呗，谁怕谁啊？

她笑了，说，听口气你挺能喝啊？男2竖起大拇指说，不是哥儿们吹牛，想当年在铁西区，我喝倒过三个酒罐子，一个把屎尿都拉裤裆里了。她转过头凝望着他，说，真的？男2说，啥真的假的，待会试试不就知道了！她又去看男1。男1把烟头掐灭，眯眼看她。男1眼小，眯起来时似乎单剩下眼睫毛了。她说，瞧，那不就是家烤肉店吗？哇，我最喜欢吃爆烤大鱿鱼了！男2说，都是福尔马林泡的，有啥吃头，要吃就吃鲜羊腰鲜羊宝鲜羊眼，一嘴下去，血都扑哧扑哧滋出来，那才过瘾。她捂着嘴笑。捂着嘴笑，又不说话，就表明她的确是有些害羞了。

他们找了个靠近落地窗的位置。是男1选的，他说这个角落最亮堂，又

---

①　张　楚　1974年生。曾获鲁迅文学奖等多种奖项。2013年被《人民文学》和《南方文坛》评为"年度青年作家"。

能看到窗外风景。男 2 没说话，不过男 1 似乎知道他想说什么，是不是觉得我特矫情？他看着男 2。男 2 一愣，说，整啥呢大哥，别婆婆妈妈的，点菜吧！

他们没点小龙虾，没点肥羊腰，而是点了条梭边鱼。也忘了谁点的菜，反正端上来时红艳焦酥，鱼背铺了千层椒，鱼身下煨着黄豆芽、芹菜丁、紫甘蓝、春笋干、金针菇和咸豆皮。这才有冬天的样儿，她愣愣地瞅着氤氲的热气说，整个冬天都没吃过像样的饭呢。说完她瞥了男 1 和男 2 两眼，我以前老不明白，北京的这些年轻人为什么都喜欢吃川菜湘菜。冬天这么干燥，身体像草纸一擦就点着了，现在是明白了……男 2 问，明白啥？她慢悠悠地搛了一筷子鱼肚，说，吃完你就懂了。男 2 说，我很少吃辣，我一直觉得，天下最好吃的东西，不外乎“东北三炖”。她问，咦，哪“三炖”？男 2 掰着手指说，能有啥，血肠炖酸菜、西红柿炖肥肠、猪肉炖粉条呗。

从烤鱼上来男 1 就没说过话。本来倒了一口杯二锅头，也没见怎么浅。只皱着眉头，右手掬着腮帮。男 2 问他，咋了哥儿们？想到啥不省心的事了？跟咱唠唠？男 1 朝他摆摆手，仍是副不耐烦的模样。她就问道，是不是牙疼了？男 1 猛地点点头，眼神里满是感激神色。这神色似乎鼓舞了她。牙疼是怎么个疼法，她说，只有深夜里痛哭过的人，才真正晓得。说完她伸手触了触他的头发。他的头发有些扎手，仿佛刚落树的栗子。

他端起酒杯，笑了笑，笑也是歪的。没错，他吸溜着牙齿说，疼得让人感觉连人生都没了意义。可能他对自己用了“人生”“意义”这些词颇感意外，讪讪地喝了口酒。酒似乎也滞留在齿间，让他的半边脸都僵硬狭促起来。她轻声问道，去医院看过没？蛀牙还是智齿？吃药了吗？哎，不过，吃药也是白吃。

来几颗花椒，服务员！男 2 扯着嗓子嚷道，麻溜点！服务员大抵被这嗓门惊到，忙不迭地小跑着走开。顷刻用勺子扤了几粒过来。男 2 低头瞅了瞅说，咋都这小？没大粒花椒吗？服务员不语。男 2 将花椒递给男 1 说，哪儿疼用哪儿咬着，别老吸气，别老说话，咬上几分钟就好了。土法子，管用着呢！

男 1 犹犹豫豫地接过花椒，塞进嘴里，看着她和男 2。店里本来人就稀少，此时便显得格外静。他们似乎能听到男 1 急促的呼吸声。她问道，好点没有？男 1 没有点头，也没有摇头。男 2 说，老灵验了，我奶牙疼，疼得用头撞墙，一个老中医给了这个偏方，才安稳了。话说是偏方，可也是有来处的。《神农本草经》都上有记载呢。知道不？花椒味辛、温，主治邪气，除寒痹，还能坚齿明目。如果再喝口白酒，见效更快！好点没兄弟？男1没吭声，喝了口白酒，强笑着看男2，说，你喝酒的套路还挺深。

男2撇了撇嘴说，咋这么说话呢兄弟？啥套路啊，不都是为了你嘛。还有个法子，你也试试。左边牙疼，找右手的合谷穴，使劲掐几分钟就行。知道合谷穴在哪儿不？喏，就在大拇指和食指中间，离虎口边二三厘米。说完他举起双手示范了一下。如果是右边牙疼，就掐左手。他盯着男1问，是不是好多了？也就是你，别人要这个偏方我可是要收费的。

她扑哧一声笑了。男2长得极瘦，头发看样子几天没洗，眼睛有点斜视，眼镜的镜片碎掉了也不换，跟他凸出的两颗大门牙倒是般配。羽绒服脏兮兮的，若是细细查看，领子油腻，胸前还破了几处，明显是被钉子或利器钩划开，鸭绒毛都钻了出来。这样一个人，说话声该是柔和的、慢条斯理的、慵懒的，不承想却是铜锅爆炒豆子般。她忍不住跟他碰了杯酒。男2一大口下去，一抹嘴没有了。就问，你到底能喝多少？男2也斜着她说，酒再能喝，也算不得好汉。要是再逞强撒个酒疯啥的，就更被人瞧不起。酒这玩意儿，说白了就是个助兴的，类似软性毒品，是不大姐？

她一愣，不明白为何跟她叫大姐。自己很老吗？难道比他还老？这时男1说道，喂，你们瞧，下雪了。他声音轻柔，他们还是不禁将脖颈甩向窗外。整个冬天，北京也没下一场像模像样的雪，倒是雾霾整日罩着。尽管戴口罩上班，她还是感觉到那些肉眼看不到的颗粒透过口罩弥漫进她的鼻腔，然后顺着咽喉沉淀到肺部。有段时间，她老是咳嗽，尤其是深夜，响亮的咳嗽声简直遮盖住了野猫的叫声。她老想去医院拍个胸片，可一想到那些比蚂蚁还密集的病号，往往就先胆怯。她想，肺叶跟自己一起慢慢地衰老、死亡，其实也没什么可遗憾的。

窗外的雪很小，零零碎碎。男1说，终于下雪了。明天终于可以去故宫拍雪景了！来，我们走一个！说完先将杯中酒干掉。他的牙齿似乎已经不疼了，她想，他牙齿间的花椒粒肯定也被酒精冲到了胃里。男2说，干就干！谁怕谁啊！一抬手也把酒给撅了。她犹豫了片刻，喝了一半，说，高兴归高兴，这酒我是不能干掉的。男2问，为啥？她说，我酒量不好，喝醉了，你们谁背我回家啊？不如这样，我给你们讲个关于牙齿的故事，就当我把剩下的酒给喝了。

男1说，这主意不错，我同意。她瞅了男1一眼。男1眯缝着眼睛也在瞅她。她朝他扬了扬眉梢。这个动作似乎有点突兀，可并不显得轻佻。男1说，人说汉书下酒，今天我们就牙齿下酒。男2径自又倒了满杯，倒完后大约怕人说他贪杯，又忙给男1斟满。他们俩，男1和男2，都肃穆地盯着她。

她说，好吧，这个故事是关于我祖母的。她是北方人，虽是北方人，却没用奶奶、娘娘或者婆这样的称呼，而是用了"祖母"这个词，似乎唯有如此称谓，才能让她的讲述显得庄重雅肃。她说，我祖母只有父亲一个儿子，父亲早年当兵，后来转业到地方当公务员。父亲一直孝顺，祖母六十六那年，牙齿几乎都掉光了，父亲便把祖母拉到县医院，配了副假牙。那时候父亲一个月的工资不过百十块钱，这副假牙就花了八十块。父亲一点不心疼，他拉着祖母的手说，以后你就又能过上好日子了，有什么能比有副好牙齿更幸福的事情呢？

于是，祖母便有了幸福的假牙。可是，那副假牙她只戴了一天就偷偷摘掉了。她觉得这副牙齿太昂贵了，如果整日里戴着，不仅要咀嚼大米小米、谷子高粱、花生红薯，还要咀嚼黄豆、绿豆、蚕豆、野枣跟核桃，逢年过节了，还要咀嚼猪排、羊排、牛肉和鱼刺，就是老鼠的牙齿也禁不住如此折腾，何况是副洁白的瓷牙？除非父亲在场，吃饭的时候她从来没有戴过假牙。可这并没有妨碍她的好胃口。一日三餐，她就用她的牙龈喝粥吃馒头，嚼茄子豆角辣椒和白菜，即便是嘴馋了吃核桃，她也用牙龈直接啃。那副假牙呢？那副假牙被她藏在柜子上的搪瓷缸里，闲来无事了，她把它攥在手心里不停地摩挲。她喜欢手指抚摩瓷牙的感觉。那些牙齿如此光滑、细腻，像是婴儿娇嫩干爽的皮肤。她最喜欢的是那两颗门牙，坚硬顺滑，仿佛一口能咬断牦牛的脊骨。后来临睡前，她也将那副假牙放置于枕边，拇指食指有一搭无一搭地蹭着，像是老尼深夜里盘着心爱的佛珠。也许，祖母真的将这些排列齐整、摸起来凉滑的牙齿当成手串或挂链了。那些年，哦，应该是那三十年，祖母一直用牙龈咀嚼食物和药物，那副假牙，变成了她最珍贵的玩物。你能想象吗，后来她的牙龈也都变成了牙齿的样子，红色的肉和神经下垂，像是古怪的赘物，咬起老黄瓜或者脆骨来，倒比牙齿还要干脆利落。

九十六岁那年，祖母身板一直都还硬朗。有一天，是冬天吧，她突然发觉那副假牙不见了。开始并没在意，以为落在灶台或者炕沿下，寻了三两天仍是没有下落，这才有些着急，钻蜥蜴蛄窟窿倒耗子洞，连厕所都翻遍了，仍是没有找到。隔不几天，她就躺在炕上不能动了，饭菜咽不下，药也不肯吃。父亲找了最好的医生来家里看，只说受了些风寒并无大碍。不承想半月未足，就离世了。咽气前方才拉着父亲的手说，她的假牙丢了，肯定是阎王派牛头马面将她的牙齿偷走了。阎王嫌她活得太久长，就偷了她的假牙。父亲一直哭。父亲也快八十岁了，牙也全掉光了。他安慰祖母说，你就别骗我了，我老早就知道你从来没戴过那副假牙。有没有它，你不照样吃香的喝辣的、照样活得比谁都滋润吗？祖母说，你个傻小子，什么都不懂……什么都不懂……将头扭向墙壁，叹息了声，再也没有醒过来。

她一口气说了这么多，仿佛有些疲乏，夹了块春笋慢慢地嚼，嚼着嚼着脸上似乎才有了光泽。男2愣愣地问道，然后呢？她说什么然后？男2说，这就是你要讲的故事吗？她说是啊。男2似乎有些失望，半晌才说，那你奶的牙齿到底丢哪疙瘩了？她说，你问我，我问谁呢？反正祖母下葬那天，父亲又买了副假牙，放进棺木里。他可不希望祖母在另外一个世界，连一颗牙齿都没有，哪怕是颗假牙。

男2挠了挠头，目光转向窗外，说，你这故事神叨叨的，我也没听懂。既然说到牙齿，那么，我也给你们讲个关于牙齿的故事吧。

她说好呀好呀，我感觉你是个特别会讲故事的人呢。他嘿嘿地笑了两声说，咱是实在人，不会转词，讲完了你们可别笑话我。这时男1说话了。他很久没有说话了。她在讲故事时他只是托着腮帮，两条黑线木木地看着锅里的金针菇被小火翻滚上来。他说，你讲吧，讲完了我也讲一个。这么冷的天气，锅是热的，雪是新的，故事是没听过的，挺好。

男2没有接茬儿，径自说道，你们好好瞅瞅我，发现我哪里有不一样的地方没有？说完他转动头颅，先是朝左，后是朝右，然后脑门朝天，再是下颌朝地，末了，龇牙咧嘴地目视着她和男1。

她和男1委实没瞧出什么异样之处。他颇为得意地摇了摇头，没瞅出来吧！他敲敲自己的两颗门牙说，这俩牙是假的！假的！烤瓷的！

我要讲的就跟这两颗假门牙有关。那年初冬我进了剧组。在这之前，我刚摔掉了两颗门牙。咋摔的？老倒霉了！晚上喝酒回家，走着走着走到了下水道井盖上。妈的，井盖是半掩的，我只觉得脚下一空，身子猛然一坠。幸亏老子打小就练跆拳道，四肢灵活，往下沉的瞬间我下意识地张开大嘴，想要咬住点啥东西。没错！你们猜得没错！我用牙齿咬到了井盖的边儿，当然，也只是咬了一口而已，随后就直接落进了下水道。真是两眼一抹黑，英雄无用武之地啊。幸亏有好心人路过，把我拽上来。我那时完全蒙了，直接打车到了医院。检查完了，只是掉了两颗门牙，脸浮肿得跟井盖那么圆。躺了几天就出院了，医生建议我到牙医专科去镶牙，我打听了下，死贵死贵，种一颗牙要两万块钱，平常的烤瓷也得五六千。就有些犯寻思。这时恰好有个导演朋友让我去给他当助理。镶牙也来不及了，就这么着，一个没有门牙的人来到了海边。

这朋友本身就是个腕儿，演了老多电影电视剧，可他老揣着导演梦，这次从网站搞了些钱，要拍部文艺片。文艺片成本小，剧组也就百十号人。第一次拍片，朋友特别卖命，他一卖命，别人就得卖双倍的命。那天在海边拍武戏。刚下过雪，零下十度，武行现从北京调过来，晚上 10 点才下高铁。一个镜头拍了二十遍才过，这时都快凌晨 1 点了。多冷啊，我穿了两件毛衣，外面还套了羽绒服。有个化妆师，却穿着条呢裙，时不时哆哆嗦嗦地给男主角补妆。我当时想，真傻，臭美啥，冻成冰棍了吧。完事了她就钻进一辆大巴。为了省钱，大巴也没开暖风。我老觉得不落忍，就过去问她，要不要穿我的羽绒服？车里黑漆火燎，估计她也没认出我是谁，只使劲摇头，说不怎么冷。一听她说话的声音就是南方人。也只有南方人才敢穿条呢裙来海边拍戏吧。我也没说啥，继续忙活我的。心里想，这就是典型的死要面子活受罪，好心当成驴肝肺。

第二天中午，正吃盒饭，走过来一个女的，问我吃不吃水果。我一瞅，不就是昨晚那个差点被冻死的化妆师吗？这天太阳好，明晃晃的，我仔细瞅她。长得不赖，瘦，胸大，就是腿有点短。我就说，我是肉食动物。我说话的时候她明显一愣。我想她可能看到我的牙了。如果不是，她为啥要笑呢？捂嘴笑，皱纹也不少。我说笑屁啊，没见过说话漏风的人吗？她还是笑，说，这是莲雾，你尝尝。我是头一次听到这种水果的名字。就拿了个，歪着嘴用槽牙啃。她也没说啥别的，靠墙喝咖啡。我问你叫啥啊？她说，我叫若彤。她说话的声音好听，尤其是白天，感觉耳朵都酥了。

戏拍得紧，常常凌晨一两点才收工，清晨七八点又要赶赴拍摄地。有天拍室内戏，收工早，回到酒店死狗似的睡着了。睡得正香有人敲门。开了门，却是她。她说，我们化妆组要去吃夜宵，你去不去？我迷迷瞪瞪地点点头。等去了有点后悔，他们四个娘儿们一个爷儿们，都不喝酒，就是饿死鬼似的猛吃肉。她说，你好像很喜欢喝酒的样子。我说咋啦，男人不喝酒不抽烟不赌钱，活着还有屌意思？她让店家拿了两瓶小刀酒，说，既然你喜欢喝，我陪你哦。我说，就你那小样，作死啊。她笑了笑。她笑的时候特别好看，我的心动了一动。你们笑啥？无论男人女人，来了电，都一个德行，恨不得立马把对方扑倒。那天我把她扑倒了没？拉倒吧，我被她灌倒了，一人一瓶白的，又整了七八瓶啤酒原浆。断片了，早晨醒来，都10点了，爬起来，发现桌子上有早饭，一盒粥俩包子。旁边放着张字条，写着：后会有期。有啥牛的啊，不就是黄鼠狼子被母鸡咬了口嘛。还挺能装，字条是用繁体字写的。

那天之后跟她见面的机会越来越多。见了面也不一定有机会说话，看对方一眼，笑笑。心里真爽啊。是啊，咋那么爽呢？晚上收工了，她会来我房间坐坐，别想歪了，啥都没有，就是坐坐。我才知道她是台北人。一个台湾人，干吗跑到大陆来当化妆师？没整明白，也没问过她。只记得她偶尔说起，在厦门读的大学，毕业后就再也没回台湾。能干啥？瞎聊呗，跟她说我小时候的事。我们那时候，都喜欢打架，仿佛要是不打架，就对不起保卫科，怕他们失业。书包里都揣着刀子上学。他们管我叫"四眼狗"。为啥叫"四眼狗"？妒忌呗。我是好学生，只揣书，不揣刀。有天跟七八个男孩儿刚进校门，就被保卫科的拦住，要挨个检查书包。前面几个兔崽子，哪个也没放过，可书包里根本没凶器。到了我，保安说，不检了，进吧。他根本没想到，那几个崽子的砍刀全藏我书包里呢。

我说得唾沫星子乱溅，这时她走过来，一把搂住了我。我当时跷着二郎腿坐在椅子上，只好仰头看她。我们对视了足足三十秒，她才低头亲我。没错，她先亲的我。她的舌头咋那么软呢，来来回回在我门牙的位置舔来舔去，舔着舔着她就笑。我脸有些红。不光脸红，别的地方也红了，站起来，抱起她，扔床上。没料到她又坐起来，说，你要干什么，我们好好聊天不行吗？我听她的语气有些急，就爬了，没敢乱动。这样，她光脚坐在床上，抱膝，下巴抵在膝盖上，继续听我胡侃。到了凌晨1点，她抱了抱我，说，晚安，没有门牙的帅哥，转身回宿舍了。

说实话，我没搞过几次女人，大多数时候，都是自己搞自己。也没正经谈过几次恋爱，哥们这么帅，眼高，但是手不能低。每天晚上，无论多晚，她都会来敲门。一听到敲门声我就硬了。硬了就硬了，憋着，跟她说话，啥都说，小学说完了说初中，初中说完了说高中大学，然后说咋入的影视这行，剩下的就是娱乐八卦，明星丑闻，音乐文学，除了两岸关系，我们啥都谈，性也谈，SM，轰趴，口无遮拦。她要是高兴了，还会给我读诗。谁骗你们谁孙子。读的都是外国人的诗，我可一首没记住，什么我喜欢你是寂静的，我远离了黑暗与爱啥的，整不明白。整不明白也得听，瞪着大眼睛竖着大耳朵听。她声音绵绵的，有一点点沙哑。她读的时候，我就用手机给她配乐。找的《冰血暴》里的一段，花枪女高音那段，她老喜欢了。她可能都没听出来，她读了那么多首诗歌，我就用了一首音乐。

我跟她在一起快活不？这不和尚头上的虱子嘛。能憋住不？咱也不是柳下惠，可是，人这玩意儿，有时候就是会被一种特别美、特别好、说也说不清的东西罩着，这时欲望就显得贼低级。当然，我们会接吻。只是接吻？也不是，有回我忍不住将她的上衣脱了。她没说啥，我就亲她乳房。可别往歪里想，就这点干货，别的没了。咋可能扯犊子！她别看长得柔柔弱弱，性子倔着呢。当然，有时候她也主动亲啊，亲得我云里雾里的。剧组的人知道不？不能让他们知道，省得成谈资笑柄。戏拍到一半，眼瞅着情人节了，我那时候想，咱也浪漫一次，等那天了，我就向她求婚。真的，她是这辈子第一个让我有结婚念头的女人。

这中间我悄悄回了趟北京。干啥去了？镶牙呗。你说我总不能龇着两颗门牙向一个女人求婚吧？多寒碜。贵就贵呗，恋爱中的人，从来都觉得金钱是粪土。我跟牙医说，镶德国进口的烤全瓷。情人节上午，我赶到片场，先一路忙活，后来我把她单独叫出来，说有点事。她看到我时明显有些吃惊。她说，你的牙齿怎么了？我得意地说，没咋地啊，我只是让它们变成了以前的样子。她默默地看着我，不吭声。我说是不是更帅了？她说，我不是说过吗，缺两颗牙齿也不影响什么。我说咋不影响呢，影响老大了，两边的牙齿没了支撑会倒的，经常用槽牙嚼食，会让我的两腮越来越大，到时候鞋拔子脸变梯形脸，没准鼻子也会跟着歪掉，你不得把我甩了？她说，我都不认识你了。我说，你只是不认识我的牙龈了。她笑了笑，说，记得你跟我说过，如果我喜欢，你就永远不去镶牙。我说，没错，你还说过，如果我能做到，你就嫁给我。

说到这里，我忽然觉得哪里不对劲了。我的手一直揣裤兜里，手心里攥着那枚钻戒。可是，我完全没有勇气将它掏出来了。我感觉手心里的汗已经将戒指打湿了。她看着我，说，新牙很漂亮。没错，她就说了这么一句，转身就走开了。

那天晚上，我们照例在宿舍闲聊。我嘚啵嘚啵时，她一直盯着我的门牙，盯得我有点瘆得慌。她的眼神就像一个刚懂事的孩子目不转睛地盯着一头母猪，或者一条死鱼。我故意将她的注意力转移到别的上面，比如我给她变魔术，变出了一只小花栗鼠，她虽然大笑着将花栗鼠捧在手心里摸，可我觉得她的眼神还是在偷偷打量我的门牙；比如我学卓别林跳舞，我多希望她能专心地盯着我的大头皮鞋我的黑色礼帽或者手里用来当拐杖的衣架，可，可是，妈呀，她的瞳孔仍然死死盯着我的门牙；比如我学单田芳讲《隋唐演义》，边讲边将程咬金的三板斧一招一式演示给她看，她还是盯着我门牙……整得我老不爽了。后来我喊了一嗓子，你神经病啊！真的，或许只是心里瞬间的念想，可却被我喊了出来，不仅喊了出来，还又加了一句，再看再看！信不信我把你门牙打掉！

没错，你们说得没错，她起身就走了，关门时，她扭头笑了笑。台湾人就是有礼貌，虚伪的礼貌。她为啥不狠狠骂我几句？那样的话不是更解气吗？我还能顺坡下驴，把兜里的钻戒掏出来，跪在地上，顺便把婚给求了。你们是不是觉得，我一个大老爷儿们特别事妈？没错，我就是一事妈，就是一傻帽儿。第二天开戏时，我们一起吃盒饭，可她一句话都没说。是的，一句话都没说。我老想道歉，可这嘴像是被线缝上了，那两颗门牙怎么都露不出来。那天晚上她没来找我，我也没找她。第三天，我们导演让我跟生活制片去上海的外景地看景。看了三天景，回去时，却没看到她。我跟化妆主任问，若彤去哪里了？化妆主任说，制片人在横店还有一部戏，将若彤抽调到那里去了。

男2说到这儿，怎么就打住了。男1和她对视了一眼。她问道，后来呢？男2说，有个屁后来。我给她打电话，她也接，说两句就不知道说啥好了，只好挂掉。逢年过节的，我都给她短信问候，她也回，就两个字，谢谢。你说我还能咋办？我还能咋办？

男2扫了眼她和男1，举起杯子，抬了抬下巴，意思是，喝酒吧。她看到男2的眼睛有些湿润。如果身旁无人，男2或许会哭吧？她已经多年没有见过男人哭泣了。男人的眼泪，向来只留给黑夜和女人。男2这口酒喝得不少，或许，此时的酒跟水已然没有多大分别。她盯着男2乱糟糟的头发和破碎的眼镜片，竟然有些许难过。这难过是属于男2讲的故事，还是属于她自己，她委实也分辨不清。她看了看男1，男1绷着脸指了指窗外，吞吞吐吐地说，你们看，雪越来越大了。到了明天，无论红城墙，还是黑色柏油路，都是白的了。男2说，有啥看头，想看雪了就去东北。这点破雪，不够塞牙缝呢！男1揉了揉腮帮子，扭头跟服务员说，你好，再帮我拿些花椒粒。

等花椒粒再次塞进齿缝，男1的脸色和缓些，他用公筷将豆皮从鱼肚下翻上来，你们吃些东西吧，他说，点了条这么大的鱼，却干坐着喝酒，真是犯罪啊。

男2说，你担心啥，我几筷子就能把这条鱼干掉。你还是讲你的故事吧。她瞄了男1一眼，给他夹了块鱼眼附近的嫩肉。他点点头。他应该知道，鱼身上最好吃的就是那里。

男1的语速有些慢。当然，他想快也快不起来，让一个正犯着牙疼的病人讲一个关于牙齿的故事，也许是一种变相的惩罚。他无疑很享受这样的惩罚。他的语速虽然缓慢，但是吐字清晰，他或许并不想拿腔捏调，可事实是，当那些句子断断续续地从他厚重的嘴唇里吐出来时，确实有一种话剧演员背诵台词的效果。他可能也意识到这样的说话方式有些不妥，然而又有什么办法？此时他只能以这样一种姿态镶嵌到两个陌生人关于夜晚的记忆中。

有个女人，男1说，这个女人嫁给了她的高中同学。能有多少女人顺利嫁给情窦初开的恋人而且生一对龙凤胎？从世俗的角度理解，这个女人是个幸福的女人：有个高大健壮的男人，有份公务员的工作，还有两个刚蹒跚学步的孩子和一套180平方米的房子。她已经不太年轻，但是也不老，化完妆后，可以称得上是美女。对她来说，唯一的遗憾就是丈夫在外地工作。丈夫是做什么的呢，也许是在太平洋大西洋跑船的水手，也许是野生动物摄影师，总之，男人半年左右才回来一趟。父母知道哄孩子是件大事，便搬过来同住。每天下班时，母亲把饭做好了，父亲陪着孩子们玩耍，吃完后，碗也不用刷，地板也不用拖，她只需负责躺在沙发里看看电视，或者逗逗孩子们。她似乎又回到了少女时期。有时候她照着镜子梳头，听到父母嘀嘀咕咕着拌嘴，恍惚又回到了十七八岁。没错，她的心一点没老，也许可以说，她可能从来就没长大过。

有一天，父母带着孩子们回家了，她一个人吃饭、看电视。闲来无事就开始玩手机。她很少上交友软件。可那天，她怎么就上了，不仅上了，还跟一个男人聊了许久。是男人主动加的她。视频里的男人长得很帅，她想，她还从来没有见过这么好看的男人，不但好看，嘴巴也甜，妹妹妹妹地叫着，说话声音清脆干净，笑起来眼睛就变成了两瓣桃花。他自称从外地来此公办，一个同事没有，一个朋友也没有，饭也懒得吃，到现在还饿着肚子。他说饿着肚子的时候，眼神那么失落，让她不禁想到那些没有人管的孤儿，忍不住就说了句，你要是饿了，我做给你吃。男人说，真的吗？男人说话时没有丝毫的惊喜，这让她有些不舒服，就说，给朋友做顿饭，有什么大不了的呢。男人的眼神就亮了，说，你真的把我当朋友，真的愿意为我做一顿晚餐吗？她说，是啊。男人说，那把你地址发给我，我去吃妹妹做的大餐。她想也没想就将地址发给了男人。发完之后就后悔了，说，我在开玩笑呢。可男人并没有回话，这样，她反倒有些失落，丢了手机，躺在沙发上看韩剧。没多久门铃就响了，她以为是父母又带着孩子回来了。开了门，才发现，门口站着个陌生男人。

她刚想说什么，男人将食指放在唇边"嘘"了声，进门，将门锁好，脱鞋脱外套，仿佛到了他自己的家一般。说实话她当时吓坏了，以为进来的是劫匪。不过瞄了两眼，才发现这男人，竟然是刚才跟她聊天的人。她嘟囔着说，你真来了啊？又嘟囔着说，怎么这么快呢。男人说，我饿了啊，想吃妹妹做的饭。她这才心安些，偷偷打量着他。他比视频里还要清俊。当时她以为他是个电影演员。

她为他做了一碗蛋炒饭，做了一碗紫菜汤。他吃饭的样子很安静，嘴唇边没有一滴汁水，而且没有半点声响，完全不像自己的丈夫那样狼吞虎咽。她竟然看得有些呆了。她或许一直是个花痴，只是自己没有察觉而已。反正，男人吃完饭，他们又在客厅里看综艺节目，看着看着，男人的手就伸过来。她说，你老实一点啊。或许她说话的声音过于轻柔，或许她那时心里委实在荡漾，反正男人并没有将手拿开。也许在男人看来，那更像是一种羞涩的暗示。他将她的手指放进嘴里吮吸起来。她当时是怎么想的呢。也许什么都不敢想。他将她抱进卧室，将她衣服褪掉，然后像她的丈夫一般覆盖了她。

她从来没有遇到过这么温柔的男人。那天夜晚，他们至少做了三次，事毕歇息片刻，男人的欲望就又如生铁般坚挺起来。他还是个有情调的人，从卧室到客厅，从客厅到卫生间，从卫生间到厨房，再从厨房到阳台，总之，他的脚步和汗水几乎遍及了她家的每处角落。她想大声喊叫。她从来没有大声喊叫过。但她只是用手狠狠捂住了自己的嘴巴。倒是他，间或轻吟或淋漓着轻呼，对不起……对不起……她听到他不知是愧疚还是兴奋的喃喃声。

男人离开时是凌晨3点。她沉沉睡去，醒来时看着镜子里的自己，懊悔和羞愧让她的泪水不由自主地流满了脸颊。她竟然做了这样的事情，还是跟一个连姓名都不晓得的男人。她在浴室不停地清洗着自己的皮肤，想把男人身上的味道全部冲洗掉。然后，她又开始清扫房间，把厨房、客厅、卧室、阳台的犄角旮旯打扫得干干净净。她可从来没有如此勤快过。当她气喘吁吁地坐在床铺上小憩时，偶然垂头间，在床脚，是的，在床单几乎覆盖的床脚下，她发现了一颗牙齿。

　　那是一颗洁白的牙齿，没有烟渍，没有饭渍，也不是四环素牙。她当时的第一反应就是，难道自己的牙齿掉了？舌头舔了半天，根本不是。那么，她想，这是谁的牙齿呢？

　　这是一颗成人的牙齿，绝对不会是孩子的乳牙。难道是丈夫的？一想到丈夫，心又抽搐起来，可是，从来没有听他说掉过牙齿啊。更不可能是父母的，他们虽然老了，可牙齿比老虎还要尖利，况且他们从来没有进过她的卧室。难道，这颗牙齿是……那个男人的？想到那个男人，她的脸就红了。然后，她想到了一系列让她可能一辈子都不能忘记的事情。

　　她和男人视频。男人说，牙齿怎么可能是我的呢？我牙口好着呢。我要开会了，宝贝，改天再聊。他的声音很淡然，完全不如昨晚那般急切。她支支吾吾地说，我把手机号码给你，你忙完了，记得打给我。男人说，没问题啊宝贝，想死你了。他的嘴唇贴到屏幕上，亲了亲她。

　　那么，这颗突如其来的牙齿，就只能是丈夫的了。他掉了颗牙齿，却从来没有告诉她。这么想时，她有点难过。到底难过什么，她自己可是一点都不懂。那天晚上，她吃过晚饭，想给丈夫打个电话问候，可鬼使神差地，她没有联系丈夫，而是连接了跟男人的视频。让她意外的是，男人将她拉黑了。他怎么能这样呢？她有些愤怒，在房间里不停地走动、揪头发、哭泣、擤鼻涕。慢慢地，愤怒就像暗夜天空中的鳞爪闪电，很快被黑暗吞掉。她手里呆呆地攥着那颗牙齿，整整在床上坐了半宿。

　　丈夫半个月后回来了。丈夫还是以前的丈夫，吃饭狼吞虎咽，做爱像发动机。她跟他躺在床上，汗水淋漓。事后她想了想，从枕头底下掏出那颗牙齿，柔声问道，这颗牙齿，是你掉的吧？又镶了颗新牙吗？丈夫将灯打开，拿过来，审视了半晌，问道，什么我的牙齿？我换牙后就没掉过一颗。他龇着牙齿说，你敲敲，你敲敲，我的牙口比牲口的都瓷实呢。她看着丈夫说，怎么可能呢，怎么可能呢，怎么可能不是你的呢？不是你的，又是谁的呢？丈夫说，管他是谁的，爱是谁的就是谁的，难道你不想我吗？说完又卷土重来。她目光呆滞地盯着天花板，手指死死捏着那颗牙齿，任男人要着他想要的。

　　男1讲到这里就停了。他一口气说了这么多话，说了这么多话似乎也没有让他的疼痛减轻一分。他蹙着眉，又去看窗外的雪。男2已经没有气力看雪了，他趴在桌子上睡着了。他的鼾声时大时小，涎水一条条奔拉到油腻的桌面上。

后来呢？她问道，那颗牙齿到底是谁的？

男1仍望着窗外，说，后来，那个女人魔怔了，无论是上班还是下班，无论是在卧室还是在厨房，无论是在床上还是在床下，兜里都揣着那颗牙齿。有时候她会突然翻开她母亲的嘴唇，问道，你是不是掉了颗牙齿？有时候她会盯着同事的嘴巴，听人家说话，听着听着她走上前，拉着人家的手问，张美玲，你掉了颗臼齿吗？如此反复几次，家人才发现她有些异样，只好强行带她到医院检查。医生说，女人得了抑郁症和深度焦虑症。说到这里，男1突然站起来说，我们撤吧，很晚了，明天还要出差的。

她着实有些意外，指着男2磕磕巴巴地说，那他……他怎么办呢？

男1说，他会醒来的。没有回不到家的男人，只有回不到家的女人。

她没有跟男1抢着结账。她觉得这是对男1的尊重。出了酒店，才发现窗外的雪跟从窗内看到的雪不一样。她想到自己喜欢的一个男作家，经常在小说里写到雪。他为何那么喜欢雪呢？每次写到雪，他都会用到"肥硕"两字。这一晚的雪，倒是真的很肥很硕。北京已经四五年没有下过这么仓促这么漫天的雪了。她打了个寒噤，脚底一打滑，险些就摔倒，幸亏男1一把拽住了她的手。他的手比她的手还要热。她犹豫着问道，你贵姓？

他没回答，而是反问道，你想知道我讲的故事，是如何一个结局吗？不等她吭声，他就自言自语地说起来。他的声音在雪色中有些游离，也许是那些胡乱飞舞的雪花让一切都不真切起来。他说，后来，那个在外地工作的丈夫，与一个同事在某个酒局上相逢。这个同事以前是他的哥儿们，关系铁得很，只是有一年，同事忽然辞职去了南方。这一次久别重逢，真是让人惊喜。同事那天跟他喝了无数的酒，后来又去酒吧喝，他们把那个酒吧所有的1664全干掉了。后来同事不停地吐，吐完了抱着他不停地哭。他安慰同事说，人生何处不相逢，何必如此伤感呢。同事断断续续地问道，大哥，你还记得有一年……我去你老家出差吗？丈夫想了想说，记得啊，本来该我去，本乡本土的，可老总非要我去杭州。对了，我还把你嫂子的手机号给了你，嘱咐你有空了联络她，让她请你吃顿便饭来着。同事哭得就更厉害，说，我嫂子啊，确实请我吃过饭呢。我只是没跟你提起过。丈夫说，我怎么从来没有听你嫂子念叨，唉，这个女人，从来都是稀里糊涂。同事就在酒吧的椅子上睡着了。丈夫盯着同事，恍惚想起来，这个同事，就是去他老家之后辞职的。当时身为副总的丈夫还甚是惋惜，同事名校毕业，精明能干，又是花样美男，人气爆棚，他的离开，让公司损失还真是不小呢。

　　男 1 讲到这里咳嗽起来。她看到男 1 身边的雪瓣都被咳嗽声震飞了。在雪中，男 1 的身材显得格外魁梧。她拍拍他的后背说，不知道我们什么时候，才能再聚一次呢？说实话，她本来想要他的手机号码，转念间又觉得有些冒昧。只不过是一场莫名其妙的酒局上碰了一面，顺路步行回家途中，又吃了顿夜宵而已。这么想时，她不禁匆匆往前赶了几步。再回头，男 1 的身影已然模糊。他喝多了？在呕吐？不过，喝多喝少都跟自己都没有干系。北京这么大，每晚喝醉的人可能比欧洲某个小国的人口总和还要多。想到这里，她怎么就下意识地摸了摸自己的牙齿，自嘲地笑了笑。后来，她忍不住回头又张望了几次。什么都望不到了，无论是立交桥还是楼厦，树木还是人迹，都被凛冽的白色裹挟遮蔽。她走在城中，却如走在旷野中。隐隐约约地，她还听到了旷野上的风声。

阿拉伯婆婆纳

张悦然[①]

　　我是在同一天认识大魏和子辰的。前后相差一小时。当时我和大魏都去了一个读书会，到得有些晚，没有座位了。我们站在最后面听了一会儿，各自离开会场，去了楼下的咖啡馆。大魏坐在我的邻座，手中拿着当天读书会要讲的那本书，波拉尼奥的《地球上的最后一个夜晚》，而且我们都点了美式咖啡。他以一种兴致不太高的语调跟我搭话，问我最喜欢书中的哪一篇。我说是《安妮·穆尔的一生》。他说，你们女孩都喜欢那一篇。那你呢，我问。他说他最喜欢《小眼席尔瓦》。我立刻怀疑他是同性恋。因为我有个同性恋的朋友也最喜欢那一篇。他当时穿了白色 T 恤和牛仔裤，装束模棱两可。我们又谈了一点对《2666》的看法。读书会快结束了，他建议换个地方，因为很快听讲座的人就会从楼上下来，挤满整个咖啡馆。我们走到外面，遇见了另一个手中拿着《地球上最后一个夜晚》的人，就是子辰。讲座听了一半，他出来上厕所。对着小便池撒尿的时候，他意识到几个嘉宾对于波拉尼奥的了解并不比自己更多，于是回去拿了书包离开会场。他站在一棵丁香树底下抽烟。当时是春天，刚下过一点雨，他说他想到了一个波拉尼奥的比喻：天空像方形机器人苦笑的脸。我们都忘记了这个比喻出在什么地方，没有做出回应。大魏跟他一块儿抽了支烟，然后他问子辰是否愿意跟我们换个地方再

① **张悦然**　现为中国人民大学文学院讲师。出版小说作品有：《葵花走失在1890》《十爱》《樱桃之远》《水仙已乘鲤鱼去》《誓鸟》《红鞋》《是你来检阅我的忧伤了吗》《昼若夜房间》《月圆之夜及其他》。主编主题书《鲤》系列等。

待会儿。

我们去了一个天花板上悬挂着很多三叶吊风扇的咖啡馆，又聊了一会儿波拉尼奥，随后各自回家睡觉。那个咖啡馆后来变成了一个据点，我们经常下午在那里见面。到了夏天的时候，我们决定做一本独立杂志，杂志的名字叫《鲸》。这个名字是大魏想的，他坚持说一个杂志就是一个生命，应该用活物去命名。《鲸》每三个月一期，包括诗歌和小说，还有少量摄影。印刷费和稿费都是大魏出的。他爸爸给了他一套市中心的房子，每个月可以收到一笔可观的租金。但他拒绝去他爸爸的公司上班。用他的话说，那就是一个资本主义的垃圾场。垃圾，他喜欢用这个词描述一切他厌恶的东西。世界上到处是一座座垃圾场。当时是 2012 年，大魏二十九岁，我三十岁，子辰三十二岁。我们都不能算年轻了。在这个年纪，尼克目睹了盖茨比的毁灭，弗兰克失去了爱波（弗兰克和爱波是美国作家理查德·耶茨的小说《革命之路》里的男女主人公）。是时候从梦中醒过来了，而我们的相遇，似乎只是为了延迟这件事的发生。在某种意义上说，《鲸》就成了挽留残梦的庇护所。当时我在上面连载一篇长篇小说。小说讲的是一个女孩和康拉德时代的水手的鬼魂的爱情。大魏主要写诗，这一点上，他显然受到了波拉尼奥的影响，认为即便是小说家，在青年时代也必须经过诗歌的洗礼。至于在诗歌上，他到底受到谁的影响不太好说，策兰、特拉克尔还有狄金森都有。那些诗歌主要的特点是黏稠，而且充斥着各种古怪的意象，比如白熊的吻，海豹的脚趾，屈原的枕头。他自己还画了一些插画，配在诗的后面。子辰几乎没有在《鲸》上发表任何个人性的文字，除了每期的卷首语，他主要负责约稿。我们都知道他在写小说，但他没有给任何人看过。用他自己的话来说，他的写作正处于某种剧烈的变革之中。

一年以后，《鲸》停刊了。主要原因是稿件匮乏，当然这也是因为我们能瞧得上的作者并不多。不过一个更为现实的困难是杂志的销路太差，我们把它送到一些小书店寄卖，卖掉的寥寥无几。退回来的杂志堆满了借来的仓库。一天晚上，我们把杂志都摞到墙边，在仓库当中辟出一小块地方，三人坐在那里，举行了简单的解散仪式。那天我们都喝多了，轮流拥抱和亲吻。大魏吻我的时候，我想到了他诗里的白熊之吻。应该具有某种纯洁的含义，不掺杂任何情欲。要是爱上他们当中的一个，将会毁了一些东西，梦会在瞬间碎掉，相当惨烈。这是我摇摇晃晃走到户外上厕所时的想法。厕所是一间在旷野中的红砖平房。从里面出来，听到附近有水声，我走了一段，看到一条河。水手的鬼魂就站在河面上。我说，小说的结尾我已经想好，但觉得没必要把它写完了。它应该和《鲸》一同沉没，你同意吗？水手的鬼魂没说同意也没说不同意。他举起一只手，似乎想看看月光是否能从他的掌心穿过。我走回仓库，站在门口，想到先前的笔记本电脑坏了，小说的前半部分存稿丢失了，这意味着如果现在放把火将库房烧掉，那个小说就从世界上消失了。水手的鬼魂似乎一直跟着我，这时候他小声提醒我，要是你那么做，我就成了鬼魂的鬼魂了！但我不顾他的抗议，继续想象大火吞噬眼前这座房子的情景，而我的两位朋友还在里面。我想象着失去他们，那会有多孤独，又会有多自由。然后我推门走进去。子辰抱着大魏的头，好像在哄他入睡。看到我进来，他把他摇醒了。大魏怔怔地坐起来，在昏暗的灯光里，子辰站起来宣布《鲸》正式解散，然后他再次重申了《鲸》的文学观。首先是反对庸俗。其次是反对现实主义和映射政治。此外，他认为小说应该是发散式的，不需要有绝对的中心，小说中应该有很多谜但不必得到解答。最后，他认为在这个国家，想要坚持过一种纯粹的文学生活是很艰难的。我们喝光了酒，都感到很难过。

　　杂志停刊以后，我们有阵子没见面，大概有三四个月吧。那段时间发生的事情包括，我险些跟一个在朋友婚礼上认识的男人结婚，以及大魏和相恋两年远在英国的女友分手。我们两个在电话里简单地交流了失恋的痛苦，然后想起来很久没有见到子辰了。我们分别给子辰打了电话，才得知他摔断了腿，已经在家里躺了两个月。我们表示要去看望他，他拒绝了。我和大魏又通了电话，在电话里大魏说，我还是想去看他，我觉得他现在需要我们。我说，我也很想去看他，但我觉得他正离我们而去，我们就要失去他了。我们又分别给子辰打了电话，再次提出见面的要求。最终子辰答应了，但他没有让我们去他家，而是约在了一个小公园的湖边。那次见面相当诡异。我和大魏在约定的时间到达，子辰已经在湖边，一个人孤零零地坐在轮椅上。当时是傍晚，四周没有一个人，只有几只野鸭从湖上飞起来。他好像已经在那里待了很久，或者他本身就是那里的一部分。分别的时候，他执意让我们先走，说很快会有人来接他。我们只好又把他独自留在水边。

　　就是在那次见面的时候，子辰第一次提到海瞳。他说，我最近在读这个女作家的小说。我们都没有听过，就问是否很有名。他说，没有多少人读过，她的行踪非常神秘，谁也不知道她在哪里。接着他问我们是否还记得小说《2666》里，三个学者远赴墨西哥城寻找作家阿尔琴波迪的故事，看到我们点头，他满意地笑了笑说，也许海瞳就是我们的阿尔琴波迪。大魏问，你的意思是我们应该去寻找这位女作家？子辰回答，接近一个作家最好的方式，就是参与到他的故事里。我们都喜欢波拉尼奥，对吧？我说，小说是一种魔魅，演绎故事的过程如同驱魔，会使小说失去它的神秘感。子辰说，所有伟大的小说都是一座迷宫。不真正走一下，怎么知道呢？大魏指了指子辰打着石膏的腿说，等你能走了再说吧。

跟子辰分别以后，我和大魏一起吃了晚饭。大魏说，子辰看起来有些憔悴，好像很久没有跟人说过话了。我说，是啊，一个人待久了就会冒出各种奇怪的念头。他说，没错。下个星期我们再去看他吧。当晚回家以后，我搜索了海瞳的名字。她在 2008 年出版过一本小说，名字叫《昴宿星团》，已经绝版。旧书网上只有一个北京的卖家还在出售。我在他那里买了一本，后来知道大魏也在他那里买了一本。两本书同时寄出，次日分别抵达我和大魏的住所。不过在那之前，我已经把网上关于海瞳的信息都读完了。2008 年，《昴宿星团》出版以后，引起了一些反响。有的读者被书中所写的性和暴力激怒了。男孩被年长的男人猥亵，女孩用警棍自慰，老师把猫闷死在钢琴里，注满鲜血的饮水机……有评价认为，作者通过大量性和暴力的描写制造出某种奇观效果，吸引读者的眼球。但这部长达 487 页的小说呈现出一种杂乱无序的状态，完全没有结构可言，读完之后不知道作者到底想说什么。还有读者认为，读这个小说令人产生一种不适感，想立刻把书从窗户扔下去。也有读者说，读完以后我非常可怜这位作者。她是个意识混乱、有过严重童年创伤的女人。小说没有得到什么文学界的关注，不过到了年末，一个很有名的文学奖，出人意料地将"年度特别图书"颁给了海瞳。授奖辞是这样写的：这是一本无法概括和总结的小说，它体现了作者旺盛的生命力和无法规训的才华。海瞳没有去领奖。她的编辑来到了现场，说她外出旅行了。但是媒体在颁奖典礼后采访这个戴着黑框眼镜的瘦高男人时，他说并没有见过海瞳本人，他们一直是通过邮件联络。媒体记者——一个看起来好像急着回家接孩子放学的女人总结性地问，那么在你心目中，海瞳是一个什么样的女人呢？编辑向上推了推眼镜，说我觉得她应该有点胖，但食量并不大，比较害羞，说话声音很小……记者收回了话筒，说，好的，谢谢，我们期待以后能读到海瞳更好的作品，好吗？

那天下午 5 点钟，快递员送来了书。我拆开包装，坐在餐桌前读了起来。小说的叙述声音很奇怪，像是一个人在大风里说话，忽近忽远。主人公一出场是一个三十岁的女作家，因为无法忍受和丈夫共同生活，决定离家出走。她住到了一个在读书会上认识的读者家里，那个读者是个单亲妈妈，有个九个月大的男婴。每天读者去上班以后，女作家就给婴儿讲自己编的童话。金鱼爱上了渔夫，月亮如何掩埋它的私生子，莴苣姑娘用长头发勒死了那个带她私奔的男孩……这些童话足足有三十页。就在小说快要变成《一千零一夜》的时候，有一天，女作家决定离开这里。她带上了婴儿，那时候他已经会走路了。他们乘坐一辆缆车上山，在车厢里，女作家认出对面的人是她妈妈的情人。故事回到女作家的童年。父亲是军人，常年在外地，母亲忙着和情人约会，把她托付给小舅舅。小舅舅是个聋子，但同时是个画家，经常让她做模特儿。有一天，她把小舅舅打倒在地，坐上了去北京的火车。但是，她并没有成为一个女作家，而是成了……一个模特儿。她端坐在美院的天光教室中间，趁着那些男孩低头作画的时候，往嘴里塞薄荷糖。她母亲坐火车来看她，她问起她的那个情人，母亲说自己没有情人了。她随即想起，他在1988年严打的时候已经被处决了。然后小说讲述了他的故事，不过女作家的母亲并未在当中出现。小说第二章，男婴长成了十五岁的少年，带着年长他两岁的女孩到城市中心一座荒废的鬼楼约会。鬼楼的地下室有扇门，推开之后，是一条黑暗的地道。里面开满了一种白色的小花。随后的五十页小说变成了植物学文献，讲述这种不依靠光合作用而存在的植物如何从波斯传到中国，一度被视为剧毒之花，直到清末才被发现花蕊可以入药，治疗癫痫。紧接着，小说讲述了这条地道的由来。鬼楼曾是民国时候一个国民党官员的府邸，解放北平的时候，他携全家由地道逃跑。有个侍妾没有随他一起走，把自己吊死在了阁楼上。小说又开始讲述这个侍妾的故事，道出她没有离开的原因。到了第二章的结尾，在地道里，男孩告诉女孩，他小时候曾在地道里住过两年。小说的第三章和前两章完全不相关，是三个年轻人离开城市，回到乡下试图改造村庄，回归田野生活的故事，然而随着三个年轻人的陆续失踪，新建的村中城成了一座空城。当中穿插着很多村庄里鬼魂的故事，似乎想暗示是鬼魂杀死了三个年轻人。这一章的题目叫《阿拉伯婆婆纳》，关于这个名字的解释，出现在这一章末尾的脚注里。阿拉伯婆婆纳：一种大狗阴囊状的草本植物，玄参科，据说可以驱除鬼魂。同时，它也是女作家给婴儿讲的第九个童话的名字。

到了第四章，又回到了女作家。她三十九岁了，居无定所，过着一种流浪的生活。她对这样的生活感到满意，只是有时候想找个地方洗个热水澡。

于是她让编辑在编辑部的楼下给她辟出一个信箱，她的读者可以把钥匙放到里面。她会依照地址过去，跟他们交谈，并借用浴室洗澡。就这样，她去拜访了一些读者，有几次相谈甚欢，洗完澡以后还跟男读者睡了觉。小说停止在一个晴朗的星期天上午，她走上陌生公寓楼的楼梯，把耳朵贴在门上听了一会儿里面的动静，然后将钥匙插入锁孔。

　　我是分三次读完这本小说的。中间睡了两觉，第二觉的时候梦见了女作家。她站在我家楼下的花园里喂猫，当我朝她走过去的时候，她和猫一起钻进了树丛里。醒来后，我凭靠一点残余的记忆在纸上画下了模样——尖脸，高颧骨，有一双猫的浅褐色眼睛，但这一点，很可能是和梦里那只猫弄混了。读完小说的时候，已经到了中午，我感觉很饿，叫了一个外卖比萨，然后站在窗户跟前，等送比萨的人出现。我回想着那篇小说，发现对里面有些情节记得很模糊了，它们似乎已经融化，渗透到大脑回路更深的褶皱里。像是一种强行的入侵，一种殖民。我感觉我的一部分记忆被故事覆盖、替代了。我甚至能清晰地想起，地道里的那种小白花长什么样。这时候，门铃响了，是送比萨的人。但我并没有看到他从通向楼洞的唯一一条小路经过。他好像一直潜藏在这座楼里，到了时间就换上红色制服出门了。也许他有很多个身份。随即我意识到自己会有这种奇怪的猜测，可能是自己看世界的方式发生了改变。

　　那天晚上我给大魏打了电话，跟他商量再去看子辰的事。大魏问我，你看了吗？我就明白他也看了。我们忽然不说话了。隔了一会儿，他说，我没法说这本小说好不好。我说，嗯。他说，我也不能说我看懂了。很多地方都有疑问。但是，怎么说呢，我感觉我在这个小说里面了，你明白吗？他的声音有些沙哑，像是刚睡醒。我说，明白。他说，关于这本书你怎么看？我说，我刚读完，感觉很疲劳，想好好睡一觉。他说，你也说一点你的看法吧，我很想跟人聊聊。你不给我打电话，我也会给你打的。我说，这篇小说在讲的可能不是爱、罪恶或者性，而是孤独。我看完觉得很孤独，我知道自己很孤独，但并不是经常感觉到这一点。他说，明白。我们又沉默了一会儿，他问，明天去看子辰如何？好啊，我回答。

　　这一次，子辰比较爽快地答应了我们的探望要求。还是约在那个公园的湖边。我们去的时候，天空下起了雨。有个公园里修建草坪的工人走过来，说你们的朋友在那边的亭子等着呢。我们跑过去，发现子辰一个人坐在轮椅上，身上一点也没湿。但是雨已经下了一个多小时。他腿上的夹板已经取掉了，但那条腿看起来，明显比右边的细，很像女人的腿。他说他已经可以走路，但是拄双拐来见我们未免太不优雅了。然后他问我们最近在读什么书。我们都没有说话。大魏问，你为什么想找海瞳？子辰说，她的小说里有很多我弄不明白的问题。大魏说，她自己可能也没搞明白。子辰笑了一下，她肯定是个漏洞百出的女人。可是正因为如此，寻找才有意思啊。像《2666》一样寻找那个提名诺贝尔文学奖的德国人，还是寻找一个像我们一样没有几个人知道的女作家，本质上并没有区别。因为寻找本身的意义大于寻找的人。说到底，在这个死气沉沉的国家，想过一种充满活力的文学生活，必须是要有行动的。不能是游行，不能是集会，那还能是什么呢？我说，这种写作耗损很大。海瞳也许不会再写了，《昴宿星团》可能是她唯一一部作品。子辰说，你忘记她在小说里说的，作家是一种人的属性，不是一个职业。她再也不写，她也永远都是女作家。而且，子辰说，我预感她不会不写的，因为这是她证明自己存在的唯一方式。大魏说，你不会爱上她了吧。子辰说，爱上一个那么遥远的人是很痛苦的。我说，但你肯定是这个世界上最了解她作品的人。子辰说，不一定，我觉得她的编辑也很了解她。大魏说，那我们就从他那里找起吧。

当晚，我做了个梦。梦见水手的鬼魂也要跟我们一起去找女作家。他说，带上我吧，我离开海洋太久了，已经快变成一个风干的标本了。我说，你的女孩呢？他说，你的小说停下来以后，她就离开我啦。她可能早就想离开了，只是一直没跟你说吧。我说，嗯，我也感觉到一点。他耸了耸肩说，没有写完的小说，是一颗没有凝结的琥珀，时间还在往前走，你说对吧？我说，对不起，让你难过了。他说，但是我没有哭。我不是玛格丽特·杜拉斯的小说里的人物，他们总是很爱哭。你害了我，你对我真好——这样的对话你永远都写不出来的。我说，可能吧。我不是一个慷慨的人。

我给《昴宿星团》的编辑写了一封邮件，提出想跟他见面。他过了半个月才回信，说是出版社把邮件转给他的，他已经离职很久。他感谢了我们对海瞳的关心，答应下个星期见面。我没跟他说还有另外两位朋友，所以见面的那天下午，他一直坐在一个只能容纳两人的方形咖啡桌前等候。当时子辰已经可以拄单拐走路了。那根拐杖挺酷的，让我很想送给他一顶礼帽。我们三人是一起出现的，编辑连忙换了一张大桌子，一一握了手，才重新坐下来。

怎么说呢，编辑推了推眼镜说，我觉得属于海瞳的最好的日子已经过去了。我们有些机会，但最终没有成功。他轻轻叹了一口气。我问，你希望这本书能引起巨大的轰动？编辑说，这是我给她的承诺。最初我是在网上看到《昴宿星团》的，只有一个开头，很想知道后面发生了什么，就给她写了邮件。她很快回信了，发过来小说的全文。她说，你是第十五个向我要这篇小说的人，谢谢。我读完以后，觉得小说有很多缺陷，但不失为一部独特的小说。我写信过去，表示很想出版它，希望跟她碰面，讨论一些需要修改的地方。她回信说，由于某些无法解释的原因，她恐怕没法跟我见面，而且她不想修改这个小说。我向她解释说，应该考虑读者的阅读感受，小说中的人物不能这样无序地繁殖，次要人物的故事，没必要写得跟主要人物一样多。她回信说，她认为小说如同计算机运算，每个涉及的人物都是一个等待求解的未知数，它们是平等的，而且必须把关于它的运算全部做完，才能返回上一级。我又试着劝说了两次，都没有用。按理说，面对这样一个不肯露面，又不愿意修改的作者，我应该放弃了。我也确实是这么做的，把稿子扔进了抽屉。可是过了几天，我又拿出来看了，然后，我开始在上面修改起来……大魏打断他：这么说，我们现在看到的是你修改过的小说？编辑摇摇头，我一共修改了二十四页就病倒了。我在床上躺了两天，改变了想法，决定原封不动地出版这篇小说。我花了很多时间说服领导。你们也看到了，小说里的禁忌内容不少。到了要下印厂的前一天，海瞳忽然发来邮件，希望我能停止出版。没有说什么原因。我没有遵照她的意愿，等到书上市以后，才给她写了一封信，我说，相信我，这本书会引起巨大的反响，很多人将因此爱上你。然后我问她要地址，说会寄去样书。她回信只有一句话，不用寄了，我买了一本。不过遗憾的是，没过几个月，这本书就因为涉及色情暴力，勒令下架了。子辰问，你觉得海瞳为什么拒绝露面？编辑说，不知道，也许她还有别的身份，不想让人知道这本书是她写的吧。我说，你觉得小说里的内容有一些是真事吗？编辑说，你要是问我，我觉得里面都是真事。历历在眼前啊，他们都说我已经中了这本书的毒。大魏问，没有人怀疑你其实知道海瞳在哪里，只是不愿意说出来吗？编辑说，当然有了，你们也尽管怀疑去吧。我为了这本书而受到的攻击已经够多了！我说，辞职是因为这个？编辑说，多少有些关系吧。主要是那个出版社以后再也不会出版海瞳的任何书了。子辰问，她有新的书吗？编辑说，她没有说过，但是我跟她说，只要她写出来，我一定能找到地方出版。我说，你对她很忠诚。编辑笑了笑，我只是想给自己找点事情做而已，不然人生太空虚了。大魏问，出版一本书总得有合同，那就需要她的真实姓名和地址吧。编辑说，我冒了个险，用前女友的名字签署了合同，倒是没人发现。大魏问，那稿费呢，你没有寄给她吗？编辑说，寄了，跟那些钥匙一起。大魏问，什么钥匙？编辑说，书刚上市的时候，出版社做了一个活动，读者可以把钥匙寄到我们给的信箱，我们会转交给海瞳。她也许会像小说里写的那样，有一天登门拜访。当时书出来已经一个月了，卖得并不好，网上一片骂声。我的一个女同事帮我想了这么一个噱头。她说，想想吧，有一天你推开家门，发现有个陌生的女人坐在你家的客厅里。那会是多么别开生面的约会啊。我跟她说，我不相信有人会随随便便把家里的钥匙交给陌生人。结果没过两个星期，我们就收到了十几把钥匙，都用小卡片附上了详细的地址。这件事并未征询海瞳的同意，我想反正把钥匙都扔掉就是了。没想到等我写信过去问她稿费怎么处理的时候，她说，寄给我吧，连同那些钥匙。然后她留了一个信箱，是那种在银行申请的财物保管箱。现在偶尔还能收到一两把钥匙，我的女同事都会给她寄过去。大魏笑着说，你不会把你家的钥匙也寄过去了吧？编辑的脸一下子红了，气呼呼地说，我才不不屑参加这种无聊的游戏呢！我们向他要那个在银行里的信箱地址，他拒绝了。他说，作为编辑，我乐意回答任何对她好奇的读者的疑问，但是我绝对不会协助他们去找她。说完他站起来，推开咖啡馆的门走了出去。我们继续在那里坐了一会儿。我说，我有一种感觉，女作家好像一直在暗处注视着所有事情的发生。大魏说，是啊，没准连我们现在坐这里讨论她都知道。子辰露出微笑——自从腿断了以后，他变得很喜欢笑，好像那些笑容是受伤的腿的某种分泌物，他说，也许海瞳正等着我们找到她。大魏说，我在想那些把钥匙寄过去的人，他们得有多么孤独啊。咖啡馆的灯光忽然暗了下来。门口的柜台里，一个女人正算账。我说，走吧，要打烊了，还是原来的咖啡馆好啊，过两天再去那里吧。好啊，他们两个一起说。

可是那个有三叶吊扇的咖啡馆已经倒闭了。取而代之的是一个教幼儿游泳的地方，门口浮动着一只巨大的充气卡通鱼。大魏说，好像是只鲸鱼呢，大概是为了纪念我们吧。子辰说，这里面的某个孩子没准会在多年以后，翻开一本《鲸》杂志的时候，回想起他第一次看到的鲸鱼的样子。这话令我想起前夜的梦。水手鬼魂的脸因为痛苦而扭曲，好像刚从地狱的一只笼子里升起来。他说，你们从来都没有想过，那些没有写完的小说里的主人公，过着一种怎样的生活。他们如同孤魂野鬼一般在世界上游荡。

我们在旁边找到一家咖啡馆，生意很萧条，咖啡有股塑料的味道，大概很快也要关门了。我们开始每隔两三天去那里一次，每个人都尽可能地带来一点新的发现。大魏认为，小说里写她四岁的时候，曾跟舅舅到街口看他站在梯子上画计划生育宣传画的经历如果真实，那么海瞳的年龄很可能比小说中的女作家小几岁，是家中唯一的孩子。小时候身体比较弱，在体育方面不太擅长，音乐和绘画也马马虎虎。她对裹着花生碎的巧克力似乎有种偏爱，也很喜欢牛轧糖和凤梨酥，不出意外的话，应该是个甜食爱好者。子辰找到了鬼楼的原型，从前的确曾是国民党军官的官邸，但现在已经被夷为平地，一家房地产公司正着手把它建成写字楼。没有任何新闻提到在下面发现了地道，但是有三名建筑工人在拆楼的过程中离奇失踪，至今生死未卜。他认为地道里的植物，其实是阿拉伯婆婆纳的一种变异，阿拉伯婆婆纳通常开蓝花，但在没有阳光的情况下，也许就变成了白花。这是一种生命的两种选择，能驱魔者亦能附魔。

而我找到了编辑提到的那个只有开头的小说，在一个非常小众的文学论坛。"海瞳"这个名字在注册之后，只发表了这一篇文章，也没有回应过其他人发表的文章。所使用的头像照片，是一片什么都没有的黑色，但我把它放大之后，发现右下角有一朵白色小花。相当模糊，应该是在极暗的地方拍下来的。用户信息里留了一个邮箱。我们开始商量给她写一封什么内容的邮件，也讨论是否可以冒充记者或者对她的小说感兴趣的海外出版商。但最终还是决定说实话。我们写了一些对《昴宿星团》的看法，罗列了几个疑问，在末尾恳切地表达了跟她见面的愿望。那段话是我写的，所以印象比较深刻。我说，首先得感谢你让我们三个重新聚在一起。我们试图通过抓住你的小说中的某些东西，来把自己和他人区分开，确认文学是灵魂的唯一出口。我们都相信，有一天终会和你相见，不是我们走向你，就是你走向我们。你愿意走向我们吗，非常期待跟你见面。大魏很想附上自己的两句诗，但是被我们阻止了。

邮件没有得到回复。过了两个星期，子辰有了一点新发现。就是旧书网上那个唯一出售《昴宿星团》的卖家，在这本书的库存显示上，把原来的三本改为十本。这说明什么？他似乎在收集这本小说。我们给他写了邮件，以请他帮忙找些旧书为理由，提出跟他见面。他回信给了一个地址，让我们到那附近给他打电话。我们按照地址找过去，附近一带都是庄稼地。至于具体种的是哪种农作物，我们仨谁也说不上来。打完电话，过了一会儿，有个戴着草帽的男人走出来接我们，带着我们拐进一条小路，尽头有个院子。里面有三只土狗趴在地上睡觉。我们在葡萄架底下坐下，他问我们要不要喝自己酿的苹果酒。苹果酒的味道很古怪，一条黑白花纹的狗醒了，到我的杯子跟前闻了闻又走了。大魏说，你有很多本《昴宿星团》吗？戴草帽的男人摘下帽子，他是少白头，头发几乎全白了。他说，几百本吧，我陆续在各地收购了一些。我问，为什么这么做？他说，书店卖不掉，就退给出版社。囤积到一定时间，会统一销毁。读者就再也买不到这本书了。我说，所以是出于对海瞳的喜爱。他说，出于一种保护吧。每个人都有他想捍卫的东西，如果找不到，就自己造一个。子辰询问他对海瞳的看法，他说，我觉得她已经死了。在《昴宿星团》里面，我读出一种很强的厌世气息，一方面，我能感觉到作者顽强的生命力，一方面，我又感觉到她打算把它摧毁。某种意义上说，这个小说更像是一部自杀宣言。作者好像在对我们说，我要死了，你们能在我死之前找到我吗？我们仨都沉默了。他说，当然，这只是我读完后的感觉。最初这种感觉很淡，后来一天天地加深了。有一天早上我从床上坐起来，对她的死确信无比。从那天开始，我四处购买《昴宿星团》。也许我是错的，只是因为她死了比较符合我的审美，能给我制造出某种幻想，是那种我能长久待在那里的幻想。

苹果酒在太阳底下，散发出一股腐烂的气味。他向我们承认酿酒尚处于实验阶段，啤酒花也许加得太多了。喝吧，喝吧，他说，不会醉的。大魏问，你一直都住在这里吗？他说，哦不是的，我之前住得离城市近一些，也是个平房，存放了大量的旧书。有天晚上放书的那个房间着火了。大魏问，里面有很多《昴宿星团》吗？白发男人说，是啊，损失惨重，不过还有一些没有被烧掉。我就都搬到这里来了。大魏问，你怀疑有人故意纵火，要烧掉这本书？他说，不知道，也可能是偶然吧。我是个简单的人，倾向于把事情想得简单一点——我们还能坐在这里聊天，就说明了这一点，对吧？大魏说，我们可不是来烧书的！白发男人笑起来。他说，书是永远烧不尽的。

临走前，他领我们到院子后面的菜园参观，指着卧在泥土里的西瓜说，瓜皮上的花纹是会改变的，你要是每天盯着它看，就会发现这一点。然后他把目光投向远处的空地，说，也许不久的将来，这里会有图书馆，有餐厅，有小礼堂，房顶是玻璃的，晚上一抬头，星星大得好像要从天上掉下来。我问，就跟《昴宿星团》里写的一样吗？他说，哈哈，我会记得多种一点阿拉伯婆婆纳来驱赶鬼魂的。

我们又坐在了那家萧条的咖啡馆。秋天到了，树叶从敞开的窗户里飘进来，盖在冷却的咖啡杯上。我问，你们觉得她死了吗？子辰说，我感觉还没有。但是我同意那个人的说法,《昴宿星团》里确实笼罩着浓重的死亡气息。她恐怕确实有自杀的计划,也许给自己设定了一个最后期限。大魏说,我们要是能快点找到她,就能阻止这件事。子辰说,死是没有办法阻止的。我问,如果真有人蓄意想烧掉那些书,会是什么人呢?大魏说,没准是海瞳自己。她不想让那些书留在世界上,记得吗,在《昴宿星团》里面,女作家说过,她希望自己拥有三千九百九十九个读者,不多不少。书的印数应该不止这些吧。我说,网上没有旧书店的地址,她怎么找到的呢?子辰说,只要在书店买了书,就会有它的地址,对吧?大魏说,太疯狂了,她根据快递单上的地址,找到旧书店,晚上潜进去,烧了他的仓库……子辰说,我们喜欢的正是她的疯狂吧。

我又给白发男子打了电话,问他要一份购买《昴宿星团》的人的联系方式。他在那边笑起来,说是要成立一个读书会吗?我说,嗯,想听听他们对这本书的看法。他说,你们是想找到什么关于海瞳的线索吧。我说,我们还是愿意相信她仍旧活着。他回答,那真好。要是有什么发现,记得告诉我。对了,苹果酒试验成功了。

根据白发男子发过来的名单,他总共卖出过十六本《昴宿星团》。十二个人在别的城市。根据编辑所说,海瞳的保管箱是开在本地银行的,所以我们决定从那四个本地的人找起。我们分别打了电话,说要举办一个《昴宿星团》的读书会,询问他们是否愿意参加。前三个接电话的都是男人,一个忘记买过这本书,另一个说他只是对鬼楼感兴趣才买来读,结果一点都不吓人,所以挺失望的。第三个男人答应来参加读书会,我们说稍后会通知他具体的时间和地点。第四个接电话的是个女人,她只说了一句不感兴趣,就把电话挂掉了。她留的地址是一所大学的文学院217办公室。姓名的地方填写的是罗老师。

我们来到那所大学,找到文学院的217办公室。那间屋子不大,养了很多花草,像个热带温室。有个年轻的男人正坐在一株大叶植物下填写表格。我们问他这里有没有一位罗老师。他说,嗯,罗雪薇老师,她不在。我们说很想听她的课,请他告诉我们具体的时间。男人在电脑上查了一下,说是星期四下午两点,公教二,2113教室。他把我们送到门口,说你们最好快点去听。我们问他什么意思。他说,罗老师下半学期就不上了,她快生小孩了。

我们从人文楼走出来,门前是一片枯黄的草地。我说,她要生孩子了。大魏看了我一眼,你难过得好像心爱的男人背叛了一样。子辰说,也许是因为怀孕推迟了自杀的计划。大魏说，不知道嫁了一个什么样的人啊！

星期四下午，我们准时来到课堂，坐在了最后一排。学生大概有二十个，有的染着紫头发，有的穿着鼻环。前座的女生跟男生说，我就着啤酒吃百忧解，结果看到了海市蜃楼。我在海边长大，从来不好意思跟人说自己一次也没见过。

罗老师来了，黑色毛衣裙裹着滚圆的肚子。她走到讲台上，说今天讲乔伊斯的小说《死者》，大家都看过了吧。有个男生说，故事很平淡啊。罗老师摇头说，这里面其实蕴藏着巨大的悲伤……另一个男生举手问，老师，你会做关于前男友的春梦吗？他旁边的男生问，怀孕的时候也会做春梦吗……罗老师并不生气，始终面带微笑。她用缓慢的语调分析那篇小说，悲痛、伤害、阴影等词语被反复提及。同学们频繁打断她，讲述自己的痛苦经历，被父亲虐待，或是因为失恋而企图自杀……罗老师目光和蔼，如同聆听教徒倾诉的牧师。下课后，我们问旁边的同学，这门课的名字叫什么。她说她忘记了，反正罗老师讲的都是让人难过的小说。我们问，这是罗老师的偏好吗？她说，不，是我们的需要。我们就喜欢听这些沮丧的故事。

我们又来到她的办公室，她正在那里浇花，一转身看到了我们。她和我们都吓了一跳。她找了几把椅子，让我们坐在那些植物当中。我们跟她探讨了她的课，认为很像某种心灵辅导。她说，是的，选我的课的孩子都有点心理疾病。悲伤的小说可以帮助他们疏导内心的痛苦。大魏问，你自己也写小说吗？她说，大学时写过一点，后来没有再写。我们三个互相看了一眼。子辰问，你看过一本叫《昴宿星团》的小说吗？看过，她回答。我问她是否喜欢。她笑了笑，我当然喜欢了，因为那是我的故事啊。也不能说都是，其中一部分吧。我说，这可能是读这本书的后遗症，我读完也觉得小说里写的一些事亲眼见过。比如地道里的小白花。大魏和子辰说，是啊，我们也觉得见过。罗老师说，你们的妈妈也有一个被处决的情人吗，你们的小舅舅也让你们当过他的模特儿吗？我们不说话了。她说小说里女作家的童年经历简直跟她一模一样。大魏说，好吧，你把那些经历讲给过什么人听吗？罗老师说，上大学的时候，我有个关系很要好的室友，我给她讲过，她鼓励我把这些故事写出来。我写了一点，后来精神状况变得很糟，就休学了。子辰问，现在小说里的那部分，跟你当时写的一样吗？罗老师说，我想不起来自己怎么写的了。我听人说了《昴宿星团》的内容，但是一直不敢看。我想先把我以前写的那部分找到。可是一直都没找到。我最后还是在旧书网买了一本，读完以后，小说里的故事覆盖了我的记忆。我现在唯一知道的是，那是我的故事。大魏问，你的室友是个什么样的人？罗老师说，是个很高很瘦的女孩，不怎么讲自己的事，休学两年我回到学校，她已经毕业了，换了电话号码，可能是不想跟我联系吧。后来我回想起她，发现对她的过去一无所知。大魏问，她喜欢吃甜食吗？罗老师说，她有轻微的厌食症，只喝芹菜汁。我问，你恨她偷了你的故事吗？她说，她在我的脑海中形象很模糊。我总是不太相信这部小说是我认识的那个人写的。我每次回忆童年，它们就会滑向那个小说里后来发生的情节。我已经是一个没有过去的人了。所以我必须得有一点未来才行啊。她把双手放在肚子上，好像在取暖。我们离开了她的办公室。

　　冬天到了，我们瑟缩在咖啡馆的角落里。女服务员裹着棉衣，面无表情地看着工人修暖气。我们从罗老师那里得到了女室友的名字，陈思宁。根据校园网上的信息，她毕业以后就去了西班牙，现在生活在南部的科尔多瓦。她的相册上传过三张照片，一张是萨拉戈萨的斗牛场，一张是塞利维亚跳弗拉门戈的女演员，第三张，是她站在自己寓所的露台上，被很多三角梅簇拥着。搜索她在校园网所用的 ID，我们在一个美容论坛看到她发过帖子，询问隆胸之后有没有人因为肋骨疼，不敢打喷嚏。没有回答。那一行来自 2011 年的问题孤独地挂在页面上，令人眼前浮现出一个在异国他乡的深夜努力制止自己打喷嚏的女人。

　　我们都有些沮丧，可能是没法相信女作家最在意的是自己的胸吧。大魏提议我们还是去一次科尔多瓦，他出钱。他说，科尔多瓦可能就是我们的阿拉比（乔伊斯在 1914 年创作的短篇小说，收录在《都柏林人》中），可是非得去一次才行啊。子辰盯着窗外的光秃秃的树枝说，没错，《最后一片树叶》（欧·亨利的短篇小说）是个很差的小说，可是说真的，要是谁现在给我画上那么一片树叶，我会很感激他的。大魏说，科尔多瓦挺暖和的，有很多树叶。子辰说，希望如此吧。大魏说，她不是我们要找的人也无所谓，我们可以在西班牙待一阵子，直到把我的存款都花光。

　　根据陈思宁的第三张照片，她的公寓背后，能看到清真寺的金色尖顶。我们在地图上把科尔多瓦所有的清真寺都圈了出来，并在其中一座的附近订了旅馆。

　　临行的前一天，子辰自杀了。他吞了一瓶安眠药，被家人——一个很老的姑姑发现的时候，还有一丝鼻息。她立刻叫了救护车。结果救护车遭遇了交通管制——一位国家首脑刚结束为期五天的国事访问，正要赶往机场。救护车停在戒严线前面，头顶的红灯像摇头的先知。到了医院，他已经断气。

我和大魏去了子辰的葬礼。来的人寥寥无几，互相也不认识，独自参加完仪式就走了。我过去跟那位年迈的姑姑说话。她谈不上难过，倒是好像松了一口气。我提出过几天想去和她一起收拾子辰的遗物。她建议我下午3点以后去，因为她午睡的时间比较久。大魏一个人走出去抽烟了，后来我在一棵松树下找到了他。那天不是特别冷，下着水状的雪。天空像方形机器人苦笑的脸，我说起这个比喻。大魏报以苦笑。

我生了场病，高烧不退。在电话里我告诉大魏，自己恐怕没有勇气去收拾子辰的遗物了。大魏说，明白，我去吧。你好好保重。我说，你也是。

我和大魏有四个月没有再见面。那四个月发生的事情有，我搬了一次家，相了两次亲，跟其中一个男人开始交往。还有一个人打来过几次电话，问《昴宿星团》的读书会到底还办不办了，为什么一直没有通知他。此外，水手的鬼魂又露面了，给我讲了一些他失败的恋爱经历。我劝他不要沉迷于爱情。他说，小说里的人物并不是真的人啊，他们往往总是为了一件事忙活。你给我设置的人格里，只有爱情一件事。我问他是不是会遇到很多别的作者没有写完的小说里的角色。他说，我遇到的姑娘都是啊，她们就像天生没发育好的胚胎，所以做事才会那么飘忽不定。我问他能否帮我找一找我一个朋友写的小说里的人物，他叫吴子辰。他说，试试吧，一般我们都不怎么提自己是什么作者写的，除非作者特别有名，那些小说角色觉得自己出身好，才总爱把作者的名字挂在嘴上。

4月的一天，大魏打来电话约我见面。他的语气凝重，好像有很重要的事要说。换个地方吧，他说，那家咖啡馆关门了。我们去了最初认识的那家书店。一楼咖啡馆的陈设变了，服务员告诉我们，等会儿会有插花课，现在报名还来得及。大魏坐在我的对面，十指紧扣。他黑了，蓄起了胡子。我问他是不是出去度假了，他没有回答，向前探了探身，低声说，我找到海瞳了。我放下咖啡杯，看着他问，她在哪里？他露出非常痛苦的表情，然后告诉我，子辰就是海瞳。我摇了摇头，不可能。他说，我这几个月一直在调查这件事，确凿无疑。

大魏告诉我，追悼会那天他一个人出去抽烟，有个穿着紧身呢子大衣的小个子男人过来问他借打火机。那人问他，你也是子辰的朋友吗，他回答是。那人点点头说，我也是。他似乎想起一些往事，难以自抑地告诉大魏，他和子辰七年前曾经很相爱。大魏没有显得很惊讶，他说自己和子辰是文学生活里的朋友，对彼此的私人生活了解很少。哦，文学！小个子男人点点头说，我记得当时子辰说，他很想以女性口吻写一本书，自己躲起来，谁也不知道作者其实是他。大魏掩饰住自己的震动，问小个子，为什么非要用女性口吻呢？小个子说，可能还是觉得大家对同性恋作家有偏见吧，如果在男人和女人的口吻里选一个，他更偏爱女人。大魏问，后来他真的写了吗？小个子说，不知道，我们早就不联系了。他恐怕不会想到我今天来吧。

　　大魏停顿了一下，继续讲下去。他去子辰家收拾遗物的那天，并没有看到日记本或者手稿之类的东西。所有的地方都已经整理过了。只有一个很久不用的书包里，有一摞便条纸，上面是一些不相干的名词和支离破碎的句子。名词里不止一次地出现了地道和缆车。而有几张便条纸标注了时间，是2010年，早于《昴宿星团》的出版。他还在那些便条纸当中，发现了一朵风干的白花。我说，这些也许都是巧合。大魏说，你想想吧，我们寻找海瞳的时候，几乎所有新的线索都是子辰提出的，对吧？我问，那他为什么要让我们去找海瞳呢？大魏说，他需要几个不朽的读者，做他的守灵人。我们是最合适的人选。我们中毒还不够深吗？我哭了起来。大魏说，可能罗老师那个室友——陈思宁认识他，她把罗老师的故事又讲给了他。所以，他不想去科尔多瓦，你明白吗？大魏叹了口气说，子辰的姑姑说，那次他的腿骨折，是因为从四楼的阳台上跳下来。他已经自杀过不止一次。我说，说到这里吧，我想回家了。

　　第二天早上，我给大魏打了电话。下午我们又在书店的咖啡馆见了面。我说，我一夜没睡觉。大魏说，也许我不应该告诉你。我说，开始我很恨他，天亮的时候不恨了。我有些羡慕他，他能够用全部生活向文学献祭。但是我们不能。大魏说，是啊，我们不能。因为人生只此一回啊。我们在咖啡馆逗留到关门，又去酒吧喝了一杯才回家。第三天下午我们又碰面了，去了同一家酒吧喝酒。接下来的一周都是如此。我们谁也没有谈起文学或者子辰，只是若有若无地聊了一点生活。他很后悔大学的时候放弃足球，我则想报名参加烘焙课程。我们叮嘱彼此一定要好好生活。但不断延长的鼓励，似乎泄露了我们的迷茫。到了第二个星期的一个晚上，酒吧被看足球赛的人占据了。他问我愿不愿意去他家坐会儿。我去了，房子很大，空荡荡的，有个花园，在5月时节也是空荡荡的。大魏说，我一直想种点花的。我说，嗯。他问，种什么好呢？我说，月季或者蔷薇？他说，好，我查一查哪里能买到。我说，邻居家满院子都是，问他们要几棵吧。他说，可是我从来没跟他们说过话啊。我说，那就去说吧，不是说好要毫无保留地拥抱生活吗？

那天晚上我没有走。第二天早上，我们两个挽着手，按响了邻居家的门铃。他给我们剪了三株蔷薇，挖了五棵月季。我们两个人忙活了一天，才把那些花安顿下，然后赶在商场关门前，去买了两条浴巾和两双拖鞋。

一个月以后，我们结婚了。又过了两个月，我怀孕了。我们把屋子重新布置了一番，邀请几个新交的朋友来玩。过了两个月，大魏开始去他爸爸的公司上班。有重要会议的早晨，我会爬起来帮他打领带。那时候我已经胖了二十斤，脸上生了很多斑，每天窝在床上，睡一阵醒一阵。做的梦都像经过多次过滤的纯净水，没有一丝杂念。下午我到楼下散步，认识了两个比我肚子还大的女人。她们不知疲倦地跟我讨论婴儿车和奶粉的品牌，讲保姆把孩子偷走的可怕故事。我觉得她们似乎挺喜欢我，因为我一无所知，总是流露出一脸的茫然。天哪，你竟然不知道……她们尖叫着，得到了一种满足。

洋平早产两个月，在保温箱里待了两星期。那段时间，我总觉得自己只是生了场病，忘了还有那么一个孩子。当护士把他抱给我的时候，我流露出惊讶。他小得像一颗裸露的心脏。大魏说，别担心，他以后会长得很壮。

洋平每晚醒很多次，把我的睡眠剪成了碎片。有时他睡着了，我就坐在窗前，扣子也不系，等着他再醒。窗外的花园，移植来的蔷薇和月季没有开花，枝干上光秃秃的，一片叶子也没有。

大魏每天回来得很晚，而且喝了很多酒。他向我抱怨公司的同事如何怠慢他，如何令他难堪，抱怨他爸爸总是把那句你令我很失望挂在嘴上。有一天，我说，这只是一份工作而已。大魏说，是啊，可是除了这份工作，我还有什么呢？我不说话。他说，我知道你怎么想，你觉得我变得很庸俗，而且什么事也做不好。你也对我很失望，是吧？无论给你什么样的生活，你都不会满意的，都不会在我回家之后，露出哪怕是一星半点的笑容！我说，孩子哭了。大魏说，让他哭吧！我们就在孩子的哭声里坐着。孩子哀号了一阵，后来变成小声啜泣，最后停止了。大魏问，你总是会想起子辰吧。我说，是啊，你也会，不是吗？大魏说，所以我们在一起是个错误。我说，可能吧。他靠在沙发上，露出绝望的眼神。过了一会儿，他睡着了。我继续坐着，等着孩子再一次用哭声呼唤我。但他没有。我走过去，摇醒他。他看了我一眼，翻了个身继续睡了。我在静悄悄的屋子里站着，不知过了多久，我听到有人敲窗户。是水手的鬼魂，把脸贴在玻璃上冲着我笑。我推开门走到院子里。他一见到我就说，我找到那个叫子辰的人写的小说里的人物了。我问，是个什么样的人？他说，是个很酷的女孩，从一个写了一半的科幻小说里来。我说，科幻小说？他说，是啊，那个女孩脖子以上是金属的，脑袋特别聪明，能口算七位数开三次方。然后他有点激动地告诉我，他追求了她好久，昨天她终于答应跟他谈恋爱了。他说他非常快乐，除了接吻的时候有点凉飕飕的，一切都很美妙。我说，祝福你们。他说，也要谢谢你，还有你的朋友。他挥了挥手，跟我告别。我关掉院子里的廊灯，回到屋子里，脱下被露水浸湿的拖鞋。

第二天，我起得很早，做了早饭，站在门口目送大魏走出去。我把孩子喂饱放回婴儿床，然后打扫了一遍屋子，拿出一些衣服放进旅行袋。临走前，我从书架上取下了我的那本《昴宿星团》塞进去，拉上了拉链。我锁上门，提着旅行袋走到街上。阳光明晃晃的，洒水车留下的水渍正在蒸发。我走到地铁站，被人群推着上了车。有个男人用手肘蹭我。我盯着他，他把头转向一边。又到站的时候，我挤出人群下了车。我在长椅上坐下，掏出一个面包狼吞虎咽地吃起来。我忽然有一点想家，就是刚刚离开的地方，也说不上具体想念什么。我把最后一口面包塞进嘴里，走向了对面的站台。

我走到门前，放下旅行袋，拿出钥匙打开门。孩子咿咿呀呀地叫着，我来不及拖鞋，就跑进客厅。一个女人正坐在婴儿床边，梳着一条很粗的麻花辫，皮肤黝黑，穿一件深灰色的袍子，看不出年龄。她正用一种低沉的语调给孩子讲故事。

我问，你是谁？

她笑了笑，说我是海瞳。是你寄去的钥匙吗，好久了，去年吧。我一直没有空过来。

我摇了摇头说，我没有寄过钥匙。

哦，她说，那应该是家里别的什么人是我的读者吧。还在小纸条写了一首情诗，挺动人的。她把手伸进婴儿床，摸了摸孩子的脸颊说，他很乖，特别安静。

我有很多问题想问她。那些永远无法破解的谜。可是我说，请你出去，这里是我的家。

她露出不解的神情，说，是这里的主人邀请我来的。

我说，我就是这里的主人，请你出去好吗？

我拉开门，站在那里。她一边摇头一边说，现在的人真是不可理喻，然后嘟嘟囔囔地走了出去。

我关上了门，回到盈满阳光的客厅。说到无法破解的谜，也许只有一个，就是未来是什么样。未来我会变成什么样，大魏会变成什么样，长大了的洋平会变成什么样。我在窗前坐下，看着已经睡着的洋平，把一只蓝色小熊放在了他的手中。

走到开封去

乔　叶①

走着走着，石就落在了后面。

"慢点儿。"他说。

我尽力放慢，可不知不觉的，不一会儿就快起来。习惯了快，收不住。也许该怪这双耐克，穿着它走路可是太舒服了。轻薄，透气，弹力十足。

石走得慢是不是因为他的鞋是个国产牌子？

是突然决定的，要从郑州走到开封去。

郑州到开封这条公路，叫郑开大道。很久以前，叫郑汴快速路。据说应该从金水东路和东四环的交叉处算起，全程将近四十公里。去年春天某日，我在一个乱七八糟的场合和一个衣冠楚楚的中年男人聊天，他说他负责的项目都是全民体育，其中有一个叫"郑开国际马拉松"。

"很好玩吧？"我纯礼节性地问。

他喋喋不休地开始宣讲，在他开口的一瞬间，我残存的唯一一点儿好奇心也消失殆尽，假装接听手机，我走开了。这事儿和我没关系，我以前、现在和将来都不会和马拉松有什么关系，我不想为此付出任何一点儿多余的

① **乔　叶**　河南省修武县人，河南省作家协会副主席。出版散文集《天使路过》、小说《最慢的是活着》《认罪书》等作品多部。曾获庄重文文学奖、华语文学传媒大奖、北京文学奖、人民文学奖以及中国原创小说年度大奖，首届锦绣文学奖等多个文学奖项。2010年中篇小说《最慢的是活着》获首届郁达夫小说奖以及第五届鲁迅文学奖。

情绪。

当然，我和开封还是有关系的。每年我都会因为这样那样的缘故到开封去一两次——梳理起来，最主要的缘故是吃。我吃过第一楼包子，也吃过黄家包子，相比之下，觉得第一楼严重地名不符实。也在鼓楼和西司吃过各种小吃：锅贴，双麻火烧，炒凉粉，杏仁茶……两年前的一个深夜，我和朋友在鼓楼消夜，抱着吉他卖唱的小姑娘，在邻座男人们的划拳声中清凉地唱曲，近处灯光璀璨，远处夜色沉沉。

马拉松是跑不动了。如果走着去呢？莫名其妙地，就蹦出了这个念头。可一个人走，不是那么回事儿——这个念头本来就不是那么回事儿，若真要实施，一个人就更不是那么回事儿。总得找个伴儿。不能多，一群人嘻嘻哈哈走那么长的路，你以为是春游呢。

只要一个就成。这一个伴儿却是不大好找。老公和儿子都不行，都是能躺着就不坐着能坐着就不站着的主儿。那些娇娇垮垮的闺密们，也没有一个能成的，邀请她们只能换来她们的大惊小怪。而且，即使有去的，女人们也总有各种各样可想而知的麻烦。

顶好是一个男人。四十公里的路，按快步走的节奏，一个小时五公里，需要八个小时。中间吃饭休息两小时，加起来少说也得十个小时。从早上7点到下午5点，都和这个男人在一起——必须承认，一时间还真挑不出这么一个男人来。

这么胡思乱想一番，便搁置了这个念头，直到碰见石。

两天前才认识了石，在一个饭局里。

一桌十来个人，石的话最少，语速也最慢，似乎每一句都值得用句号或者省略号来间隔语气。

"有一天。"他说，"我去上班。"

你明知道后面还有话说，可他就是不着急，在显而易见的上一句和下一句之间，他仿佛都要沉吟或者思考。待到他说出来时，其实也没有什么期待中的更高质量。而以这种风格，他的话头儿很容易就从悬崖跌落，消失在众人推起的新话题里，再也不见了。

对此，我曾怀疑自己过于浅薄，也曾怀疑他故作高深。可是，故作高深那么久，也不容易吧。故作了太久，是不是也会接近于一种真的高深呢？

最后到的客人说是因堵车才晚了，大家便聊起了堵车。堵车烦，堵车苦，堵车的话题人人都有兴趣和资格参与，唯有石，只是沉默。有人问他，他照例沉吟了一会儿，说堵车对他从不是问题。

"为什么？难道你不是人吗？"

"我没有车。"他说，"也不会开车。"

"可你总会坐车，坐车就会遇到堵车。"

"那我就下车走。"他说。

"很远的路呢？"

"也走。"他说有一次在高速上碰到了堵车，他就走啊，走啊，从一个服务区一直走到了另一个服务区。

"不会累吗？"

"会啊。"

"累了怎么办？"

"歇歇。"他说。

大家都笑了。又有人问他是不是用这种方式健身，他说不是。我们便自顾自地以鸡汤文问答起来：为什么喜欢走路？因为长着腿啊。为什么喜欢走路？因为路在那里嘛。

他只是笑。

饭局结束后，我送他回家。一路上倒是没有堵车，也无话。只是他那么沉默，总使得我有点儿想逗一逗他。

我突然捡起那个念头来。

"我们什么时候一起走一次长路吧。"

他看了看我，笑了一下。

"走长路？"

"嗯，走长路。"

他点点头："好。"

"周日？"

"好。"

到了他家小区门口，我刚刚把车停稳，一个穿僧衣的人从车边悠然而过。那个僧人中等身材，青黑头皮，旧灰的僧衣，背着一个褡裢。

石的视线跟着那个和尚的身影，跟了很久。直到那个身影消失在人流中。

"和尚有什么好看。"

"这是一个云水僧。"

"什么是云水僧？"

"就是游方和尚。"

"你倒认得清。"

"八岁那年就认得了。"

我还想问点儿什么，一时间却没想好要问什么。再一看，石已远去，还是没想好要问什么。

早上，在金水东路和东四环交叉口的东北角，我们接上了头。

"走吧。"他说。

方向是东。太阳正在面前一点一点升起。

我对他提议向东的时候，心里已经预备好了，他若问为什么要向东，我便说东为上，是大吉方向。还要说东方红，太阳升。

可他什么都没问。

"好。东。"他说。

我有些失望。

"到开封吧。"

"好。开封。"

我便知道，他是不会再问什么了。

于是就只有走，一步，一步。

一个人走路，是一件最寻常的事。两个人走路，似乎就有些不寻常。说不寻常，其实大街上并肩而行的人比比皆是。或者交头接耳言笑晏晏，或者勾肩搭背狎昵无间，又或者悠游漫步相契安然。

只是此刻，和石走路，我却觉出了不寻常。

因他走得真是慢，一步压着一步，仿佛每一次下脚都会踩死一只蚂蚁或者踩扁一朵鲜花似的。和大道上飞驰的车们相比，这种慢深沉得很带样儿，简直有点儿装大师了。

有必要这么慢吗？我实在走不了这么慢，总是忍不住就快起来。待到勉强慢下来，和他并肩时，听着彼此的呼吸声，又觉得不自在。

那还是快些走吧，把他落在后面。

"要不要喝水？"他问。

我不要喝水，但是我停下来，等他靠近，递给我一瓶水。他背着四瓶水。上午两瓶下午两瓶，应该够了。不够也没关系的，难道郑开大道上还没有卖水的吗？

车很多，前后望望，一辆紧着一辆，一辆辆地从我们身边"刷"过。路面几乎没有消停的时候。这些车上的人，匆匆忙忙的，都是去做什么呢？

太阳一点点地爬高了，变得越来越炽白。汗水开始流下来，在衣服上浸出形状。沿路的绿化带尽是树，开车的时候觉得这树很密，走路的时候才发现稀疏之处很多。

我们从一团树荫走到另一团树荫。

"这些树，你认识吗？"

我百无聊赖地摸着树干，一棵，一棵。

"认识。"

"都认识？"

"嗯。"

"都是什么？"

"有银杏，雪松，刺槐，毛白杨。"

"这个我认识，柳树！"

"馒头柳。"

碰上这么淡定的人，总是让我有些气急败坏。我加快了脚步，又把他甩到了后面，越甩越远。走了好一会儿，我才回头，发现他不见了。

我告诉自己要镇定，但还是有些慌张。他去哪儿了呢？

"喂！"

"喂！！"

"喂——"

像个傻子一样，我对着身后的空气喊。

忽然觉得，他像一个秤砣。本来闷闷沉沉的，让我很不舒服。可当秤砣消失了，秤的另一边就轻轻飘飘地翘起来，这让我更不舒服。

他从旁边浓密的树丛里闪了出来，慢慢悠悠地走近我。

"在呢。"他说。

"干吗去了？！也不打个招呼。"

"小解。"他说。用坦白无辜的眼神看着我。

那他一定没有洗手吧。我找出湿纸巾，递给他。

"不用。"他没接，"大路太吵了。咱们走旁边的路吧。"

旁边的路？和郑开大道平行的，几乎没有什么路。可想而知，那些路都在更远的地方。路也是会吃路的，在同一个方向上，大路会吃小路。和它交叉的路倒是非常多，垂直交叉的，倾斜交叉的。

我杵在那里，等他说服我。

"往北走一点，肯定还有路。"他喝了一口水，"也向东，也能到开封。"

"好吧。"

我的语气似乎有些勉为其难，其实对他的建议，我很是有点儿愉快。他的建议，他得负责。我很愿意他来负责。

"这边是小刘庄，马仙李，小冉庄，丁庄。路那边是高庄，白坟。"在一棵树下歇脚的时候，我前后左右地指着，有点儿像个导游似的介绍着。

这是一棵很大的榆树，不知道为什么幸存至今。树下横躺着一块残破的预制板，仿佛是被谁抛掷在这里很久了，在岔口处露着几根歪歪扭扭的锈蚀的细钢筋。面儿上倒是干干净净的。郑东新区设立该有十来年了吧，自从开建郑东新区，再加上郑汴一体化的提法，这些位于郑州东和开封西之间的村子就都成了金灿灿的房地产辐射区，三三两两地被开发商圈了不少地，有的村子已经开始了拆迁。

"嗯。"

"还有个大冉庄呢，也在路那边。"

"你怎么知道的？"

"这里面有地图啊。我做了功课的。"我朝他晃晃手机，"既然定了目标，总得知道自己在哪个位置上嘛。"

"哦。"他接过我的手机，一个一个念："六堡、九堡、六里岗、七里岗、八里岗、六府营、八府赵……"

"听听这些村名儿起的，数学都挺不错。"我忍不住调侃。

"堡一般是军事据点，岗一般是军事指挥中心，府一般是军队编号。"他把手机还给我，"郝营，草场，耿石屯，这些都是刀光剑影。"

我接过来，继续看。很快就看到了官渡、赤兔马，还有一个赤裸裸的逐鹿营。

"那瓦坡、白沙、下板峪、莲花池呢？"

"是根据地理环境起的。瓦坡肯定跟瓦有关，白沙也是一样。"

"桑园、石灰窑、青谷堆呢？还有这个，园棠树，多好听！"

"和庄稼人的东西有关呗。"

"茶庵、半截楼、南北街……"

"都是某一时期的地标。"他说，"打仗能留记号，过日子也能留的。"

"我老家叫乔庄。你呢？"

"庙李。听说曾经有过一座很大的庙，姓李的人也多。"

庙，这让我突然想起了那个游方和尚。

"所以你那么小就能认得游方和尚？"

"嗯？"他有点儿惶惑。

"不是你自己说的吗？八岁那年。"

"哦。"他释然，"我们村的庙，早就只剩个名儿了。那个和尚，他是路过我们村的。化缘。"

化缘，这样的词久未听到，好不优雅。听到这样的词，简直就想去化缘了。

"化到你家了？"

"嗯。"

"然后呢？"

"走了。"

哦，走了。我有些怅然。游方和尚化过了缘，自然也是该走了。

可是，就这么完了？

"在你家的情形呢？"我着急起来，"你细细地讲，不要让我一句一句地榨！"

他灿烂地笑起来。然后开始慢慢地说。他说和尚走进他家的院子里，先诵"阿弥陀佛"。他和母亲闻声出来，母亲还了礼，让他去厢房盛小麦给和尚，自己去厨房给和尚拿了两只夹了豆瓣酱的馒头，倒了一碗热水。和尚取下肩挎的布袋，从夹层里取出一只乌黑锃亮的铁钵，把水倒进自己的铁钵里，抬头看了看日头，才开始吃馒头。

"为什么要看看日头？"

"出家人过午不食。"

有风吹来，树叶微动，簌簌作响。我和他坐在这棵大榆树下，听他说着这样的话，恍惚间如做梦一般。

我也抬头看看日头："找个地方吃饭吧。"

前面不远处的村子，叫刘集。

　　小饭店名叫"天天红"，最多有二十平方米的样子，墙上用大红的字写着菜单。我们要了两碗芝麻叶鸡蛋捞面，又点了两个素菜：一个炒豆腐，一个炒上海青。总共才三十块。只有老板娘一个人里里外外地忙活着，她看起来有四十来岁，自我的心理定位应该是二三十岁吧。浓妆艳抹，敏捷矫健。

　　"天天红，这名字起得好啊。"我寒暄。

　　"好吧？我也觉得好。有人说，你咋不起个年年红季季红？我说，咱不贪大，这世道，能一天接一天红就中。"

　　"世道再变，人总要吃饭的。"

　　"就是说呀。人只要不死，总得吃饭，只要吃饭，就有咱的活路。"她眉飞色舞，一副精明强干的样子，"话说回来，只要能天天红，还愁不年年红，不季季红？有那缺德的，还说叫月月红，我说，去你娘的脚，月月红可成啥了？"

　　我们一起笑起来。

　　"你们是来串亲戚？"

　　"不是。"

　　"会朋友？"

　　"不是。"

　　说话间，饭菜都已齐备了。我和石低头吃饭。

　　"没开车？"

　　"嗯。"

　　"走路？"

　　"嗯。"

　　"从哪儿走过来的？"

　　我抬头笑盈盈地看着她："来点儿醋行不？"

　　吃完饭，出门继续向东，走到路的尽头，也就走到了村子的最东边。跨过一条干枯的水渠，我们沿着玉米地中间的小路继续向东。9月的热如同孔雀开屏，是夏天盛大华丽的尾声，过人高的玉米是两排翠绿的城墙，密不透风。

　　"烤玉米吃过没？"

　　"嗯。"

　　"你最中意的汉字就是'嗯'吧？"

这回连"嗯"也没有了。

和他在一起，我像个话痨。原本还担心找的伴儿犯话痨，这可倒好。

玉米地无穷无尽。十来岁的时候，每到7月末8月初，我和哥哥给半大个儿的玉米追肥，他挖坑，我撒肥料，哪怕穿着长袖衣服戴着帽子，胳膊和脸也会被刁钻的玉米叶划得红肿疼痛。中秋过后是玉米收获的时节，也是一种酷刑：要在枯败躁闷的玉米秆丛林里找到玉米，掰下来，装进塑料编织袋中，拖到田边。直接把玉米秆杀倒也不是不可以，只是在杀倒之后，再弯腰弓背地去掰玉米，则是另一种麻烦。

当时就觉得玉米地无穷无尽。现在空着两手走路，依然觉得如此。

玉米都已经结了穗，有的两穗，有的三穗，有的四穗。

"现在的穗结得真多。"他说，"小时候，都只有一穗。"

"嗯。"

"你吃过黑丹丹吗？"

"没有。是什么东西？"

"一棵玉米上，要是一穗都没结成，就有可能结出黑丹丹。炒着吃，很香的。"

我停下来，打开手机："哦，你说的这种东西，学名应该叫玉米黑粉菌，形状不定，多呈瘤状，往往由寄生组织形成……"

他也停下来，回头看着我："别念了。"

我讪讪地退出网页。

"把手机关了吧。"

"万一……"

"我的早就关了。"他静静地看着我，"没事。"

也许是刚开始的蛮力散尽，也许是被石的节奏感染，不知不觉地，我也越走越慢，有时候甚至落到了石的后面。看我落得远了，他就停下来等我。再落远，再等。如是反复，终于走出了玉米地。

其实前面还是玉米地，只是在这块玉米地和那块玉米地之间，是一块棉花地。在宽展展的叶子托衬下，粉红、玫红和雪白的花朵正在绽放，圆润坚挺的棉桃也已经一个个鼓起。有风吹过，袭来一丝丝淡淡的甜香。而在不远处，也有细微的嗡嗡声传来。向南，可以清晰地看见郑开大道上的车流。

"要走大路吗？"他问。

"不要。"

穿过棉田，再次走进玉米地。连窄小的路都没有了，只能走稍微宽一些的田埂。哗啦，哗啦。哗啦，哗啦。像两艘小船，我们划行在玉米地的海里。蚂蚱在我们前后左右跳跃，像微型的海鸥。

胳膊和脸上很快起了红肿的划痕，疼痛起来。

他也穿着 T 恤，应该也是一样吧。

汗水如浆。抬起胳膊去擦汗，胳膊和脸的疼痛度都生动地加深一层。很奇怪的是，却也有隐隐的快感涌动。

"那和尚是从哪里来的？"

"安徽九华山。"

"到哪里去？"

"山西五台山。"

我暗暗地吁了一口气。之前还有点儿担心他会说什么从来处来到去处去呢。

不过，从安徽到山西，从九华山到五台山……这真是很远啊。一时间，我有些茫然。我想问问他，和尚为什么要从安徽九华山走到山西五台山去，还没问出口，就觉得这个问题很愚蠢。

可是真的，很想问。

他仿佛看出了我的心思。

"那和尚说，年初的时候，他做了一个梦，梦见观世音菩萨让他去给文殊菩萨送信。他一醒来，就上路了。"

"他这么走，该走了多久呢？"

"走到我家时，已经有半年。"

"好远的路啊。"

"我当时也是这么说。"他微微笑着，"可他说，很快啊，将近年关就能到了。"

"那封信，你知道说的是什么吗？"

"什么信？"

"观世音菩萨给文殊菩萨的信啊。"

"哦，知道。"

"你怎么知道的？"

"是那游方和尚说的。"

可不是吗，想来如此。

"他偷看了？"

"哪里用偷看。"他轻笑一声，"是口信。"

走着走着，玉米地似乎成了帷幕，一道，又一道。每次拉开最后一道幕布，不期然就会看到另一种东西。有时候是苗圃，聚集着各种各样的小树苗。更多的时候，那些东西都能吃：花生，红薯，西瓜，葡萄。

"想吃吗？"

"嗯。"

花生和红薯用手刨其实很容易。花生仁的衣有的浅粉，有的大红。花生仁一律都是白生生的。红薯肉呢，有的白，有的黄。白的就只是白，黄的有的黄色深，有的黄色浅。生花生和生红薯看着是那么不一样，吃起来的口感却有一点儿相通：都有一种鲜奶的甜腥。

——土地真有意思。看着干干的，当你往深处刨下去的时候就会发现，下面湿润润的，有水汽。

"用农民的专业说法，这叫墒。"他说。

"知道。左边是个土，右边是个商。"其实这个字我早已经忘了，此刻不知怎么的，也从记忆里刨了出来。

"墒分四级，湿，潮，润，干。"他捻着手里的土，"这不是干，是润。"

我们手上贴了一层薄薄的泥。我掏出湿纸巾。

"别擦。一会儿就好了。"他说。

果然，一会儿工夫，泥干了，拍一拍，搓一搓，就变成了细尘。再拍一拍，搓一搓，就了无痕迹。

"土是很干净的。"

"嗯。"

立秋后的西瓜味道已经寡淡了许多，葡萄倒是正当时。只是我们从玉米地里刚出来的时候，那一个亮相把葡萄园老板吓了一跳，他大叫了一声："什么人！"

我和石笑得直不起腰来。

太阳偏西，天色如极薄的灰纱，一层，一层，披暗了这个世界。原本壁垒森严的闷热一点一点懈怠下来，所有土地和植物的呼吸都开始变得柔软和清凉。腿脚碰到草叶的簌簌声多了些微的氤氲厚静。空气里的墒，浓重了。

手机关着，看不了时间，无从知道走了多久。居然也不觉得累。是因为走得太慢吧，也是因为歇的时间太长。

这么走，几时才能走到开封呢？

"今天是走不到开封了。"我说。

"走不到就走不到吧。"他说。

"嗯。"

我朝他的方向挪了挪，感受着他清寒的暖意。迄今为止，这个可爱的人都没有问过我为什么要走到开封去，走到开封去干什么。

"那，晚上怎么办呢？"

"露宿，你的身板可能不行。可以住到中牟。"

远处有一团巨大的光晕，那大概就是中牟县城之所在吧。县城的旅店不会很多，却也必定不会客满。找一家干净舒适且便宜的，和他住下，再找一家小馆子喝两杯，想想还真是不错呢。

等会儿给家里发个微信。

信？突然又想到那个游方和尚的事。

"对了，那信说的是什么？"我赶快问。

"什么信？"

"观世音菩萨给文殊菩萨的口信啊。"

他站在那里，无可奈何地笑起来。

"快说，快说！"我拉扯着他的手臂，生怕把这个问题又给弄丢了。

"说的是三纪后的佛诞日，观世音菩萨邀文殊菩萨在四川峨眉山见面。"

"哦。"一纪就是一轮，这个我倒是知道的。三纪，那就是三十六年呢。

我们继续走。他走前，我走后。夕阳在他的背上镀了一层浅浅的金。我的背上，一定也有吧。

"你今年多少岁？"

"四十四。"

"那不就是今年吗？"

"是啊。"他说，"他们一定见过面了。"

斑驳的阳光下，一片修长的玉米叶拂动在他左耳的耳郭上。

"那么，他到了五台山，再回到九华山，又要走一年吧。"

"不止。"

"怎么？"

"他说，他拜见过文殊菩萨后，还要再去一下南海。"

"去干什么？"

"他说，要给观世音菩萨复命。对菩萨说，信已经捎到了。"

我突然难过起来，难过得要命。仿佛有谁的手在攥着我的心脏，一下松，一下紧。

这个和尚啊，他可真有意思。

可是，他也真傻啊。

这么傻的人，可真让人揪心啊。

"你有没有想过，那个和尚，如果他死在了半路上，那该怎么办？"

说着，我坐在地上，便哭了起来。

石没有拦我，也没有劝我，只是任我哭着。一直等我哭够。

"即使那样，也不要紧。"终于，他缓缓地说。

透过蒙眬的泪光，我看着他笃定的神情。

"菩萨都会知道的。"

许久之后，他又说。

火 烧 云

鲁　敏[①]

1

居士下山买药的时候，半道上碰到一个女人，后者边走边四处张望，神色悠然，像是误入此地的游客。二人擦肩而过。居士脚步未停，也没有告诉她，上面没有风景，也没有人。

买了药，还有新米、陈醋、元书纸、苏打饼干。茹素之后，挺容易饿的。上山的访客，也会带来些茶叶、糕点之类，但还是不大够。他们带上山来的主要是痛苦。

坐下来未及喝茶，访客们就开始掏出那些痛苦，讲述中淌出无助的眼泪，有的放出声音来哭，包括男人、老人。居士耐心地听，极少询问或劝解，他们并不需要。讲完了，情绪就好了一小半。然后会跟着居士四处巡走一番，他们从各个角度询问居士的过往与现在的生活细节。很直率，热气都

---

① 鲁　敏　1998年开始小说写作。已出版《奔月》《六人晚餐》《九种忧伤》《荷尔蒙夜谈》《墙上的父亲》《取景器》《惹尘埃》《伴宴》《纸醉》《回忆的深渊》《百恼汇》等20部。曾获鲁迅文学奖、庄重文文学奖、人民文学奖、郁达夫奖、《中国作家》奖、中国小说双年奖、《小说选刊》读者最喜爱小说奖、《小说月报》百花奖原创奖、"2007年度青年作家奖"，入选"《人民文学》未来大家TOP20"、台湾联合文学华文小说界"20 under 40"等。有作品译为德、法、日、俄、英、西班牙、意大利、阿拉伯等多种文字。

要呼到脸上了。原来你做什么的。为什么要这样呢。有过孩子吗。喜欢看什么书呢。从不上网吗。他一一作答。他们参观他吃饭、睡觉、读经写字的地方。有的揭开锅子，里面有半碗煮蚕豆。有的捏捏薄垫被。有的打开经书，呀，竖排的。到这个时候，他们的情绪已基本稳定了，泪水流过的地方风干了，显出一点愉悦的惭愧：还是你这样好啊，可惜我上不了山。不早了，下次再来看你。下次来的时候，他们会带着新茶与新的痛苦。有的访客在道别时会注意到，居士的木房上有块小木匾，上面刻着"云门"二字，描以墨色。哦，云门，这是你的法号，斋名，还是山名？

居士淡笑着摆摆手，也说不上来。此地多山，大都无名，这座山头尤其不值一提，爬得快的话，四十分钟即可到顶，可以俯看到嶙峋的山坡，稀疏分布着些灌木。五年前，居士也是无意中访到，发现山顶有几间旧屋，粗木框架，有后院，院里有承接天水的大石坑，前后转转，有如前生所在；十分亲切。遂动手整修一番，搬来必要的物件，住了下来。云门是他自己刻着玩的，有人讲，该配副对子才好。总没想好，他说。还会有人问，怎么不索性出家做和尚？我不够格的。问者于是很懂地点头：那你这就是居士了，也好的。像是替他松口气，同时又更多几分同情。居士的叫法，大致就这么来的。山下的人们显然需要这么个叫法，那就随便吧。

居士回到云门的时候，已近黄昏。他忙着烧热水洗澡用药。是瘙痒症，很顽固，每到春夏之交都会犯上一通，也做过检查，原因不明，算了。方才下得一趟山，似又加重了，整个腹股处都是红肿的包块，一阵阵刺痒。水准备得差不多了，听到有人拍前门。

居士！居士！是女声。

这时间还有人来？只好重整衣衫，走到前屋开门。

女客直通通进来。你就是那位居士？穿的就是平常人衣服嘛。语气鲁莽，还有点揶揄。认出来，正是下山途中碰到的那位女游客。

居士点头，示意她坐下，一边倒茶水，并供上半根线香。他在这里住下半年之后，莫名的，有了零星访客，节假日还会多些。他起初很不适应，这完全不是他的设想。后来好一些，并慢慢形成一种待客之道。淡淡的，但也是真心的。他住着这个小山头，也是人们给他的施与。如果他们觉得偶尔上山来看看他，有助于继续山下的生活，也好。等于互相帮助。

女人连喝两盏水，一边四处打量。不等他指引，就起身四处走，像查问投宿的客栈。共几间屋？水打哪里来？全靠柴火做饭？那可要注意安全。哟，这里还有个菜园子。

居士一边答话一边观察。他常用视觉来判断访客，以修正他们所说的。这位女客眉宇间很空，并无常见的烦忧之色。是急性子，总是不等回答，又跟着问下一句。她会无故发笑，可显得有点凶。可能由于左上额角那道疤，静时被头发所遮，仰头一笑，现出疤，凶了。

我要住在这里。我也要做居士。女人看完菜园子和接水石坑后，很轻便地这么说。

居士一下子感觉到，这轻便，可不只是轻便，是无所谓，亦是无所畏。

这些年，他承接过访客们各样的问题或要求。要断绝某种人伦关系的，要自尽的，要堕胎的，要给他一大笔善捐的，要他的题字或手抄经（其实他只是会使毛笔而已），要他替新生儿取名的，要他下山去劝谏某人的，等等。人们似乎认为他无所不能，他越是表示不能，人们越是认为他能；并且有时候，也确乎能够歪打正着，在不自知中解决一些难题。不知这一次能不能呢，他谨慎地没有吭声。

这山不是你的，房子也不是，反正也有空屋嘛。女人神情专断。我东西都带来了，就在山下的车子里，我们两个人下去，一趟头就能拿上来。

居士突然想到他的洗澡水一定都凉了。同时也意识到，瘙痒症这会儿竟消停一些了。可……想这些干什么。他的神情想来是非常为难的。

忌惮我是女的？她嘲弄地。你不是居士嘛，况且我现在也是了。我们可不是一般的人了。她在"不是一般"上加重语气。

自然不是男女分别心。是他全然不想与人共处，一宿也不愿。他试探地质疑：居士……也不是随便能做的。

这还有什么门槛，阿弥陀佛。她念句佛，表明她能做，一边仰头露疤而笑。反正我是不想再见到人了。

我也一样的呀。

哦。她总算听出来。我妨碍到你了？那我还认为你妨碍到我了呢。这样，先一起下山取东西吧，速去速回。她在前面先走，同时嘴里还在说着。我是讲道理的……

出于礼貌，也是为了听清，他跟随其后。

我是讲道理的，并不指望你能主动让出。我们不如摊开来比比，看谁更需要这个地方。她像谈论一样紧俏物品，谁的资本多，谁就可以豪取。等我歇下来，我跟你讲讲我的事情。你讲不讲你的，随便。听完了你再看看，谁该走，谁该留。

这话也并非全无道理，不大好辩驳。

居士心里很不自在。早几年前，他一直有些担心，会被什么力量从这里赶走，比如政府，原屋主或其后人，旅游开发公司，或者打猎的养蜂的。安定久了，就卸下了这样的担心，并渐渐把这里看作他独有的所在，亦可能是终身的所在。他有时都会憧憬着那样的画面，他很老了，再也下不了山去买东西，再无能力接受访客的茶与痛苦，差不多吃喝殆尽，也便平静告终了。木匾上的"云门"二字更是洇去，像从未写过。这想法当然也是有些美化了。但无论如何，从没想过会有另一个人，同样以居士的身份，来与他竞争此地。

……若从佛理上说，这必定是有缘故的，是有前因纠结的。因果说，所向无敌，万事万物都会温顺下去。于是他的不自在里，掺杂起了几分谦逊与顺从。

山下有条不是很好的马路。路边的树荫之下，停着一辆鲜红色小车，四轮都是泥，但车子崭崭新，车座上的包膜都还在。她有些笨手笨脚地打开后车门、打开后备厢，分别拿出东西。有衣服，有毛巾被褥，有瓶瓶罐罐，塑料盆里装着圆镜子吹风机什么的。

上面没电。他连忙讲。也没网。快递，也送不到的。

她马上蹲在路边，掏出吹风机，又从其他包里掏出手机、接线板、充电器、相机什么的，一起扔在车子里。想了想，又递给他，用下巴指指。劳驾你，替我扔到那边去。五十米处开外，有只垃圾筒。他接下那堆缠绕成一团的东西，心里也随之一重。

重新往山上走。她仍是不停地谈话。因拿了东西，走路带喘，问话短促。

我老家就在邻县，你呢，也是本地人？

不是。

听不出口音嘛，念大学出来的？

嗯。

我连小中专都没毕业。你多大？有四十吗？

不止了。

那比我大不少。你叫什么？

姓穆。

穆居士，能这样叫吗？

随意。

那我嘛，就是……姜居士。哈哈我现在叫姜居士。哈哈。

有点暗下来的山道里，她骤然响起的笑声惊起了两只林中鸟。

2

他习惯早起。先上下跑二十分钟，然后在院子里做几组俯卧撑、高抬腿与足下蹲。上肢总是差点儿。他一直想买对石锁，太小了不成，大一些的话，拿到山上又有点困难。后来就算了，也不一定需要有很像样的肌肉。

练到一半，出汗了，腹股处的包块们又开始刺痒了，真想尽除衣衫。这才想起，这里有外人。他停在院子当中，小心放慢动作，扭头看了看，"姜居士"所住的柴屋里尚没任何动静。他正要吁口气，一道人影却猛地推门出来。哈哈，这里的木门，全是缝，我可瞧了你一会儿。

他忍住不去搔痒，向她问早。

这里蚊子太多，根本睡不着。你看看，我这胳膊。

你这间，原来是柴屋。

但是我没有打蚊子。做居士，是不能杀生的吧。她有点得意。

我这里有蚊香，回头你拿点去。讲完觉得不对，听上去像长久计了。

闻到粥香没有？我老早爬起来熬的。她往厨房奔去，走到一半，折回房间，拿着几个瓶罐出来。

我带了橄榄菜，还有红方豆腐乳、酱萝卜干。她精心挪动布置着碗筷，左看右看，突然又拔脚走开。重新来时，手里扯了一把碎野花。她抱怨着这里没有花瓶，只好把野花也放在一只小碗里。

旧木桌子上突然显得花花绿绿。他脸上十分勉强，努力着，筷子已举到一半，终于还是端着碗出去了，一筷小菜也没夹。他坐在院子里，齿舌搅动，吃不出味道。他听见她呼呼喝出声音、叽叽嚼着小菜，隔着窗户确认他不需要添加之后，把剩下的稀粥一股脑儿扫光。心里又感到惭愧。

他整个上午都在抄经。她则拿了蚊香回柴房睡回笼觉，中午也不起来。他遂跟平时一样，下了碗香菇青菜面。到下午饿了，找些苏打饼干出来打发。她这时倒出来了，睡得满足的样子，倒水喝，又伸手过来自取饼干，吃得下巴上、衣襟上都是屑子。"我改天下山去买些别的。有一种进口的小熊饼干，黄油味很浓！"

　　他没吭声。他买东西，都挑最普通的，只有线香要好的。点上之后，他与访客，均会感到宁静。他早年有些积蓄，加上常有访客赠送四时东西，故不致局促。这种枯索主要是心理上的需要。秋果累累的繁华，家人亲友的团聚，都会令他哀伤而疲劳。两张椅子，一张软一张硬，他肯定不会坐在软的那张上面，如果两张全是软的，他宁可站着。

　　她吃完抹抹嘴、拍拍屑子，自说自话地到他抄经的地方找到纸笔，提笔写起购物单，口中念念有词。

　　澳门蛋卷、小熊饼干、奥利奥、德菲丝巧克力、速溶咖啡、砂糖，你呢，也换换口味吧？我请客。她大咧咧的样子，好像要郊游野餐。

　　不需要，我昨天下过山了。

　　你多久下去一次？

　　等买的米、面、干货什么的吃得差不多了。

　　哦。她不以为然。我可打算放开来！原来舍不得吃的，通通都买，也不怕长胖了。看到我那车子了吧，卖掉它，足够我吃进口巧克力进口饼干的。她笑起来，看上去仍是令人不悦。他现在明白了，她的笑相显凶，不全然是因为疤。是她不会笑，她并不明白"笑"是什么，像不懂棋的人在挪动黑白，她只是在挪动五官与皮毛。

　　你不要老盯着我的疤。她扯两下刘海儿。其实可以去整容院弄掉，我是特意要留下来的，好记得我爸。这是他用菜刀砍的，他当时正在剁饺子馅儿，顺手啊。但刀口朝着他自个儿，砍了我两下，也伤了自己两下，他流的血比我还多呢。

　　他本来半埋着腰，一听这话，忙悄悄让自己坐直，放平眼睛看她。她也正一眨不眨地看着他呢。

　　自上山来，听过很多访客的事了，他们会在往事里反复逗留，用沉醉的调子，也用悲惨的调子，或者说，悲惨也即是一种沉醉。有时他也会拿他们的事情来跟自己的比一比。当然这没有意义的。谁的肉身都是由往事堆砌而成。

　　第二天，我爸就丢下我一个人离开家了，桌子上放着家里的存折和他的两张卡。你都想不到吧，我后来就再也没见到过他。她眼睛还是不眨，像在进行干瞪眼比赛。

　　他眼睛累了，移开去。

哎，你就不问问，我爸为什么砍我吗？原来你就是这么听人说话的？她仰头笑起来，好像发现一条投机的捷径。我知道经常有人专程到山上来找你说话，还以为那多高级呢。那我以后也会了，等你走了，我也可以这么接待他们。不过，你问我一下吧，这样才像聊天嘛。

你爸，为什么呢？于是问。

她却避而不答，只龇了龇牙。我当时一点不疼，反而替我爸疼，他真该拿刀口砍我才对，一次性解决掉才好。他不能再见到那样的我，我也不想再活在我爸眼跟前。她双目保持溜圆，眼珠子离上下的眼睑很远。

他倒更想眨眼睛了。

讲实话我一直在等着我爸砍我。他也真够笨的，直到这天打算包饺子，直到他开始剁饺子馅儿，无意中扭头瞅我一眼，这才突然"发现"我肚子大了。他实在是太迟钝了，再不"发现"我都吃不消了。明白吗，我再也遮不住了。我已经遮了多久啊，从暑假遮到寒假，他妈的真遮得我累得要死，饭都不敢吃饱，走每一步都得他妈的提着气。噢，做居士能不能讲脏话？

我不讲的。

那下面我注意。不过该你问了，问我，大肚子里头，是谁的呢？我爸砍了我两刀背，停下来，他半边脸淌血，他不管，只是这么问我，谁的呢，告诉我是谁的，我这就去砍死他。我爸能做到的。初中时有个男生写条子给我，他找到男生家里，砸烂人家一橱柜的碗。哎，你问啊，问我，谁的呢？她提示，对他的木讷有点不耐烦。

谁的呢？他发现，问和不问，确实是不一样。哪怕只是最简单的问询，还是产生了某种介入感。他甚至也瞪起眼睛来，专心了。

问题就是，我也不知道哇，没看清，也不敢看。那时我在市里读幼师，暑假回老家，出了车站搭一辆摩托，他一下子把我拉到一个废桥下……只记得那人很胖，满身汗馊味。我理理裙子就急忙忙回家了。绝不能让我爸晓得，他绝对不能接受的，我太可怜他了。就是没料到，后来肚子会大。

她停下来，像是等他问点什么。他沉默着。她也没有提词。

隔了片刻，她嘻嘻一笑。我爸一走，我倒彻底解放了。不要再遮了，放开肚皮吃东西了，也不要去幼师上学了。我连家门都不要出了。四个月后，我半夜起来解大便，没有大便，倒解出个肉孩子。

他脑子里盘算，要问什么？这里应当问什么？他是有几分关切的，但更多的是茫然，茫然于她并没有表现出痛苦。要别的女客，这个时候，该换过三包纸巾了。

她眼珠灵活转动着，突然又拿出购物清单补充。你这里筷子、案板，都太旧了，我要换上新的。哎呀，我差点儿忘了写上花瓶，高的买一个，矮的买两个，插花插草插叶子都成。你发现没有，花瓶真的很奇怪，随便掐点东西放进去，接上清水，放在那里看看，怪舒服的。

他心里下着判断，看看吧，她还在意这些调子，此地实在不宜于她。

3

这天夜里，他看到了母亲。多日不做梦了，他曾为此欣然，以为达到了一枕无梦之境。

……仍是在操场上，食堂与篮球场之间，母亲自千里之外赶来，突然出现，来来往往的人流中截住他。他直直地朝母亲跪下，母亲别过脸放声大哭，突然伸手抽他耳光，打得非常用力。他整个头在梦里都肿疼起来。周围有许多的同事、学生，默不作声地围看。

随即他发觉自己睁着眼，他是醒着的。后半部分不是梦，是记忆。那年春季，他评上了副教授，院里最年轻的一个；去哥廷根大学的交换学者也正在办手续。他突然写了张条子，向院里提出：他要离去了。只因试验室有事多耽搁了两天，才被得到消息的母亲堵在了操场上。此前，已与家里有过漫长的电话沟通，母亲死活不肯应声。母亲这番赶来，当众打了他这一通耳光，那样的用力。他明白：老母亲这下算是放手了。这些年，山下的所有来客里，从没他一个亲人。

这正是他求索数年、绝境式的孤独。真不愿意这样的局面被"姜居士"所介入和打破。

表面上看，接下来几天，跟第一天也差不多。他独自在院里吃早饭。她吃完又去睡，到下午才出来，跟他一起吃苏打饼干。晚饭比较早，他仍是端到院子里。按他原先的采购，米、面，差不多能吃一个月。现在以加倍的速度在减少。他算算将要告罄的时日，希望在那之前，这云门里，只有一个人了。

对方看来也是同样的想法。她以云门未来主人般的态度，更为细致地查看，不断地往她的购物清单上加东西。薄荷种子、黑胡椒粉、黑米、香糯米、碧根果、芝麻糖、果脯等。吃的上面，她想一出写一出，简直像开动脑筋地要满足自己。

他真想与她大声分辩。像她这样，真不如在山下，在镇里，在自己屋子里，不是更方便吗。居士本来就可以居在家的。他又担心她以同样的问题来反问他。他的确也问过自己。非得执着、依赖于云门，才能达到孤境吗，这说明他内心的赤诚是很不够的……

他闭上眼睛。他愿意再做一次那样的梦，再一次朝母亲跪下，再一次被打得脑袋肿疼。

4

对了，烛台！要多买几种烛台，不同的地方摆不同样子的。蜡烛也可以换换花样啊，动物形状，水果形状的。如果是过节的话，就点那种带香气的，她唰唰地在纸上连写几行。天没完全黑，她总会迫不及待点上蜡烛，带点娱乐地走动着，观看自己的影子在高低不平的粗木墙上摇晃，由淡渐浓，忽大忽小。

他一个人时并不大用蜡烛，一则这里全是木墙木门，二则也因它融化太快，如流似淌，看着总觉十分惋惜。晚上他一般长时间地打坐，月色已足够用的了。即使没有月光，如果静心静气，也能看到室内的物件仍是有光泽的，白天积蓄下来的天光，反哺般地勾画出一团团混沌。从漫长的打坐中睁开眼来，万物含情如照，内心可以获得七八分的欣悦。

我爸以前教我玩过这个，我也教我儿子玩过这个的。她用两只手对烛比画，在墙上成狗、成猫、成鸽子，都不太像。你肯定也带小孩子玩过的吧。她兴致盎然地问。

他胸口突然荡悠了一下，云中踏空一般，想否认，又想着不该打诳语，便点头了。他惊讶地意识到，他的不愿意点蜡烛，不是因为节省和小心的缘故，是他经不得这蜡烛光的摇动。

我只跟儿子玩过两次，就不玩了。许多好玩的游戏，打水枪啊，木头人啊，画鼻子啊，我都只玩一两次，以免和小孩生出感情，现在想想，我从一开始就知道，最后会像现在这样。

儿子呢？问话一出口他十分失落，真的退步了：他关心起来了。

你问哪个儿子？我可是不止一个呢。她得意于他的主动发问。烛光照着她牙齿上的笑。她什么时候能控制住不乱笑，就好多了。他没吭声，快到打坐的时辰了。

刚才讲的是老二。头胎儿子，我根本没等到他能玩游戏。她口气显得一本正经的。生小孩这件事，跟解大便一样容易，但又不能像大便一样冲掉，一生下就哇哇哇总在哭，我当时才十七岁，哪里会带小孩？总不能把我妈妈从地底下揪出来帮我吧，估计她也不肯活转来做我的妈。我很不耐烦这小孩，真蛮讨厌的。好在有个邻居大嫂，主动来帮我，做主变卖家里的东西。她经常带不同的人来，围着我家的东西左看右看。好像都不值钱，怎么卖都不够用的。邻居大嫂有天带了一个外地女人，两个人轮流替我抱孩子。我那时已经在家闷了三四个月了，不，不止了，从我爸走了就闷在家里，有一年多了。我特别想出去，随便哪里，只要出去就好。我对镜子梳头，镜子里看到那两个女人换来倒去、从头到脚地查看小孩。我突然明白了，高兴坏了，这次是要变卖掉这个孩子吧。我有心掩饰，想着不能像家具电器那样，价钱都那样的低。她们比我老练多了。两人你一言我一语，挑了小孩许多毛病。塌鼻子。后脑勺太扁。有黄疸。奶水不足。是个强奸犯的杂种，假设是被大学生强奸了还好说些，是个开无证摩托的呀，这孩子怎么可能成器呢，等等。她们讲得很有道理，我真担心她们不肯要了。拿走吧快拿走，只要替我买张火车票就成，到上海到广州到北京到南京。

蜡烛就是烧得快。烧到尽头，火光跳亮了一下，照到她，果然又在笑，嘴巴咧得很大，带点定格，像正在拍照。

烛烬的微光中，他起身回房间打坐去了。他今天要加半个钟点，他要拂去烛光里的那些旧身影。

5

下午3点多，来了访客。客人提了桃子、杨梅，还有几盒坚果，走亲戚一样的。他连忙道谢，客人直摆手，我两年之前来过的呀。他定睛细看。客人以前可能比较胖的，带点官员气派……现在清减了，衣服是皱巴巴的麻布。

客人介绍说他现在搞了一所灵修学院。在郊区置了地，开设大师班、精进班、普照班。学员集中在一起，主要是种田和冥想，不给好的吃，不给好的住，不给好的用，劳动收成也全都捐给养老院。每期名额都被抢空，预订的队伍排到一年半后。其中大师班参照了巴菲特午餐模式，要竞标的。来客的语气竭力谦逊，时不时夹带几句国学句子，手里一直盘弄着个油光光的核桃。

他默默听着，肚子有点饿，犹豫着要不要照常吃东西。想到苏打饼干，突然想起了她，她一般在这时睡醒了出来。

居士可知道，我这灵感哪里来的？就是上次拜望过您之后所得到的启发啊。来客继续侃谈。这灵修学院，不搞则已，一搞则通啊，各方面路子都打开了，来往出入的全是很高级的人物。

他用三分之一的注意力留意侧门那边。

我在想着，要不要再走远一点，搞一个殿堂级的课程，克隆你这个避世独修的模式，比方说，就叫云门班如何？

她这时睡眼惺忪地推门进来了。客人猛地噤口站起，虽设法掩饰，脸上仍是奇峰变幻。

她倒是眼尖，一下子看到桃子和杨梅，猫见鱼一般，径直走来取了。你们谈你们的，我去洗。

灵修客换下手中的核桃，脱下腕珠来开始捋捻。捻了好大一会儿，他若有所悟。看山是山，看山不是山，看山还是山。居士，您这是到了第三层次吧。

他欠起身子张开口，并没什么要隐瞒的。

不，不。灵修客急切摆手阻止。居士不必详解，我懂的。这个山，可以喻指到鱼肉、人民币、女人、宅屋、恩怨，等等，涵盖到整个俗世红尘。客人露出极为佩服的表情，有点激动。我突然有个预感，居士您这个境界，会对我下一步的殿堂班课程有很大的生发，真正的灵修，就在名利欢场，什么都不用避讳、什么都不要禁忌。

她把水果装在小碗里，一路走一路吃。冲客人咧咧嘴，牙齿已是紫的了。我最爱吃杨梅了，你挑得也好。

路边正好看到，瞧着还挺新鲜。客人打个哈哈。过一阵我再过来看你们。他起身告辞，急于投入新的业务思考。

欢迎啊欢迎，下次还带水果吧。她尾随相送，主人般约定。

他打开饼干盒，干巴巴地嚼起苏打饼干，其实饿劲儿已过去了。这位访客实在过于机灵，"第三层境界"说虽算是免除了他的尴尬。他并不感念，他早不在意外人的看法了。但访客的到来与表现，如一声来自外面的叩门，他这才骇然地意识到——她在这里，都住下五六天了，竟也没什么特别的不妥。

干吗不吃？你怕酸？我都尝过了，甜的。她那口气，也已是家常的了。

她咬着桃子，牙齿间发出爽利有汁液的声音。他连忙起身到院子里坐去了。

院里阳光略斜，打在木板墙上，形成一半的阴影与一半的明亮。从来都是这样，哪怕只有两个人，哪怕只有短短几天，就会渐渐成为人间了。他心里涌起旧时的不适感——早晚添衣，谈论食物，四时枕席，叮当作响的餐桌。这些，都跟软椅子一样，他不要坐上去的。

她并不察言观色，只管含着满嘴的汁水说话。我怀第二胎的时候，没头没脑地就想吃杨梅。季节不对，我明知吃不到，还是像煞有介事地闹了好一阵子。其实也不是那么要吃，就是觉得，我得要有个"孕妇"的样子嘛。第一次他妈的遮遮掩掩，像罪人似的。对不起，又讲脏话了。我不仅闹嘴，还闹流产，还闹卧床保胎，闹羊水不足、胎位不正，当然，更少不了脸上长斑，肚上长纹，小腿高肿，等等，差不多弄了个大全套。亏得厨子对我不错，他越对我不错，我越是闹得凶。我跟你提起过厨子吗？

他摇头，遽然起身去抄经了。他不要重温这些生养孕产之事，骨肉缠绕，很容易产生映照与折射，血水里拖动起深长的阴影，陈渣泛起。

是谁发明了抄经的？再好不过了，一笔一画，一个字一个字。他个个认得，又字字含糊。越抄越慢，如镂金刻银。

6

午后忽降大雨，四下如百泉倒挂，雨声十分喧嚣。她比往常醒得早了，怔忡地坐在那里，一杯水举在跟前，半天送不到嘴里。

这里，经常下大雨吗？她突然问，语气难得地带点畏意。

嗯，这个。他不太确定。

最不喜欢下大雨了，否则我不会这样的。我在南京一直都好好的，打过各种零工，发广告单啊，卖寿司啊，推销手机啊，长途车拉客人啊。我有个特点，就是到哪里都干不长，因为很快就会有男朋友，然后我很快会辞工。我不挑人的，只要找我，我就跟他好，反正总比一个人强吧。只是他们但凡知道我以前的事情，就会露出厌恶来，一时半刻都不能忍，还四处跟人抱怨。于是我就离开。我换了多少男朋友，就换了多少工作。这倒有个好处。对分手或换工作这样的事情，我是很习惯的，不痛不痒，家常便饭。她显出一丝怡然自得。

这里经常这样吗？瞅着外面的雨幕，她又问。忘了她已问过，也忘了他的不置可否。

有天我在街巷里闲走，一边扭头看两边的门面铺子，突然觉得处处都很熟悉——哎呀呀，我这才发现，我在多少家小店打过工啊，我在多少家小店都有过男朋友啊。也说不上来这是该高兴还是不高兴，正琢磨着呢，天色突然变了，下起大雨，一顶一的暴雨，跟这会儿一样。街上所有人都甩胳膊抬腿地跑起来。我也一样，跑啊跑。跑了一阵子，我不跑了。他们都有地方好跑，都为着什么人在跑。我倒是往哪里跑呀。这不搞笑吗。于是我照常不紧不慢走路，浑身浇得湿透，还蛮痛快的。

她撩撩头发又抹把脸，好像那雨水直到这会儿，还在往她头顶上浇似的。

她今天太啰唆了，他有点疲倦。他倒是喜欢天气大乱的，最好狂风裂枝，巨雪如孝。越像末日世相，他便越是有种超脱的愉悦。他离开的那天，风和日丽、春景怡人，但在他的想象中，他正是走在那样黑白无色的天地里的，一步步地走，他看到自己从大到小，到一个小黑点，到看不清，到完全的没有。

就是那天，我动了念头，想过起小日子了。这样，下次再落大雨的话，我也就能有个地方、有个人好奔过去了。当时在一家川菜馆端盘子，有个年轻厨子正稀罕着我。得，碰点子吃糖，就他。这次我可学乖啦，什么也没有讲，两人亲热时，要了点花招，把床上弄出第一次的血。厨子是乡下来的，吓得带我回老家见了父母。看看，这不就搞定了。她提高声量重复。搞定了，我很快大起肚子来，都要一家三口了！

他往前一冲，发觉自己竟打起瞌睡了。

哎！马上就有刺激的了。她有点抱歉地连忙预告。你想想，我怎么可能真的过上小日子呢。尤其厨子对我越来越好，兴冲冲买下各种小孩衣物。我日甚一日地吊着心胆，怎么也睡不着，老觉得有个大坑就在前头等着我。我问你，你若是那时的我，会对厨子讲出实情吗。她像老师提问。你得说话呀，否则又睡着了。

我？他理理衣襟，腰部一阵刺痒，像啦啦圈一样，整个一圈都痒。他忍住不去抓，反而把话给憋了出来。我一向囫囵吞枣，不求甚解。我觉得人和人之间，就该这样。

她直摇头。我可不行，真不如我自己赶紧跳进坑里去踏实呢。半夜里，我猛地起身，揿亮灯，把厨子拼命摇醒。你知道，我从老家到南京的第一张火车票，是怎么来的吗？

7

夜里起了大风，院子里的木门响了整个后半夜。本想去关紧，后来又算了，朦胧中听着也好。木门互叩，一会儿密，一会儿疏，如同问答对话，自有一种长吁短叹的节律，听得都入了迷。

早醒就有一个麻烦——以前的事情都会从黑暗中冒出来，像奶白蘑菇，东一朵西一朵。也像盲目的幼崽，在脑子里蹒跚兜转、相互跌撞。他克制了一会儿，还是把右手伸向左手的无名指根部，那里曾有很深的一个戒指圈印。刚摘掉时，极不自在，老要去抚摩确认，如舌头舔刚刚空出的牙床。多少事情空出来了啊，身上有多少旧印子好去抚摩啊。

他有自知。他仍是向俗的、不能免于俗的。不免想到前一日她所讲的，主动跳向大坑的那句话。心里有点惊怵。她一以贯之的粗率里，有种自求的苦厄，几可谓以身饲虎。倘若真摊下来比一比，他未必能胜过她……他倏地翻起身，四顾一番，心里十分沉痛。

8

她四处找活，给菜园子加篱笆，寻找刚刚冒出来的杂草。把墙上的蛛网小心移到室外（她认为这更有利于蜘蛛捕食）。有限的几样器皿家什，反复抹擦得几可鉴人，甚至擦洗走道的石板与台阶。她变花样做饭。菜饺子、西红柿疙瘩汤、碎菜叶摊面饼、手擀面条，甚至想到要买烘烤机与模具……他提醒她这里没电，方才从购物单上画掉。

那条购物清单，已经快写满两页了。光是下大雨那天，她起码就写了半页。要买些彩珠子来穿手链项链。要买些白扇来画画，她以前在幼师，学过一学期水彩画呢。还可以结毛线衣结围巾不是吗，买齐各种颜色的全羊毛线和粗的棒棒针。这样念念叨叨地，她似乎就已获得很大的满足。

他只管抄经，加倍地抄，不间断地抄，并给自己假定出一个目标，以后但凡有客人过来，就赠送手写心经一幅。

这当中迎来第一个周末，确有好几批客人来访。

客人们气喘吁吁地来到山顶，满怀急需吐露的烦恼，赫然发现云门里竟有了两个居士，一男一女，无不惊悚失色。有的勉强敷衍几句，懊恼地看着手中的提篮赠礼。有的大为绝望，似天地倒合。也有人促狭地会心一笑，认为此中别有谐趣。

他半张着口准备着，若真有人问起，他会如实相告。人们却不问，他们带着各自的判断匆忙离去，三步两步几乎是奔跑着下山了，从他们的背影可以看出：他们是不会再上山来了。

她深感可惜，很直接地催促他：我看你真是要早点离开云门才好。这样既耽搁我也耽搁你。

他听而不闻，继续抄着手中的这一页经。他心里有数，客人暂时倒不会少的，接下来的两三个周末，没准还会多些。总有些闻风而来、想要瞧个究竟的人，有些从没想过要上云门可这下反倒改变了主意的人。这里会热闹上好一阵子的。估计在很长时间里，只要提起云门的两个居士，山下的人们恐怕都要笑出声来。他是不怕成为笑话的，只是可惜了云门啊。还有他抄的这许多心经，也不再合适赠予了。

她手里不知疲倦地擦洗着被来客们踩脏了的石板与台阶，突然又恍然大悟地检讨起来：不，不能怪你，也不能怪他们。怪我。我这个人，一看上去就是比较什么的吧。我都这样了，连人带娃都被厨子给扔了，男人们还是会拐弯抹角地找上门来，讲不到三句两句就要跟我"那个"。我也好奇，为什么啊，为什么找我啊。他们哧哧笑着，手脚身子一齐都上来了，说你很随和啊你很好睡啊。

正好抄完一页，他搁下笔，卷好纸。顺便抬头瞥她一眼。做清洁时，她把头发扎上去，额疤坦荡无遮，显得双目妙长，鼻挺唇丰——他一阵讶异，但也无心追究，倒是想起自己久未照镜。他而今只凭用手摸着，便能剃净胡子，也能剃光头顶。只是不知现在自己成了什么面目。

我是蛮能睡的。一个人时，能接连睡个大白天。不是一个人的时候，就由着对方睡。我没再做工了，我都不想再干其他活儿了。说来也怪，我以前是不大喜欢"那个"的。她沉吟着，似乎自己也有些困惑。可后来就尽愿意做着这件事了。加上有那么些人，也很会。

他伸手去捏捏毛笔头子，半干了。最好还是继续抄经。有没有人赠予，都要抄的，抄经就不该有送人的想法。抄经吧只管抄经。

你哪？真能丢下"那个"了？她并无涩意，眼神平静地从他脸上滚过去，像问他馋不馋肉。后一个问题她的确问过。当时他们在吃蒸土豆，味道寡淡，她便谈起肉，列举各种肉的各种做法，也谈到斋食里的素火腿素香肠素鸡排，形神味具备，可素食为什么偏要装成肉呢？既是吃素为何还要想着荤的？她不满地咕噜着，把一碟土豆咽下去。

我忘了。当时被问到肉滋味时，他也是这样答的。想了想，又如实补充：只要一个人待着，最后就都会忘了。

你能忘了风吹在皮肤上？忘了三伏天喝井水？忘了瞌睡遇到软枕头？她随口反驳，也不逼问，只接着讲自己。

可就算一直不停地跟男人"那个"，总也有完了的时候，他们还没抬起身子呢。我一睁眼所看到的，就是孩子，并且还不是一个。你不知道，自从这第二个落地，我反倒想起那第一个来，他们哭起来是一模一样。因此我一睁眼看到的，不是一双眼，而是两双小孩眼睛，一眨不眨地盯着我。这让我非常难挨。

外面起风了，木门又传出无规律的敲打之声。毛笔头此时已被墨汁重新浸软了。他重新打开纸理平整，打算再写。

她识趣地起身，一边瞧着他的笔头，有所发现似的。哟，都快秃了，得买新的呀。我替你记到单子上去。你以后不写大字吧，省力气。不要写得好，越是弯弯扭扭的，越是显得高级。她快活地揶揄，已丢下半分钟前讲的那两个孩子了。

这种随行随止、疏可走马般的心性，着实让他不解。笔重新落到纸上，行进不畅，听着她的步子不紧不慢地去了。

9

一晚上都没睡成，瘙痒症大发作，从腹肌扩大到胳肢窝，又扩大到胸部和小腿，凡有体毛的地方，都起了一层层红疹。指甲抓出血痕，药膏涂得像砌墙，这样下去，恐怕很快就要不够用了。

睡不成也好。睡了恐怕又会做梦，又会是怎样的梦？这一整个晚上，他就拼命忙着搔痒、忙着涂抹，脑子里也是一刻不闲、各个方向打架，由肉到灵，皆不堪推敲。

10

数日前来过的那位搞灵修的访客，今天着人送来一大堆东西。两个被差遭的，几趟上下，搬得脸色通红。

捎什么话了吗？他问送东西的。

院长最近在搞新课程，忙得见不着。他把意思吩咐下来，东西是我们做主买的。

送货人走了，她细细查点了一番。一整套不锈钢厨具。18头的盘碗碟勺，另有一对带盖带托的讲究茶盏。毛巾浴巾床单真空棉被。5公升的色拉油两瓶。一级面粉两袋。保温瓶一对。塑料盆数只。各种干货。

她跟他排数，有点喜滋滋的。嗬，这简直能过小日子了嘛。她把东西安置到各处，反复腾挪，忙乱了一整个下午。到晚上，还点起蜡烛来欣赏那对讲究茶杯，花纹是黄底青龙图案。她托在手上，假意揿起盖，碰出声音，一边感叹。早晓得那人这么热心，我该把那张现成的购物单子给他的哪。

他有点愤然。灵修客人逆众人之恶评而行，带来这些成双捉对的礼物，等于是表达声援和勉励之意，这种理解，比不理解，更糟糕。更让他苦闷的是，原先这里的食物存量有限，随着每日消耗，怎么着也会推动出一个了断的结果。这些东西一来，两人又可以吃上好一阵子的。

注意到他的闷闷不乐，她越发乐呵呵的，甚至用新杯子斟了茶，放到二人中间。新杯子的异光显得十分奢侈。

晚上我不喝茶，不利睡眠。他已有数晚不宁了，竟也不困，身体里的钟一直在嘀嘀嗒嗒，永动机一般不知终点。

那你该喝点酒。她毫无顾忌地开玩笑。酒可是好东西，我现在的好办法，就是酒后想出来的。不知是哪个男人哪天丢下的半瓶酒，我无意中看到，灌了下去，脑子里一下子亮了，冒出个好主意来。她若有所思。要不要在单子上写上酒呢，没有规定说居士不能喝酒的吧。

不要那样。他有些生硬地劝阻，感到一丝恐惧。

她瞥他一眼，又露出伤疤笑了。那主意可真妙极了，可谓万全之策、一劳永逸。我为什么不把这个孩子也转手了呢，正好让他们兄弟俩往一条路上去，谁也不必再瞪眼瞧着我了。你说绝不绝嘛！这回我可是有经验了，我从来就没那么能干过。各种渠道过来的买家，我分清先来后到，轮流跟他们接触，非常耐心把价格往上抬。事情就是这样，你越是贱呢，越是没人理，反过来呢，大家就要抢。到最后，简直像拍卖啊。他们分别跟我叫价，我合计一番，把最高的报价透露出去，从而形成新一轮反馈……我这次可真一点没有吃亏，我甚至想到，就算将来跟男人弄出十个八个孩子，都可以这样办的。哎，你猜猜看，最后我得了多少？

猜不出。他勉强发声，同时感到一种不可解释的臣服感。

哎呀，稍微动动脑子嘛。我既是问你，你就应当能猜到的。她挤挤眼，带点耍宝的神情。

你为什么，要到云门来呢。他突兀地打断，他一直不想问这个的。多少次，他也被山下的人们这样问过。他认为这是最不该问出的问题。

她倒也不以为忤。别打岔，这还要问吗。你也真是白做居士了，还不如下山去呢。你还是猜猜多少钱吧……其实你都见过！不就是我山下的那辆红车子嘛。她失望地一拍手讲出答案。

车子。他呆板点头。

那么大一笔钱，我就想一下子花光，正好看到电视里做小车广告，那就买部车吧，价钱刚刚好。到车行才想起来，妈呀我都还不会开车呢。她哈哈直乐。

那你也就没有用上了。他觉得这倒也好一些。

是哎，只好一直寄放在车行。直到来这儿，才让那边把我和东西一起送过来。她挺潇洒地努努嘴。

新茶杯里的茶凉了，她惋惜地收拾着去洗了，顺手带来那张购物单，到底还是添加上了酒。你放心，不买红不买白，就买米酒好了，居士总可以喝米酒的吧。那我还得加上小烫壶、加上陈皮梅子呢，到天冷下雪了，可以烫热了喝，我到时炸上一碟花生米。她的脸上一层快活的愉悦。

他闭上眼，清清楚楚地看到那一幅雪色披盖、二人对饮的图景，心跳忽然变慢，千丝万缕的扯动。不好了，真的不好了。春有百花秋有月，夏有凉风冬有雪，他一下子全都想起来了。真是悲恸，继而又至为感动。

11

次日，他吃完早饭就打算下山了。走之前，他在院子里坐了一会儿，四个方向挨个儿看了看。没有风，没能听到木门相叩的声音。

我下山去买药，上回买的快没了。他跟她打个招呼。

她照例是要去睡上午的大回笼觉，听这话，忙去拿来购物单子。喏，带上这个，能买多少就先买多少。

还是你下次自己买比较好。他没有伸手去接。

嘀，是怕我不给钱吗？不是跟你说过的，我会把车子卖了的。她掸掸单子又伸过来。

是个好主意。他挺礼貌地答，两只手对握着包袱。昨晚他收拾了这个小包袱，也没带上什么。房间里最多的就是那些抄好的经。笔墨都旧了，纸也差不多写光了。三双鞋子倒是都拿上了，正是旧得最舒服的时候，适合走远路。

那你先去打听打听二手车价钱，或者找找什么中介。她掩口打了半个哈欠。

这个，也还是你自己处理比较好。他不想胡乱应承。

她刚掉转头往柴房方向，听到这句，步子停下，人又扭转回半边。声音清醒多了。买药？哪里不好？

没什么，小毛病。说这话时想起来，昨天晚上竟是一点没有瘙痒，倒像是好了。暗中用手抚一抚，毫无感觉了。

光买药？

也办点别的事。

愿意的话替我看一眼，看我的车子还在不在那里。估计全是灰，落的全是叶子和鸟屎了。她讲话有点慢慢吞吞的，眼睛并不看他。他想她是明白了。

好，我看看车子，一下山就会看到。

云门这里，你放心的吧？她笑了一下。她到现在还是不会笑。

没什么不放心的。云门也不是我的。

知道吗，我这，也就是写写的。她哗啦啦晃动手里那两张都有些皱巴巴的购物单。最后我一样都不会买的。

写写蛮好的，我不是也一直在写经嘛。

写经才像居士呢。我这不像的。

哪里啊，你比我像多了。

他们认认真真又非常乏味地对着话。太阳已经高升了，有点烫地打在脸上了。

他抓紧时间下山了。他不再是居士了。

12

几个月后的一个夜里，云门起了大火，所幸之后半夜猛降暴雨，加之四周草木本不繁茂，火势并没有太大的蔓延。云门的几间木屋，倒的倒，塌的塌，崩飞散裂，都没了形状，连云门的匾牌也残缺不存了。有具女身，紧躺在柴门后，是想打开门，还是想关上门，不得而知。据说体肤尚好，只是被烟熏窒息，若能打开柴门，断不会如此。有人查点余物，除了少许家伙器物，已油枯米尽，无一物可食了。道听途说的人们摇头咂嘴，不免有各种猜想，到底也是索然无味。云门的最后这则消息遂也自生自灭，随风而逝了。

匠　人

李延青[①]

1

　　手艺人通常都是聪明刚愎的家伙，甚至让人看上去有点二儿。

　　他们凭借着独有的技艺，或游走在城乡间，或厮守一爿小店，年复一年打发着自足自满的光阴。日常里只有人们上门求他，不见他去求人，久而久之就养成自我、刚愎的习性。

　　很长一个时期，这些五行八作的家伙们——木匠啦、油匠啦、铁匠啦、石匠啦、钉鞋匠啦、小炉匠啦、劁猪匠啦、杀猪匠啦……就像传奇人物，以其独特的习气、做派、口音、穿戴或技艺常常活灵活现地出现在人们茶余饭后的闲聊中。自从合作化，民间的手艺人就开始逐渐消失——社会改变了生活方式——人们刚刚还津津有味地谈论着哪个木匠的手艺或哪个劁猪匠出丑的事，一回头却发现那个行当已被光阴抹去。

　　那个抢剪子磨菜刀的呢，那个钉鞋匠呢……起先有人还提一句，到后来

---

① **李延青**　1961年生人。现为河北省作家协会党组成员、副主席，中国作家协会全委会委员；编审。曾结集出版：《延青短篇小说集》、短篇小说集《人事》、长篇系列散文《鲤鱼川随记》、长篇报告文学《追踪开国英雄》。主编：《文学立场——当代作家海外、港台演讲录》；"中国学者海外讲稿丛书"——《境外谈美》《境外谈佛》《境外谈文》；《曾国藩日记》（全本注释）等。曾获河北省"文艺振兴奖""河北省首届优秀编辑奖"及《小说月报》第九届百花奖优秀编辑奖等奖项。

就没人再去顾及他们的下落。日子像流淌的河水，不住劲儿地往前奔腾。太阳还是那个太阳，日子却已不再是那个日子。

20世纪70年代末，小城唯一正大光明的手艺人叫田桂生，是个瘸子。他是随着父亲从广西回来的，长着张白净方正的脸盘，站直了也有1米75，十分注重穿戴打扮，三十挂零还没成家。田桂生不无炫耀地对人们说，他心目中的爱人是他小姨！他小姨那可是电影明星，在《五朵金花》中担任过角色。他这么说是向人们表白，自己没成家并不是因为残疾，而是瞧不上那些凡俗女子。但这话却令小城人听了目瞪口呆：一个人怎么可能去爱自己亲姨呢？就觉得田桂生不仅身体，连脑子都是残疾的。父亲是南下干部，回来属落叶寻根，田桂生却因为小儿麻痹瘸着腿找不到正式工作，就临街开起个修理半导体收音机和钟表的店铺。

小城的热闹都在这条中心大街上，街两侧堂堂正正地坐落着食品公司门市部、百货公司门市部、药材公司门市部、土产公司门市部、五金公司门市部，新华书店、邮政局、电影队、理发馆、缝纫社、浴池……虽然平常冷清，集日却黑压压挤得满街筒人，万头攒动，人声鼎沸，尘土飞扬——叫卖的、讨价还价的，相识的高声打着招呼，眼尖的看见亲友扯着嗓子喊叫"大姨""二姑"；突然有人就争吵或厮打起来，人流便如江河般一阵汹涌。

田桂生的店铺是在他家公产房临街的墙上掏个窗户、开了扇门，窗扇玻璃上用红漆写着：修理收音机、钟表。门是单扇门，平时总插着。窗户下方设置成推拉扇，他把一张黄漆小桌摆在窗前当作工作台，从一尺见方的推拉扇口接活儿、收费、和人交谈。人们把坏了的半导体收音机、马蹄表送给他去修理，却没人问田桂生这技术是跟谁学的，好像瘸着腿、操着异乡口音的他天生就该会这门技术；也没人因为单干、私营来找他麻烦——小城人对田桂生表现出少有的大度和宽容：残疾人也得有碗饭吃啊！但夹在那些宽敞空旷的国营门市中间，他那狭窄局促的门脸仿佛自惭形秽，总是透着种名不正言不顺的猥琐。只是田桂生傲气，价格从来说一不二。在这个山区县城他并没有多少活儿做，总有大把大把的空闲时间。他不像那些国营商店的营业员，闲下来就站到街边去看热闹或去和人们聊天，而是在台灯下读《战争与和平》，读《基督山伯爵》，读《哥达纲领批判》……读累了，他就站在刚能扭转屁股的屋地上，用带广西味的普通话拿捏着不同人物的腔调，大段大段背诵电影台词：

"毛主席语录：我们是要和平的，但是美帝国主义一天不放弃它那种蛮横无理的要求和扩大侵略的阴谋，中国人民的决心就是只有同朝鲜人民一起，一直战斗下去。这不是因为我们好战，我们愿意立即停战，剩下的问题等将来去解决，但美帝国主义不愿意这样做，那么好吧，就打下去，美帝国主义愿意打多少年，我们也准备跟它打多少年，一直打到美帝国主义愿意罢手的时候为止，一直打到中朝人民完全胜利的时候为止。"

人们知道，这是《打击侵略者》的开场白。

"空气在颤抖，仿佛天空在燃烧。"

"是啊，暴风雨来了。"

这是《瓦尔特保卫萨拉热窝》中的接头暗号。

"您瞧，弗拉基米尔·伊里奇，有这么个问题。"

"什么？"

"叫我怎么说呢？"

"是谁被捕了？"

"对，就是这个问题。"

"啊，是谁呢？"

"弗拉基米尔·伊里奇，被捕的是瓦塔谢夫教授。他是个好人哪！"

"什么叫好人？他的政治立场怎么样？"

"他过去掩护过我们。"

"也许他是仁慈的。过去掩护我们，但是现在掩护我们的敌人。"

"他是个纯粹的科学家。"

"不、不，好朋友，这样的人是没有的。"

"弗拉基米尔·伊里奇，我不是个滥好人，我不轻易相信别人。可是我现在情愿为瓦塔谢夫教授担保！"

…………

他一会儿高尔基，一会儿列宁，不歇气地背诵。

有人并不修理什么，突然到窗前隔着玻璃往屋里瞅瞅，就是想知道他又在读什么书；有时，孩子们成群结伙悄悄立在窗外，满脸敬畏地听他朗诵电影台词。小城没几个人能和他说到一块儿，于是田桂生拄着双拐上街的时候，苍白的脸上总是透着冷傲。后来，他又开始跟着收音机自学许国璋《英语》，早晨人们路过他的店铺，总能听到他大声背诵单词或是朗诵课文。

他说，他的目标是阅读经典原著。

周向文那台"春雷牌"半导体收音机出了毛病，吃过晚饭就骑上摩托车给田桂生送来。平时，周向文习惯一边干活一边听刘兰芳播讲《杨家将》，听单田芳播讲《隋唐演义》，收音机一坏心里感到说不出的寂寞。刚好雨过天晴，天气凉爽，晚霞把西边天烧得通红。小城没人不知道田桂生，但周向文并没和他搭过话。在店前把摩托停好，周向文正要敲窗，就听里面一个低沉的声音突然问道：

"是谁在二堂喧哗？"

周向文不是爱开玩笑的人，但伏天里难得的清爽让他童心大发，就脱口接道："启禀中堂，是标下在二堂等候召见。"

"嗯。为何不在二堂等候？"屋内又问。

"适才听中堂召唤，标下前来回话。"

这是电影《甲午风云》中李鸿章和邓世昌的对话。

周向文刚说完，就见窗扇猛然拉开，探出特写般一张苍白的脸，眼镜后面的目光闪烁着惊异和激动。紧接着，那扇永远关闭的单扇门打开，田桂生站在门口恭敬地打着手势对他说："请进，请进来吧！"

就这样他俩成了朋友。

2

20世纪80年代，上级号召、鼓励人们经商办企业。报纸、电视今天说这儿出了个"万元户"，明天又说那儿出了个企业家，一时间仿佛"放卫星"，社会上厂长、经理满天飞。手艺人更像是雨后路边的"狗尿苔"，突然从地下冒出一堆来，生活里又响起南腔北调的吆喝，大街两厢开出许多门脸商铺，集市上摆满五花八门的摊位。

周向文的手艺是缠电机。

虽说在工商局、税务局办理了正式执照，但周向文自认为他干的那摊距离"企业"还差得远哩，顶多算个作坊。工商局执意在营业执照上将他那摊儿命名为"电机修理厂"，不过是为夸大和统计政绩拿来充数。以至到年终，县委书记乔江山在优秀乡镇企业家表彰大会上颁奖时，主持人念了好几遍这个厂名，周向文才反应过来是叫自己去上台领奖。

他的"厂址"在小城南门，是租来的一幢独门独户的院落。

媳妇金玉在县剧团工作，儿子正上初中，金玉外出演出的话，姥姥就来给他父子俩做饭。周向文在院子南墙根用角铁、石棉瓦搭起个工棚，工矿企业和各村的动力设备电动机、潜水泵烧坏了，就给他送上门。他将坏的拆下，根据型号用漆包线再缠一个新的重新装上，烤过漆，那个动力设备就复活了，他又回到自己工作岗位上。忙完一天，周向文傍晚时分喜欢骑着摩托车到城里兜风，路过杜家熏肉铺，兴之所至偶尔会买块猪头肉，回家自斟自饮喝点小酒。自打结识田桂生，大多数时间他就等着田桂生来下象棋。

这时，田桂生已经开始修理电视机。

小城人看见他俩凑到一起都说：这俩活宝倒是一对儿。

其实，他俩站在一起无论如何都显得不伦不类。田桂生整天西装革履，偏分头儿使过发蜡，梳理得一丝不乱。他是小城第一个穿西装的人，即使时兴中山服、解放装那会儿，也是专门跑到省城买衣服。他嫌小城人的穿戴落伍土气。而周向文永远是那身洗得发白的劳动布工作服，还难免蹭上些漆、沾上一片机油。但周向文干活儿永远戴手套，这一点让田桂生极为赞赏：觉得这是技术人员应有的范儿。他们下棋不是下棋，更像是个说话的由头。田桂生读过的世界名著，周向文在高中后期都读过；田桂生读过的马列著作和毛选，当初为和对立派辩论，周向文也都悉心研读过，这就让两个人有了共同语言。他们谈论曹雪芹、托尔斯泰、高尔基、雨果、巴尔扎克，也谈冉·阿让、安娜、宋江、王熙凤……但真正使他们密不可分的则是背诵《毛主席语录》和《毛泽东选集》。

上高中时，周向文最好的功课是数理化，如若高考没有取消，他怕早已考进哪所理工科院校。"文革"使他补上了文史哲的不足，只是等他体会到其中奥妙时，已经没有考试的机会了。

周向文家的院里有棵大榆树，不冷不热的春秋季节，他俩就在树下的水泥桌上下棋。头上有鸟叫蝉鸣，旁边工棚里是拆开的或没拆开和已经修理好的电机；夏天旁边会摆个电风扇，除了吹凉儿还驱赶蚊虫。冬季，他们就挪到屋里的餐桌上。餐桌是周向文自己打的一张白茬桌，没油漆，卯榫严丝合缝，桌面平滑如镜。乍看到这张餐桌，田桂生盯着桌面愣了半晌。他不明白周向文采用什么工具把活儿做到这种工艺水平，觉得就是小城公认的好木匠老焦也达不到这个水准。老焦是大名鼎鼎的县机械厂模具车间主任，业余常为县里这局长那主任家做家具——打新时兴的大立柜、一头沉或两头沉的写字台。油匠们说，油漆老焦打的家具就像行走在冰面上——是说老焦刨出的桌面、柜面平滑。田桂生对技术活儿天生痴迷，终于忍不住问起周向文。周向文淡然一笑说，前年冬天老焦在隔壁给城关公社书记打家具，那天下雪他去和老焦聊了会儿天。周向文就说到这儿。田桂生知道老焦做活儿从不让人观看，怕偷了手艺，大约知道周向文是缠电机的，所以才放松警惕。田桂生问，关键在哪里？周向文说，无他，只是细刨刨刀在刨床露出的短，别人推一次，他推五次六次，如此而已。田桂生想了想便释然地笑了，看周向文的目光变得怪怪的，充满钦佩和赞赏。

两人一面说话一面就摆上棋，或许这时候他们已开始各怀"鬼胎"。坐下走了几步棋，一个就问道："《毛主席语录》第73页都是哪几条呢？"

另一个想了想刚要回答，忽然问："你说的是哪个版本？"

这一个惊讶道："咦，不一样吗？"

另一个一本正经地说："大开本和小开本字号不同，页码也不同。"

他们一个说普通话，一个说本地话，倒像是两个和尚在打禅语。

少顷，一个又说："记忆力明显减退了，《矛盾论》背到第4节就磕磕巴巴的。"

一个说："哦，好像是这样……"

遂将整整一节从头背到尾。又走了几步棋，他说："《新民主主义论》原来能从头背到尾，现在就能背到第6章了。"

另一个轻咳一声，将第7章徐徐背来。背完，谦虚地说："不知记得准不准？"

一个说："最后一句'碰破头皮的'好像没有'皮'吧？"

另一个闭上眼睛在脑子里翻书，印证过了赧然一笑说："还是你记忆力好。"

这样的背诵好似万花筒，被他俩不断翻出新花样。

这个说喜欢《中国人民解放军宣言》，那个张口就背；那个说《别了，司徒雷登》写得真好，这个立马就背出来。

这个问："毛主席论妇女的语录你能记住几条？"

那个一边想一边说："我记得有……"

听完，这个说："你不说，后面两条我都想不起来了。"

那个问："论教育体制的有几条呢？"

这个说："我试试，说不全你补充。"

然后一二三四……一条接一条背来。

那个用赏识的目光看着对方说："我能记得的也就是这些。"

"文革"期间很多行业辑印了与本行业相关的专题语录，比如《毛主席、马恩列斯论党的建设》《毛主席论教育》《毛主席论工作方法》《毛主席论小资产阶级》等，其中有些还是从内部讲话上摘编的。他们的兴奋点多是那些没有公开发表过的语录。比如："外行领导内行，是一般规律，差不多可以说，只有外行才能领导内行。去年右派提出了这个问题，闹得天翻地覆，说外行不能领导内行。"领袖的话令他们摸不着头脑，两人你看我我看你，交流着复杂的眼神。有的则让他们兴奋不已，比如："省、市、县三级，第一书记要管教育，不要每天都管，上半年管几天，下半年管几天，一年管七八天。不管教育的现象是不能允许的。"这话让他们禁不住哈哈大笑起来。

田桂生乘兴又背起广西一个女工"学毛著积极分子"的发言材料:《用毛泽东思想指导杀猪》。

有时喝了酒，带点酒意却没醉，脑子显得格外灵光。若周向文媳妇金玉没有演出任务，恰好在家的话，田桂生就拉她当裁判，将一部合订本《毛选》硬塞到她手里，他俩你一篇我一篇地轮番背诵:《质问国民党》《敦促杜聿明等投降书》《在中国共产党七届中央委员会第二次全体会议上的报告》《论人民民主专政》……毕竟带了酒，声音比平时高好多倍，这一个背着，另一个却失去平时的斯文，听到错处就打断对方，高喊错了错了! 这个不信，同时去金玉手里抢书查对。金玉被两个呆子逗得突然大笑起来，手里的书掉到地上，那两人低头去捡，头砰地撞在一起。金玉笑得搂着肚子、跺着脚，两眼都流出泪来。

两个手艺人沉湎在这个游戏里，彼此考验着、欣赏着、快乐着。

他们一致认为毛泽东思想的精髓是"老三篇"。老人家是要清除儒家统治中国数千年的封建思想，培育一种纯粹、高尚、有道德、脱离低级趣味、全心全意为人民服务的新人类。

看到农村喜气洋洋地分田到户，他们就谈起当年热火朝天的入社。同样的热情和积极，这其中有没有对错是非?

此一时彼一时也! 田桂生高高举起右手食指说，历史，这就是历史!

周向文望着高处田桂生那根细长的手指，对"历史"的理解是:当年入社有入社的背景，如今分田有分田的道理。

周向文能享受这份快乐，自然缘于他缠电机的可观收入。如果不是金玉下岗，他也许至今仍沉浸在那种无忧无虑的日子里。

县剧团突然解散了。

金玉原本不是科班出身，在剧团一直扮演配角，不上戏的时候也卖票。他们团演出的是一种叫"丝弦"的地方戏，面对电视机逐渐普及和娱乐形式的多元化，那个古老剧种经历了短暂几年古典剧目的火爆，像是回光返照，突然就枯萎了。过去追着他们看戏的戏迷，如同喜新厌旧的男人，一有新欢就毫不犹豫地离开他们。

对于金玉下岗周向文不以为意。他说，每月挣那三十多块还不如在家给我和孩子做饭呢。

让我们等待分流呢。金玉却不甘心。

剧团归文教局管，宣布解散时林局长说，县委县政府对下岗职工十分关心，首先鼓励大家——特别是年轻同志自谋职业；再就是耐心等待在本系统分流。说完草草瞭了大家一眼，钻进那辆伏尔加轿车就扬长而去。

金玉在家除了做饭就是收拾家务，四十来岁的人那点活自然不在话下，只是一个爱说爱笑的人变得沉默寡言。周向文和金玉在初中就谈上恋爱。金玉爱好文艺，初中毕业那年全县教育系统会演，她被县剧团看上招了去；周向文高中毕业赶上取消高考，回到村里就成为地地道道的农民，记工员、会计、电工、拖拉机手他都干过。后来，电影队把一台淘汰下来的发电机送给剧团。以往剧团下乡演出都是点汽灯，这回总算有了机器。团领导看着那台半死不活的发电机对金玉说，你不是说你家向文手巧吗？让他来试试，收拾好了就录用，收拾不好就当什么都没说。周向文捣鼓了三天，那台发电机就能发电了。

在剧团，周向文除了发电还拉过幕，管过灯光、打过字幕、画过布景。本来就是聪明人，什么活儿他看看就能摸着门道，一干就上路。但他脾气不好，用小城话说有点"二百五"。高中毕业那年县城两派武斗，听说"红总"把自己所属的"联总"赶出县城，他提着粪叉骑上自行车去县城转了一圈，扬言"看谁敢动老子一指头"。"红总"有他的同学，赶紧给人们传话：谁都别理他，这是个二百五，不要命！周向文与人相处对事不对人，在村里和队长、支书吵过，到剧团又和领导同事吵。但他唯独不和金玉吵。

看到金玉失落的样子，他说我给你找个"工作"吧。金玉说干什么？他说做电褥子。跑到省城买来所需的各种材料，教给金玉如何做。金玉做了四天，第五天拿到集上去出摊，结果被一抢而空。算下账来竟比自己一个月工资挣得还多，金玉笑了。

转过年春风一刮，院里的榆树枝就被沉甸甸的榆钱压弯了。

一天，金玉卖完货经过马六的烤山药摊。马六递给她一块烤红薯说："知道吗？林红去县幼儿园上班，晓敏到电影院卖票去了。"

金玉本来把"分流"的事忘了，听了马六的话不禁一怔。

"有没有人到底不一样。"马六原来在剧团演丑角，长得本来就黑，现在更像是打非洲来的国际友人，愈发显得两眼黑白分明。马六酸溜溜地说，"你不知道吧？人家林红的姐夫是副县长，晓敏的哥哥是电力局长。"

金玉私下把全团的人排过队，觉得分流到别处不敢说，要在教育系统安排，安排一个人也应该是自己，好歹自己是正儿八经的初中毕业生！下岗前文教局让他们填过表，特意让填上"学历"和"毕业学校"。她知道林红和晓敏都是小学毕业。

第二天吃过早饭，金玉没和周向文打招呼，推上自行车就出了门，直到中午才回来。回来她没去做饭，一言不发坐在院里的软凳上。周向文这才注意到媳妇一脸恼怒。迎着丈夫问询的目光，金玉说："我去找林局长了。"

周向文停下手里的活儿，疑惑地瞅着媳妇。

金玉说："林红和晓敏都分流了，一个安排在幼儿园当老师，一个去电影院卖票。"

周向文笑了，问她："那地方，你去？"

金玉顿了下，说："不是去不去的事。马六说安排林红是因为她姐夫是副县长，晓敏是她哥哥当着电力局长。我问林局长，为什么安排她俩？林局长说总得有个先后。我说先后也得有个理由吧？林局长说她俩年轻。我说不是鼓励年轻人自谋职业吗？林局长说局里觉得她俩适合那个岗位。我说不是她俩适合，是她俩有后台吧？林局长一听就恼了，说你找得到后台我也安排你！"

周向文默默地听着金玉讲述。

"我气愤地说那我告你们去！"金玉说，"林局长说你告吧，我的后台是乔江山！"

金玉讲完，周向文脸色阴沉得快落下雨来。他把手套往工作台上一扬，说道："乔江山……乔江山也未必是铁打的！"

3

　　周向文看电视喜欢看故事片，从来不看本县新闻。现在他开始关注本县新闻，还每天跑到邮政局买一份省报。

　　有电视机的人家在小城还是少数。电视机是紧俏物资，一律凭票购买，能弄到票儿的自然净是县里的头面人物，大多数人都是到附近的单位看。周向文家能买得起电视机当然是生意上挣了钱，能买得到则得益于田桂生。县百货公司进的电视机并不是个个完好无损，遇到个别有毛病的就得请田桂生来先维修好。于是，田桂生就有了近水楼台先得月的便利。

　　周向文将金玉的事告诉田桂生。田桂生瞅了瞅周向文很久没说话。

　　周向文冷冷说道："狗日的，走'后门'还理直气壮！"

　　这时田桂生才说话。但他说的不是自己的话，而是毛主席的话："群众是从实践中来选择他们的领导工具、他们的领导者。被选的人，如果自以为了不得，不是自觉地做工具，而以为'我是何等人物'！那就错了。我们党要使人民胜利，就要当工具，自觉地当工具。"

　　他意味深长地瞅了周向文一眼，似乎意犹未尽，又徐徐背道："我们一定要警惕，不要滋长官僚主义作风，不要形成一个脱离人民的贵族阶层，谁犯了官僚主义，不去解决群众问题，骂群众，压群众，总是不改，群众就有理由把他革掉。"

　　最后一句他的声调明显提高。

　　他们坐在榆树下的水泥桌旁，两人都没想起开灯。薄薄的暮色落下来，周向文像尊半身的雕像，他冷静坚毅地说："没有调查就没有发言权。"

　　小城再没有比他们更熟悉彼此的人，几句对话就明白了对方心意。俩人都经历过"文革"，不仅熟知人性善恶的底线，而且谙熟斗争艺术。

　　接下来，周向文一边干活，一边默默找出自己当年用过的墨镜、雨衣、雨靴、水壶、串联时背的军挎包，去街上买来丈量土地的卷尺、一顶崭新的草帽和一双回力牌球鞋。终于在一个清晨，他背上自己的行囊、骑着摩托车出发了——省报、电视台报道的本县政绩工程成为他调查的目标。有时，他独自出去一整天，有时他驮上田桂生——田桂生有架海鸥牌照相机，还会冲洗照片。

　　这个夏天，周向文变得又黑又瘦，两眼却愈发炯炯有神。田桂生仍旧天天去周向文家，但他们不再背诵《毛选》，而是一起分析形势、研究材料，讨论提纲。

　　一封从市里转来的实名举报信摆在乔江山面前：举报他在小流域荒山治理项目和"红旗渠"修复工程中弄虚作假、谎报政绩。附在信中的照片正是"红旗渠"的断流处。

　　乔江山顿时觉得头大了！

　　如果说荒山治理只是个面积统计问题，"红旗渠"修复工程却非同小可，那是托关系专门请省长来剪的彩！

　　"红旗渠"是黄家庄水库当年的配套工程，因为多年干旱，水库蓄水不足，早已形同虚设。近两年，沿渠的村庄陆续在承包的坡岗地栽种上果树，乔江山发现后思路顿开——用这条水渠把果园串联起来——就像一个有计划有规模的开发项目了。他到省水利局跑来一笔钱，去年冬天对水渠进行了修复。毕竟钱少工程大，只能先修复一段。但电视、报纸对外报道却说已全部修通，水渠带动了果园开发，还播出了省长剪彩放水的新闻，刊登了照片。

　　乔江山是从市委副秘书长位置上下来的，先任县长再接书记，在这个贫困县已干了整整八个年头。

　　"下来"自然是为了"上去"。而"上去"需要上面有人"拉"，或者干出响当当的政绩。乔江山上面没有铁关系，只能靠政绩来说话。然而这个资源贫乏的山区县，即使七仙女下凡也难以织出花来！眼看同一拨下来的一个个提了副厅先后调回市里、省里，乔江山内心的危机感与日俱增，焦虑得都要疯了。

　　他需要政绩，而且是像模像样的政绩。然而，周向文这只冷不防跑出来的刺猬，却要把他苦心吹起来的"气球"戳穿。

　　查！他把工商局长、税务局长叫到办公室，咆哮着命令他们。给我查他！

　　第二天，工商局长就来向他汇报，周向文依法登记，照章年检，没有发现不法违规行为。

　　第三天税务局长给他汇报说，周向文依法纳税，没有偷税漏税现象。

　　真没有？乔江山两眼瞪着税务局长，目光就像两柄寒光闪烁的利剑。

　　他执行的是定额税。税务局长头上冒出细密的汗珠，喃喃地说是我亲自下去查的，整个城关所数他缴纳及时。

　　打发走税务局长，乔江山打电话又把公安局长叫来，让他去摸清周向文告状的原因。碰巧公安局长是周向文的同村老乡，虽然平时没什么交往，但他还是提着两瓶酒去了周向文家。周向文在酒桌上竹筒倒豆子——开诚布公将告状原因告诉他。公安局长像叼到猎物的狗，第二天一早颠颠跑去给书记作了汇报。

乔江山把林局长臭骂了一顿，让他立即安排金玉上班。

林局长原来在公社当书记，两年前被调回县直出任文教局长，从逻辑上看他和乔江山确实存在某种关系。事实上，林局长是县长提出的人选。县长说年龄不小了，让他回来吧。乔江山看着县长笑了笑问，行吗？县长说，行。乔江山想了想说那就他吧，你和组织部那边通通气。他知道他俩是同学。当领导是门艺术，其中一点就是会妥协。县里大事由他拍板，却也不能事事一言堂，搭伙计得给对方留余地，当然这"余地"是有分寸的。县长是当地人，他要"上去"有些地方得靠县长周全。

周向文并不知道这些。

乔江山觉得这件事到这儿就结束了，不料没过一周，省委又转来一封举报信，举报人仍然是周向文。这次是揭发县里的养牛场弄虚作假：养牛场名为县办，由畜牧局主管，实则是全县各村、各乡、各局、各企业、各车间摊派出资买的牛，随信还附有不同部门交牛的"收条"照片。

养牛场建成三年了，县里每年在养牛场前面的柳树林搞一次"赛牛大会"，评选"牛王"。届时，全县各村都赶着"选手"前来参赛，路程远的头天夜里就上路了，整个河滩"人山牛海"，犹如庙会。

养牛场牛舍和饲料库加起来共有一百多间，这么大的规模别说畜牧局，就是县财政一下也拿不出这笔买牛钱来。无奈，只能摊派。论证养牛场场址时，畜牧局长提醒说，建在干河滩，这么多牛饮水就是个问题。就为这句话他把畜牧局长撤了。除了河滩，去哪儿再寻找合适的地皮呢？

乔江山已经听到私下流传"劳民伤财"的闲话了。

他再次把林局长叫来，严厉责问为何还没给金玉安排工作。林局长哭丧着脸说，安排到县图书馆当管理员，她不去。

为什么？乔江山追问，嫌工作差？

不不，不是。周向文说要是公平正道的"分流"，看厕所也行。告状告来的工作不干，一干就脏了自己的初衷。

乔江山头上浸出一层冷汗。他明白这回是碰上刺头了！他不明白这家伙到底想干什么，自己是否该和他见面谈谈？

正当乔江山一筹莫展时，一场突如其来的洪水将建在河道的养牛场一扫而光，举报信反映"弄虚作假"的物证反而变成上报灾情的"摇钱树"！

乔江山像铁打的"江山"，稳坐在自己的宝座上。

田桂生看着雕像一样沉思的周向文，说："凡是反动的东西，你不打，他就不倒。这也和扫地一样，扫帚不到，灰尘照例不会自己跑掉。"

"'前途是光明的，道路是曲折的。'我就不信，这么伟大的党，能容得下这样的蛀虫。看来是该采取行动的时候了！"周向文的声音充满自信。

田桂生说："其他事我做不了，上访材料我包了。"

周向文说："我不会辜负你那笔好字。"

周向文彻底放下生意，带着田桂生帮他不断复制的各种材料，开始一次又一次到市里、省里去上访。

长途客车的售票员、司机都和周向文熟悉起来，一看到他就知道又是去上访，总是关切地打问上访的过程和结果。在那个金色的秋天，周向文毫无个人目的的行为使他一举成为闻名全县的"知名人士"。

乔江山觉得犯不着拿自己的前程去和一个"二百五"死磕。他让公安局长私下去做周向文的工作，许诺只要不再上访，不仅工作单位由金玉挑，还答应给他一笔钱。公安局长认为这是在书记和老乡面前两边落好的机会，带着酒菜再次登门造访周向文。周向文声明喝酒可以，事情免谈。

局长比周向文小两岁，他喝着酒真诚地说："大哥，首先你得承认，你和他之间不属于敌我矛盾，他能开出这些条件来，说明已经认识到了自己的错误，咱为什么不能原谅人家？"

周向文说："不平则鸣。'哪里有压迫，哪里就有反抗。'"

局长突然也想起一句毛主席语录："如果把同志当作敌人来对待，就是使自己站在敌人的立场上去了。"

周向文沉思了一会儿，说："这件事，一开始我确实有意气用事的成分，也为自己的行为犹豫过。可越调查我越发现这状我告对了。之后，我就不再是为工作，更不是为钱上访告状了。"

"那你到底是为什么？"局长忽然感觉这个"二百五"是个有意思的人，十分想知道他真实的想法。

周向文瞅着老乡看了半天，黯然叹了口气说："你不会理解的！咱喝酒吧。"

说话就到春节，一过春节就是"两会"。乔江山忽然紧张起来：如果周向文到时出现在人民大会堂前或国家信访局，那将是什么结果？！敏锐的政治嗅觉使他惊出一身冷汗。

乔江山请公安局长吃了顿"交心饭"。他说，把所有工作都放下，喝酒、下棋、打麻将……要干什么随你便，关键是"两会"期间不能让周向文出县境。纪委书记的位置我给你留着，就看这次你能否看住周向文！他知道公安局长一直觊觎那个位置，干脆把话挑到明处。重赏之下必有勇夫嘛！

公安局长确实动了番脑筋。他把周向文请到黄家庄水库，说那里的水泵坏了，让他带着工具和材料去现场修理，修理费自然优厚。他计算了会期和工作量，弄来八台烧坏的潜水泵，天天好吃好喝陪着周向文，还派两个便衣给周向文打下手。周向文好像不知道是圈套，该吃就吃该干就干。一天晚上，四个人热热闹闹地喝着喝着就都醉倒了，爬到床上睡得跟死狗一样。这时，周向文被人背出房间，上了一辆从市里租来的出租车，离开黄家庄水库。

这次周向文不但去了国家信访局，还找到本省代表团驻地反映情况。

乔江山下定决心，并把自己的决心搬上常委会，公安局以扰乱社会治安罪劳教了周向文。

半年后，乔江山被提拔为省直某局副局长。

一年后，周向文解除劳教。走出看守所的铁门，两眼适应了空旷的明晃晃的阳光，他首先看见拄着双拐的田桂生，顺着田桂生的目光又看到公安局长。局长没当上纪委书记，他清楚并不是周向文搅了他的好事，而是人家关系比他硬。他上前握住周向文的手说："解铃还要系铃人，我来请你喝顿接风酒，给你道个歉。"周向文没有怨恨老乡，他知道在自己的事情上他充其量是执行者。酒桌上，局长不解地问："老周，那天酒里的安眠药你是什么时候弄到的？"

周向文望着田桂生哑然失笑。

局长顿时就明白了。他说："过去的种种都不提了，我就是不明白，放着好好的日子不过，你为嘛执意要告他？就算他弄虚作假，那和你有嘛关系？"

周向文看了看田桂生，两眼盯着局长问道："你说中国的抗日战争和白求恩有什么关系？"

局长被他问得一脸茫然，反问道："你说有什么关系？"

满脸酒红的田桂生激动地站起身说："一个外国人，毫无利己的动机，把中国人民的解放事业当作他自己的事业，这是什么精神？这是国际主义的精神，这是共产主义的精神，每一个中国共产党党员都要学习这种精神……我们大家要学习他毫无自私自利之心的精神。从这一点出发，就可以变为大有利于人民的人。一个人能力有大小，但只要有这点精神，就是一个高尚的人，一个纯粹的人，一个有道德的人，一个脱离了低级趣味的人，一个有益于人民的人。"

局长知道这是毛主席语录，却想不起文章题目来。他还等待着下文，田桂生就此打住。

周向文瞅着一脸懵懂的局长，和田桂生对视着笑起来，好像他们面前是个弱智的傻瓜。

开车送周向文回家的路上，公安局长仍是满脸迷惑，他使劲地想：白求恩……白求恩和身边这个人的行为有啥关系呢？

每条河流的方向与源头

哲　贵①

　　吴家是信河街望族，信河街历史上第一个文科进士即出自其家族。根据族谱和史志记载，吴家盛产艺术家，自唐以降，仔细查寻历代文化名人的札记和诗词唱和，都能找到他们的身影。这一千多年中，这个家族出过近百位艺术家，有诗人、作家、画家、书法家、戏剧家、舞蹈家等，代代相传，连绵不绝。有人评论说，吴家是"诗书传家一千年"。这句评论写入历史，可在《万历府志》得到印证。这是吴家人的荣耀，当然，荣耀有时也是负担。

　　吴旖旎出身于这个家族，父亲吴西来是瓯剧团团长，得"梅花奖"后，官拜电视台副台长。父亲身兼戏剧家协会主席，信河街每有重大活动，都请他登台。他是瓯剧名角，是文化符号，他一出场，分量就重了，活动档次提上来了。吴旖旎知道，父亲登台演出另有深意，他展示的是家传，是延续，是承担，也是交代。既是对吴家祖上的交代，也是对吴家后辈的示范。

　　吴旖旎有个哥哥吴起，遗传了吴家艺术基因，自幼学画，后来考进中国美术学院。他开始学的是油画，专攻人物，画得跟照片一样。后来转学国画，突然抽象和虚无起来，人非人，物非物，完全形而上了。美院毕业后，吴起回信河街大学当美术教师。两年后，想辞职去北京当职业画家。母亲不能接受，她说："在北京当画家，在信河街也可以当画家，有什么两样？"

　　父亲沉思了一会儿，转头问吴起："你可想好了？"

① **哲　贵**　1973 年生，作家，现居温州。有作品《金属心》《住酒店的人》《猛虎图》《柯巴芽上山放羊去了》等。

吴起点点头说:"想好了。"

父亲说:"你的路你自己走。"

吴旖旎心里清楚,父亲允许吴起任性而为,因为吴起是为了绘画,为了艺术梦想。这当然也是父亲的梦想。

吴旖旎从小在艺术学校读书,大学读播音。父亲对她说:"播音挺好,播音也是一门艺术。"

父亲的"也"显得很勉强,带有安慰性质的。

大学毕业后,吴旖旎顺利进了信河街电视台新闻部,当上晚间新闻主播。

这是多么夺目的位置啊。下至贩夫走卒,上到政要名流,只要打开电视,每天都能见到闪闪发光的她。对于信河街的人来说,她是非人间的物种。只能用来仰视和膜拜。

她能当上主播,当然跟父亲有关,这一点吴旖旎不否认,是父亲给她提供了契机。父亲是她引路人。但是,吴旖旎能够坐上这个位置,最终靠的是自身本领。她形象好。形象好是个虚词,但在电视台,特别是一个晚间新闻主播主持人,对形象是有明确要求的,如果形象不够好,不要说她是台长的女儿,就是皇帝的女儿也不敢坐到这个位置上呀。第二是她普通话说得准,信河街的人发音有问题,F和H反过来,第二声和第三声不分。吴旖旎没有这个问题,她的普通话标准得像个机器人。而且,她表达顺畅,高山流水,起伏有致。严格说起来,吴旖旎的脸形不算上选,电视的行话叫上镜不上镜,上镜三分大,上镜的脸形都是小小的瓜子脸,行话也叫巴掌脸。吴旖旎的脸属于鸡蛋形,甚至是鸭蛋形,大额头,尖下巴,一巴掌是盖不住的。但是,请记住,吴旖旎是晚间新闻女主持,这档节目的性质决定,女主持人要有一张相对端庄的脸,要给人距离感,同时又有亲切感。吴旖旎就有一张这样的脸。单靠脸当然还不够,吴旖旎做了五年女主播,拿了信河街三个一等奖,省里两个一等奖,一个全国二等奖。吴旖旎对自己播音是满意的,对获得荣誉也是在意的。这五年来,她没出过一次错,连录播都没出过错。吴旖旎知道,并不是她水平比别人高,而是她比别人多做了功课。每次录播前,她要将稿子读五六遍,容易出错的地方用笔做了标注。她不允许自己出错,一次也不行。

吴旖旎成为信河街大明星,最得意的是母亲。母亲池小茶是瓯剧团演员,学花旦,可她是备用角,很少有机会当作主角走上舞台。成了团长夫人后,机会彻底消失了。所以,有一个明星女儿,是对她人生的巨大补偿。她上街买东西，喜欢拉上吴旖旎。甚至上菜场买菜，也要拉上吴旖旎。有人认出吴旖旎，她立即接话说，这是我女儿。吴旖旎对母亲的感情不如父亲深，但母亲有什么要求，她都尽量满足。她理解母亲的心情。

所有人都以为吴旖旎热爱主播工作，吴旖旎也这么认为。

那年春节刚过，吴旖旎突然对父亲说，她想辞职。父亲看了吴旖旎一眼，问："难道你也想去北京当职业画家？"

吴旖旎说："我想开一家咖啡馆。"

父亲感到意外了，瞪大眼睛问："为什么是咖啡馆？"

停了一下，他接着问："你不喜欢现在的职业？"

吴旖旎摇了摇头说："不喜欢。"

父亲问："既然不喜欢，为什么那么认真？"

"正是因为不喜欢，我才那么认真。"

"我不懂你的意思。"父亲看着她说。

吴旖旎说："我内心太紧张了，担心做得不够好，担心出错。"

父亲听她这么说，理解似的点点头，停了一下，说："既然不喜欢当主持人，我帮你换一个岗位。"

吴旖旎摆摆手，说："你做得够多了，这些年来，一直是你牵着我的手走路。"

还没等父亲开口，吴旖旎接着说："接下来我想自己试试。"

父亲说："你想怎么走？"

吴旖旎说："我想开一家咖啡馆。"

"这个不行。"父亲回答得很坚决。

"为什么不行？"

父亲说："我们吴家在信河街没有做过生意，我们是'诗书传家一千年'，从我们吴家走出去的人，哪个不是艺术家？"

说完之后，父亲又补充一句："你辞职我不反对，但开咖啡馆没得商量。"

跟父亲那次谈话后，吴旖旎就向单位辞了职。让吴旖旎没有想到的是，母亲赞成她的选择。吴旖旎问她："辞职以后我就不是明星了，你不觉得可惜？"

母亲说："可惜。"

吴旖旎说："辞职后我陪你去菜场没人认出我了，你不觉得可惜？"

母亲点点头说："可惜。"

"可惜你为什么支持我辞职？"吴旖旎说。

母亲说："我知道你不喜欢当新闻主持人。"

"你是怎么知道的？"

"你是我女儿呀，我当然知道。"

母亲这么说，让吴旖旎很吃惊，她问道："你以前为什么不说？"

母亲白了她一眼，撇撇嘴说："你不问我为什么要说？"

吴旖旎觉得跟母亲的关系一下子近了，而跟父亲却有了莫名的隔膜。她撒娇似的拉住母亲的手臂说："我还是想开咖啡馆。"

母亲说："想开就开呗。"

吴旖旎说："爸不让开。"

母亲又撇了下嘴，说："他不让你辞职你不是也辞了吗？"

停了一下，母亲看着她，幽幽地说："想干什么你就去干，别像我，一辈子什么事都没做成。"

听了母亲的话，吴旖旎突然有点心酸。

半年后，吴旖旎在望江路开了一家咖啡馆，名叫"皆大欢喜咖啡馆"。

有人问她，为什么起这个名字？吴旖旎说我也说不清楚，就是喜欢这个词。话是这么说，吴旖旎给咖啡馆起这个名字，还是有想法的。她当然知道世上不可能有皆大欢喜的事，她起这个名字，更多的是鼓励和暗示。离开电视台，离开一成不变的生活，从这一天开始，她要过自己的理想生活，不用像以前，每天一丝不苟端坐镜头前，用虚假的脸孔面对观众，用一种虚假的声音讲话。从明天开始，她就是吴旖旎，吴旖旎就是她，她想做什么动作，想说什么话，以什么方式说话，或者不想说，都由自己决定。这是一件多么美好的事情啊，于她来讲，是从内到外的欢喜，这不是皆大欢喜嘛。至于为什么要开咖啡馆，完全出于喜欢。她读书时就喜欢喝咖啡，一闻到咖啡香味，身上便有一种酥软的感觉，好像被一个梦想中的男子拥抱在怀里，那男子无影无踪却无处不在，甚至浸透到她身体里，让她产生慵懒的快乐，让她舍不得离开。参加工作后，每天要录播节目，她的精神高度紧张，只能用咖啡缓解压力。一闻到咖啡香味，总会在心里感叹一声，如果一直被这股香味包裹着多好啊！如果永远在这股香味里不用出来多好啊。就在那个时候，她产生了开一家咖啡馆的念头。开一家咖啡馆成了她的梦想。

好了，现在梦想实现了，她离开了电视台，离开让她紧张的镜头，成了一家咖啡馆老板娘。美梦成真，她现在每天被那股香味包裹着。更主要的是，以前那种紧张感消失了，她以前的生活只有录播节目，晚上睡觉前想的是这件事，第二天眼睛一睁开又是这件事。现在不是了。她现在几乎没有事，她聘请了一个懂行的经理，招了六个服务员，咖啡馆里什么事都不用她来做，只要愿意，她可以像个顾客，要一杯她喜欢的咖啡，坐在靠窗位置，一坐一整天。这是多么美好的事啊。她觉得这才是生活的全部。现在回头看，她以前的生活能叫生活吗？她只是一架机器，一架名字叫电视台女主持人的机器，为了那可怜的虚荣，她丢掉了生活，甚至没有了思维——所有的思维和行为都围绕着别人转。而现在呢，她将那台机器丢掉，得到整个世界，这是多么划算的一笔买卖啊！

　　吴旖旎在咖啡馆也不是什么事不做，她学会了煮咖啡。去上海培训一个月，回来后摸索一段时间，各种咖啡都能做了。吴旖旎发现，她做的咖啡顾客并不喜欢，不喜欢是因为她在咖啡里倾注太多偏好，譬如对器皿的偏好，特别是对香料的偏好——她喜欢在咖啡里加入薄荷和玫瑰香料。她知道顾客未必接受这些香料，可她忍不住想将自认为好的东西推荐给顾客。这可是做生意大忌。吴旖旎也知道这一点，干脆将煮咖啡的事交给咖啡师。她做的咖啡自己喝。吴旖旎另外做的一件事是去寺院参加禅修，只是偶尔去，一半为了好奇，另一半为了安顿左冲右突的内心。在那特殊环境，用特殊形式，寻找片刻安宁，是一种流行。

　　咖啡馆的生意算不上好，好就不对了嘛，吴旖旎原本没有赚大钱的打算，略有盈余即可。咖啡馆的投资，一部分是她的积蓄，还有一部分是母亲资助。她没有经济负担。当然，咖啡馆的生意也算不上不好，人来人往，轻声细语，快乐进门，兴尽而去。大家都知道，皆大欢喜咖啡馆老板娘是个名人。很多人慕名而来，想见一见吴旖旎真身。吴旖旎不排斥，也不迎合，开门做生意，来的都是客。当然啦，见到她的客人都说她本人比电视上更生动更漂亮，妖娆妩媚，体态风流，一副生机勃勃喷薄欲出的样子。相比之下，电视上的她显得过于端庄和荣华。吴旖旎笑着说，是啊是啊，每个人都有正反两面，你现在见到的是我的反面。吴旖旎清楚，每个人不止正反两面，她内心有无数念头涌动，有慈善有悲悯，有正义有光明，更多的是犯罪恶念。她没觉得犯罪的恶念有什么不好，每起这些念头，她反而是愉快的，迫不及待的，跃跃欲试的。身体和精神都充满力量。这也是她参加禅修的原因之一，多少得有个约束啊。她有时会在心里笑骂：吴旖旎你这个贱货，莫非是狐狸精来投胎，反了你了？

母亲偶尔会来咖啡馆。有时路过，有时特意来见她。父亲没来过，好多次路过而不入。吴旖旎知道父亲的态度，她不勉强。不勉强就是吴旖旎的态度，你来我欢迎，你不来我也不强求。

母亲来咖啡馆不是为了喝咖啡，母亲每一次来，不管有人没人，抓住吴旖旎就问她有没有找到男朋友？母亲这么问有她的道理，吴旖旎以前当主持人，每天有人送花约吃饭，花收了，约会没去。母亲问她为什么不去？她说心里只有录播节目，哪有心思找男朋友。这应该是母亲同意她辞职的原因之一，甚至是最大原因。母亲每次来咖啡馆就说，你现在总有心思找男朋友了吧？

吴旖旎现在当然有心思了，但她没有告诉母亲。

目前有两个人在追求她，一个叫陆镜清。吴旖旎跟陆镜清是在一次团市委活动中认识的，吴旖旎是主持，陆镜清是主办方领导。活动结束后，陆镜清要了吴旖旎电话。一星期后的周末，吴旖旎接到陆镜清约她去美术馆看现代美术展的电话。吴旖旎之前对陆镜清有所耳闻，跑时政线的记者说他为人谦和而不随意，办事稳重而有力，仕途堪可期待。吴旖旎想答应他去看美术展，但周末刚好有一个直播。陆镜清说没有关系，美术展展期一个月，下个周末再去不迟。第二个周末，陆镜清果然又来电话，吴旖旎跟他去了一趟美术馆。吴旖旎对美术没有兴趣，她从小看哥哥绘画，知道所有的美术作品，呈现的是作者对事物和世界的理解。她这次看到的作品跟哥哥的不同，哥哥的表现手法是抽象的、朦胧的，背后有一个主题，有一条纹理，没有直接表达出来，要让观众去猜。而这次美术展的作品是具象的，是一个关于爱情的主题展，表现世间男女在爱情旋涡中的喜怒哀乐愁。那次约会后（如果也算约会的话），陆镜清每个星期打电话约她。有空的时候，吴旖旎也会跟他出去，大多数时间吴旖旎没空。虽然陆镜清没有表白过，吴旖旎心里是明白的，她心里更清楚的是，自己对陆镜清没有谈恋爱的感觉。陆镜清更像一个兄长，能够给她安全感，没有激情。吴旖旎还有一点不甘心的是，如果和陆镜清正式谈了恋爱，下一步就是结婚，再下一步成为官夫人，随着陆镜清职位上升，她将成为一个越来越大的官夫人。她一眼就望穿了人生。她没有直接拒绝陆镜清，一是陆镜清没有直接表白，二是她内心希望能和陆镜清成为朋友。这几年她和陆镜清就这么有一搭没一搭联系着，没有更进一步，也没有断了联系。

另一个追求她的人叫吕天然。吕天然大学读园艺专业，毕业后在信河街南边一个叫葡萄棚的地方办了花圃，种出的花供应各个花店。他在望江路开了一家门店，距离皆大欢喜咖啡馆不到三百米。吕天然比吴旖旎小两岁，理着杨梅头，晒得像个非洲人，一笑露出白灿灿两排牙齿。他前面两颗门牙特别大，像两扇大门板，一张嘴便暴露无遗。这使他显得比实际年龄小好多。吴旖旎跟吕天然是开咖啡馆后才认识的，吕天然说之前不认识吴旖旎，但吴旖旎不相信，吕天然一说到正经话题，脸上便露出招牌式坏笑——右边眼睛眯起来，右边嘴角微微翘起，那神情好像在说，我说的都是认真的假话，你千万别相信。可他眼睛透露出的纯真又让人相信他说出的每一句话都是真的。吕天然一开始就对吴旖旎表明态度，并发动猛烈攻势。他每天傍晚来吴旖旎咖啡馆，拉她去吃饭，吴旖旎不去他不走。他专门找僻街小巷的小店，吃小龙虾和水煮鱼，喝啤酒，而且是大口喝。吴旖旎以前读大学时偶尔跟同学去过这种地方，那时经济不允许大吃大喝。工作以后，经济宽裕了，可主持人身份让她不敢来这种地方。她也没有想过来。来了之后，吴旖旎觉得这种地方确实好，好在放松，甚至放肆，不管声调，不管吃相，不管坐姿，不管形象，吃得从外到内通畅，有一种放纵的欢乐。吴旖旎在心里说，我就是要放纵，就是要堕落。我要的就是这种感觉，你管得着吗你？嗯？

真正的问题是，两个男人都不是她想要的。陆镜清过于稳重，稳重得近于呆板。而吕天然却过于轻滑和幼稚，他那似笑非笑的表情，那兔子似的大门牙，让吴旖旎觉得他只是一个贪玩的孩子，可以陪他玩，陪他上床，但吴旖旎不会跟他走进婚姻生活。

那么，吴旖旎到底想要跟谁走进婚姻生活呢？换一句话说，她心目中的男人应该是什么样子呢？吴旖旎当然知道想要什么，但她知道，穷此一生，也许找不到想要的人。如果找到了，她想她会奋不顾身去追求，明知前面是悬崖也要跳下去。她会的。

吕天然每天傍晚来咖啡馆找吴旖旎，见到吴旖旎便张开双臂拥抱，那是真抱啊，一只手臂绕过吴旖旎头颈，另一只穿过她腋下，身体紧紧贴在一起，还不忘在她脸颊亲一下。吴旖旎不排斥这种拥抱和亲吻，她内心甚至期待这种亲昵的动作，只是在大庭广众之下有顾虑而已，所以，每次吕天然要拥抱，总是下意识将他推开。

吕天然正色道："这是正式的社交礼仪，你没看见动物见面也要抵一抵头吗？何况是人。"

好在时间一久，吴旖旎知道，他对其他女人都这样，对男人也是。所以，每次见面，一见吕天然明目张胆扑过来，她也主动张开双臂。

吴旖旎有时会问自己，这算不算脚踏两只船？她内心立即作出回答，不算，她哪条船都没踏上，陆镜清没有，吕天然更没有。她只是稍稍放纵了一下，难道不行吗？

但是，这样的生活状态并不是她想要的，这样的生活不温不火，半死不活。她要的状态是燃烧，燃烧的生活才叫生活啊。可是，她也不能想燃烧就燃烧，得有引子，得有对象，她一个人对着宇宙燃烧有什么用？有什么意思？现在的问题是，她内心的火苗已点燃，逐渐旺盛，正对着寂寥的世界自焚。

一想到这一点，吴旖旎有一种窒息的绝望。

有一个周末的傍晚，在咖啡馆，吕天然一进来就抱住吴旖旎，亲了右边脸颊又亲左边脸颊，接着又亲一下她脖子。吴旖旎怕痒，脖子最敏感。吕天然一亲，她不由自主发出咯咯咯的笑声，身体扭来扭去。

就在这时，吴旖旎看见陆镜清从门口进来。陆镜清很少不打电话直接来找她。吴旖旎看见陆镜清时愣了一下，身体立马清醒了，但她忘了将吕天然推开，也忘了跟陆镜清打招呼。倒是陆镜清很平静地跟她点点头，对她说："我没什么事，顺路过来看看，再见。"

说完之后，陆镜清礼貌地对她挥挥手，转身走出去。

吴旖旎这时才将吕天然推开，朝着陆镜清的背影挥挥手，笑了笑。

接下来一个星期，陆镜清没有给吴旖旎打电话，吴旖旎也没有去电话解释。这事怎么解释呀，越解释越乱。再说了，她根本没想解释。

大约一个月后，吴旖旎得到陆镜清结婚的消息。刚得到消息，她微微有点失落，这是一种微妙而复杂的情绪，这东西虽然不想要，一旦失去，心里依然会生出一个大空洞，这个大空洞在某个时刻几乎可以吞噬一个人。但吴旖旎感觉更多的是惊讶，倒不是惊讶陆镜清对她的放手，而是惊讶陆镜清那么稳重的人，为什么会在结婚这件事上这么草率。不过，吴旖旎很快想明白，陆镜清不可能是草率的人，他这么快跟那女人结婚，或许在跟她交往的同时，他一直跟那女人保持关系，那女人一直是备选对象。吴旖旎觉得事情肯定是这样的，这才像她认识的陆镜清。

陆镜清结婚后，吴旖旎失去了跟吕天然出去喝酒的兴趣。吕天然来咖啡馆她能避就避。吕天然给她打电话，她也不接，如果他多打几个，她干脆关了手机。她找了一个机会，跟吕天然谈了一次，她说："我们做一般朋友可以，但你不是我结婚对象。"

吕天然说："我知道，但你没有找到结婚对象之前，我有权利追求你。"

吴旖旎说："你这是何苦呢？"

吕天然说："这不是何苦，而是植物生长法则，只要有空间，植物就要长。"

他不肯罢手，吴旖旎拿他没办法，只能尽量躲着他。

吴旖旎是在咖啡馆遇见陈默雷的。那天傍晚，陈默雷和两个朋友来咖啡馆谈生意，那两个朋友中，有一个认识吴旖旎。

吴旖旎第一眼看见陈默雷，好像被电触了一下，身体失去自主能力，眼睛直直看着他。陈默雷也盯了她一眼，然后将眼睛移开。过了一会儿，他又转头来看吴旖旎，见吴旖旎还是瞪着他看，他对吴旖旎咧嘴笑了笑。吴旖旎也想对他笑一笑，她上嘴唇颤抖了几下，看见陈默雷朝她走来，心跳一阵加速，转身跑进包间，呜呜呜哭起来。

第二天，吴旖旎从昨天带陈默雷来的朋友那里要来他的号码，拨通了陈默雷的手机。

吴旖旎看上陈默雷，出乎所有人意料。在外人看来，陈默雷除了有点钱，实在看不出其他优点。他比吴旖旎整整大十岁，个子不过1米70，相貌平平，额头有一个不是很明显的疤痕，使他看起来有点粗野和凶狠，或者说，他脸上透露出一种桀骜不驯的气息。

没错，吴旖旎就是被陈默雷身上的气息击中。在她接触过的男人里面，要么过于精致，要么显得幼稚。她已经厌烦了精致和幼稚，她想要的是成熟男人，是成熟中透露出野性的男人。她觉得陈默雷就是这样的男人，是她一直在等待和寻找的男人。她以前不知道要寻找的男人在哪里，现在碰到了，当然不会放手。她兑现了诺言，面对悬崖，一纵身，跳下去了。

她没有告诉父母自己和陈默雷的事。他们不会接受。吴旖旎知道他们的期许和价值观，他们希望她嫁给陆镜清那样的人，可陆镜清不是她想要的人，她要的是陈默雷。这是她的人生，必须由她来选择。她倒是打电话将这事告诉远在北京的哥哥吴起，吴起在电话里问她："你想好了没？"

"我想好了。"吴旖旎在电话这边点点头。

"你不后悔？"

"有什么可后悔的？"吴旖旎问他，"你后悔当初辞职吗？你后悔去北京当专业画家吗？"

吴起说："我没有后悔当初的选择，老实说，我有时会怀疑当初的选择。"

"你怀疑什么？"

"我最近在想，或许人生不仅仅只有一种选择。"停了一下，吴起说，"我有时会想，如果留在信河街，现在会是什么样子？"

"你想回来？"

吴起说："我想过这个问题，还没有最后决定。"

"回来也好。"吴旖旎说。

"是呀，在哪里不能当画家，为什么必须来北京？"吴起马上接着说，"但我没有后悔当初的辞职，更没有后悔来北京，人生只是一个过程，决定了就去做，没有什么好后悔的。"

吴旖旎又点点头说："我明白。"

吴起说："所以说，想好了就去做，别管以后怎么样，更别管什么'诗书传家一千年'，如果自己不喜欢，那些都是狗屁。"

跟吴起通过电话后，吴旖旎开始跟陈默雷同居。陈默雷住在新城区一幢别墅里。

陈默雷结过一次婚，有一个十岁儿子，叫陈酿，离婚后，陈酿归他。陈酿生母在银行上班，是高管，她没有再婚，有时会来看陈酿，也会接陈酿去她家住两天。

陈酿话不多，看见吴旖旎，眯起眼睛笑一下，叫她阿姨。吴旖旎发现，陈酿身上有他父亲的影子，但没有陈默雷的粗野之气，他像一只关在动物园的麋鹿，温驯乖巧。

陈默雷出差比较多，一去好些天，他将陈酿交给吴旖旎带。陈酿洗澡时，将卫生间的门反锁了。每次换下的短裤，他会洗了晾起来。有时候，吴旖旎将陈酿带到咖啡馆，他会安静地坐在角落里做作业，或者静静看一本课外书。吴旖旎给他东西吃，他抬头看吴旖旎一眼，说一声谢谢，低头继续做事。

吴旖旎没有问陈默雷在做什么，陈默雷也没有告诉她。她从陈默雷跟别人通电话听出来，他有一家担保公司。陈默雷电话特别多，他手提包里有三部手机，三种不同铃声，一种是海浪声，一种是电话铃声，还有一种设置成歌曲《传奇》。吴旖旎经常听见他手提包里三种声音合唱，或者此起彼伏，煞是热闹。

说起来真是奇怪，吴旖旎以前很讨厌带两部手机的男人，特别土气和炫耀。可是，她觉得陈默雷带三部手机特别帅，他对着手机讲话，像一个元帅指挥军队作战。吴旖旎就是他麾下一名士兵，对她来讲，陈默雷就是将军，不仅在肉体上统治了她，也在精神上统治了她。她看见陈默雷，心里便怦怦乱跳，跳得全身发烫发酥。陈默雷躺在她身边，她身体里的欲望一浪高过一浪。饥渴的欲望，将他一口吞进肚子的欲望。她受不了陈默雷的亲吻，陈默雷一亲吻，她整个人便燃烧起来，飞腾起来，立即化成一缕烟，融进他身体。或者，她渴望陈默雷这时是一股巨大洪流，涌进她身体，弥漫她身体，掩盖她身体，冲垮她身体。包括灵魂。每一次狂风暴雨之后，吴旖旎总是紧紧抱住陈默雷的身体。她已经完全燃烧了，只要一放手，灰飞烟灭，陈默雷和这个世界便化为乌有。想到这一点，她全身颤抖，仿佛到了世界末日。

吴旖旎很快发现陈默雷在外面有女人，这个女人是他担保公司的会计。吴旖旎去过一次担保公司，见过那女人，枯瘦，头发浓密，目光犀利。吴旖旎第一直觉那女人和陈默雷关系非同一般。她看陈默雷时，眼睛射出一股蓝幽幽的强光，她眼神像金刚钻，无坚不摧。吴旖旎后来了解到，那女人有背景，她爷爷是南下干部，当过信河街头头，她父亲也是信河街的领导，陈默雷能开这家担保公司，主要功劳是她。关于陈默雷和那女人的关系，只是吴旖旎的直觉和想象，没有任何证据。可是，这种想象让吴旖旎揪心，让她越发想念陈默雷，越发想占有他。

吴旖旎心慌了。一想起陈默雷和那女人她就手脚发软。她想知道真相，却又害怕知道真相。

有一天，她在咖啡馆碰到吕天然，吕天然看着她说："你脸色不好，是不是有什么事？"

吴旖旎摇了摇头说："没事，可能是昨天晚上没睡好。"

吕天然依然看着她的脸，说："你肯定有事，瞒不过我的。"

"我有事没事关你什么事？"吴旖旎突然发怒道，"你瞎操什么心？"

吕天然脸上出现了招牌式微笑。他不说话，看着吴旖旎。吴旖旎不再看他，喊了一声："滚。"

吕天然说："你怎么说我也不会滚的。"

"你不滚我滚。"说完之后，吴旖旎夺门而出。她觉得自己失态了。

那天陈默雷出差了。吴旖旎回到别墅，安排陈酿吃了饭，检查完作业，让他上床睡觉。她整理完厨房整理餐厅，整理完餐厅整理客厅，整理完客厅整理书房，整理完书房整理客房，整理完客房整理卧室，整理完卧室整理卫生间，直到晚上 12 点才上床。可是，吴旖旎睡不着，她有预感，陈默雷肯定跟那女人在一起，一想到他跟那女人在一起，她更加想念陈默雷的身体。她更清醒了。她犹豫要不要给陈默雷打电话，这个犹豫一直拖到凌晨2点，她终于拨了陈默雷的手机。他没接。吴旖旎再拨，他还是没接。接着拨，他依然没接。吴旖旎想停下来，可她发现，一旦拨出第一个，便停不下来了。一直拨到第33个，陈默雷终于接了，他的声音睡意蒙眬，又带着恼怒："什么事？"

吴旖旎一时说不出话来。他接着说："没事我就挂了。"

就在陈默雷挂电话那一瞬间，吴旖旎听到电话那头传来一个睡意蒙眬的女人声音。

这算是坐实了。吴旖旎内心反而安定下来，放下手机沉沉睡去。

三天之后，陈默雷出差回来，那天晚上，陈酿睡觉之后，她和陈默雷坐在床上，她犹豫了很久，终于说："我那天晚上听到女会计的声音了。"

陈默雷点了点头说："是的，我跟陈酿妈妈离婚就是因为她。"

"你为什么不跟她结婚？"

"我不会跟她结婚。"陈默雷摇摇头说，"我跟她只是生意关系和性关系。"

"你会离开她吗？"吴旖旎问。

"不会。"陈默雷很坚决地说，接着又补充一句，"除非她主动离开我。"

"你爱她吗？"

"我也不知道爱不爱她。"陈默雷说。

"那我呢？"吴旖旎看着陈默雷，终于将心里的话问出来，"我和她之间你怎么选？"

"我不会离开她。"陈默雷说。

"我知道了。"吴旖旎点点头。

陈默雷想了一下，说："你也可以选择留在我身边，保持目前的关系。"

"你爱我吗？"吴旖旎问。

"爱跟不爱有什么关系呢？"陈默雷看着她，脸上浮现笑容，"我需要你。"

这么说的时候，陈默雷伸手抱住吴旖旎的肩膀。

吴旖旎内心一阵冷笑。笑话，你把我当什么人了？我留在你身边算什么？我们到底是什么关系？我算什么？连小三都算不上。吴旖旎这时最想做的事就是伸手掴陈默雷一个耳光，然后转身离去。可是，她发现身体根本动不了，陈默雷的手一搭上她身体，她便不由自主燃烧起来，飞腾起来。她管不了，也没办法管。什么关系，什么女会计，什么尊严，什么名分，统统滚开。她现在需要的只是陈默雷，而这个活生生的陈默雷就在眼前，陈默雷就是她的命。她现在什么也不要，只要陈默雷，拥有了陈默雷，她就拥有了全部。对，是全部加一切，是整个地球，不，是整个宇宙。

她听见内心深处有个微弱的声音，她知道那声音想干什么。但她顾不上了，身体已经燃烧起来。她需要陈默雷，比任何时候都迫切。

陈默雷的手臂往回缩了缩，吴旖旎整个人瘫在他怀里。她闭上了眼睛，在心里说，就这样吧，就这样吧，这是你选择的生活，这是你的命。你这一跳注定粉身碎骨。你心甘情愿的。

从那以后，吴旖旎没有再去担保公司。她知道女会计的存在，只能当作不存在。这不是她要的生活，更不是她要的状态。可生活不由她选择，状态更不由她决定。决定权在陈默雷那里。陈默雷也从不在她面前提起女会计。

这样的日子又过了两年。

有一天，吴旖旎的父母一起来咖啡馆，母亲一看见吴旖旎，先是撇了下嘴，接着就哭起来，她说："你怎么可以做出这样的事，你不觉得丢脸，还要想想你爸，还要想想吴家，你让吴家颜面何存？"

父亲的态度却是出奇平和，他什么话也没有说，只是看着吴旖旎。或许，他内心有更多的话要说，只是没说出来而已。

母亲拉着吴旖旎的手说："过去就算了，从今天起，你搬回家住。这个咖啡馆也不开了，回家去，妈妈做你喜欢吃的菜。"

父亲是第一次来咖啡馆，他东看看西看看。

母亲伸手摸了一下吴旖旎的脸说："做人要有骨气，咱们吴家没有一个是软骨头，你不能让别人在背后说闲话。"

父亲看完了咖啡馆，又坐回到吴旖旎对面的位置。

母亲说："回去，现在就回家去。咖啡馆让你爸来处理。"

吴旖旎挣脱母亲的手，轻轻地说："回不去了。"

母亲说："我今天跟你爸来，就是要带你回去。"

吴旖旎低下头，没有再开口。

沉默的父亲这时开口了，他对母亲说："咱们先回去吧。"

母亲瞪大眼睛看着他说："你怎么了，来时气势汹汹，要吃了女儿，现在不管了？"

父亲拉起母亲的手说："走吧走吧。"

"你说说为什么。"母亲问。

父亲一边拉着母亲往外走一边说："给她一点时间。"

吴旖旎看着父母拉着手离开咖啡馆。

吕天然早就知道吴旖旎和陈默雷的关系，他见了吴旖旎还像以前一样，又是拥抱又是亲吻。吴旖旎有时跟他开玩笑："吕天然，你找到女朋友没有？"

吕天然说："找到了。"

吴旖旎说："什么时候领来让我看看？"

吕天然看着吴旖旎，说："好哇。"

过几天，吴旖旎又见到吕天然，问："你女朋友呢？"

吕天然脸上立即浮现出招牌式微笑说："我带来了。"

吴旖旎说："在哪里，叫出来我看看。"

吕天然说："远在天边近在眼前。"

吴旖旎笑了起来，骂道："吕天然，看我不打破你的狗头，竟敢开我的玩笑。"

第三年，在毫无前兆的情况下，陈默雷带着女会计离开了信河街。有人说他们去了山西，也有人说他们去了意大利。最后，警方发布通告，陈默雷和女会计从香港离境，去了荷兰。

也不能说陈默雷离开信河街毫无前兆，早在半年前，因为全国经济下滑，银行断贷，导致信河街很多企业资金链断裂，企业主负债逃离。陈默雷担保公司最大的几个客户一夜之间消失，如果他们不逃离信河街，等待他们的一定是牢狱之灾。他们出逃也是情理之中，留得青山在，不怕没柴烧。

吴旖旎能够理解陈默雷带着女会计出逃，他说过不会离开女会计，他做到了。当然，如果陈默雷叫她一起走，她会毫不犹豫跟去。可陈默雷没有叫她，甚至连招呼也没打，带着女会计走了，丢下了她，哦，对了，还有陈酿。

陈默雷出逃一周后，警察将担保公司查封了，同时查封了他的别墅。吴旖旎带着陈酿搬回咖啡馆。她对陈酿说，父亲去国外做生意，将他暂时交给她照看。陈酿点点头，没有多余的话。他平时就是这样，话很少，不知心里到底想些什么。但吴旖旎已经想好，只要陈酿愿意，她会一直带着他。

他们搬回咖啡馆第三天，陈酿生母来找吴旖旎，想将陈酿带回她家。吴旖旎虽然不舍得，但她是陈酿生母，理由充分。可是，如果陈酿离开了她，她身边将再无陈默雷痕迹。她跟陈酿生母商量，能不能让她多带几天？陈酿生母看看陈酿，陈酿低头不语。她们约定，三天后来接陈酿。

第四天，吴旖旎反悔了，她对陈酿生母说，你不能带他走。陈酿生母说，我知道你对陈酿好，但我是他生母，陈默雷跑路了，我有责任要回儿子。吴旖旎说，我答应陈默雷带陈酿，谁也别想将他从我身边带走。陈酿生母说，陈默雷不要你了，你带着陈酿有意思吗？吴旖旎说，我不管，陈酿以前是陈默雷的，现在是我的。

陈酿生母不愧是银行高管，她不跟吴旖旎啰唆，马上请律师起诉吴旖旎。吴旖旎不甘示弱，立即请律师应诉。律师问吴旖旎，陈默雷离开前有给你委托书吗？吴旖旎说没有，他只是吩咐我带好陈酿。律师说，口头吩咐不能作为证据，这个官司肯定输。吴旖旎说，肯定输我也要打这个官司。

吴旖旎也知道这个官司会输，也知道这个官司打得荒唐。可是，她现在只有一个念头：已经失去了陈默雷，再也不能没有陈酿。这个念头无边无际，盖过世界上所有事物。包括她的生命。她哪里管得了许多呢？

法院开庭后，将陈酿判给他生母。吴旖旎想过带陈酿逃跑，可她逃到哪里去？吴旖旎上诉到中院，中院维持原判。

看着陈酿被他生母领出门，吴旖旎发现自己真的失去陈默雷了。她想象不出，没有了陈默雷，她的精神怎么办？更主要的是，她的身体怎么办？以后的生活如何继续？她举目茫然，四周岩壁坚硬，冰冷而绝望。

一个月后，吴旖旎将咖啡馆卖了。

她卖掉咖啡馆，母亲最高兴，每天给她煮海鲜。可是，母亲不知道，吴旖旎已经不是以前的吴旖旎了，虽然还是喜欢海鲜，却已经吃不出以前的味道。母亲鼓励她出去散散心，不要整天窝在家里。吴旖旎也想出去走走，可去什么地方呢？她哪里也懒得去。身体又软又飘，没有一丝力气。精神也是，看什么都烦，想发脾气，又没力气发脾气。只想躲在房间里，一个人像空壳一样待着。

有一天，吴旖旎接到一个电视台老同事电话，她是独身主义者，也是登山爱好者。吴旖旎开了咖啡馆后，她经常光顾，带客人过来。她知道吴旖旎的情况，也知道吴旖旎卖了咖啡馆，问吴旖旎有没有兴趣跟她去登山。吴旖旎想了想，觉得这主意不错，可以远离城市，可以呼吸新鲜空气。

吴旖旎参加之后，才知道登山有一个比较固定的群体，攀登的路线倒是经常变，难度系数越来越高。

吴旖旎很快喜欢上这项运动。在运动中，将身体里的东西一点一滴排出。

吴旖旎在登山期间认识了一男一女两个人，女的叫苏一宁，在楠溪江深处开了一家现代私塾，教孩子读书画画。苏一宁打扮得像男孩子，也处处表现得像个男人，在登山途中，只有她帮助队友，绝不让队友帮助。她话很少，更不会主动说别人的不是。如果有人说她的不是，她会立即跳起来反击，甚至冲上去与人拳脚相向。在攀登一座叫白云尖的山时，有天晚上，吴旖旎看见她一个人偷偷躲在一棵大松树背后哭。吴旖旎知道她的性格，不敢过去安慰，只是从那以后，跟她走得更近一些。男的叫黄道德，是个房地产商人。他有江湖气，喜欢帮助人，对钱财不计较。可他记仇，谁说了一句他坏话，他不会直接表现出来，而是记在心里，等待合适时机，或者是一周，或者是一个月，或者更长时间，他会找到一个报复时机，用加倍的力量打击对方。

吴旖旎后来不再参加登山活动跟黄道德有关。黄道德在一次登山回来，请大家吃饭，吃完饭后，顺路送她回家。到她家小区后，黄道德伸手来抱，张嘴来亲。抱就抱了，亲也亲了，吴旖旎无可无不可。不该的是，黄道德叫吴旖旎以后跟他，他说他会养她。吴旖旎手里刚好拿着登山杖，她举起登山杖对着黄道德的脑袋一阵乱敲，打得他抱头鼠窜，逃出小区。吴旖旎登山念头便灭了。

不参加登山之后，身上好像有无数条虫子在爬，心里也是。有一天，吴旖旎突然起意，想去苏一宁的私塾看看。

苏一宁的私塾在一个山旮里，四周青山连绵。私塾前面有一条浅浅溪流，流声潺潺，水清石现。私塾租用一座寺院的别院，曲径通幽，又相对独立。有三排房子，一排做教室，一排住宿，另一排用来开火吃饭。这是一个小世界，安静，无尘，遗世独立。吴旖旎最喜欢这里的宿舍，只容一床一桌一椅，另辟一个更加小巧的卫生间，但窗明几净，不染尘埃。吴旖旎一见便心生欢喜，她问苏一宁："我能在你这里住几天吗？"

苏一宁说："你想住多久都可以，只怕你耐不住寂寞。"

吴旖旎说："我试试看吧，能住几天算几天。"

她一住就是一个月。苏一宁对她说："既然你喜欢待在这里，能不能给我们的孩子上播音课？"

吴旖旎想了想，反正也是闲着，给孩子们上课也好。

苏一宁拍了一下手说："太好了，我给你的报酬是免费吃住。"

从那以后，吴旖旎每星期给孩子上两节播音课，其他时间，她有时上山走走，有时去寺院礼佛，更多时候在宿舍枯坐。可是，即使是在这里，她仍然觉得内心深处有一个东西在蠕动，她不知道那是什么东西，是猛兽还是虫子？但她知道，一旦那东西跳将出来，肯定会一口将她吃掉。那一刻，便是她生命终结之时。

吕天然给她打了很多电话，她没接，后来，她干脆将手机埋在寺院一棵银杏树下。她只告诉母亲自己在什么地方，同时，她交代母亲，不要向任何人透露她的行踪。

私塾有给孩子上绘画课，给孩子们上绘画课的是中央美院油画系毕业的一个学生。吴旖旎没事时，也站在边上看孩子们画油画。

有一天，她突然向那老师讨要了一副工具和画布，将自己关在宿舍，神色慌张地反锁了房门。当她拿起画笔，面对画布，胆怯了，甚至茫然了。她脑子里原来有一个朦胧想法，那想法像一团飘忽的雾，雾里有一个东西忽隐忽现。她对雾里的东西产生了好奇，有了用绘画方式将它清晰呈现出来的冲动。可是，当她拿起画笔，对着画布，发现脑子里那个若隐若现的东西不见了，连那团飘忽的雾也不见了。

她在房间关了两天，画布还是一片空白。她一直面对画布，保持着下笔姿势。第三天，她浑身酸痛，喘气急促。身上一阵热一阵冷，热得大汗淋漓，冷得浑身颤抖。四肢沉重，握画笔的手已经麻木。

吴旖旎心里在挣扎。她想放下手中画笔，可她发现，画笔好似生了根。最主要的是，她不想放下手中画笔，她觉得，放下画笔，等于放下所有努力，等于回到那个不堪的过去，回到生无可恋死又不甘的过去。她觉得握住画笔似乎握住了某种可能。可现在的问题是，她没有勇气落下第一笔，她无从下手，不知所措，前无光明，后无救兵。面对画布，犹如面对一片无穷无尽的汪洋大海，一抬腿就会被大海吞没。

第四天，她觉得撑不下去了，手和腿要分离，身体要散架，气也要断掉。完蛋了。她心里想。反正是死，不如闭上眼睛往大海跳。这么想后，她果真闭上眼睛，拿着画笔往画布跳。她听见噗一声，身体先是一轻，轻得如一缕烟。接着一热，热得立即化为空气，混混沌沌，缥缥缈缈，无形无状，无影无踪。她慌了，睁开眼睛，还好，她在宿舍，眼前的一切都在，画笔在手中，画布在眼前，她在画布的右下角画了一笔绿色。

她心里不再紧张，身体慢慢有了力气，好像脚底下有一股热气冒上来，热气像电池一样一格一格漫上来。既然已经画下第一笔，接下来就相对好办，脑子里那团飘忽的雾又出现了，雾里有她要寻找的东西。她不知道那是什么东西，可她不急，一笔画下去，总是接近那东西一步。

吴旖旎这一画便停不下来，她发现，只要坐在画布前，只要拿起画笔，内心深处那个蠕动的东西便不见了。一放下画笔，那东西立即蠕动噬咬起来。

吴旖旎的画笔渐渐由快转慢，慢得前一笔和后一笔之间，时间停止了流动。这并不是深思熟虑的结果，而是她发现，无论画得多快，距离雾团并没有更近一步，好像她进一步，那雾团后退一步，保持着恒定距离。

花了一个月时间，吴旖旎完成了平生第一幅作品。其实，也不存在完成不完成的问题，她不知道自己画的是什么，更不知道什么时候才算结束。她完全可以无穷无尽画下去，直到生命终止。可她突然不想画了，想表达的意思表达完了，虽然她并不知道要表达的是什么。画完最后一笔，她没有再看一眼，便将作品用牛皮纸包扎起来，塞进床底。

她没有急着画第二幅，而是一个人去爬山。天光出去，黄昏回来。连续爬了三天。接下来几天，她除了上课，便是去隔壁寺院礼佛。

一星期后，她开始第二幅画创作。当第二幅画到一半时，她突然听到一个声音。这把她吓了一跳。后来才发现是自己的声音，再一听，还有另一个声音，那声音在画布里。她赶紧停下来，画布里的声音也跟着停下来。她开口，画布里的声音也跟着开口，她说一句，画布回应一句，有时甚至是两句和三句。她一停下，一切归于寂静。

画完第二幅后，吴旖旎生了一场病，头重，乏力，无胃口，低烧。苏一宁要带她去医院，她说休息两天就好。她在床上躺了整整十天，病才慢慢退去。

画第三幅时，吴旖旎已跟画布里的声音相处得很好了。她觉得那声音也是画画的一部分。

画第五幅时，吴旖旎已跟那声音融为一体，她常常恍惚起来，不知道是她在画画，还是那声音在画画。

一年后，哥哥吴起从北京回来，知道她住在私塾，带着父母来看她。

他们来时，吴旖旎正在宿舍画画。吴起让她将所有的画拿出来，一共六幅。吴起对着六幅画看了整整一个钟头，扑近看看，又退远看看，眯着眼睛看，也歪着脑袋看，最后，他转头问吴旖旎："你确定没有跟人学过？"

吴旖旎很不好意思地摇摇头。

吴起问："你这些画想表达什么？"

吴旖旎还是摇摇头。

吴起说："你知道你的画好在哪里吗？"

吴旖旎说："我是瞎画的。"

"你的画好就好在瞎画，没有目的，没有道理，表达的只是一种情绪和意境。"吴起停了一下，继续说，"你的画像唐诗，一幅画一首唐诗。"

"你是哄我开心吧？"吴旖旎说。

"我愿意用所有作品换你一幅画。"吴起说。

吴旖旎和吴起讲话时，母亲池小茶也伸头来看画，她没看出个所以然来，撇了撇嘴，但不敢说看不懂。父亲吴西来一句话没有说，他看完画，眼睛转向窗户外的青山，脸上浮现出神秘笑意。母亲靠近他，小声问："你觉得这些画好吗？"

父亲喃喃地说了一句什么。

"你说什么？"母亲问。

父亲没有回答母亲。他脸上的笑意更稠，那笑意似乎是一束光，穿越时空，照射到遥远的天穹，照亮所有的历史灰暗角落。

失　重

马小淘^①

据说，每一个单位都有一个怎么吃都不胖的人。而很长一段时间，丁鑫鑫就是这个人。以至于，她潜意识里有一种安全感，觉得这一生无论遇到什么挫折，大抵也和减肥扯不上什么关系。她算不上魔鬼身材，也不是瘦得皮包骨头，只是参考她的饭量，她的胖瘦程度确实已经算是得天独厚了。

她硕士毕业刚参加工作那会儿，给单位那些年长女同事留下的第一印象不是工作表现，而是——这孩子吃饭真香。后来熟了以后，丁鑫鑫才知道，她们当时看她吃饭的样子，都以为她来自贫困家庭。据兄弟单位一个偶尔来开会，顺道在他们食堂吃过两次饭的记者说："我吃过的最难吃的食堂，没有之一，就是你们单位的'猪食'。"丁鑫鑫也深有同感，她从来不觉得她们单位食堂好吃，甚至也对把所有菜都做得模棱两可的大师傅怀有不小的愤怒，但是她还是会默默把饭吃完。她的饭量让她对饥饿特别敏感，即使吐槽也要先吃饱再说。领导第一次派她出差，她给接待方留下的第一印象也是，这姑娘不装，因为她非常认真地把每道菜都尝了尝。

这些年，丁鑫鑫在吃上，有一种无所顾忌的坦荡，反正她不追求惹火的身材，反正她又不会胖。

① **马小淘**　硕士毕业于中国传媒大学。曾获全国新概念作文大赛一等奖、"中国作家鄂尔多斯文学新人奖"、在场主义散文奖新锐奖、西湖·中国新锐文学奖等。十七岁出版随笔集《蓝色发带》。已出版长篇小说《飞走的是树，留下的是鸟》《慢慢爱》《琥珀爱》、小说集《火星女孩的地球经历》《章某某》、散文集《成长的烦恼》《冷眼》等多部作品。

直到前年，她在三十岁的时候忽然结了婚。说忽然其实并不准确，男朋友是恋爱了四五年的旧人，不是和什么来路不明的人闪婚，所以大概用忽然是不合适的。两人有天忽然为鸡毛蒜皮的小事大吵了一回，下午和好之后男友何子平忽然发狠求婚了，两人就头脑一热去登记了。从婚姻登记处出来，丁鑫鑫才反应过来就这么成了已婚妇女。

发现自己胖，是照婚纱照的时候。丁鑫鑫花了近一周的时间看了各路婚纱摄影的样片和报价。那些舟车劳顿的旅拍是不考虑了，古堡花田之类过于严肃的也兴趣不大。终于找了一家端庄静美的工作室，到了拍照的那天，却发现旗袍、礼服穿上都有点紧，而她相中的两件婚纱都系不上扣子或者拉不上拉链，只好退而求其次选了另外的一款。

她原打算为了拍婚纱照减减肥，可是结过婚的同事都说是多此一举。婚纱照都是修出来的，不用你真瘦，你想要多瘦给你修多瘦。她的朋友董莎更是传递了错误情报，她说照相的地方衣服多的是，看起来脏乱差的，拍出来好看着呢。她说的是她的经验，她在影楼拍的，衣服当然多的是。可是丁鑫鑫选的是工作室，拿腔拿调的小作坊，强调特色和个性，没那么多婚纱礼服的存货。

"你们这些衣服，别人真能穿进去吗？"丁鑫鑫收着腹，在摄影助理的大力按压下，配合着拉上了礼服。

"能啊。我们这儿照相的新娘都有品位，没胖的。"摄影助理轻描淡写。

丁鑫鑫觉得自己的问题有点自取其辱。有品位和胖不胖是这个逻辑关系吗？她被勒得快要窒息了，终于拉上，肚子上层层赘肉默默试图溢出礼服。她能感觉到自己比过去胖了点，却没料到情况竟然已经如此紧急。

婚纱照从早8点拍到晚8点，一共四套衣服没一件是丁鑫鑫的第一选择。好看的她都穿不上，又有什么办法呢。选照片的时候，摄影师说不用考虑胳膊、腿、肚子，只看脸就行。选表情美的，其他都可以修，想变长变长，想变小变小。

一个月之后精修照片出炉，整体当然是美的，一万多块钱不到三十张。将近四百块钱一张的照片，总要有点化腐朽为神奇的意思，何况她本来也谈不上腐朽。但是有几张简直美得不像她了，手臂纤细，双腿颀长，嬛嬛一袅楚宫腰的极品身材，让她自己都有点不好意思。她和工作室的人说修得太过了，希望放出来一点，可是真放出来一点，又觉得还是修得过分的版本比较好看。两相对比，越瘦越美显而易见。她想起同事朋友圈里晒的自拍，肤色和本人差好几个色号，眼里塞着美瞳，通常是一个固定显脸瘦的角度。大家都会集体点赞，可是自拍归自拍，真人归真人，PS得再美，你也还是原来的你。她每每点赞之余，都会暗笑她们的自欺欺人。看自己婚纱照的瞬间，她忽然就有点理解了她们，哪怕是变美的幻影，也是如此让人欢喜啊！

比较可怕的是精修的照片里，何子平没有多少变化，对比原片和精修图，丁鑫鑫简直是脱胎换骨，何子平倒是只做了微调，一副天生丽质的模样。何子平不帅，外形上最大的优势就是瘦。两条长腿塞进裤子，走进小肚溜圆脑满肠肥的人群，立马有种脱俗的感觉。丁鑫鑫竟有些不忿地嫉妒起自己的丈夫，他也那么能吃，怎么只有她胖了。

在此之前，她几乎没意识到自己已经悄无声息地多了不少肥肉。家里有秤，但是她极少想起来去称，她已经保持这个身材十来年了，并且是完完全全的无为而治。

丁鑫鑫看罢照片称了称体重，情况比她想象的要好一些。五十五公斤，对于身高刚过1米60的她，还是可以忍受的。虽说她也知道市面上正流行着一句：好女不过百。还有更恶毒的版本：体重三位数的女人没有未来！

丁鑫鑫望着体重秤上的五十五，心想不过尔尔啊，五公斤对她来说不跟玩似的，饿两顿就下去了。

但是饿两顿对别人和对丁鑫鑫不是一回事。多年来对食物敞开怀抱给了她一个舒展而庞大的胃，她不知道什么叫七分饱、八分饱，所谓七分饱八分饱不都是没饱吗？没饱的感觉首先是还想吃。她总是吃到十分饱才知道自己饱了，上一口也许可以总结为九分饱，但是不吃下一口她意识不到。

于是饿了两三天，瘦了二三两，丁鑫鑫的减肥告了一段落，家里又恢复了煎炒烹炸，她和何子平都是做饭上颇有心得的熟练工。工作日会简单些，周末，家里的烤箱、空气炸锅、面包机、砂锅、破壁机总是叮叮当当地运转着。甚至可以说，两人对生活的所谓默契，一大部分来自对食物共同的热情。据说何子平有个因不和而分手的前女友，这不和里其实包括那女人不吃羊肉。每每看着丁鑫鑫投入地咬着他烤的羊排，何子平都会后怕地想，亏了没有和那些不吃羊肉的女人凑合啊。对于爱情，他还算能接受的鸡汤解释是：爱就是在一起，吃很多顿饭。

婚礼的日期近了，丁鑫鑫每天和婚庆公司为了各自匪夷所思的细节拉锯，却全完没把减肥提上日程。董莎和一个久未联系的大学同学都看不下去了。

"听说你至今没减肥。快减肥，新娘不该过百。"大学同学发来苦口婆心的微信。

"新娘还不该丑呢，那么多丑人不是照样结婚了。"丁鑫鑫振振有词。

"你不能对自己要求高一点吗？我去参加婚礼，就是为了看美，你要有担当。"

"如果新娘胖，你们可以背后吐槽啊！参加个婚礼都没什么可议论的，我也太不善良了。"

"减吧。减到一百以内，随一万份子。"

"不减。富贵不能淫。我就要气势磅礴地出来。又不是集体婚礼，就我一个新娘，不会有一个瘦子穿着婚纱来碾压我。婚纱都是大长裙子，真看不出胖瘦。你就别瞎操心了。"

丁鑫鑫确实没有减，但是婚礼的时候所有人都觉得她瘦了。董莎打趣说她是心机女，嘴上逞强，其实偷偷减肥。大概是筹备婚礼太累了，各种烦琐的细节，桌花、路引花、椅背纱、甜品台、签到台、合影区……把这些乱七八糟都捋一遍，丁鑫鑫瘦了两公斤。其实不过是四斤而已，应该是看不太出来的，只是大家都会觉得新娘会瘦，就都心理暗示地看出来了。

婚礼过后，生活又进入日常，而丁鑫鑫的日常中，吃吃吃占了很重要的比重。她多年来没有什么宏大的目标，只是质朴地认为，没去过的地方都该去看一看，没吃过的东西，有机会要尝一尝。所以那短暂告别的两公斤，又悄然回到了她身上，它们对丁鑫鑫的忠诚，像孙悟空对唐僧一样——去去就回。真心是全然舍不得走远，说什么也要回到丁鑫鑫身上，不仅仅是两公斤，它们还呼朋引伴，又拽回来两公斤。新婚的丁鑫鑫就这样变成了一个一百一十四斤的少妇。当然，按照国际上的换算标准，无论是体重，还是体脂率都没有到超标的地步，如果把她归类为胖子，未免有些苛刻和矫情了。但是从审美的角度考量，这个体重真的让她变难看了。腰腹的赘肉让她尽量回避了紧身的裙子，腿上的橘皮组织让她远离了热裤，穿衣打扮上不再有原来的恣意和自由，买衣服时也变得思前想后。最最让她哭笑不得的是，越来越多的旧衣变得捉襟见肘起来。有一次被派去南方出差，临行前夜翻找凉快的衣裤。找出一条刚工作时买的短裤，原本宽松的短裤竟然变成了合体款，使劲吸气方可拉上拉链，再加把劲把扣子系上，原以为是大功告成，刚刚舒一口气，却听到啪的一声，刚刚系上的扣子飞了出去。丁鑫鑫只得穿着系不上扣的裤子循声去找飞出去的扣子。而后她恨恨地坐在沙发上，觉得整个人都不好了，从扣子的恶意，感觉到了全世界的恶意。她爸爸瘦，她妈妈瘦，她爷爷瘦，她奶奶瘦，她姥爷瘦，她姥姥瘦，她舅舅简直就是皮包骨头，她怎么可能基因突变，正风驰电掣变成一个胖子？不是说胖瘦很多是由遗传决定的吗？如果说这么多年来在她一直是被神偏袒的人，为什么忽然就被抛弃了？

　　而后这样的打击接二连三，比如去三年前去过的城市出差，迎上来的工作人员说，哟，几年不见，都生孩子了！比如，"十一"假期过后，丁鑫鑫坐在会议室门口，领导走进来迟疑了一下，啊，是小丁啊，我远看还琢磨谁呢，挺明显一个双下巴，小长假吃得不错啊！甚至有一次她去逛商店，试了一条项链。服务员热情地说，您戴真好看，特有气场，好多太瘦的姑娘戴上真不是那么回事！丁鑫鑫撂下项链转身走了。我就戴个项链，你还挤兑我胖，谁说我不是太瘦的姑娘？觉得自己挺会说话呢，捧臭脚是让你假装不臭，你这抱起来高喊太臭了，臭得好，也是太没有职业道德了！这不是羞辱人嘛！最最夸张的是，有一次丁鑫鑫回娘家，快进单元门的时候发现爸爸在身后，她刚想问怎么不叫她，却看见爸爸脸上复杂的神色。爸爸说一直走在她身后，根本没认出是她，还觉得她的包挺眼熟。因为那背影全然不是一个小姑娘的，一看就是一个妇女。你还是稍微控制一下吧，我对你的记忆还是一个拧达拧达的小姑娘的背影，怎么变得现在这么壮观了！我对你没太多的要求，就希望可以从背后认出你！一个认不出自己女儿的父亲，毫无愧色，还坚持补刀。

　　终于促使丁鑫鑫下决心减肥的还不是以上的暴击，而是虎子。

　　虎子是丁鑫鑫和何子平的狗。准确地说，是两人鬼使神差养下来，请神送不了神养的狗。刚谈恋爱的时候两人去花鸟鱼市场闲逛，本是毫无目的，却糊里糊涂买了只狗。两人的生活好像一直如此，本是去市场消遣，却花钱领回来一只祖宗，本是情绪激动吵个架，竟然迅速和好把结婚证领了。

　　那时候两人还没有同居，在市场卖狗的摊位起哄砍价，竟然狗主人就同意了。于是，两个碍于面子的年轻人，不得不为嘴欠买单，交钱，领狗。丁鑫鑫和父母同住，狗只能养在何子平租住的房里，两个彼时感情并没有多深厚的年轻人，开始了科学育狗的生活。丁鑫鑫想给狗取名Colin，虽然没有什么特殊含义，却也确实是左思右想拿出来的意见。何子平也并未表示异议，于是小腊肠被正式命名为Colin。然而两周之后，何子平的母亲来访，待了十天，狗就变成了虎子。你再叫它Colin，它无动于衷，非常茫然。何子平的母亲以唠叨和大嗓门纠正和覆盖了狗的记忆，它只知道自己的代号是虎子。丁鑫鑫气不打一处来，这么个小不点腊肠，哪像老虎？干吗非要改成土狗气质浓重的虎子！为什么要把这么楚楚可怜的小家伙更名为山大王一样的虎子？简直是张冠李戴。才来了十天，就敢颠覆我的统治！她想通过不懈地呼唤拨乱反正，可是又觉得狗太可怜了。偶然从市场抱回来，还没有适应新的环境就被先后叫了两个南辕北辙的名字，再改回来简直要精神分裂了。搞不好会变成一只哲学狗，每天思忖着我是谁？我到底是Colin还是虎子？

于是，丁鑫鑫只是和何子平念叨了一阵对新名字的不满，并没有为难狗——虎子。她只是不自觉地不想喊那个名字，尤其是在户外。遛狗的时候，她总是鬼祟而斯文，她不想路旁经过的陌生人知道前边那个欢脱奔跑的腊肠有一个彪形大汉的名字。或者说得更准确一点，她是不想让人知道她的狗叫作虎子。

一晃虎子四岁半了，据说狗的四岁半相当于人的三十岁，正是青壮年。也就是说，虎子用了四年多的时间长成了与丁鑫鑫齐头并进的年纪。巧合得简直有些荒诞的是，他们也面临着共同的问题——减肥。虎子在不知不觉中变成了一只超重狗，原本无辜可爱的小脸变得竟有几分肥头大耳，脖子上胖出了褶子，肚子下边的肉松弛而肥硕。冥冥中何子平妈妈取的名字暗示了它的未来，它越来越像它的名字，土肥圆的虎子。

大概是伙食太好了吧，丁鑫鑫和何子平煎炒烹炸的时候，它总是谄媚而渴望地扑闪着大眼睛，所以米饭蔬菜排骨火腿它都是吃过的。当然他们知道狗粮才科学健康，可是看到虎子馋得可怜兮兮的样子总是守不住原则，只要不太咸，就给它尝尝。周末会煮一些鸡肝给它换口味，平时也会买一些狗零食。每每何子平的父母来，更是百无禁忌，恨不得给虎子加把餐椅让它上桌。丁鑫鑫说不能给狗吃菜，太咸了，对它的肾不好。何子平母亲的回答是：过去没听说过狗粮，所有狗都跟着人吃，肾也都好好的。类似的理论还有很多，都是以过去开头的，诸如过去的东西没有保质期，恨不得买一次饼干吃半年，也没见谁食物中毒。现在的人动不动就扔东西，说什么过了保质期！丁鑫鑫每每只好眯着，毕竟她战斗不过那个一切都没有问题的过去。

过去好像也没有肥胖问题，大部分人都吃不饱，没谁矫情地需要减肥。可是今非昔比，大街上走着一堆瘦得要死的姑娘，电视里铺天盖地的减肥茶塑身衣，很多瘦子都在拼命减肥，何况丁鑫鑫和虎子是切实地面对着体重超标的课题。

虎子身上已经毫无少年感，一副憨态可掬或者说尘埃落定的中年模样。

丁鑫鑫发现，它不再像以前那样喜欢撒欢儿地跑，慢悠悠的步伐甚至还有些气喘吁吁。一开始，丁鑫鑫的担心是审美的，只是因为丑。她原本不想带着一只长得好看名叫虎子的狗散步，现在竟然要带着一只看长相就知道大概叫虎子的狗。要是斗牛、松狮、萨摩耶胖也就算了，毕竟就是富态的品种，一个腊肠发福真是毁灭性的打击，本来腿就短，再一胖，全部颜值丧失殆尽。后来，丁鑫鑫就没心情担心好看不好看了，宠物医院的大夫说，再不减肥会有心脑血管疾病、糖尿病、高血压、脂肪肝、关节炎、骨折、皮肤病都可能找上门来。肥胖就是亚健康，亚健康什么病都容易得。

医生建议，要用四个月到半年的时间让虎子慢慢瘦下来。要吃减肥狗粮，杜绝高热量零食，适当地增大运动量。听起来和人减肥一样。

如果说虎子有什么不爱吃的东西，那便是狗粮。和鸡肝、肉干各种零食比起来，它最不爱吃的就是狗粮了。如今的减肥狗粮，是狗粮中的狗粮，据说里面粗纤维多，脂肪少，狗吃了会增加饱腹感还不会囤积热量。可是显然虎子是不喜欢粗纤维的，一开始它根本拒绝食用，仿佛受了莫大的委屈，不解地盯着食盆里的新品种。它像一个任性的孩子，以绝食的方式抵制着减肥运动。何子平动了恻隐之心，想换回普通狗粮。丁鑫鑫坚决制止了他，虎子已经不是普通的狗了，它是被宠物医院下了通牒的胖子。纵容它瞎吃就是害它。丁鑫鑫想起那句老话：惯子如杀子。虽然她从来不曾把虎子称作自己的孩子，每次听到养狗的人说什么我儿子昨天又如何如何了她都有些不舒服。喜欢归喜欢，但狗就是狗，她无法含情脉脉地把它当作儿子。

"不能再害它了，不管它怎么撒泼打滚摇尾乞怜，都不能给吃乱七八糟的东西。"丁鑫鑫严肃地叮嘱何子平。

"怎么就是乱七八糟的东西了？我只是要给它吃点普通狗粮。别人家狗都吃普通狗粮，不都活得好好的。"何子平摸着虎子的下巴。

虎子的表情有微妙的变化。它知道何子平为它说话了，也许事情会出现转机，好吃的就要回来了。丁鑫鑫知道它可以听懂，这么多年狗不是白做的，普通话还是听得懂的。

"它不是别人家的狗，它是我的狗。即使不叫 Colin，即使叫个二百五的名字。我也不许它死在吃上。"丁鑫鑫颇有些掷地有声地说。

"问题没有你想得那么严重。狗意识不到它在减肥，对它来说就是主人变了，对我不好了。狗面对的不是减肥的成功或者失败，而是它到底做错了什么，被这么惩戒。你要考虑它的感受，循序渐进，它也不是一口吃成胖子的，要给它时间适应，要做好心理建设。"

"等它适应了，高血压、糖尿病、心脏病都来了，到时候它骨折了，只能凄凉地看着别的狗跑，默默无语两眼泪。它的生命本来就比我们短，它现在相当于三十岁，很快就变成五十岁。它本来就没我们活得长，你还看着它作死，活更短吗？赶紧减，必须减，防患于未然，你不想你的生活是肥胖的我抱着肥胖的它吧？我和它一起减，互相监督，从此走向人生和狗生的新巅峰。"

"虎子倒是不难。你我倒不太看好。"何子平用一种极小又基本保证丁鑫鑫可以听到的声音嘟囔。

"我们走着瞧。"

虎子大概是听出了丁鑫鑫语气里的坚决，又似乎是嗅到了死亡的气息，表情忽然黯淡了下来。没有等来松动，却收获了一个胖子对另一个胖子满满的恶意。它臊眉耷眼地走向食盆，悲伤逆流成河，开始了和减肥狗粮亲密接触的日子。

丁鑫鑫为了瘦身开始吃起了沙拉。各种蘸了油醋的菜叶子，吃一次两次还挺新鲜美味，吃多只觉得自己在吃草。低脂肪高纤维，每次听到这几个字以及和它相关的燕麦、糙米，以及新近学到的藜麦、奇亚籽……丁鑫鑫就气不打一处来，这些所谓的健康食品吃起来好像马饲料，那种粗糙，那种乏味，她真是无法持之以恒地坚持。有生以来，第一次觉得吃东西是这么无趣的事情。薯条、炸鸡、蛋糕，她想念那些高油高糖那些和脂肪联系在一起的酸甜苦辣。那些东西太好吃了，如今回想起来，各种虚幻又真切的味道涌上心头，真是当时只道是寻常。丁鑫鑫第一次不得不承认，自己馋。

减肥狗粮应该就是狗吃的沙拉，虎子也丧失了往日进食的欢愉。吃饭时心不在焉，其他时间总是想尽办法撒娇讨食。甚至有一次它呜咽地缠着丁鑫鑫讨食，丁鑫鑫恨铁不成钢地踢了它一脚。踢完之后她有些后悔，想摸摸它表示歉意，却又有些犹豫。人与狗犹疑地对视，都露出尴尬的神色。

那段时间真是人也不开心，狗也不开心。傍晚，经常看到无精打采的丁鑫鑫带着了无生趣的虎子在楼下遛弯，他们相顾无言的样子，像默片的一个片段。都说宠物养久了会和主人越长越像，现在的丁鑫鑫和虎子确实有几分神似——两个不太开心的胖子。

医生建议早晨增加一次遛狗，增强虎子的锻炼，然而丁鑫鑫和何子平都起不来，本来早晨就要上班，再早起半个小时实在是勉为其难。问医生晚上遛弯再增加半个小时，两次一锅烩行不行。医生说怕走得时间太长虎子会累，毕竟它现在是胖狗，负担比较重。

既然不能迈开腿，那就更要管住嘴。只要丁鑫鑫在家，她就常常机警地盯着虎子，严防死守不让它偷食。据说有一次虎子铤而走险差点咬破了丁鑫鑫的手指，她不仅没有给它吃，还抓起一个娃娃朝它砸去。曾经最最甜蜜的主仆关系，因为一口吃的轻易陷入了冰点。何子平回家的时候丁鑫鑫和狗都骂骂咧咧地扑向他，好像在抢占第一时间的发言权。只是丁鑫鑫占了物种的便宜，何子平听她说话比听虎子的容易。他先安抚了丁鑫鑫，又在睡觉前浮皮潦草地拍了虎子几下。他不敢有大的动作，以免引火烧身。

说万事开头难也是可以的，丁鑫鑫和虎子吃低脂餐和减肥狗粮都没有什么立竿见影的效果。反倒是何子平又瘦了一点。多年来他都食欲旺盛身材纤细，刚跟着丁鑫鑫吃了两天草，就一马当先地瘦。想想简直要气死，看着何子平平坦的小腹，丁鑫鑫咬牙切齿地呼唤他为心机 boy。

"给你一个礼拜时间，体重必须上到一百四十斤。"

何子平 1 米 82，和丁鑫鑫一起胡吃海塞这些许年，丁鑫鑫长了二十斤，他却只浮动了三五斤，只要稍微饿两顿，立马又会回到基本点。

"一周之内不涨到一百四十斤我就和你离婚。"

一开始，丁鑫鑫羡慕忌妒恨地对着何子平叫嚣，后来发现两人似乎失去了这样打情骂俏的基础。何子平脸上逐渐流露出一种极力掩饰的嫌弃和压抑。厨房里不见了丁鑫鑫忙碌的身影，何子平也没有只为自己做饭的兴致。于是，丁鑫鑫吃沙拉，何子平要么跟着吃沙拉，要么下班带回来点包子、饭团，或者叫外卖。丁鑫鑫忽然发现，两人的交流方式其实一直单一，除了一起乐此不疲地吃饭，并没有什么其他共同的兴趣。从同居到结婚，一直是下班一起做饭，偶尔商量着出去吃点什么。吃饭的时候顺便说说单位里发生的事，谁很讨厌，谁又去哪玩了。周末无非是一起做饭，三餐之间，丁鑫鑫看电视剧，何子平打游戏。这一下子开始减肥了，丁鑫鑫和何子平的生活好像全无了交集，他们更像一对合租房子的室友，各上各的班，各吃各的饭，并水不犯河水。

所以，何子平真的害怕离婚吗？

这么随随便便结的婚，随随便便离了倒也是另一种善始善终。

何子平睡觉的时间都变早了，如果不需要大张旗鼓地吃饭，晚上的时间还是挺宽裕的。做一点白天遗留的工作，或者上上网，看着家里那个为了减肥唉声叹气的女人，和为了一口吃的斜肩谄媚的狗，这一天就算过去了。家庭生活变得简明扼要——减肥。他有时候会趁丁鑫鑫不备偷偷给虎子一点吃的，他其实一直觉得在虎子减肥的事情上丁鑫鑫有些偏执，入戏太深，她好像戒疗中心铁面无私的医生，把虎子当成了毒瘾难愈的病患。一条狗也要按照标准体重过一生吗？那么多胖子不是也活到七老八十。她自己减肥雷声大雨点小，把狗闹得面黄肌瘦。

　　她一周的晚饭都是沙拉，瘦了一斤。中午单位食堂被公认为猪食的饭菜都显得好吃了，毕竟地沟油也是比沙拉香的。她还跟着 Ipad 跳郑多燕减肥操，十几分钟挥汗如雨，内心极度煎熬，每一个细胞都哭爹喊娘。很多运动爱好者说，运动会让他们快乐，甚至有一种看起来很科学的观点是，运动会促使分泌多巴胺，而多巴胺让人快乐。丁鑫鑫不知道自己分泌多巴胺了没有，反正她感觉不到丝毫的快乐。跟着屏幕里的人抻拉、跳跃、踢腿、扭胯，她觉得难受极了，像中学体育测试跑八百米，那种疲惫和无力，几乎可以称之为绝望。那种大汗淋漓真的不快乐，如同整个身体都在流泪，那些汗水其实都是眼泪，是一个胖子无处不在的屈辱的眼泪。当然，丁鑫鑫其实也明白，这种难受都是因为她运动太少了。运动当然是好的，只是她不喜欢。

　　还有其他的困扰，比如朋友聚餐。丁鑫鑫之前顶讨厌那种聚餐时东不吃西不吃，好容易吃点什么还要涮一轮水的女的，她觉得她们矫揉造作到了极点。如今自己也变得有点进退两难，吃吧，在家的坚持可能都白费了，瞬间破功。不吃吧，面对一桌子食物她确实蠢蠢欲动，感觉久别重逢的不是朋友，而是菜。外加上自己减肥并没什么看得见的成效，还没有缺斤少两，依然是个庞然大物，一个节食的庞然大物看起来是不是有点滑稽，都没吃什么，还一点不瘦，真是丢人现眼。于是，家门以外，丁鑫鑫还是吃的，她以为那不是因为馋，而是为了尊严。她不能让人觉得她什么都没吃就胖，那听起来像个倒霉的人！

　　可是每每敞开怀抱吃一顿，体重就会做出迅速的反应。甚至有一次她和董莎吃了一顿烤肉，第二天涨了二斤。吃也没吃进去二斤啊，涨的也太不讲道理了。

　　"谁规定的啊？我为什么不能进啊？"一天半夜，丁鑫鑫在睡梦中呜咽着。

　　"怎么了，鑫鑫？"被吵醒的何子平摇醒了半睡半醒的丁鑫鑫。

　　"我梦到一个巨大的桃子，像房子那么大。我走进去，桃子里全是蛋糕，我拿起一块想吃，一个穿着黑色袍子的男人冲出来，抢走蛋糕，他说我超重了，不能吃蛋糕，也不配进桃子。"

"你想太多了吧，减肥不是那么严重的事情。"

"对于瘦人，它不仅仅不严重，甚至不算个事儿。但是对我不一样。你不能体会我走到街上的羞愧，全世界的人都知道我胖。"丁鑫鑫依然带着哭腔。

"没有全世界在关注你。我不觉得你胖就够了。"何子平也不清楚自己是安慰还是嘲讽，他不解一个胖了几斤的女人为什么会把自己面对的鸡毛蒜皮上升到全世界。

"我减肥不是为了你。我是为了自己好看。"丁鑫鑫不阴不阳地翻了身。

何子平觉得自己没必要接茬了，人家话不投机半句多，咱也保持沉默吧。这时候虎子默默出现在卧室门口，减肥以来它的步态也轻盈了许多。它大概是被吵醒了，昏暗的夜灯下，何子平看到虎子静默的身影。它没有叫，审慎地站在门口，以一种前所未有的表情注视着他们的双人床。那是参观烈士陵园的表情，哀伤、肃穆，又有畏惧。

丁鑫鑫继续睡了，但愿她继续的梦里，可以被允许走进大桃子。何子平却有些失眠，他感觉自己置身电影情节或者电子游戏，和传说中应该庞杂繁复的生活好像隔着什么，新婚生活需要面对的竟然只有减肥这么一个主题吗？难道是打怪升级？打过减肥的怪，才会看见更古怪严峻的未来。

他想自己是不是为丁鑫鑫做得太少了，好像一个旁观者没有给予应有的支持和呵护。第二天，何子平送了丁鑫鑫一张健身卡，他认为节食其实有些愚蠢，如果非要瘦也要靠锻炼。丁鑫鑫接过去的瞬间，并没有何子平计划中的欣喜，她并不是太买账，她希望何子平在精神上支持鼓励她，却并不想他这么切实地参与到她的减肥事业中来。相比健身卡她更喜欢他前几天下班路上在过街天桥随手买给她的卡包。麻布的卡包赫然绣着四个红字：日渐消瘦。她接过去的瞬间乐出了声，轻轻在何子平脸上亲了一口。这就是精神的鼓励，有趣味，有讨好，还一点不压迫。健身卡就不一样了，送健身卡好像直白的警告，你太胖了，该锻炼了。

卡既然买了，去总是要去的。坚持了大概十次，丁鑫鑫没有哪怕一秒体会到了所谓运动的快乐。她感受到的只是无奈，和肥肉作战不得要领的无力感。十次之后会所所在的楼热水管线检修一个月，无法供应热水，会所贴出了致歉公告，因为不能洗热水澡，将所有会员卡延长一个月会期。看来起来似乎是没什么损失，差你一个月，补你一个月。但是对丁鑫鑫可是致命的，好容易说服自己坚持的，就这么被生硬地打消了。就是何子平说的那个词，心理建设，等一个月热水恢复了，还要给自己做一轮心理建设。

热水回来了，丁鑫鑫却再也不想去了。她想到那些跑步机上狂奔的身影，就觉得一切太无趣了。于是她订了排毒果汁。三天的果汁，六百块钱，代替正餐，号称轻断食可以帮助身体排毒、促进肠胃排空。冷链派送的果汁送到家里，五颜六色，带着序号，像一排各司其职的士兵，丁鑫鑫感到一种严酷的气息。她需要严格按照序号在规定时间把它们依次喝光，并且不吃其他东西。

第一瓶第二瓶还凑合，喝到第三瓶她就有了逆反的情绪。真是花钱找罪受，六百块钱干点什么不行，非要买这么一堆幺蛾子。好死不死熬到了晚上，丁鑫鑫被饥饿搞得异常烦躁。遛狗归来，何子平瘫到沙发上看电视，顺手撕开一包薯条三兄弟，那是丁鑫鑫的挚爱，经常不知不觉干掉好几袋。她看着他一根根把薯条塞进嘴里，脚趾还不由自主地晃动。而她只有一瓶果汁可以喝。她焦虑地在屋里转了儿圈，发现何子平脚搭在茶几上，手里已经换成了一包芝麻糖。她看着他精瘦的模样，忽然恶从胆边生，想给他一巴掌……

竟然丁鑫鑫撑过了三天，有了一种刑满释放苦尽甘来的感觉。她想起郭德纲的相声：好些天没吃饭了，看谁都像烙饼。她一点也没感觉到断食的净化，只觉得整个人既恍惚又暴躁，饥饿的感觉第一次那么具体，像一堆小虫子啃啮着她。第二天晚上她眼冒金星，根本睡不着觉，一遍遍看着手机里的外卖软件。我不点，我就看看。蒸羊羔、蒸熊掌、蒸鹿尾儿、烧花鸭、烧雏鸡儿、烧子鹅、卤煮咸鸭、酱鸡、腊肉、松花、小肚儿、晾肉、香肠、什锦苏盘……最后根本不记得自己是怎么睡着的。喝酒会断片儿，太饿了也会吗？

三天瘦了三斤，没有什么可振奋的。毕竟是断食的三天啊，忍饥挨饿换来的也不过就是三斤。而且这样的三斤，大概一吃就要反弹吧。何子平对排毒果汁嗤之以鼻，他讽刺地说喝果汁减肥，还不如烧香拜佛。迷信不如迷信得彻底一点。三天不吃饭肯定会瘦，但减少的一定不是脂肪。

三天之后重出江湖，只能喝一点粥，毕竟是空了三天的胃，大鱼大肉的刺激大概是受不了的。丁鑫鑫默默盘算是第五天还是第六天放个大招，是吃顿火锅还是来个日本料理，但这种想本身也是一种煎熬。不吃吧，感觉浑身上下好像连头发都想吃。吃吧，那清汤寡水的三天果汁岂不是白费了。丁鑫鑫进入一种摇摆不定的挣扎——吃还是不吃，这是个问题。她是十万火急全心全意地想减肥，但是她奸懒馋滑的身体不配合，很拧巴。王尔德说，我可以拒绝一切，但就是无法拒绝诱惑。自从减肥以来，食物成了这世界上对丁鑫鑫最大的诱惑。

"晚上不如我们去那家新开的牛排店吧。"丁鑫鑫几番反复，给何子平发了微信。

"已经答应了大学同学，去喝酒。"何子平回复。

除了刚谈恋爱那几个月，平时他们很少在白天联系，工作时间都一副一心扑在工作上的自律模样。丁鑫鑫也不清楚，她对何子平的邀约到底是因为自己馋，还是想修复夫妻间的默契。她觉得自从不正经吃饭以来，与何子平也有些疏远了。

"何子平去喝酒了，我偷偷给你吃点牛肉干，你会感动吗？"

丁鑫鑫抱着虎子，本以为它会激动地摇尾巴。虎子却表现得非常淡定。它看都没有看她一眼，懒散深邃地目视着前方。丁鑫鑫不甘心地挠了虎子几下，它却只是迟缓地抬了一下前腿，好像在说，我知道你是开玩笑的。

"人间只道黄金贵，不问天公买少年。"何子平是嘟囔着回来的，"你知道你为什么胖吗？因为你老了！老了就是吃一样的东西，年轻人不会胖，老人就会胖……敌军围困万千重，我自岿然不动。我也会老的，我老了也岿然不动。可是不胖也老，嘿嘿嘿，所有人都会老。虎子也老了，谁也跑不了，都跑不了。"

嚷嚷了一阵他就睡了，睡着三秒就开始打呼噜。丁鑫鑫帮他摘掉眼镜，看着他的头歪着，吐出热气，伴着陌生的呼噜，她捕捉到一种发霉的味道，一种幻灭感。是啊，我就是老了才胖的。窗帘没有拉严，有惨白的月光渗进来，她看着身边的男人，虽然瘦，还是让人想到粗俗的野兽。那一瞬间她感受的东西太过真实，难免索然，甚至带了点沧桑。沧桑不一定是凄凉，沧桑有时候是安定但是坚硬——结婚，变胖，不再是吉祥物般被宠爱的年轻人，就如同她希望虎子是一只沉着精干的中年狗，周围的人也希望她慢慢变成沉着精干的中年人。

第二天是周末，睡到自然醒的何子平焕然新生，不见宿醉的痕迹。下午他问丁鑫鑫要不要逛商店，或者去她昨天提到的牛排店。

"穿什么都不好看，我还是想努力穿回原来的 S 号。牛排也算了，让我孤独地吃草吧。"丁鑫鑫少气无力地回答，她这一整天都横躺在沙发上，像一尊没什么艺术感的雕塑。

何子平带虎子遛弯归来时拎着两听啤酒和二十串羊肉串。他从冰箱里拿出一盒哈根达斯递给丁鑫鑫。

"送回去。"

得到丁鑫鑫教导主任式的回答，他知道自己马屁拍到了马腿上，只好讪讪地送了回去。

他打开电视，球赛马上就要开始。喝酒、撸串、足球，这就是周末该有的样子。他大骂厄齐尔错过了那个单刀的时候，并没有注意到丁鑫鑫正愤怒地盯着自己。

"你可以别吃了吗？"一个声音冷冷地传来。

何子平从电视上挪开目光，看到丁鑫鑫咬紧牙关的面孔。他刚要表态自己不吃了，却见丁鑫鑫一个箭步冲上来把剩下的羊肉串扔进了垃圾桶。

何子平刚要掰扯掰扯，凭什么你减肥我吃点肉就成了不道德，却见虎子也一个箭步冲了过来。虎子扑倒了垃圾桶，如获至宝地扒拉着掉出来的羊肉串。何子平怕签子扎到它的嘴，赶紧把羊肉串抢了下来。丁鑫鑫原地不动，鄙视地看着何子平和虎子的忙活，一派食物链最顶端的威严姿态。

三个月过去，丁鑫鑫一直是瘦三斤胖两斤反复摇摆，肥肉像病魔一样附在她身上，不肯轻易离去。虎子的减肥却逐渐步入正轨，它不知道是认命还是记性差，好像慢慢接受了减肥狗粮。效果也是明显的，且不说体重上的变化，单是目测都觉得它变得轻盈、幼小了。只是它好像也越来越不喜欢运动了，白天趴在窝里不爱动，晚上遛狗时它也走得絮絮叨叨。

当然虎子取得今天的成绩也并不容易，吃减肥狗粮的两个月，它撒泼打滚拒绝进食，吃一口就拂袖离去的情节都反复上演。不管丁鑫鑫与何子平如何无动于衷，开始的它都心存幻想，几番谄媚得到的也不过是减肥狗粮里增加了一点菜叶。这已经是丁鑫鑫原则的底线了，一点菜叶或许可以改善一下口感，又不会增加脂肪。在自己减肥上没什么原则，对别人倒是能做到钉是钉，铆是铆。按照医生的指导，零食中牛肉干、鸡肉条、狗饼干都退出了历史舞台，只剩下益生菌奶酪还继续供应，毕竟助消化、调节肠道健康还是需要的。虎子和丁鑫鑫好像也不那么亲了，他们的互动变得有些鸡同鸭讲，有时候虎子会莫名其妙来撕咬丁鑫鑫的裤腿，发出愤愤不平的嘶吼，有时候丁鑫鑫想和它玩一会儿，它又表现出非常不耐烦的漠然。从前那种一人一狗其乐融融依偎在一块的场景越来越少，丁鑫鑫甚至觉得她在虎子眼里读出了责备、怨怼和失望。狗的眼睛比人明亮，虎子的目光里开始有了思虑和心事，还有一种混着冷峻的哀婉。

"谁允许你给它吃牛肉的？"丁鑫鑫终于在何子平偷喂虎子时抓了现行。她大喝一声夺过他手里的肉干，推开了何子平。

"你是不是有病？"何子平蔑视地看着她。

"我就是有病。我是肥胖症。"

"你爱减减你自己，别拿狗逗闷子。你看虎子被你作践成什么样了？该叫的时候不叫，不该叫的时候叫个不停。我带它出去，扔球扔玩具它都懒得捡，一看就是受虐待的狗。你不觉得它毛都乌了吗？一点也不亮。"

"我只看到它瘦了。瘦了就是身体变好了。还受虐待的狗，给狗吃人饭才是虐待狗！你妈才是虐待狗！她以为她是对狗好，她是愚昧！"丁鑫鑫调门越来越高，她甚至是用仅存的理智克制自己，才没有痛说革命家史喊出这狗不是虎子，而是 Colin。

"我妈招你惹你了。没有任何人阻拦你瘦，逼你吃或者禁止你运动，你遇到的磨难只是因为你不够坚决。你自己减肥失败，你拿我妈撒什么气！你自己一会儿要减一会儿偷吃，几个月没干一件正经事，每天一脑门子减肥官司还不见瘦。别人都是说减就减了，不见你这么张罗。你这张罗一圈，还没虐狗效果明显呢！我现在每天回的不是家，是一所减肥中心。这个家没别的事，每天就是减肥减肥减肥，人也要减，狗也要减，谁进来谁就得减！全世界都有了，跟着丁老师一起减肥吧！"

"对，我减肥失败。瘦子伟大我渺小……我要是真渺小就好了，我快成庞然大物了！我一个就是人山人海。我每天饿得百爪挠心……"丁鑫鑫哭起来，越说越有些泣不成声，"你体谅过我吗？我减肥的辛苦，我怕狗死才让狗减肥的苦心，在你眼里都是逗闷子。全世界你最瘦，你在我面前撸串，我有时候甚至恶毒地想你变胖、谢顶、变成油腻的大叔，然后我依然是少女，我居高临下不疼不痒地假装继续爱你，这样你才能体会我遭的罪。我正在变成另一个人，我前三十年面对这个世界的心理优势，我引以为傲的干吃不胖全部消失了。我从来没想过我会变成一个需要减肥的人，我知道你是怎么想的，就像我以前也从来没同情过胖子。我觉得不能控制自己体重的人，都是弱智。现在我终于明白了，减肥的人和这个世界是没有什么关系的，那是属于自己的孤独，不仅仅是饿，是孤独。我受够了，我想瘦下来，回到这个世界，敞开了吃，同时不再有任何人笑话我胖。"

　　虎子也配合地叫起来，那凄凉又悠长的叫声让人想起秦腔。狗叫和丁鑫鑫的人声叠压在一起，狂乱中有一种奇怪的默契。

　　"你跟着起什么哄啊，你个饭桶！"丁鑫鑫恶狠狠地看着虎子，抬起了胳膊。

　　何子平看着恼羞成怒的丁鑫鑫，觉得她狰狞的脸有点滑稽。他想拉住要对虎子拳脚相加的她，却被恨恨甩开了。他甚至觉得她有点忌妒虎子，毕竟在一起减肥的路上，她还在焦灼，虎子已经领先了。

　　"别碰我。"丁鑫鑫抽泣着，没有看他。

　　他记得他们第一次吵架的情景，丁鑫鑫站在他出租房的楼道里哭，嘴撇得像一座拱桥。他忽然觉得挺可爱的，那种哭不像个女人，像孩子，有一种狡黠的稚气。现在再看她的脸，狡黠不再，稚气全无，甚至好像有了些笨重的戾气，几个月以来她阴晴不定，为了几斤去而复返的肥肉焦躁异常。结婚证这么有效吗？她变得和电视里歇斯底里的主妇一模一样。

　　两人，一狗，就那么僵持着。虎子已经不叫了，它像一个标本，黯然呆立在两人脚下。整个房间只有丁鑫鑫断断续续的抽泣声。有一个瞬间，他觉得丁鑫鑫才像一只发疯的狗，而虎子像一个失意的人。他的妻子，他的狗都变了模样，几个月猛烈地体现着时间的流逝。何子平觉得一切糟透了，他看见饭桌剩下的半个肉松面包。觉得自己就是那个面包，廉价、平凡、油腻、软囊被咬得乱七八糟。

　　"你想吃点什么吗？"他尝试着打破沉默，克制着喉咙里快要掉出来的嫌恶与感伤，很有些息事宁人地问。

　　"滚！"

　　丁鑫鑫的目光可以说是仇恨的，她用塞满泪水的眼瞪了何子平两秒，转身进屋换衣服去了。她要回家。她不想和那个男人、那条狗在一起。

　　丁鑫鑫气势汹汹地走了，何子平没有追。他觉得她整个人变成了一座失控的喷泉。

　　下了电梯，戴上墨镜，丁鑫鑫还是觉得阳光刺眼，好像就要虚脱了。她发现这是她几个月以来和何子平说话最多的一次，只是好像也不能算说，主要是哭号。

　　回了家不能和爸爸妈妈说她和何子平吵架了，她说他出差了，于是她回来住一晚。进门的时候，妈妈正坐在沙发上吃荔枝。丁鑫鑫没有洗手就也跟着吃起来，清爽的甜在嘴里弥漫开来，她才感到生活对她的温柔。依照她掌握的减肥信息，荔枝和西瓜含糖量太高，是减肥期需要杜绝的水果。多年来，每到荔枝成熟的季节，丁鑫鑫每天都要吃一斤。都说吃荔枝上火，她却从来没感觉到过。如同苏东坡对荔枝的表白：日啖荔枝三百颗，不辞长作岭南人。苏东坡还说过：人间有味是清欢。依照现在时髦又有些粗俗的说法，苏东坡应该也算一个吃货，一个天真敞亮的吃货。

想起今年大概是第一次吃荔枝，丁鑫鑫简直想哭。谁说她只是对虎子苛刻了，明明对自己也下了狠心的。转而想起她离开家时虎子的样子，以前每每她和何子平要出门，虎子都依依不舍地抓着他们的腿，嘴里发出呜呜的叫声。这一次，它木然地看着她，目光空洞仿佛失明。

做狗太不痛快了，连想吃就吃也做不到，主人松懈了你会胖，主人较真了你就要减肥。这么想的时候，她的嘴也没有停，脚下的垃圾桶里全是她吃剩的荔枝皮。

半年过去了，虎子不仅成功减掉了多出的五斤，还用力过猛显现出让人担忧的消瘦。丁鑫鑫却好像和她的体重和解了，她以减肥的姿态完成了体重的稳步上升，终于变成了六十五公斤的胖子。不管董莎如何讽刺她越来越像一个爽朗的东北大哥，因为体重超标抱憾退出小白兔界，她依然淡定地咀嚼，体会着味蕾的快感，一副满不在乎的模样。但这是外边的她，私下里她依然密切关注自己的体重，看到居高不下的数字总要露出见鬼的表情，常常为了体重默默哭泣，喜怒无常。对她来说，时光就是在减肥、复胖中流逝的。减肥太艰难了，仿佛一句不恰当的比喻，让人迷惑，抓不住重点。何子平甚至更喜欢别人面前的她，虽然贪吃，但是开朗，满脸带着表演性质的阳光。而回到家里，只有他们两个人时，她会毫无预兆地爆发出突然的悲伤。静态的她，总是带着郁郁寡欢的神色。他不想回家，他记得他娶的是一个热闹的姑娘，家里那个人却越来越冷清。可他总是因为担忧准时回去，他觉得他的女人和狗都有抑郁症。虎子的病是已经确诊的——医生说他们在减肥过程中没有良好疏导虎子的情绪，导致了它的抑郁和暴瘦。丁鑫鑫在宠物医院号啕大哭，她搂着虎子，一边心疼一边埋怨它不懂她的用心良苦。

"我特别羡慕虎子可以瘦下来，因为人可以控制狗，却无法控制自己。"有一天傍晚遛狗时，丁鑫鑫幽幽地说，"宁可抑郁一点，我也想瘦下来。"

"有一个办法，就是我看着你减，就像你看着虎子那么严酷。"

"我怕我会不喜欢你，你不觉得虎子现在不喜欢我吗？"

"你不需要瘦，你现在挺好的。"何子平字斟句酌地决定结束对话。

他已经不太敢惹丁鑫鑫了，她随时会陷入暴怒、委屈、哀伤，要长久的哭泣才能缓解情绪。他当然不是一点不厌倦，只是他觉得她应该也是得了心理疾病。她臃肿而乖张，贪吃还焦虑，一身横肉却并没有好气色。说起来她并没有遭受什么令人同情的打击，她只是一个渴望变瘦未遂的女人。她原来一心等着天上掉馅儿饼，现在不仅不等了，还矫枉过正相信花钱也买不到馅儿饼。原来的她简直像一个健康的婴儿，身体和心都没有过伤痕。人生中没有深思熟虑过什么，唯一一次就是决定减肥，然而就目前的结果来看，失败了。这对她是致命的。压死骆驼的，也许根本不是最后一根稻草。对于脆弱的骆驼，一根稻草就够了。他喜欢健康活泼的女孩，于是娶了丁鑫鑫。他第一次见她就喜欢她，喜欢她认真吃饭、朝气蓬勃的样子。可是生活瞬息万变，他和她都措手不及，她就变成了和橘皮组织反复拉锯的抑郁者。他清楚地记得婚礼时她从红毯走来的情景，一束光打在她脸上，她又哭又笑的脸其实挺丑的，但是他觉得她太美了。

年底的时候何子平去香港出差，他问丁鑫鑫要什么，她起先说想要一个包，后来又说算了，还是瘦下来再买吧。何子平觉得有点好笑，又有点凄凉。他想起他们以前去香港，丁鑫鑫都会把要逛的商店和要吃的餐厅标注在地图上，根据餐厅的开门时间，规划一条最全面科学的逛吃路线。然后不知疲倦地拉着何子平暴走、猛吃。以至于他感觉每次去香港都是去完成任务的，吃不下也要吃，因为明天还有新的任务。

回程的飞机上，邻座的人在看《瘦身男女》，何子平觉得晃眼，睡不着。他瞟了几眼，也把面前的屏幕调到了那个频道。电影他是看过的，不觉得有什么特别之处。然而，他看到刘德华为了给郑秀文减肥每天靠挨打赚钱时，却突然感动了。刘德华头破血流掉了一颗牙齿的时候，他忽然有点后悔没有给丁鑫鑫买包。他不该冷静地站在她的抑郁之外，仅仅做一个旁观者。他记得他爱她。退一万步说，抛弃一个病人，是需要勇气的。他可以预料自己还会苦恼厌烦她的无理取闹，但他也明白他应该也只能，对着他的胖女人和瘦狗，安抚着他们共同的不高兴。他是一只被命运皮鞭抽打的陀螺，还将徒劳地旋转。

邻座的人用余光偷偷看了他两眼。他不明白这个男人发什么神经，看个喜剧，也要掩面而泣。

告诉女人们我们出去一趟

——致敬卡佛小说《告诉女人们我们出去一趟》

盘　索①

庄玲读完这本小说集，决定带给马雯，告诉她里头的哪篇小说戳着了自己。

庄玲还知道了一些她想知道的事。汤圃跟她提到了"南湖渠"，这个从前她没太在意的地名，以及后面的这些。

那会儿，汤圃、匡生、马雯仨人每个周末都会到南湖渠；当时南湖渠还是郊区的一个村子。"现在，它跟京城里这些社区没有两样。"汤圃说。

庄玲刚冲了澡，身上还腾着热气。她知道，即便不使套路，只要耐心等着，男人们迟早会说些不该说的事。但是庄玲不打算等。这样一个好的时机，一点点的撩拨，汤圃的话已经在按她预想的路子走。她将胳膊穿过汤圃的腰底下，从后面揽住他，听着他说。"我们从没进过那个村子，但是能听到村里的狗叫。一些牲口有时会来到我们跟前，一头猪，一头驴，或一头骡子……"

"我知道有的马叫骡子，不知道长什么样。"她说。

"马是马，骡子是骡子。"汤圃说，"其实骡子更像驴，你们女人总是分

---

①　**盘　索**　1963年生。曾在《红豆》《黄河文学》《上海文学》《大家》《北京文学》《文学界》等杂志发表小说《句句双》《茉莉》《草人儿》《盛满白沙的河流》《胎记》《席地而坐》《无题》等。

不清，包括马雯。"汤圃拍一拍她的粗腿，让她的腿压他腰上。"把腿压上来。"每晚他都这样要求她。

"我们待的地方是一片水坑。那些牲口顺着一条小庄稼道啃着草进来。主人跟在后面，他们从来不搭讪我们，大概因为我们是半大孩子。"

庄玲说："那年龄不叫半大孩子了。"

"他们还不习惯跟城里人搭讪。有我们在，他们就会赶着牲口走开。"

汤圃给她讲那儿的样子。水坑，一条水渠，荒草，一棵大柳树，永远积在道边的一大堆黏土；四周长着玉米，某年是高粱。"有一年还种上了麻。之前我没见过麻长什么样。"他说，"这就是我们的地盘儿，可以撒欢儿的地方。"

"你们会在水坑里洗澡吗？"

"不会。水里有蛇。"

"水里会有蛇？"

"有，是水蛇，"汤圃说，"有一天，我和匡生躺在树下眯着，听到马雯一声惊叫，她说看到有条绿皮蛇。匡生问她，在哪儿？在哪儿？马雯把嘴里的烟头像子弹一样射进水草里，她说，蛇从那儿溜走的。"汤圃告诉庄玲，马雯伸出舌头，能把半根烟翻进嘴里，烟头拖在后面射出去。"烟头上的火不会灭掉。她这手绝活，我和匡生一直都学不会，我们总是烫着舌头。"

"她以前抽烟，你说过。"庄玲说。

汤圃说："我只见过一次真的蛇，在动物园，各种的蛇。一次就住进我脑子里了。"

庄玲拉住汤圃的一只手，拽进自己的腿缝里。"你说过，头一次干这事儿，是在水坑边的一片麻地里。"她的腿夹了夹汤圃那只手，让他明白"干这事儿"指的什么。"刚才我的手一直按着你的心口，"她说，"我能感觉到，你把什么事漏掉了没说。"

一如既往，她和汤圃的周末要在匡生和马雯的家耗过去。

庄玲从包里拿出了小说集，翻到目录，把勾了线的那篇指给马雯。"我们都应该看看这篇。"

庄玲没就这本书谈论太多，她们在客厅里聊了些别的。

跟以往不同，这天庄玲自己掌握了回家的时间。"咱们去看看这两个人吧。"马雯也随她起了身。她们朝着阳台走过去。

汤圃已经听到她们，站了起来。"你说得对，"他朝着还坐在那儿的匡生说，"明白你刚才的意思。"然后他跟庄玲和马雯说，"我们正聊到一些有意思的事。"

庄玲说："再见了，匡生。"

汤圃指着马雯的手上，"这是本什么书？"马雯将薄薄的书散开，给他看名字。"庄玲带给我的，说我们都应该读一下。"

四个人开始朝玄关走。庄玲穿好了鞋，拉起汤圃的手。"再见马雯。"

"马雯再见，"汤圃说，"匡生，下周见。"

路的两侧堆满了建筑废渣，覆盖着杂草。没有路灯。这是一条路去另一条路的便道。

"汤圃，说真的，哪怕烧掉半箱油，我也不想让你拉着我跑这段儿路。"

"几分钟的事儿，何必去兜那么大个圈子呢。"汤圃把远光灯打开。

"几分钟，没错。但是能毁掉我一个周末的心情。"

"谁都不会无故来一场好心情，坏心情也是，"汤圃说，"你和马雯都聊了什么？"

"什么都没聊。"

"什么都没聊是什么意思？"

"忘了，我想不起来。"庄玲说，"我一直在等咱们该走的那个时间。"

"咱们从来都没有这么个时间呀。"

"可是我有，"庄玲说，"我一直都在盘算。"

"当时匡生正说得有意思。"汤圃收了下油门，"不过，你又会觉得他那些论调稀奇古怪。"庄玲勾住下巴，将哈欠收进羽绒服的脖领子。汤圃在把车往路边停靠。"匡生说，钟表的出现是为了用死亡吓唬活人；智能手机在把人类往同一条船上送；新药和医疗器械只会沉淀更多病种，让人类死得五花八门；信息发达，人们可以认出更多坏东西，却忘了什么是好的。他还说，人类的直觉是道德的起源，但是直觉已经被操控。"汤圃说，"你怎么看这些？"

庄玲说："妙语连珠。"她说，"我们走吧。"

"匡生说，只有在黑暗中他才会意识到世界的存在。"汤圃等一辆车驶过，他关掉了车灯，所有的灯。"就像这样……匡生说，这个时候那个掌管世界的家伙就会醒来，像个坏蛋一样安排好每个人第二天遇到的事。"

"把灯打开。"她的声音很轻。

"我会打开的，"汤圃说，"你可以闭上眼睛，体会一下……"

"你知道我害怕什么。打开灯！"庄玲说，"你跟他要是还有什么没聊透，我陪你掉头回去！"

汤圃打开车灯。庄玲动了动羽绒服里的下巴。"再来一辆车，我们可以拦住，问问他，是不是所有的周末都耗在别人家里。"

汤圃落下一点车窗，挺起身子靠在椅背上。远处的环路上灯光昏黄，轮胎的摩擦声就像有人在撕棉布。汤圃点上一支烟。"匡生越来越不开心。我们都能感觉到，匡生出了问题。"

"但是他没有我们的问题。"

"我们的问题？"

"汤圃，我们只有周末和不是周末。"

汤圃将一口烟嘘在方向盘上。"匡生很消沉，没有目标，但是在卖力工作。"

"好吧。说到这儿我想听听，你和我的目标在哪儿？"庄玲说，"你并不了解匡生工作中的面貌，尽管你也有一份工作。你也不知道我在单位什么样。一个人离开你的眼睛，他就是另一个人。外面的匡生跟阳台上的那个对不上号。"她说，"汤圃，匡生混得并不差……包括你。"

庄玲让他把窗户关上。"走吧。我冷了。我一冷指甲就会变硬。"她用拇指弹拨小指头上的长指甲，让他听声音。

庄玲从单位溜了号。

她转遍了南湖渠的街巷，在一大一小两个公园里都看到了水面。整个下午庄玲都在这一带兜圈子，为接下来的周末积攒情绪。她走进一家咖啡馆，坐下来，给马雯打了电话，告诉马雯她在哪儿。

汤圃和匡生在阳台相对而坐，地板上有烟，有啤酒。汤圃提起各种话头，试探着匡生的兴趣。"嫦娥"又一次打上了月球，汤圃就从航天谈到了宇宙。汤圃认为，早早晚晚，科学能把宇宙未知的那部分搞定。

"宇宙就没有哪部分是已知的，一万年后还是。"匡生说。匡生认为，宇宙就是个大魔窟，科学搞不定它。"人类以为看了眼月球是怎么回事，接着可以去得更远，那是让巫术勾着走。"

汤圃给匡生点上一支烟。"说你的，匡生。"他担心匡生会就此打住。道理不重要，搞明白情绪就好。

临近 2 点钟，汤圃来到厨房，靠住门框瞧着他们的妻子。庄玲在用水冲盘子，马雯正跷起脚跟，扬手把调料和杯子往吊厨里归置。汤圃看着马雯露出的半圈儿腰，粉白相间的浅小褶皱从裤腰里拉了出来，这让他想起来一些事。"姑娘们，我们得出去一趟。"

"'我们'都有谁？"庄玲停下手。

汤圃说："我们俩——我和匡生。"

匡生已经在车里。汤圃坐进驾驶位，愣了一下，他拍了拍方向盘，"匡生，你来，你知道把它往哪儿开。"

庄玲一声不吭地干着活，马雯明白她那是怎么回事，就从厨房一走了之。她来到阳台，坐在汤圃刚腾出的矮凳子上。

周末的阳台通常属于汤圃和匡生，马雯一个人在家时，偶尔也坐进来。从这儿看出去，她会让自己进入一种混沌不清的意识中，这种意识消耗并不为了搞定什么；她害怕情绪上下翻滚，即便是坏心情，也希望能稳固下来。

可现在她做不到。中午庄玲一反往常的讷言，明摆着想主导饭桌上的话题。反转再反转的社会新闻，各种的"黑科技"，国际政治接连的"黑天鹅"事件……庄玲拎出一个个热话题，然后她话锋一转，"每个人都得有个生活突变的准备"。

面对出现的冷场，汤圃看了看三个人。"昨天什么天气来着——"他说，"预报说是个阴天儿，傍晚转小雪。可是我们没见到雪。不过，跟今天的艳阳高照比一比，还是大不一样。尽管这样——我的意思是——拿今年的四季跟去年的比比看，你就知道什么叫'年复一年'。"他看见庄玲把筷子咬在嘴里，上下唇没有合上，垂眼看着桌面。"我明白庄玲的意思，"汤圃说，"她觉得人心会被这个世界搞乱。可我不那么看。外部世界和内心世界是两回事。内心世界是个纯度很高的东西。"

"汤圃，你知道我在说什么。"庄玲说。

"乖乖……"汤圃说，"我们这是从哪儿说到哪儿来了？我想到了一个词：清谈。"他说，"现在我提议，咱们关掉大脑，拿起酒肉。"

中午的场面，马雯只喝了一点点酒，现在她想再来一些。她拉开一罐儿啤酒，慢慢喝。用酒垫底。

厨房传出那里的活儿就要结束的声响。然后她听到庄玲打起电话，先在跟汤圃说，又打给匡生。她跟他们争吵酒驾。

走进阳台时，庄玲朝马雯掂了掂手机。"他们每次都故意这么干。"

马雯说："你知道我们在哪儿了，车开出院子，就能奔荒郊野外。"她说，"不必担心罚单。"

"荒郊野外"，这样的词会挑动庄玲的哪根神经，马雯并无预料。"把那包烟递给我。"庄玲说。马雯的疑惑一闪而过，递给了她。

"听说，这东西在你嘴上有个绝活儿。"庄玲用三个指头捏着一支烟，竖起来。"你是怎么戒掉的？"

风雨雷电即将袭来。庄玲脸上的微笑，马雯认为那不过是她想消解一下话里的玄机。汤圃选在今天出去，是与庄玲的一场共谋；尽管这不可能，但是马雯需要这样的想象制造愤怒，她需要脑子里叮当作响，把自己撑住。

日头已经晒不到她们。真空玻璃因为漏气，夹层里的水雾正在凝结，透过水珠，仍能看见鸽群飞过对面的楼顶又飞回来。庄玲熟悉这儿，就像熟悉她自己的小区。牵着狗的那个人给狗新添了衣服，她刚失去老伴儿，迷上了健康课，被人骗走了老伴儿给她留下的养老钱。

一些幻觉突然记起。她和汤圃回到家，推开房子门那一刻，她会感到不可见的人与她擦身溜门而出；甚至她担心客厅灯打开的那一刻，会见到来不及撤场的奇奇怪怪的人……

庄玲把这些幻觉归罪于家里缺少人气。

"我明白你的意思，"汤圃说，"我们可以请匡生和马雯过来，热闹热闹，冲一冲你神奇的脑袋瓜儿。"

庄玲将手上的那根烟含进嘴里。"给我点着吧，"她说，"人生的第一根烟，得有人给我点上。"她让自己的表情看上去不像在找碴儿，嘴巴伸给马雯，倔强地等着。

跟所有女人第一遭碰这东西那样，庄玲低着头咳嗽。她把呛出泪的眼睛指给马雯看。"你曾经把烟玩儿那么溜，跟我见到的马雯对不上号。"她拿起一个空罐子，往里头刮着烟头上的灰。"汤圃跟我说了你们在水坑边上的事。"

"你大概是想让我再补充点什么？"

"就像汤圃说的，你和我一样，分不清骡子和马，他认为类似这些是女人的短处，永远都补不上，"她说，"他不明白，女人不会把精力费在与己无关的事情上。女人为一件她想搞清的事，宁肯毁了自己。"庄玲将烟头塞进啤酒罐里，哧溜一声，清淡的白气从开口漫出。"这阵子，我经常做各种含义不明的梦。"

马雯紧闭着嘴巴，舌头顶住腮帮子来回画着圈儿。庄玲知道她那是想弄乱表情。"说点什么吧，你随便说点什么。本以为我把今天规划好了，"庄玲说，"但是我脑子乱透了。"

足有两分钟的沉默，马雯开始抽烟了。这不是烟瘾复发，是阳台一头的冰箱突然启动的声音，让她产生了惊悸，伸手拿烟这个下意识的动作，遮掩了她身体的惊颤。烟屁股一次次送到嘴里，她抽烟的姿态比男人更带形式感。"不管汤圃跟你说了啥，你想拿着当筹码，跟我谈点什么？"马雯站起来，打开一扇窗户。

庄玲说："我可能拿早前的事跟你掀桌子。"

"你清楚就好。我们三个一起疯那会儿，你还在学加减乘除吧？"

院里的两只小狗在互相狂吠，急促，清脆，高亢，主人呵斥它们，得意地喧笑。庄玲看到一辆面包车开进来，停在小区宣传牌的跟前，下来的两个人打开后开门，拽出一大包东西之后，面包车掉头走了。庄玲的两只手抱住头，"我要把窗户关上，"她用两手的腕骨挤压着太阳穴，"我受不了这些声音。"她关上马雯打开的那扇窗户，将世间烟火挡在外面。

"马雯，你一直没看着我说话。"庄玲说，"你注意我的眼睛，就不会一句句呛我。"马雯下意识地瞥了她，与她的眼神相对时，庄玲说，"马雯，你和匡生，还有汤圃，你们有过共同的精神空间……"

"得了。"马雯的头歪向窗台，吸了口烟，"'精神空间'，这个词让我臊了一下。"

庄玲说："那时候，你们会讨论些什么？"

"哪个年代都有一些发生的事，就像现在。"

庄玲说："看看匡生和汤圃，他们现在的样子，我想知道，当时他们会有什么样的人生规划，或者行动？"

"这一代人生逢其时，坐等认为正确的事发生就够了。"

"坐等是什么意思？"

"用匡生的说法，就是——太阳挂在天上，你什么都不必干，它就会落下去。"

庄玲说："预想的并没有出现，匡生的挫败感，是不是就打这儿来的？"

马雯将一条腿伸出去，另一条腿曲起来叠在胸前，两只手抱着搭在膝盖上。

她看了一会儿窗台，又垂头去看通向客厅的地板。

"马雯，你们之间的关系不至于松掉，靠的是不是你们清楚问题在哪儿。"

"我不想让自己掉到黑不见底的洞里去，"马雯说，"一想这些，就会感到自己在往那个洞里掉。"

"你还是想了。其实你经常会想。"

"当然。"马雯说，"所有你要挡着的，都是自己会扑过来的东西。"

"马雯，我能问问——为什么选择了匡生而不是汤圃？"

"那时候，我看到两只蜻蜓勾着屁股叠在一起飞，脸就会发烫，会心跳。我希望他们带我飞，谁都行。"马雯说，"但是另外一个女孩儿在靠近匡生，我不能让他们得逞。"

假如过程比这曲折，庄玲会感受好些。"两个男人，在你这儿，一个让你称其为丈夫，另一个——"庄玲说，"你把他当什么？"

"我选择了匡生，你的汤圃就像经过了一场抓阄，风平浪静。"马雯说，"你问我把汤圃当成了什么——"她分开腿，手指着裤裆，"两人都往这儿来过，如果我说愿意他们亲如兄弟，你看，包括现在你看到的，他们是不是如我所愿？"她的头剧烈扭曲了一下，"这滋味可真好。"她将右面的小腿撇出去，手"啪"一声拍在腿肚子的一侧，似乎那儿被什么叮了一口。"现在，任何话题都不再需要你插嘴了，所有你的认同都被看作权宜之计，所以我管住了自己的舌头。哼……共同的精神空间。"她说，"每周你们出双入对，然后汤圃把你安置给我，而他们，觉得到时候了，就出去一趟。"

庄玲的头皮发紧，心被扎了下。她在继续说着，庄玲发现她的嘴唇在抖。"周末见到你我就会猜一件事：先天晚上你是否让汤圃给睡了。"她说，"别人身上有你缺的东西，你一眼就能把他认出来。"她把一只手摊在眼前，手掌上下翻了翻。"但是你想不到，我现在靠这个，"她盯着自己的手，用拇指搓食指和中指，"开始是他帮我，现在我自己来。"

庄玲感到自己的表情在分裂，嘴角上的微笑无法展开，头皮也是麻的。

"好了，"马雯说，"该谈谈那篇小说了。"她离开阳台，回来时，庄玲已经站在窗前，手插进裤兜；这种姿态于她极其少见。她在看面包车送来的那两个工人，他们在给小区的绿篱加防寒罩。

她听到马雯说："戳到你的，我想，就是这一百多字。"庄玲转过身来，倚住窗台，马雯手指着打开的那一页。"就是小说开头这段。所以你去了南湖渠，然后要跟我谈谈。"她说，"但是戳到我的，是这篇的结尾。"她坐回板凳上，门铃却在这时候响了。庄玲要去开门，马雯拦住了她。"他们自己会开，"她说，"听我谈谈这个结尾吧。"

庄玲说："可以另外找个时间。"

"完全不必，"马雯说，"让他们听听正好有必要。"马雯开始读小说结尾的那部分。

"你们在哪儿？"是汤圃。他说，"看看，她们就在阳台那儿，像没听到我们按门铃。"庄玲转过身去。

庄玲看到小个头的那个工人扯着绿帆布一样的东西，蒙在绿篱周围的支架上，另一个人用穿针将蒙布的接头缝合起来。庄玲抱住胳膊，听着马雯读她认为重要的那些。她看着低头干活的两个工人，但是思绪比看到的走得更远。

"瞧瞧买了什么。"庄玲听到汤圃已经进了阳台。"鲍师傅，现在这东西特火。"汤圃说。"马雯你在朗诵吗，这可是久违了的事。看样子你们读到了喜欢的东西。"

"我不是喜欢。"马雯把书扣在腿上，"我厌恶这本书里的每个人物。奇怪的是，整本书我一个字都没跳过去。"她说，"这个叫卡佛的作者，他不过是有幸记下了这些，我突然觉得也有的写了。"

"说到了点子上，"汤圃说，"有人记下了一些东西，作家就诞生了。他都记了些什么？"

马雯说："我们正想朗诵给你听。我可以从头来。"

"我赞成。"汤圃说，"不过咱们先清清场，把这些鲍师傅填到肚子里。"

持续、细碎的食品包装袋的声音。这些声响就像小虫子爬进了庄玲的血管。她打开窗子，探出头。"师傅，那种布太薄了吧，能保暖吗？"矮个子转过头瞧她，又低下头干着活，说："能啊。"

"庄玲在跟谁说话？"庄玲感觉汤圃把头伸到了她胯骨的一侧，"那俩人在弄什么？"

"我猜庄玲跟我一样没有食欲。你们吃吧，我念给你们，"马雯说，"听上一耳朵你们的兴趣就会来。"

比尔·贾米森一直是杰瑞·罗伯茨最好的朋友。两人在南区一个靠近旧集市的地方长大，一起读完小学和初中，然后一起去上艾森豪威尔高中，他们在那儿尽可能选同一个老师的课，换穿对方的衬衫、运动衫和紧腿裤，约会和睡同一个姑娘——怎么方便怎么做。

"这是一段开篇。怎么样？我觉得非常棒。"没人搭话。马雯说，"简而言之，小说中的这个杰瑞跟一个叫卡罗尔的结了婚，比尔娶了琳达。这里描写了一场婚礼，杰瑞和卡罗尔的婚礼，轻描淡写但是很有料。"庄玲听到马雯翻着书页。"在这里，我念几句。"

不知是何缘故，庄玲品味到了一些自己没读出的东西。

"之后写的是，许多年里，两家人周末就聚在杰瑞和卡罗尔的家，"马雯说。"有那么一个周末……"马雯停了一下，"看这句——

杰瑞和比尔坐在阳台上的折叠靠背椅上喝啤酒，歇着。

"在阳台上，喝着啤酒。"马雯说，"听我念他们说了什么。"

比尔在椅子里动了动，点着一根烟。

他说："有什么事，哥儿们？我是说，你知道我的意思。"

杰瑞喝完他的啤酒，把啤酒罐捏扁。他耸了耸肩。

"谁晓得。"他说。

比尔点点头。

杰瑞说："出去遛一圈？"

"好主意，"比尔说，"我去告诉女人们我们出去一趟。"

"'告诉女人们我们出去一趟'，小说篇名就用的这句话。"马雯说，"俩人去了一些地方，然后他们在路上截住两个郊游的姑娘，想搞她们。杰瑞和比尔商量好了谁归谁，尾随着她们上了山。"

"国外作家喜欢让故事发生在路上，"汤圃把话插进去，"这种路数挺抓人，你读下去又毫无奇妙可言。"他说，"我建议咱们还是先把这些东西给吃掉。"

"汤圃，跟你的感受不一样，后边这个结尾妙不可言。"

杰瑞说："你往右，我直着向前。我们去切断这两个骚货的退路。"

比尔点点头。他已经喘得说不上话来了。

他往上走了一点，路开始下坡，转向了山谷。他看了看，看见了女孩。她们蹲在一块岩石的后面。也许她们正在那儿发笑。

比尔拿出一根烟。但他点不着。然后，杰瑞出现了。这之后就不重要了。

比尔只想干那件事。甚至只想看看她们 * 了的样子。另一方面，如果这事不成，他也无所谓。

他从来不知道杰瑞到底想干什么。但这一切都始于，并结束于一块石头。杰瑞对两个女孩用了同一块石头。先是那个叫莎伦的女孩，然后是那个本来该归比尔的女孩。

"我读完了，"马雯说，"庄玲关心小说的开头，所以你们出去这会儿我们谈兴十足。但是我对这个结尾感兴趣。"她说，"作者在后记里说，他不想在小说里耍花招，我看这个结尾他就有花招。那个杰瑞，作者让他用一块石头干掉的，我猜是他们的妻子。"

窗扇开着一半，庄玲的手攥住拉手，身子刚好侧进去。现在她将窗扇大敞开，趴在窗口上。她听到了身后打火机的声音，然后是沉寂；沉寂顶在她的背，压迫着她。

园艺工已经把活干过窗前，现在他们调换了角色，小个子在缝合苫布，另一个伏在地上，将苫布拉到支架的根部。橘黄色的工作服，背上印着大字：晴美园林。小个子的制服颇显宽大，兜住了屁股，大个子的上衣却短小，他伏在地上，露出紫红的腰。庄玲突然感到，人类的身体那么无趣。

小个头直起了身子，他将一根线绳往针眼里穿的时候，庄玲问他："这活儿就你们两个干吗？"

小个子停下手，往这边看。庄玲说："我是问你，小区这么多绿篱，就你们两个？"

他低头整理着线绳，说："明天人会多。"

"哦。"庄玲说，"你用的那是一根什么样的针，能拿给我看看？"他低头瞧了眼蹲在那儿的同事，然后走过来。他跳了两次，才把那根针递到她手上。"原来是这么个东西呀。"庄玲两手捏住穿针的两端，它有着象牙的弧度。

她把针递了回去。"从前这儿的绿篱没这样处理过。"她说。

"我不知道。我今年刚来。"

他比庄玲原想的可小很多。紫红的脸，几乎连在一起的两行眉毛，看上去面目混乱，一下不好判断出年龄。"他是你师傅？"她指了指蹲在那儿吸烟的大个子。

小个子回头看了他的同事，"那是我爸。"

她朝当父亲的笑了笑，挥挥手。

男孩一只脚曲着，塌下一边的肩头站在那儿，穿针在两手间捯来捯去，大概盘算着是不是可以离开了。

庄玲听到马雯让汤圃递给她打火机。

脸的两侧飘出的烟雾渐渐浓起来。这时庄玲注意到，嘴里一直留着焦油的滋味。

璀璨人生

孟小书 [①]

一

　　那一晚，我与切尔西李、安东尼陈、克里斯多张、房东王太，以及乱七八糟我已经忘记的狐朋狗友们喝得大醉。他们在和我告别，为我即将结束七年留美之旅告别。聚会上，切尔西李举着一只鼓着硕大肚子的红杯，说："在北京好好混，期待我们明年的相聚！"说罢将酒一饮而尽。安东尼陈又说："不要忘记我们在美帝国时水深火热的日子。"此刻，我的眼眶早已湿透，眼泪掉进酒杯里。房东王太拍拍我："算上你，我已经送走了十七个中国留学生了，我祝福你。记得，这里永远都是你的家。"房东王太是香港人，一人独居在两层，有着四个房间的小别墅里。除去自己的卧室和书房，其余两个房间则是专门租给留学生的。她负责留学生们的起居饮食，每月租金公道合理。留学七年间，我在王太的别墅里，住了五年。王太有着美国人的友善与豪放，我们无话不谈，与她的亲密程度早已超出了我与母亲。

　　切尔西李、安东尼陈和克里斯多张是我的大学同学，我们四处打工，横跨美帝国的几大服务业，这包括餐饮业（咖啡馆收银员、酒吧服务员、中餐馆服务员、赛百味卷三明治）我们一致认为坚决不能刷盘子，这已经不是《北京人在纽约》的那个时代了，同时这未免也太给中国人丢脸了。那时候

[①]　**孟小书**　1987 年出生于北京，毕业于加拿大约克大学。出版长篇小说《走钢丝的女孩》。获第六届西湖·中国新锐文学奖。

我们都无比爱国，嫌弃美国的饮食、办事效率和简单粗暴的思维方式。而偏偏我们的爱国主义教育是在美国完成的。在我们涉猎的服务业中，给豪宅的后花园除草坪算是技术含量最高的，这不但需要体力，还需要智慧。除草坪是按小时计费，我和安东尼陈往往都可以在客户的眼皮子底下努力地磨叽半天，而不被识破。客户们都认为我们中国人干活仔细、卖力。在那些日子里，我们盼望着自己学业有成后报效祖国，觉得祖国需要我们这些"海龟"来建设。我们四个人经常双手捧着比萨坐在快餐店里畅想着未来回国的日子，幻想着穿套装横穿街道、高档写字楼里。临毕业时，安东尼陈退缩了，他选择继续读 MBA，克里斯多张谈了个本地的男朋友，切尔西李因为两科挂了而要多读一年，只有我顺利毕业，没有男友，只身一人，毅然决然选择回国。对此，我从来没有如此坚决过。甚至没有问过父母的意见，毕竟再工作两年我就可以顺理成章地拿到绿卡，这也是父母当初送我出国的主要原因，他们希望我能留在美国。

在当晚的告别聚会，记忆停留在了我端着酒杯说："再见吧，美帝国！"于是我把满满地杯中酒全部倒进了肚子里。之后便没有了之后。除了我们四个和王太以外的那群人，我一个也记不清楚了，据安东尼陈说，那些人好像是以前在酒吧喝酒时认识的，连朋友都算不上，他们哪有酒就去哪。第二天，我患了轻微的酒精中毒，在床上躺了一天，看着王太把我的衣服一件件叠好装进箱子里，而我以每小时进一次厕所的频率呕吐着，最后连胆汁都快吐了出来。临到晚上，王太为我准备的港式解酒汤终于起了作用。我从床上爬起，用目光抚摸着整个房间，以及我所能看到的整条街道。这是我在纽约的最后一晚，切尔西等人纷纷发来了表示对我不舍的信息。当然，与他们分离必然是一件令人心碎的事，但我相信，这次短暂的分离是为了以后更好的相聚。我站在窗外，看着外面静谧的街道被路灯照得似乎蒙上了一层金色的薄纱。这七年以来的日子像是个纪录片，粗略地从头到尾播放了一遍，没有重点，没有情绪，没有颜色。这七年到底对我来说意味着什么，在我即将离开的夜晚，思索着。我在这里把青春耗尽，体验了一把美国社会底层的生活，我们叫着半土不洋的名字，说着一口半中不英的语言，吃着半甜不咸的美式中餐。但尽管这样，我们仍然有高高的姿态对那些没有出过国的中产阶级吹着牛皮，大肆炫耀美国是什么样子的，和我们的爱国主义教育是如何在美国完成的。因为我们是留美七年的学生，我们在世界的中心度过了青春期，度过了人生最重要的时光。

第二天一早，切尔西等人聚集在了王太别墅门口，像是在预谋着什么。我把两个笨重的大行李箱从别墅的二楼拖了出来，安东尼作为唯一的男性，负责把我的行李扛到了他的后备厢，克里斯多说："这么多年下来，你就这么点东西？"我说："我倒是想把你们也装行李里呢，人家航空公司能同意吗？"在去机场的路上，我们彼此沉默着，像是把我送去了刑场，气氛十分凝重。切尔西突然问我现在什么心情。我说：

"现在的心情平静如水，从未有过的平静，之前的那种澎湃都没了。"

"不应该呀，想想回国马上就要吃到正宗的涮羊肉、大煎饼、包子饺子面条子，我都替你激动。"克里斯多说。

"我现在想的是怎么对付空中这十多个小时呢，想想腰就疼，脖子就酸。"

"你别这么消极，回国还有大好前途等着你呢，这十多个小时飞机算什么。"安东尼说。

说实话，现在的我突然对未来失去了把握，也许我从来就未曾把握住过什么，那些靠想象和扯淡弄出来的未来，现在变得像泡泡一样"噗噗"地全部幻灭了。

纽约的机场永远都是川流不息，人们永远都是忙忙叨叨地彼此擦肩而过，各种香水和咖啡的香气挥发在空气里，这是一种优越的资本主义味道，让人心情愉快、明朗并且可以让人感受未来的朗朗乾坤。切尔西等人陪我托运行李，我们排在浩浩荡荡的队伍最末端，开始了我们的畅想。

安东尼说："我未来回国要分别在杭州、承德置办产业，冬天去杭州，夏天去承德。"

"你是不是傻，杭州没有暖气，冬天得把你冻出关节炎来。"我说。

"那我就去泰国置办。"

"泰国不让你一个外国人置办产业，人家都卖给本国人民。"切尔西说。

"那我就再回美国，去迈阿密。"

"除非你拿到美国绿卡了，那才叫'回'美国，不然你拿什么'回'？"克里斯多又说。

"那就在美国扎根了，我觉得现在的我也不适应国内了。我在美国等着你们，到时候咱们一人在迈阿密海边买套别墅，咱们还住一起，再每人买艘游艇，出去带着小伙子小姑娘们去兜风。"我们有一句没有一句地畅想着。我们之所以敢如此放肆地嚷嚷，是因为队伍的前后都是黑白两色皮肤的人。我们在美国练就了一身只要对方听不懂，就可以厚着脸皮大声胡说八道的本事。

分别总是痛苦的，真到这一刻，我们还是抱头痛哭了。切尔西说，直到这一刻起，她才真的意识到我要离开了。我们彼此挥手告别，他们一直看着我转过弯去。随着离机场大厅越来越远，那股充满着优越感的装的味道也逐渐变淡。克里斯多给我发来了信息，说祝福我，说我的未来必定是光明的。而现在的我，对未来的路究竟是怎样的，真的不确定。

二

经过十三个小时的飞行，双腿像是租来的，走路不听使唤，关节也像是生了锈。北京国际机场的气派程度堪比纽约，我国发展速度之迅猛让我们这些"海龟"深感自豪。我昂首挺胸，像个成功人士一样推着行李车，在众人的检阅之下穿过，奔向父母。父母见我大肆挥手，呼喊我的名字。上次回国是三年前，这三年里父母的体态又增添了几分老年人的样子。我与父母拥抱，妈妈流了眼泪。她太想念我了，总是问我什么时候回去，可那时候为了多修几门课，实在没有时间。妈妈一直拥抱着我说："这下不走了，不走了。"爸爸也在一旁，接过我手中的行李，满意地点头。走出机场，迎面扑来的是一股有点呛鼻子的人肉味，心中陡然显出了"劳动最光荣"几个字来。而我将要一身飘香地穿过人群，穿过马路，穿过这座城。

与此同时，北京的飞速建设让我感到无比陌生，家附近街道两侧的餐馆、小商铺已经不复存在。鼓楼、方家胡同里的那些略显文艺的咖啡馆、音像店也因各种理由全部拆除。那曾经被我视为在夜晚富有魔幻色彩的篱街，如今也与那些乏味的街道没有两样。这一切的变化，让我不免感到有点惋惜和难过，这再也不是我小时候的家了。

父亲步伐依然矫健，母亲气质依然端庄优雅，只是略显倦怠。父亲身手矫捷地从后备厢里取出行李，帮我提回了家。母亲早已在家中备好了饭菜，可经过十三个小时的飞行，胃里翻江倒海，再加上时差的原因，我洗了个澡便倒头就睡。饭菜原封不动地摆在了原处，可母亲没有一丝的不快，他们对我的溺爱一向如此。醒来的时候已经是后半夜了，街道上依旧车水马龙，远处则是雾茫茫地混沌世界。我又回到了北京，回到了这个我既熟悉又陌生的城市。

经过一个星期的时差调整后，我终于可以像个人一样在白天活动了。在北京的同学朋友听说我回国后，都翘首期盼着将我彻底灌倒，以示他们对我的想念之情。这种简单粗暴的接风方式与切尔西等人如出一辙。自从上次的告别聚会后，我发誓此生再也不喝酒了。冬婷是第一个知道我回国以及第一位想将我灌倒的人。她是我的初中同学，聚会的内容由此变成了吃饭逛街。朋友们认为我变了，变得极为无趣，像是被生活击垮了的中年妇女。其实，聚会的关键目的，是想让那些已经在职场上打拼了若干年的朋友，帮我挑上班时所穿的套装。可她们却说：

"我真觉得你多虑了。"

"什么意思？你们上班不穿套装？"

"真逗，你以为你刚一毕业回国就能当上总裁呢？我们公司也算一个小外企，人家总裁也没穿套装啊？"

"俗话说，人靠衣装马靠鞍，狗配铃铛跑得欢。"

"那你先把狗找着，再置办铃铛行吗？"

"狗早晚都能找着，分分钟的事。在纽约人家上班都……"

冬婷立刻打断我："别老跟我说地球那半边的事儿，想在北京混，你得接点地气儿。"

尽管被冬婷泼了一脑袋的冷水，可我依然决定要斥重资来置办上班的行头。我在一家价格不菲的品牌店挑选衣服，冬婷在一旁摇头咂舌。

"看你这架势，是准备在北京打持久战了？"

"当然，我为祖国的电影产业深表堪忧，我觉得自己有必要回来。"

商场即将打烊，我提着大包小包的满载而归。艰巨的任务总是要留到最后才做，那就是找工作。我对自己的未来规划非常明确，那就是要将电影这条道路一直走到黑。自从报考大学开始，我的梦想未曾改变过。找工作在父母看来是一件极为重大的事情，我们三个坐在一起开了一个小型讨论会。母亲一脸严肃，对我的工作计划很不满，她说：

"这电影圈太乱了，三天两头电脑的小角落里就会爆出一个明星的艳照门，不是这个出轨被抓了，就是那个因为吸毒进了局子。你一个头脑简单，四肢又不太发达，并且刚从国外回来的女孩子，在这个圈子里混迟早得吃亏。"

父亲说："我的意思是年轻人就该追逐自己的梦想，撒手让她去闯荡。那些蹦出来的小广告也不都可信，很大一部分信息都是明星的自我炒作，吸引眼球呢。况且，豆子是想当导演，我还是很支持她的。但是，有一点得答应我。那就是这工作必须我替你找，有个熟人照应一下，还是很有必要的。"

　　我说："找工作是一个很私人化的事情，不需要征求别人的意见，所以这个讨论会我觉得十分没有必要。可以散会了。"

　　母亲又说："什么叫别人？你是我生下来的，是我身上掉下来的一块肉！"

　　我说："从您身上掉下来的肉只是块胎盘。自从我来到人世，您、我，再加上我爸，咱们三个就是独立的个体。人家美国的家长就特别想得开，孩子十八岁以后都会离开家住，各自亡命天涯了。哪像国内的家长，孩子都三十了，还觉得像穿开裆裤的孩子似的，几点回家，和谁去了哪，什么都要插手，管上一管。生怕被别人抢走，被人祸害了似的。"

　　"你别老跟我们说国外怎么着的，你出去上学的钱还不是我和你爸给的？"母亲提到钱的问题时，我一下没了底气。

　　"你跟孩子提什么钱啊？"父亲说。

　　"你既然回来，我们就要管到底！不然你就别回来，离我们远远的！"母亲又说。

　　"我回来是报效祖国的，又不是挨你们管的！"

　　"行了，这都哪跟哪啊？这不是在讨论豆子的工作问题嘛。"父亲开始和稀泥。

　　"总之，两个人的意见我都坚决反对！"

　　又经过长达一个小时的激烈辩论后，我们三个终于达成了一个共识，那就是一个星期后找不到工作，我则需要换一个行业，并且从今天开始不拿家里的一分钱。父母看我信誓旦旦地，露出一副等着看好戏的样子。

　　对于我来说，这次的讨论会是以失败和不欢而散告终的，可对于他们来说像是打赢了一场胜仗。我垂头丧气，憋了一肚子的火回了房间。二老却愉快地继续看着他们《媳妇的美好时代》，并且津津有味地讨论着剧情，真是庸俗。我回到房间里，有点想哭，照了照镜子还是憋了回去。只要每次想哭的时候我都会照镜子，因为觉得自己的哭相实在是太难看。我很困惑，为什么找工作这么私人的事要征求别人的同意。在外七年里，"我的人生我做主"似乎已经成了我和安东尼等人的座右铭，从报考哪所大学、选择什么专业、打工、恋爱，甚至是毕业后的去向，我一向都是自己做主，并且身边的人也都如此。我几乎没有作出过让自己后悔的决定。可为什么一回家，我的人生好像就成了别人的似的。

　　我在床上不知道瘫了多长时间，客厅已经安静下来，想必《媳妇的美好时代》已经播完，二老准备就寝了。我长长地呼出一口气，去了趟卫生间。

又觉得动怒着实是一件消耗体力的事，奔去厨房抓了一块晚上吃剩下的烙饼。我决定，立刻找工作。我给冬婷打了一个电话，准备向她求救。可打了两个，她都给挂掉了。又过了一会儿，她发来了短信说她还在公司里开会加班，我一看表此时已经快10点了。我简短地问她该如何找工作，她只回了两个字"智联"。我立刻上网百度，搜索"智联"。原来那是一家著名的猎头网站，里面的工作五花八门，从传媒到金融，从教育到医疗，甚至连海族馆的表演员都有。我直接选到了影视导演的类别中，又用了十分钟的时间把自己的简历整理了一遍，填上了之前拍摄过的所有短片的名字。但在工作经验那一栏中，却空空如也。在投递给了五家公司简历以后，已经是后半夜了。我关上电脑，安心地睡去了。

第二天，我期待接到影视公司的面试邀请电话，可直到晚上也没有一家公司来电。冬婷安慰我，再等等吧，一般都要等个两天才有回复呢。可是我没有那么多的时间去等待，我继续投简历，一口气又投给了三十多家公司。几天过后，依然杳无音信。父母在这一星期内没有向我提起过有关工作上的任何事情，而我对此也是闭口不提，并装着从容不迫。日子一天天地过去，眼看这个星期即将结束，可仍然没有接到一家公司的电话。突然之间，那种自信褪去得无影无踪，面对这诸多公司的岗位要求，我变得惶恐不安。发现即便是毕业于美国大学，即便有再多的在校习作也无济于事，实战经验就意味着一切。在这个星期的最后一天，我终于接到一个猎头的电话，她说看过简历后，有一家电影发行公司很适合我。电影发行是一个我从未涉及也毫无兴趣的领域，但据我所知，这个行业离我就像是隔了八座大山。猎头顾问态度很好，她向我做了具体分析，认为以我目前的资历来看，直接上手当导演是不太现实的。尽管如此，我还是委婉地拒绝了。晚饭过后，父亲悄悄问我，工作的事情进展如何。我叹了口气，父亲又说：

"我有一个朋友的公司，现在正在招聘导演助理，不然你去试试？"

我有些犹豫，既不愿与父亲妥协，也不愿意失去这个机会，但毕竟过了今天，就必须放弃电影。

"我妈知道这事吗？"

"当然不知道了。"

"那行，我去吧。"

"你的简历我已经给人家了，人家对你特别满意，还说想好好培养你呢。"

"您已经把简历给人家了？为什么不事先告诉我？"

"这不都一样嘛。"

"怎么能一样呢！您怎么能在没有征求过我意见的情况下，就替我擅自做主呢！我不去！"

"你这孩子怎么那么不知道好赖？"

"算了，你就告诉人家我不去了。死活都不去！"

"那我都跟人家说好了！必须得去！"

"是你跟人家说好了，又不是我！"

我与父亲几乎同时将屁股从沙发上抬起，各自回屋了。回屋的第一件事，自然是给刚刚那位态度很好的猎头顾问打电话，并且告诉她我很愿意去那家电影发行公司。猎头又说：

"就是的，您现在是刚刚毕业，又是在海外留学的，即便是电影专业，不在国内的电影圈里混，也没多大用处。不管怎样至少是家影视公司，等进去后再换到制作部，当导演的梦很快就能实现的。"她的话有几分道理，但嗓子里还是跟有块大石头似的。就这样，我找到了第一份工作，一份与我八竿子打不着的工作。

三

公司位于三里屯，据我所知，这里的影视公司多得扎堆儿。放眼望去，大街上处处都是时尚弄潮儿，奇装异服，有些服饰甚至令我百思不得其解。随便坐在一个咖啡厅里，都会有人在谈电影，聊剧本，找投资。在他们口中，几个亿就像是几块钱似的，张艺谋、冯小刚、范冰冰都是他们家亲戚。

经过两轮面试后，我顺利地入职了，税后的薪水是四千块。一整个月的工资相当于我在纽约当服务员一个星期的工资。进入发行期的出差补助是一天二百五十块钱，几乎每两个月就要出差一次。他们对电影发行人员的要求很低，高中以上学历即可，对电影行业完全不了解的也没关系，只需跟下来一个项目就都会了。公司把全国各地以省份划分，分配给下面的同事，每个同事负责一个省。有电影上映的时候，同事们则陆续到各自负责的省份出差。出差的主要任务就是与当地的影院以及各大媒体进行对接，并且安排电影首映和明星的路演活动。发行部门的总监是个看上去不苟言笑的年轻女人，她姓戴，大家都管她叫戴总。按戴总所言，这个工作不需要很强的专业性，只要有足够的情商以及酒量，就可搞定一切。他们录取我的理由很简单，第一就觉得我是单身，可以随时准备出差。第二就是可以喝点。戴总在面试结束时问我："平时喝酒吗？"

我突然感到特别亲切，我就急着说："喝啊，我们留学时，业余生活特别枯燥，所以没事总喝酒。"

"那你的酒量应该不错吧？"

"能喝一点。"戴总和张总互相望望，表示很满意。张总又补充说："你这个洋学历在我们公司可能没什么大用，公司目前没有进行海外项目开发的打算。"

我苦笑了下。面试就这样短平快地结束了，我顺利入职。我人生中的另一段旅程就这样跑偏地开始了，开始得很仓促，并且令我很不满意。

正如冬婷所言，大多公司是不需要穿那种正式且华丽的套装上班。并且，同事彼此像是有什么深仇大恨一样，上下级之间笑里藏刀，叫人不寒而栗。办公室是一个大开间，同事之间连块挡板也没有，你的所作所为都在众目睽睽之下，毫无隐私可言。上班第一天，戴总带着我向部门同事做自我介绍。

"大家好，我叫秦梦，毕业于美国纽约大学，电影导演专业。前不久刚刚回国，请大家多多指教。"向大家鞠躬后，却发现同事们的态度颇为冷淡，个个呆若木鸡。戴总又说："嘉明，给小秦找一个位子坐。"

嘉明是戴总的助理，后来听说，嘉明就像是戴总私人保姆，家里厕所堵了都得让他帮忙通。我的座位被夹在两个同事之间。中午午饭时间到，同事们俩俩一起结伴而行，我热情地问我旁边的女同事："要一起吃饭吗？"她看了一下对面的同事，两人互换了下眼色，表示同意带着我一起用餐。可刚出公司门，她们的态度有了一百八十度的转变，坐在我旁边的同事叫张玲，另一位女同事叫桂思思。张玲一下就挽着我说：

"面试的时候，我们姐姐都问你什么了？"

"她们好像什么重点也没问。"

"她没问你的酒量怎么样吗？"桂思思说。

"这个确实问了。"

"那你是怎么回答的？"张玲又问。

此时，我们走进了一家面馆，坐下、点菜。

"我就说还能喝点。"

"一猜就是这套路，我们姐姐就喜欢你这样的。"桂思思说。

　　她口中的"姐姐"指的就是戴总，戴总20世纪70年代末生人，虽然貌美，但总是板着脸，好像生下来就没笑过似的，并永远端着一个"我是你们老大"的架子。

　　"我们那姐姐，你得小心点。她简直就是心机girl的鼻祖，她以前也是某个小电影公司里面做发行的，估计职位还没咱们高呢。那会儿她的男友天天骑着自行车送她上下班。后来就被咱们老总看上了，挖过来直接当上发行总监。你说她凭什么？"桂思思接着说："后来，瞬间就把她男朋友给踢了，跟没跟咱们老板好上就不知道了。"

　　"我觉得不能真好上，咱们老板都六十多了，那方面估计都不行了。"张玲说。

　　据说，"老板行不行"的这个问题是同事们最热衷的话题。

　　"姐姐成天端个架子，也不知道端给谁看的，谁不知道她是怎么回事呀。我都替她累得慌。不就是有个自己的单独办公室吗？"

　　我听着她们的对话，我说了句："unbelievable"。

　　两人面面相觑："什么意思呀？"

　　"就是不可思议。"我说。

　　"你没事别老说英文，说了我们也听不懂。"张玲又说，"看来你不是姐姐那边的，那你就跟我们是一边的了。"

　　"我悄悄地问一句，咱这公司里面一共有几边呀？"我说。

　　"咱们底下的人一共就两边，姐姐一边，我们一边。剩下的就是领导层了，他们分几边跟咱们也没关系。"张玲说。

　　"那姐姐不算领导层吗？"

　　"她当然不算，论资历她还早着呢。"

　　这时候服务员把面分别端到我们面前，我随口说了句："Thank you！"服务员没有理会我便走了。张玲和桂思思两人似笑非笑地互相看了一眼。我也觉得有点不好意思，但多年养成的语言习惯，也不是一两天能改过来的。为此，我也没做过多的解释。

　　"据说这次是招负责山东省的人。"桂思思继续说，"你可得小心点，上一个负责山东的同事，后来喝进医院了。"桂思思是负责东北地区的，她说：

　　"东北人、山东人都能喝酒，但只要你第一次上饭桌挺住，摆出一副誓死不屈的架势，那你以后就再不用喝酒了。"

　　"那要以什么理由拒绝他们？"

"你就说你酒精过敏,喝一口就得进医院。如果再有人硬逼你喝,你就抿一口,赶紧装要吐,跑厕所。注意啊,表情是关键,他们酒桌上的那帮人贼着呢。一定得装得像一点。不过你记住了,这可是大招,不到万不得已的情况下绝对不要用。万一演砸了,估计连事儿都谈不成。"

姐姐与我并没有过节,可经过这一顿午饭后,我对她也产生了敌意,加入了张玲她们这一边。张玲和桂思思的推心置腹令我很感动,我也向她们谈起了我在留学时遇到的困难与无助,但她们对此好像并不感兴趣,也对我不经意间冒出来的英文单词感到厌烦。从这天起,我便努力地克制自己,要将英文忘掉,将自己的留学经历忘掉,就好像那是一门可耻的语言和一段不堪的经历一样。

没过多久,戴总就开始安排出差任务。我对父母做完工作汇报后,他们对我进行了一番叮嘱与教育,让我对领导要极度尊重,凡事都要听领导的,领导讲话的时候别插嘴,领导夹菜的时候别转桌。我深知这都是基本常识,但他们生怕我一个没有社会经验的傻孩子会在不经意间得罪了领导,失去这份工作,并且又给我举了他们单位无数个新来的小朋友如何顶撞和得罪领导后来被开除了的事情。我听得颇为不耐烦:

"你们就是把领导捧上了天,才当不上领导的。"

父亲又追着我讲道理:"这可不比国外,这里也没有人人平等这么一说。"

"为什么?"

"别问为什么,记住就行了。"

父亲说的这些话我记不住,也不想记住。

我们姐姐对待此次出差,摆出了一副时间紧任务重的架势,但实际上无非就是带着我四处与山东省的影院院线的各方大佬去拜码头。工作内容除了吹牛皮就是喝酒,张口闭口全是几亿几千万的大买卖。而我的任务就是闭上嘴,挺直了腰板频频点头和微笑。关键时刻奉上茶水或是递烟灰缸。出差的头一天不用喝酒,可回到酒店的时候却头晕目眩,像是喝了一斤白的。第二天的工作内容亦是如此,姐姐对我说:

"晚上咱们约了这几个人。"她给我看了一下名单,是各大影城和院线的老总,不知性别的八个人。她又说:"山东人酒量都不小,即使是不能喝酒的胆也大。晚上你就先说你不能喝酒,我先挡着,实在不行了你再上。他们估计也不会太为难你一个小女孩儿的。懂了?"

我点点头说,字面上的意思懂了。可还是不懂姐姐为什么会这么做。

晚上，我与姐姐先到了饭店，姐姐有点坐立不安，看着比我还紧张。随后，几个总陆续驾到。姐姐从椅子上立刻弹起来，端茶倒水全由她亲自上阵，弄得我反倒有点不好意思了。等人和菜都逐渐上齐后，姐姐首先起身，端起酒杯一饮而尽。那几个总有男有女，看不出酒量如何。只是见着姐姐都很亲切，就像是多年不见的老朋友。可后来，随着一杯杯酒吞下后，才发现，有个总甚至连姐姐的姓都不知道。

姐姐放下酒杯准备就座，那其中的一位男总说："别坐下呀，我们这的规矩是，敬酒的人要自饮三杯，来，我给你满上。"

姐姐连说："来，入乡随俗！"

我目测姐姐酒量不错，堪比切尔西。毫无废话地干掉了三杯白酒后，终于坐下了。我突然对她产生了一丝丝的敬意，这连我都深感诧异。连忙给她夹了菜后，一个女总问说："这是你们新来的同事吧？小姑娘好漂亮。戴总，我发现你们公司都是美女。"

"以后还得靠你们多多关照。"戴总说。

"你是学什么的？大学刚毕业吗？"那女总问我。

"我是学……导演专业的。在美国纽约大学毕业。"不知怎的，这些背景令我难以启齿，好似这是一个多么见不得人的事一样。

"美国回来的？你看看，人家是国外留学回来的咧！"

"那你的英文一定很好吧？给我们唱首英文歌吧！"另一个男总说。

"我不会唱歌的。"

"你就随便唱一首嘛！让我们这些土包子，也听听原味的美国歌。"

"不然我还是喝酒吧？"

姐姐突然在桌子底下踢了我一脚，另一个女总说："你踢人家干吗？小姑娘爱喝酒就让她喝嘛！"

这个女总给我倒了一杯，我一饮而尽，众人纷纷叫好，像是在看戏。当然，对于常年在国外闯荡并且还对喝酒这一事训练有素的我来说，酒桌上的这点酒不算什么。可毕竟我与姐姐两人势单力薄，战斗力再猛烈也抵挡不过敌方。接下来的战况就是，我与姐姐两人抢着彼此手中的酒杯，都怕对方先倒下。毕竟以我的经验来说，先喝多的人是最幸福的。直到战斗到夜里11点，有几个女总坚持不住了，这才作罢。我与姐姐二人东倒西歪地相互搀扶回了酒店。在路上我说："姐姐你没事吧？"我突然意识到自己说错了话，立刻改口："我是说，戴总，您没事吧？"姐姐说："没事。"我不知道她的"没事"是指的是什么。她又说："我知道你们在背后都管我叫姐姐，我确实比你们都大，叫姐姐也没什么错。"到了酒店，她没有像克里斯多那样酒后痛哭，也没有像切尔西那样的装疯卖傻，而是安静地回了房间。这天，她最后跟我说的是："你不听话。"

这个晚上，很多事情在脑子里都过了一遍，十分清醒。我曾经认为，在经过多年的努力学习后，这世界必然有我的一席之位，而自从找到那位置起，就是我大展拳脚的时刻。而现在的我，突然对这个位置是否真实存在而感到质疑。陡然间，我对现在的我十分满意，就像那些总们和姐姐对我的满意一样。

山东的这几个所谓的大佬算是被我跟姐姐搞定了，在以后的工作中，他们对我就像是对待亲人般的款待，再也没让我喝过酒。当然，他们也并不会为了当晚的酒局，因为我多喝了一杯而多添加一场我们的电影的场次。

回到公司，同事与领导依然是一张张毫无表情的面孔。我依然是张玲与桂思思她们那一边的，姐姐还是自己单独一边。她也并没有因为这次出差对我的态度而有什么不一样。我想，如果是张玲和桂思思坐在姐姐的那个位置上，她和她那一边的人会多几个呢？

四

在我出差的这段时间里，父亲加入了一个基督教家庭教会，家庭的气氛变得有些异样。原因是母亲再也无法邀请父亲每周日去参加探戈社团了。因为父亲每周日上午要去家庭教会。牧师姓杨，大家都管他叫杨牧师。杨牧师是从英国回来的，年纪六十岁上下，心慈目善。他的语速总是慢悠悠的，脸上永远带着微笑，就像是图片上的圣诞老人那般慈祥，很想让人抱一抱，觉得在他的臂弯里啥都不叫事儿。为此，母亲每周日的探戈舞社团就耽搁了两周，在这两周的时间里，她四处寻舞伴，终于在茫茫人海中找到了一个比自己还矮个半头，已经谢了顶的老头儿。父亲表示很满意。

杨牧师的儿子是在英国出生，在儿子三岁之时，妻子突然病逝。杨牧师便带着儿子去了匈牙利，我们很好奇他为什么去了那么一个小国，用杨牧师的话说，那是神的旨意。他在匈牙利做起了服装生意。起初日子过得十分贫寒。从广州进口的衣服根本卖不出去。有一天，一场大火烧了库房，杨牧师迅速赶到火灾现场，衣服被烧得破破烂烂，他觉得这场大火同时也把自己和儿子的人生给烧焦了，他坐在地上号啕大哭，嘴里一直念叨着"我的上帝啊"！也不知上帝是否感受到了他的绝望。第二天清晨，杨牧师的房间里突然射进来一束金光，照在卧室的正上方，那光着实耀眼，以至于他无法将眼睛睁开。他立刻坐起身，在身上画起十字，并且振振有词地开始祈祷。他知道这是耶稣降临，感动地开始流泪。他起了床，洗漱完毕后又去了服装厂，这时一个匈牙利女工看到这些衣服后，很是喜欢，穿在身上说这是今年最流行的"乞丐服"。杨牧师与女工大喜，于是就把这破烂衣服重新挂上标签。两天之内，所有的衣服居然卖完了。因此他们赚了一大笔钱，又在匈牙利买了一套房子，过上了衣食无忧的生活。杨牧师的儿子也是相当之聪慧，考回了英国，牧师随儿子又再次踏上了英国的这片土地。他到英国后，立刻参加了一个华人教会，几年之后又成立了自己的私人教会。很快，会员就发展到了五十余人。儿子大学毕业后，又来了中国参加工作。

　　听完父亲的述说后，母亲笑得前仰后合，觉得这些故事都是骗人的。父亲不予理会，又跑来向我念叨着，试图劝说我也参加。我说：

　　"你怎么会无缘无故地去参加什么家庭教会？你不知道这是违法的吗？"

　　"你别胡说。一开始也是一个朋友带我去的，他刚离婚，老婆跟别人跑了，孩子跟老婆跑了。家里突然间一下子全空了，他对人生产生了极度质疑，觉得自己已经走投无路了。他想让神给他指条明路。"

　　"那你去是干吗？"

　　"开始就是陪着他去，凑凑热闹。结果我发现，教会里面的人都以兄弟姐妹，大姑大姨，大爷嫂子的这么称呼着，特别亲切。我第一次去，谁也不认识，但感觉就是特别温暖，特别有人情味。"我疑惑地表示赞同，好像有点能理解他的意思。

　　这教会里的成员大多都是杨牧师的家人，有杨牧师的姐姐姐夫、妹妹妹夫、儿子以及杨牧师的老爸。据说他老爸当年是个警察，还抓过燕子李三。他老爸如今年过九十，坐在轮椅上，牙齿几乎掉光了，口齿含混不清，但头脑确是灵光得很。见谁跟谁说以前的事儿，说那燕子李三也没什么了不起的，就是个小偷而已。他还教别人当年江湖上的春点。大家喜欢听他聊天，父亲也喜欢，父亲尤其喜欢问他以前江湖上的事儿。这老头儿也喜欢我爸，因为就数我爸的问题最多，是真心崇拜他的。父亲之所以沉迷于这个教会，可能有一半的原因也是因为这个。

　　这教会隐藏在一栋写字楼里，隔壁以及隔壁的隔壁全是各个公司的办公室，有电子行业，也有搞传媒的。这教会的大门与其他的公司办公室看不出有何不同，很难想象里面的样子。

父亲刚去教会的第一天，心里也盘算过，这也有可能会是一个诈骗集团，或是传销组织。他和朋友俩提心吊胆地推开门后，才算放心。房间里挂着十字架和耶稣圣像，大门内侧贴着"以马内利"几个大字。一架钢琴坐落于左手边，右手边是一排排的椅子，中间一张放着零食的大桌子。房间靠门的位置是一个讲台，讲台上有无数个小圣杯。在房间里面的拐角处，是一个厨房。当杨牧师以及全体教会的弟兄姊妹看到父亲和他朋友的时候，热情上前打了招呼，并且每人给他们一个热情的拥抱。大家相互介绍着彼此。当父亲的朋友从杨牧师的手中接过《圣经》时，热泪盈眶，他说感受到了神的温暖和眷顾。杨牧师满意地微笑，并准备开始今天的讲经。

由于今天是这个月的第一个周末，也就是圣日。这一天的礼仪会比往常多一些。由杨牧师在每个圣杯中倒入一点汇源牌葡萄汁，这代表着耶稣基督的血，又每人掰一小块烙饼，那代表着耶稣基督的肉体。杨牧师开始祷告："我们在天之上，爱我们的父啊！你是创造宇宙万物的真神！感谢赞美您，因着您的大能和大爱，蒙您的旨意，我们又度过了一个美好的星期……"所有人闭着双眼，低下头，经过洗礼的同胞则举着耶稣的"血"和"肉"。父亲听不懂那祷告词的意思，却感受到了某种神圣的气息。祷告结束，大家将手中的食物吞下。

不知怎的，父亲在这一关键时刻突然笑出了声。杨牧师及众弟兄姊妹假装没有看到。父亲用力掐胳膊，咬舌头，才控制住自己。接着，由钢琴伴奏唱赞美诗。父亲和他的朋友就跟着大家一起小声哼唱。待这一切结束，杨牧师令大家翻开《圣经》中的《约书亚记》的《神命令约书亚征服迦南》这一章节。按顺序，每人读一个小章节，入会久了的同胞朗读的通顺且激昂，父亲和他的朋友却磕磕绊绊，像个文盲。后来，用父亲自己的话说，《圣经》里的每一个字他都认得，可连起来就蒙圈了。

杨牧师在台上讲得津津乐道，又在黑板上圈圈点点，父亲听得云里雾里，直打瞌睡。而他的朋友早就已经合上了双眼。临近中午，厨房里飘出了饭香。父亲的朋友用胳膊肘捅了一下父亲说，估计是炸酱面。父亲说，好像还有酱牛肉。杨牧师讲经结束，再次做了一遍祷告，今天的内容就只剩下聚餐了。大姨擦着脑门的汗珠说，饭已OK！有人猜今天是炸酱面，大姨说还有酱牛肉。父亲和他的朋友两人得意地笑了笑。大姨是杨牧师的姐姐，他们全家都是回民。据说，她早年间和她丈夫，也就是杨牧师的姐夫，两人开了一间回民餐馆，生意不咸不淡，一直维持了十多年。现在老两口年纪大了，又把这餐馆交给了儿子。大姨做的炸酱面是用牛肉做的，味道极好。我猜，这也可能是吸引父亲的一个原因。

大家纷纷把自己的椅子摆在餐桌周围，又去厨房帮忙拿碗筷。父亲和他的朋友也想帮忙，可大家都说："不用，坐着就行，我们来。"父亲和他朋友就坐在那里，看着大家忙活，甚至连盛面也是别人帮忙的。一碗热腾腾的面捧在了他们手里，正张开大嘴，准备吃的时候，杨牧师突然说："好，今天中午就由大姨来做饭前祷告吧。"父亲和他的朋友立刻将嘴闭上，放下碗筷。大家起立，闭眼睛开始祷告。祷告结束后，父亲和他的朋友突然不敢动了，不知接下来还会有什么祷告或是仪式。拘谨地坐在椅子上。看见大家纷纷捧起碗后，这才敢动筷子。可这时候两人不再聊天，也不再互换眼神，只是安静地坐着吃面，甚至连面的美味也不敢称赞。父亲临走时问他的朋友，"下周还来吗？"他的朋友说："来呀，有免费的午餐，干吗不来！"父亲决定下周还去的理由，不仅是因为有免费的午餐，更是觉得教会里面的人热情、单纯，是一个有温度的地方。

父亲若有所思地回到了家，母亲也刚好跳完探戈，容光焕发。母亲见父亲心事重重地问："怎么样？去完教会有什么心得体会？"

"你不懂，跟你说了也白说。"

"就跟你懂似的。"父亲拿起手里的报纸，母亲又凑上前去说：

"你给我大概讲讲，教会什么样呀？是不是有一个特别大的教堂，里面有个很高很高的耶稣基督的圣像。牧师还穿着白大褂，那牧师是中国人吗？"父亲接着看报纸，他无法向母亲说出那教会其实是在一栋写字楼里的事情。母亲拽了一下他的报纸说：

"不说拉倒，显得你好像多关心国家大事似的。"母亲扭着探戈的步子回屋里睡午觉去了。父亲依然坐在沙发上，放下手里的报纸。他觉得自己已经和母亲身处两个世界了。虽然听不懂杨牧师在讲些什么，但总觉得自己听他的讲经就像是在给自己的灵魂洗澡。自从他的灵魂被洗澡后，觉得母亲的探戈友谊舞会是那么的庸俗。

接下来的一个月里，父亲在逼迫自己养成饭前祷告的习惯，每当父亲忘记了，母亲都会将他嘲讽一番。饭前祷告这事，好像母亲比父亲记得还牢。父亲心中的祷告词是什么，始终是个谜。

父亲迅速和教会里的弟兄姊妹成为朋友。这天是这个月的最后一个周末，杨牧师像往常一样宣布让大家各就各位，开始准备祷告，之后便是唱赞美诗、讲经、聚餐。等到结束，杨牧师突然拿出了募捐箱，放在讲台上面。大家心照不宣地掏出红包或是信封塞进箱子里。杨牧师走到父亲和他的朋友身边说："这钱都是捐给教会的，受过洗的人是一定要捐的，但是您现在还是慕道友，可以不捐的。"父亲认为，他承蒙神的眷顾和受到教会照顾已经一个多月，其他的不说，就说这午饭钱也是要给的。父亲说："我早上刚去银行取了些现金。"父亲数了十张一百的放进了募捐箱里。父亲的朋友则放了三百元进去。在回去的路上，父亲的朋友说："这世上果然没有免费的午餐，老秦，我下周就不去了。"父亲明白他的意思，也并没有再多做勉强。他在教会结交了很多朋友，多他或少他一个都无所谓。

母亲的那位探戈舞伴应该是骨质疏松的原因，跳舞时轻轻地扭了一下脚腕，骨折了。母亲这下又落了单，开始四处寻觅舞伴，好容易找到了一个，又嫌弃人家腋下有狐臭味。半个月没有去舞会，浑身不自在。她把这气全部撒在了父亲身上，父亲劝她周日与他一起去教会，不要再参加那个俗不可耐的舞会了，可母亲说：

"也不知道谁当初非要拉着我去的，现在去了一个什么莫名其妙的教会，觉得自己高高在上了是吧？觉得自己快要成佛了，不食人间烟火了是吧？"

"你对不知道的事情，别乱讲！"

"行，你知道，你什么都知道，那你给我讲讲那《圣经》里面讲的都是什么？"父亲站起来说："跟你说也是对牛弹琴！"

傍晚7点左右，我拖着疲惫的身子回到了家，可一进门就发现气氛不对，母亲用力地扇着大蒲扇，父亲不知道去了哪。我对母亲说：

"有这么热吗？"

"我心里有火！"

"我爸呢？"

"不知道死哪去了。"

我讪讪地回了房间，瘫在床上睡着了。说来也奇怪，在不用出差的日子里，公司的事情少之又少，可为什么一回到家里就这么累呢？我们做的唯一的一件事情就是想着怎么能在戴总的眼皮底下认真地偷懒。可见偷懒这事是多么消耗体力。晚上，又被门外的吵架声吵醒了，父母在自己的房间里，努力将自己的声音压到最低，可是由于控制不住，还是喊了出来。母亲一喊出来，父亲声就小了，父亲一喊出来，母亲声就小。忘了是听谁说的，两口子过日子，谁嗓门大就得听谁的，这话好像有点道理。最后，母亲终于爆发了，在持续5分钟的高分贝怒吼中，终于结束了这场持久战。获胜方必然是母亲。

母亲为了阻止父亲再去那个家庭教会，为此对他软硬兼施。父亲一开始说是不再去了，可不再去也不意味着他就要陪母亲去探戈舞会。母亲知道父亲已经让一步了，就没再强求。可父亲老实了一个星期后，又去了。最后母亲终于还是放弃了，她对此事说的最后一句话就是："随你去吧。"

母亲的如此豁达令我和我爸都松了一口气，她之所以不再计较此事，是因为母亲也找到了一个组织，那就是去跳广场舞。而那片小广场就偏偏离我公司处不远，是我与同事的必经之路。而母亲却穿着一身大妈似的队服，手里拿一把镶着亮片的大红破布扇子，胡乱挥舞。每次看到我都要用力扇着手中的扇子向我打招呼。我拉着同事快走两步，她又追上来说："晚饭做好啦！你回去热一下就可以了！"我头也不回地往前走，同事们忍住不笑。我已无脸再做人，脸被我妈丢得一干二净。

从此，我妈被我和我爸孤立了，我们都嫌弃她，一起坐下来吃饭时，我都要向我爸那边靠拢。可母亲却每天像打了鸡血似的，特别亢奋。我爸说：

"我怎么看怎么都觉得她像是加入了一个邪教组织。"

"我非常同意您的观点！我觉得咱们有必要把我妈给拯救出来。"

我爸看了一眼正在浓妆艳抹，准备出发的母亲，对我说："那也得看准时机，现在咱们的一切行动，对她都不管用。"我和父亲就这么一直忍耐和等待着，等待那个不知道什么时候才能冒出来的时机。

五

而我和我爸又闹翻了是因为表姐的婚礼。表姐在十四岁的时候就随着家人移民美国了，在我留学的那段时间，受到了表姐的极大照顾。在刚到纽约的那几年，表姐为我租房子、接送我上学，在我最困苦的时候也是她帮助我渡过难关。随着在美国的年头逐渐增长，华人圈子又小，我们也有很多共同的朋友。她对我来说是朋友也是亲人，在留学的那段时间里，除了房东王太和安东尼等人，她就是我最亲密的人了。

表姐读完MBA决定回国，她与男友两人异地相爱了五年，对我来说简直是个奇迹。她很早就对我说过，以后她结婚的时候一定会让我当她的伴娘。如今，这个愿望终于即将实现了。表姐的婚礼在北京某度假山庄，室外婚礼。婚礼现场有一块宽敞平坦的草坪，他们专门挑选到户外，是因为他们想在婚礼现场放飞四十只和平鸽。父亲立刻将此事大包大揽过来，说这件事就由他来办。婚礼前一天，他从花鸟鱼虫市场买了两箱据说是训练有素的鸽子，四十只。当父亲看到那鸽子一只一只被关进鸽笼时，突然心生怜悯，暗自下了决定，等婚礼结束后一定要将这些鸽子放生。经过一路的奔波和挤压，到放飞的那一刻，只有三只鸽子飞了，其余的有折翅的、断腿的，因某种原因晕过去的，还有不知所措在鸽笼边上乱溜达的。与之前那贩鸽子的人所说相距甚远。那飞走了的三只鸽子，在天空上划了一个优美的弧形后，又回归到了大部队。婚礼继续进行，姑父开始上台讲话，感情十分充沛，把自己感动得直落泪，台下的亲戚们也频频擦着眼睛。而父亲却已将西服外套丢在一旁，衬衫的扣子解开到了胸口。他把鸽子们搬到了婚礼现场的一侧照料着，并指挥司机和婚庆公司的工作人员，将草坪的喷水管引到鸽子旁边，父亲负责喂鸽子，嘴里振振有词的，不停在身上画十字。烈日炎炎，鸽子见水后，立刻跳了进去。两个七岁的表弟在婚礼现场觉得有些无聊，见到这些鸽子后欢快地跑过来。两个小表弟是花童，各自穿着小西装，表弟嫌热，又把西装外套脱了，里面的白色衬衫早已湿透，头发喷的发胶也被汗给浸垮了。表弟跑到草坪上，接了一盆水，跑着端到鸽子笼旁边，可一不留神，栽倒在地上，泼了一地水，几只昏倒的鸽子醒了，在啄地上的泥水。表弟在泥里摔了个跟头，比这鸽子还要脏。婚礼助理跑到表弟身边，简单擦了一把他脸上的泥点子，拉着手就被拽上了台，这个环节是由两个花童献上戒指。姑父和表姐表姐夫赶紧给旁边的摄影使眼色，让他们这段就不要拍到视频里了。表姐皱着眉头，一脸的不高兴。姑父从台上下来，脸上还挂着泪痕，小心翼翼地走到在一旁伺候鸽子的父亲身旁说：

"这还拍着视频呢，你赶紧回到座位上去。"

"你没看它们有的都已经渴的昏过去了？你看看多可怜，还有断了翅膀的。人得有慈悲心……"

没说完，姑父甩手而去，回到座位上。我在台上，站在表姐的身边一直给母亲使眼色，让她制止父亲的行为。可母亲怎么也没有读懂我的意思，摄像机一直对着舞台，我也无法冲下台将父亲拎回到座位上去。

婚礼过后，表姐说："二叔在干什么呢？他知不知道今天是什么日子？"

我一再为父亲的行为表示歉意和愧疚。这是姐姐人生中最重要的一天，却被父亲给搞砸了。从此，表姐对我也冷淡了。我和母亲回家后，分别各自坐在家里的某个角落，沉默不语。父亲不知去向，恐怕还在伺候那些鸽子。夜里，父亲回来了，高兴地对我们说，那些鸽子已经安排妥当。我不知道这所谓的妥当是什么意思。但后来，那批鸽子得了传染病，全死了。父亲好几天没有说话。看着他这个样子，突然对他产生了一种悲悯之情。而从这一刻起，我们由对峙的双方变成了三足鼎立。

又是一个周日，父亲像往常一样，按时前往教会。杨牧师穿了一条红裙子，他的儿子杨彼得也是西装革履的。杨牧师开始了这一天的讲经，在聚餐的前一刻，杨彼得突然不知从哪变出了一束鲜花，走到他身边的年轻女孩面前，说："余婧，嫁给我好吗？"余婧似乎已经猜测到，一下搂住了杨彼得的脖子。杨牧师为儿子感到高兴，擦了擦眼泪。众弟兄姊妹热烈鼓掌，并献上了自己的祝福。父亲回到家十分感慨，对我说：

"豆子，你年纪也不小了，是不是应该谈个男朋友了？"

我说："好的。"并赶紧走开，这个话题不宜多谈。

三个月后，就是杨彼得和余婧的婚礼了，婚礼是在一个中式餐厅举办的，场面略显冷清，参加婚礼的只有教会的十来人，以及杨彼得的家人，他们彼此的朋友一个也没来，甚至连余婧的家人也未出现。父亲觉得有些蹊跷，难道这婚礼是为这个教会而办的？父亲认为，杨牧师是自己的精神向导，想必这份子钱不会给得太少，当然，这事母亲是肯定不会知道的。婚礼就这么不咸不淡地办完了。办得有点让父亲摸不着头脑。自从婚礼结束后，父亲就再也没有在教会里看见过余婧。

又过了一段时间，杨牧师问父亲有没有做好受洗的准备。父亲想都没想，激动地抱住了杨牧师说："我早就做好准备了，终于等到您开口的这一天了。"杨牧师说："这是神的旨意。明天，你到这个地址来，早上8点。到时候众弟兄姊妹也都会来祝福你的。"父亲看了看地址，居然是一家五星级酒店，但也不好再继续问什么。

回到家里，父亲激动地抱住了母亲，使劲亲了一下，又抱了抱我。这是父亲参加教会，母亲参加广场舞以后，家庭气氛最为和谐的一天了。父亲说自己要受洗了，我感到十分惊讶，没想到父亲这次是来真的，我说：

"您想清楚了吗？受洗可是相当重要和神圣的事情。"

"当然了，我自从进了教会我就决定要受洗的。"

"在美国，受洗是需要得到家人的祝福，如果您需要，我们也可以勉强去一下。您是去哪个教堂？"

"不用你们去，到时候教会的人都去，更何况人家杨牧师也没有邀请你们去。"

"我也就那么一问，跟谁真想去似的。"

母亲说："受洗有什么可看的，明天你还是去陪我买买衣服吧，下个星期我们那边有个聚会。"

我说："你们聚会都是一帮大妈，有什么可捯饬的，我才不去呢。"气氛和谐了三分钟，就又回到了原有僵持中。

这天晚上，我有点思念安东尼和切尔西等人，他们此刻应该还在睡梦中。

第二天一早，父亲挑了一身最贵的衣服，又刮了胡子，出门。他觉得从今天开始，自己便是神的子民了，从此要踏上一条通往智慧的路。正如耶稣基督所言：基督教是通往智慧的唯一途径。按照杨牧师所给的时间地点，父亲准时到达了此酒店。这时，教会的弟兄姊妹都已经在大堂等待着他了，彼得说："杨牧师已经在房间里做准备了，我们上去吧。"彼得便带着大家进入电梯。房间是一间商务套房，房间的桌子上摆好了圣杯、汇源果汁和烙饼，门上挂着"以马内利"。杨牧师已经换上一件白色褂子，浴室的洗澡盆在放水。杨牧师递给父亲一件白色褂子说："去里面把衣服换上吧。"父亲怯怯地说："衣服要全脱掉吗？""剩一条内裤就好。"父亲捧着白褂子，走进了浴室。听到外面的人在窃窃私语。可是当他把耳朵紧贴在浴室门时，又觉得外面相当地安静。他环顾浴室，这确实是一间标准的五星级酒店浴室，他看着浴缸里的水觉得自己有点可笑。他又看了看镜中的自己，愈发想笑，最后没忍住，还是"扑哧"一下笑出了声。他换好衣服后，杨牧师令众人在门口等候，并让父亲穿着衣服将全身浸泡在浴缸里，再站起来。杨牧师递给父亲一块毛巾，擦了擦脸。这一过程中，父亲使劲掐着自己，咬着后槽牙，告诉自己千万不要笑出来。杨牧师捧着《圣经》读了一段经文，做了祷告。接下来，是由父亲做人生中的第一次祷告，父亲在心中想了半天，不知该说什么，只是说了句："我们在天上的父……今天……"于是便卡住了，杨牧师赶紧接着他把该说的话说完，最后又由父亲说："阿门。"

受洗礼经过了半个小时便结束了。当父亲要走的时候，杨牧师对他说：

"老秦，这次洗礼的费用是五千元。"

"怎么这么多钱？"

"一部分是酒店的费用，一部分是准备的材料费，剩下的就是献给神的。"

"我现在没有这么多现金。"

"没关系，你微信或者支付宝转账都可以。"父亲乖乖地将钱交过后，回家的时候脑袋空空的，心也空空的。

再后来，在某一个周日的早晨，杨牧师正在讲经，大门一下子被踹开了，冲进来一帮警察，杨牧师就被带走了，父亲他们这一行人也跟着警察去了派出所，每人录了笔录之后便放他们出去了。原来，这是一个诈骗组织，那个所谓的杨牧师就靠这每个月的募捐款来骗取大家的钱财。据说这些年他诈骗的金额近七十万。而他的那些姐姐姐夫，估计也是他们的同伙。但无论怎样，那杨牧师姐姐做的午餐是真的很美味。

六

公司旁边的那片小广场原本是一帮滑板青年的天地，每个周末还会有滑板表演。他们自己会搬来 U 形台，就像是要杂技一样，在台上蹿来蹿去。有时候也会请来几个 DJ 在户外打碟，音乐谈不上多么悦耳，但听着让人心情愉快。足够达到缓解上班族每星期的压力和疲劳。每次表演都会招惹一帮年轻的小伙子和小姑娘来围观，卖爆米花、冰激凌、棉花糖的小商贩们也愿意与他们一起凑热闹。这个小广场充满了活力。但说到底，这块地方是公共的，不租不卖也不属于任何一个人或者一个组织。也不知道从什么时候开始，在小广场的某个角落里有了三三两两的妇女同志在跳健康操，音乐自然是盖不住那帮滑板青年的。但她们却自得自乐，穿得花花绿绿，步伐一致地守着自己的那块一亩三分地。

那段时间这个小广场很是太平，跳健康操的大妈和滑板青年互不干涉，偶尔见了面他们还知道喊一声："阿姨好。"可后来，随着大妈队伍的逐渐扩大，音乐声也就提高了些许分贝。滑板青年们不乐意了，又把自己的音乐调大。这场"声音战争"持续了一段时间后，附近写字楼的上班族开始投诉了。城管起初是两边说好话，他们不愿意管这些有点素质文化，又都有北京户口的人，更何况这些人都是拉帮结伙的，哪拨都不是吃素的。又过了一段时间，附近的几家写字楼居然联合了起来，说城管不管的话，他们就投诉，还要往市长信箱里面写信。这下城管没了辙，硬着头皮跟他们来硬的。首先是大妈们不干了，说：

"我们在强身健体，怎么就扰民、影响市容了？我看是那帮小混混才影响市容呢。你看看他们，这胳膊腿上还有文身呢。"

"您说得特别对，但咱们作为有素质有文化的长辈，能先做个表率，把音乐声先关小点吗？"

"我们这声音已经非常小了，你让他们关小点。"

"您就别为难我了，我们工作也不容易。"城管一再把自己姿态放低，生怕得罪了那帮正处于更年期的妇女同志们。妇女同志们不愿再与城管多说废话，便转过身去。那领队的妇女叫朱姐，她说："咱们继续，从第二段扭腰挥扇子那儿开始。"妇女同志们迅速排好了队形，举起手中的扇子，扭腰摆臀。城管一看大妈们都如此刚烈，又转向滑板青年。这帮青年对城管视而不见。城管伸手抓住了一个青年的衣角，那青年打了个趔趄，摔倒了，几个青年冲了过来。城管说："真是不小心碰了一下。没事吧小伙子？"城管企图拉他站起来，却被那男孩儿一手甩开了。

"想让我们把音乐声关小了是吧，先让那帮老太太把声调小。"

"你们是年轻人，有文化有素质，咱们就尊老爱幼，让着她们点。她们说了，只要你们把音乐调小，她们就调小。"滑板青年们互相看看说："行。"

其中一位青年走向了音箱，果然配合地将音乐声调小了。城管又走向妇女同志们，说：

"您看，他们都把音乐关小了，咱们是不是也得……"

"我们没觉得他们声小了，我们这边的音乐还被他们盖着呢。"

"你们这也太不讲道理了！"

"你说谁不讲道理啊？你说谁呢！"其余几位又说，"你就是仗着我们人少，欺负我们是吧！"

"人家那边声音都已经小了，已经让了很大一步了。"城管说。

"哪小了？我们怎么没觉着？你就应该赶紧把他们都轰走！"

滑板青年听见了又跑了出来，两边吵成了一锅粥。引来了无数路人围观。这其中也包括我和我的同事。我们就此问题进行了讨论，一致认为是那帮大妈的问题。都这么大岁数了，怎么也不顾及下自己的形象，跟一帮小伙子置什么气呢。同事认为，处在更年期，内分泌紊乱的大妈简直比流氓还可怕。就在这一刻起，大妈们认为，城管之所以为对方说话，就是因为他们人多。所以，为了保住这块地方，她们必须要壮大自己的队伍。她们四处"招兵买马"，动员各自的邻里街坊，打着"跳舞、交友、健身"的旗号，四处张贴小广告。三天里，居然有二十位大妈加入了她们，这其中就有我妈。我妈得知此消息，是从她一个朋友的邻居的姐姐那里听说的。

那天是一个普通的星期三，我与三两同事下班回家。经过那个广场时，发现了广场上突然多出了一群大妈。在这一帮花枝招展的大妈队伍里，我突然发现了一个熟悉的身影，我情不自禁地喊出了声："妈。"同事说："快给我们指指，哪个是阿姨？"我说："没有，看错了。"拉着同事正准备快速闪开时，母亲就冲我挥手，并且呼喊着我名字，生怕别人不知道我是她闺女。回到家时，父亲在看报纸，我说：

"你知不知道我妈干吗去了？"

"说是跳舞去了，打扮得花枝招展的，也不知道给谁看的。"

"她是去跳广场舞了，你怎么不去制止？"

"广场舞？这有什么可制止的。她干的一切事我都不惊讶。"

"你不知道，她们在的那个广场就在我们公司旁边，而且前些日子刚闹完事，一帮大妈抢了人家玩滑板的地方。丢人现眼的。快叫她以后别去了。"

"那你自己跟她说去。"我回到房间，一直等待着母亲。可一看到母亲春风洋溢的，有点于心不忍。

大妈的队伍扩充得如此之神速，是所有人都始料未及的。大妈们的领地再也不是那一亩三分地了。她们逐渐从广场的角落向中央移动。大妈们还建立了一个基金，每人交三百块钱，当作是服装费和用于参加其他活动的经费。这个组织就这么迅速地组建起来了，并且成立得还相当成功。滑板青年的地盘逐渐缩小，但也不敢说什么，大妈队伍里面有几位已经是奶奶辈分的人。滑板青年也就自动把音量调低了。

母亲自从参加了广场舞社团后，把主要的精力都投入于此了，每天盼着晚上这两个小时。这个广场舞社团的活动相当丰富，有时候也会组织去附近的公园，甚至还会跨区进行广场舞交流，分享一下最新的曲目和舞蹈动作。母亲的话题也由我的工作问题和反对父亲参加家庭教会的事上转移到了她们的组织上。

小广场再次掀起风波是这个周末。这个广场在周末只属于滑板青年的事情，彼此都心照不宣。可就在这个周末，西城区的大妈们准备来到此地进行一场广场舞交流活动，带队的人叫汪姐。以朱姐带头的这拨人，早早地就把广场占上了，她们将自己的衣物、道具分散摆放到广场四处，同时还采取人肉占地。朱姐说："咱们再坚持二十分钟，汪姐的人来了，这地儿就是咱们的了。不信撵不走那帮小混混。"就在此刻，滑板青年们带着音响、DJ电子台和U形台来了。一看到大妈们试图霸占广场，直接冲了过去。"这广场周末是我们的！"朱姐说："哪写着是你们的了？"其中一青年说："别管他们，先把U形台搬进去！"朱姐等人见他们往广场中搬设备，立刻上前阻拦。朱姐推了一下那青年，U形台一下就砸到了朱姐的脚。朱姐坐在地上嚷：

"打人了，打人了！他一个小伙子欺负我这老太太！大家快来评评理！"

"你别胡说，要欺负也是你欺负我们！"那小伙子也不示弱。

"大家伙都快瞧瞧，现在的年轻人怎么都这么没有教养！你平时跟你妈就是这么说话的？"

"我怎么跟我妈说话跟你没关系，但我跟大妈就是这么说话的！"这时候，朱姐的老伴和诸位妇女同志的老伴们、母亲和朱姐朋友也都跑了过来，说："你说谁是大妈啊，谁是大妈！"几位妇女推着那小伙子，那小伙子不敢对她们动手，毕竟人家也是自己的女性长辈。她们试图将朱姐扶起，可朱姐不起来，执意要让路人过来围观来评理。还没等滑板青年开口，朱姐的老伴一下子就拽住了那位青年的衣领，拳头已经挥到了一半被母亲拦了下来："咱不跟他们一般见识，有话好好说！"那些滑板青年又揪住朱姐老伴的衣角。彼此都没有做松手的打算。朱姐见着真要打起来了，发出了一种极端刺耳的尖叫声。不知是谁的老伴突然冒出来，端了一脚青年的肚子，这一脚算是给这次的群架来了个开场。两边的人都不示弱，老头儿和青年们使用的招数是王八拳，妇女们则用指甲作为武器，见缝插针，从无数只胳膊里辨认好哪只是敌方的之后，便是拧一把或是抠一下。这当然也有抠错或是拧错的时候，往往这时，不知是哪个老头儿就会喊："别掐我啊！看准点！"围观的群众越来越多，很多人见此情景激动地掏出手机，拍照录视频。又撕扯了一段时间，不知是谁的老伴突然晕了过去。众人这才住了手，一位妇女同志喊着："老王！老王！救命啊，快叫救护车！"那位妇女同志乱了阵脚，坐在地上，抓着一位青年的裤子喊救命。这位青年凌乱着头发，喘着粗气，还是把救护车叫来了。很快，救护车呼啸而来，滑板青年又与妇女们将老王抬上了救护车。众人皆已筋疲力尽，朱姐缓缓地站起来，掸了掸屁股上的土对那青年说："算你还有点良心。"大家不欢而散。西城区的汪姐等人，在一旁观赏完毕，说了句："够热闹的！"便悄悄地离去了。

这件事在网上火速传开，当然也传到了我的公司里，也传到父亲和冬婷的耳朵里。甚至，切尔西等人也知道了。视频中的画面，将她们每个人都来了一个特写。网友们基本分成三派，一派是向着滑板青年说话，一派是向着大妈们，而另一派则是双方都不向着，说这是社会问题，又对这个问题展开了很多莫名的阐释。母亲再也不张罗着去那个广场了，那最初交给朱姐的三百块钱也不了了之，无人再问起。那片广场恢复到了最初的状态，安静、空旷。

父亲和母亲都对彼此所遭遇到事情，闭口不提，像是达成了默契。父亲最近爱上了书法，母亲又对弹钢琴颇感兴趣。

七

这个晚上，我接到了克里斯多的语音视频，可画面上不止出现她一个人，还出现了一位金发碧眼的男人，两人咧着大嘴，把脸紧贴在一起，极为肉麻。克里斯多与她男友本是摆好了造型，无比激动的准备与我视频。

"亲爱的，有没有想我？"克里斯多说。

"当然了，想你以及你们所有人。"

"那你看见我怎么一点也不激动？"

"激动，当然激动了，但是做人得沉稳不是？"

"看来回国以后进步挺快的啊，都学会假装沉稳了。说说，你还学会什么了？"

"你先告诉我，你旁边的这位是谁啊？"

"忘了给你介绍了，他是我男朋友，未来的老公。"

我表示了下恭喜后，便没有再多问什么。这位金发男子便从屏幕里消失。克里斯多一向如此，交往过的所有男友都是他未来的老公。突然间，面对她我不知道该说什么。我们彼此望着对方几秒后，都觉得有点尴尬。克里斯多又问："你最近好吗？"这句话特别让我想哭，觉得委屈。

"挺好的。"

"那我们什么时候能看到秦导拍的第一部片子？"

"感觉你这句话像是在骂人，我现在有点不太想当什么导演了。"

克里斯多很诧异。

"哟，这才回去多长时间，怎么改主意了？"

"你不也一样嘛，最后还是找了个金头发的人。"

"这个不一样，他挺聪明的。后来我发现，也不是所有金头发的人都是傻子弱智。"

"你这是王八看绿豆，还对着眼呢。"

"安东尼怎么样了？"我问。

"还是老样子，除了他上课时间，都跟我们一起厮混。看来 MBA 也没有那么难读。"

视频里传出了一串英文，意思是家里貌似来客人了。克里斯多匆匆与我告别后，屏幕就黑了。映出了我的一脸倦怠。他们的生活依然继续着，并没有因为我的离去而改变什么。恋爱、结婚、聚会、读书、喝酒。他们过着还是我所熟悉以及我再也回不去的生活。面对当初的选择，我只能继续前行。

数年之后，再翻看那次告别聚会的录像时，我已经搞不清楚他们是真的为我感到要离开这荒芜之地而感到高兴，还是为我即将陷入一个不能自拔的泥潭而幸灾乐祸。但我至今仍然相信是第一种。

热　雪

甫跃辉 [1]

　　我看见我站在一座教堂里。教堂不大，方圆不过十多平方米。抬头望去，约莫有三层楼那么高。屋顶冷硬地收束，呈倒扣的漏斗状，一块块长条形彩绘玻璃镶嵌在灰色的石墙间。慢慢地，显出朦胧的光亮。他知道，夜在退却，黎明在到来。慢慢地，教堂四壁透进更多的光。浮荡着，沉淀着，可以感觉得到，其间蕴藏着巨大的神秘的力量。一场沉默的风暴。他站在风暴的中心。更多的光。更多的寂静。更多的力量。他不由自主地举起两手，做出一个笨拙的类似祈祷的动作。

　　光在周身流转。冷的、热的、快的、慢的、轻的、重的……他真切地感知到自己的存在。光越来越多，漫溢开来，盛大起来。空气变得胀鼓鼓的，是一只被风鼓满了就要飞起来的空袋子——丝绸做的，明晃晃的外表，内里柔软而燥热。

　　呼呼的风声。

　　风来自何处呢？教堂是封闭的。不可能有风。

　　这时候他才发现，教堂是没有门的。教堂的四壁，也是灰色的厚厚的石

---

① **甫跃辉**　1984 年生，云南人，居上海。复旦大学首届文学写作专业研究生。江苏作协合同制作家。云南保山学院等老家院校客座教授。小说见《人民文学》《收获》《十月》等刊。出版长篇小说《刻舟记》，小说集《少年游》《动物园》《鱼王》《散佚的族谱》《每一间房舍都是一座烛台》《安娜的火车》等。2017 年 4 月起，在《文汇报》笔会副刊开设专栏"云边路"。即将出版短篇小说集《这大地熄灭了》。

墙——目光触到，即可感知它们的厚重。石墙中间，照样嵌牢了一块块长条形的彩绘玻璃，红色绿色蓝色紫色黄色闪闪烁烁，并不能看清具体是什么图案。

风声越来越大了。耳朵都被塞满了。

那被风鼓满的，不是空袋子，正是他自己。

他的身体涨开来了，热，轻，庞大，一寸一寸皮肤都贴合了教堂的内壁。石墙坚硬厚实，彩绘玻璃脆弱冰凉。他眼看要撑碎玻璃了，但石墙紧紧束缚住他。

把一只眼睛贴在屋顶玻璃上，把另一只眼睛也贴在屋顶玻璃上。玻璃的色彩染上了瞳孔。望出去，世界却只是黑白两色的。

外面的世界下雪了。

雪很大，他贴在厚重石墙后面的耳朵都听得到，扑簌簌扑簌簌的声音铺天盖地。满世界的雪啊。外面是一片萧瑟的荒原，荒原外是小树林。荒原一片白，小树林还露着一些黑的枝丫……什么都不想，也不说。只想着雪。不，连雪都没想。他只是作为教堂的样子，承受着雪和雪的声音。他的身体还在胀开，更热，更轻，却没法再庞大一些。内里有力量在翻涌，迟早要撑破这教堂吧？但教堂太坚固了。

时间一眨眼一眨眼地挪移。

他渴望看到从树林里走出一个人了，走到荒原里去。

——她最好穿一件红上衣，那样在雪地里才鲜亮。她最好不发一声，踽踽独行。她最好走得歪歪斜斜的。她最好朝他这边看一眼。她最好看他一眼就掉开头什么都没发现。她最好一直走下去。她最好走到教堂边。她最好拐过教堂朝远处走去。她最好回头看一眼。她最好歪歪斜斜又步履坚定。她最好背影别被风雪掩住。她最好留不下一个足迹。她最好出现又消失。她最好从未出现……他快承受不住了，他这站在教堂里的样子。

真是热啊。热不是要榨干身体，相反，热是要把身体变大，变轻，变得无所畏惧放荡不羁，变得撞破这教堂的牢笼，飞升啊飞升。他想象着飞升的自由，越发感到周身被热撑掇得生疼。身体真是个累赘。为什么要有身体？作为物质的身体，只会沉溺于物质，从而将精神囚禁于物质的牢笼。摆脱身体，精神才能得到大自由……可教堂实在太坚固了。

渐渐感觉到，热把身体里的物质蒸腾了，只剩下薄薄一层皮，异常柔软，异常敏感。灼热的皮肤贴在粗糙的石壁上冰凉的玻璃上，粗糙愈发粗糙，冰凉愈发冰凉。他是喜悦呢，还是哀伤呢。他想说句什么话，找不到词，只是哈哈地冒出一阵子热气。嘴巴贴着的也是一块玻璃。玻璃被灼热了。眼睛眨一眨，也冒出一阵子热气。贴眼睛的玻璃被灼热了。

玻璃外有液体在流动。是融化的雪。

他望见满世界的雪渐渐融化了。满世界的雪汩汩地在流动。

身上连皮肤都被热蒸腾了。他只剩下一团气，气若游丝，丝丝入扣，钻进教堂的每一个缝隙，整座教堂要飞起来了。忽然——

咻——

狂风卷起。他的身体疾速坍缩，收束为一粒微末的灰尘。

一同被卷起的，还有教堂、荒原、树林、大雪……他倏地抽回手，惊叫一声，浑身汗湿，睁开眼睛，头顶晃着耀眼的日光灯。女友站在他身边，惊得微微张开了嘴。

"我只是碰了你的手心一下……"

"没事儿，我刚做了个梦。梦见我在俄罗斯，一座教堂，我在教堂里，越变越大。后来，似乎有个人走过来了，结果是你……"他努力回想着刚才的梦（是梦吗？）。

女友摸一摸他的额头。

"烧得这么厉害！"

"医生来过几次了，打了退烧针，敷了冰袋，没用。"

"我再问问看。"

几分钟后，女友进来了，诡秘地朝他笑笑。

"医生说，把这个塞——"女友斟酌着该用什么词，"塞肛门里，烧就能退下来了。"

"好吧……管用吗？"

"试试嘛……"

"那你给我吧。"

他接过那一小截不知是什么东西的东西，看了看，抖抖索索地褪下一半裤子，扭着屁股，往肛门里塞。他倒不觉得尴尬，只是觉得滑稽。然而，时间一分一秒过去，并没什么用。温度计仍然显示在40度以上。倒是新换了两个冰袋有些用。

"我再睡会儿吧。"他说。

闭上眼，试图回到那片荒原。

踢踏踢踏。护士走过走廊。白色悠长的走廊。喀喀喀。隔壁床的病人在咳嗽。再细细地听，嚁嚁嚁的秋虫的声音。不，这是夏天，哪儿来的秋虫呢？只是一瞬间的思绪。踢踏踢踏。又是谁走过走廊。白色的悠长的走廊。他闭着眼，盲目地随着。

他是随着一个黑暗的影子。

眼前有光，圆圆的一点，缓缓大了，淡了，黑影被照得透亮。他用手挡了一下，再放下手，黑影不见了。白亮的光浩浩荡荡，荒原就在眼前。

莫名地要去地上找足迹。哪儿有足迹呢。四处可见干枯的草茎，有黄的，黑的，积了一溜溜雪，抖抖着，发出铁丝般的声音，僵冷的空气便也有了一丝儿活气。

抬眼四望，哪里有什么教堂。小树林倒是在，一棵一棵看得分明，斜斜立着，枝干丫斜扭着，一副呼喊的姿势。他想要回应，嗓子却被什么堵住了。只能埋头走，走向那片小树林。他想要听到脚底嘎吱嘎吱的声音。什么都听不见。他想要听到呼哧呼哧的喘息。什么都听不见。他想要听到跺脚声拍手声。什么都听不见。他只能埋头走，走向那片小树林。但不管他怎么走，小树林似乎永远到不了。

如果教堂还在那儿就好了。

走着走着，倒热起来了。

满坡的雪蒸腾出热气。有一小片油一样晃动的热气悬浮在眼前不远处。那里面，隐约可见遥远的城市、小镇、山村，人来人往。转瞬之间，又消弭无痕。不知不觉，白雪全融为水了，不，更准确地说是烟。热的烟，稠白的，缭绕着，通往无尽之路……他朝前走着。不知道为什么朝前走着。

教堂在那儿就好了。

小树林，小树林。为什么是小树林。

鸟扑棱棱飞起。

说不清有多少只鸟。乌黑的翅膀，乌黑的眼睛，乌黑的爪子。他惊得打了个趔趄，似乎要同他们一起飞走。

哦，乌鸦——

浑身虚汗，他惊醒过来。

"你醒了啊？"女友的睡意蒙眬的声音把他唤回人间。

"怎么了？"他想要稍稍坐起。

"隔壁有哭声……"

他坐了起来。虚弱，却也轻松。是哭声，就在隔壁。男的女的哭声。想必是有谁死了。这是他进医院来第三次听到了。看了一下手表，凌晨3点半。上两次听到哭声，似乎也是这时候。那些急于解脱的灵魂都不怕走夜路吗？

"烧好像退了。"他摸了摸额头，额头湿漉漉冷冰冰。

"你不知道，退烧有多么舒服！就如同大热天里喝了一大杯冰啤酒。就算是为了这享受，也值得发高烧。"他又摸了摸额头，试着说句俏皮点儿的话。

"快睡吧，别明晚再发烧。"趴在他旁边的女友咕哝。

彻底退烧，是五六天后。可惜在接下来的五六个夜里，他再没梦到（是梦到吗？）那片荒原，也没能再把自己塞进一座教堂。在终于查清楚具体是什么肺炎后，医生对症下药，他痊愈了。他收拾好几本没看完的书，回家了。

走出医院大门，走在上海闹热的大街上，虚弱还是虚弱，却能明白，那些说笑的人，那些坐在落地窗后的人，那些走在阳光里的人、走在阴影里的人，还有那些看不见的待在屋子里的人，他们是怎么活着的。当他病着，他是没法想象活着可以是这样的。

"活着，原来是这样的。"他小声说。

高考结束后那个暑假，表哥对少年说，要带他到怒江边去泡温泉。老早就知道怒江边有那么一处温泉，却一直没去过。事实上，怒江边任何地方他都没去过。在隔着怒江几重高山的浴缸样的盆地里，他足足生活了十八年。他没站上过任何一重高山的山顶。

在怒江边的烟草站，表哥和他一起看电视，一起打牌，一起到菜地去，一起杀鸡。是一只略显瘦弱的公鸡。表哥让他抓住公鸡的两条腿。

"不要怕，抓牢了。"

他抓牢了，手上黏糊糊的，是鸡腿上残留着的鸡屎。

鸡还是挣脱了，两条腿乱蹬。

"快抓住，快抓住！"

慌忙中，他再次去捞公鸡的两条腿。

公鸡的脖子给割开了老大的口子，倒立着控干了血，然后被塞进一只黑橡胶桶里。表哥打来热水，朝公鸡兜头浇下。一股潮湿浓厚的生鸡肉味儿。忽地，公鸡立起来，蹦出橡胶桶，朝院子里奔去。他俩愣了一下，一起扑出去。在一棵鸡冠花下，他们总算按住了公鸡。

公鸡的头被剁掉时，两条腿都绷直了。

吃完午饭，鸡骨头堆满桌子，表哥又看起了电视。他实在没能忍住。

"我们还去吗？"

"去哪儿？……哦哦，去啊，还早呢。"

他到院子外站了一会儿，四围都是高山，望不了多远。

出发时，已经是下午了。

红色摩托车快速闪过一棵棵壮实高大的羊草果树，惊起一只只黑不溜秋的乌鸦。拐弯，下坡，上坡，拐弯，渐渐听到轰隆轰隆的声响。是怒江的声音。又走了好一阵，不上坡了，尽是拐弯下坡。羊草果树早已不见踪影，开垦出来的山地上，尽是昂着头的向日葵，未开垦的山坡上，遍布一丛丛灰绿色的灌木。紧靠路边的也是灌木，绿得要嫩一些。细看了，细细的枝丫上密密麻麻钉满了椭圆的小果子。原来是橄榄。大概还不成熟，都还新绿着。

"回来时摘一些。"表哥的声音被山风吹得毛糙糙的。

少年一路上不怎么说话，都是表哥在说。

"你瞧那儿，就那塌了一块儿的地方，就几个月前，翻下去过一辆越野车。车上坐的是隔壁县的教育局长，还有几个老师。一翻下去，都没人吭一声。弄了大半天才把车子搞上来，车子自然是报废了，里面的人嘛，嘿嘿……"

摩托突突着朝下冲，每一次拐弯，他都觉着，摩托就要冲到坡下了。他不敢看，也不敢闭眼。他跨坐在表哥身后，两手反朝后抓住货架，手心完全汗湿了。

"你瞧，温泉就要到了。想起来，才是几天前的事儿，两姐弟也是来泡温泉，弟弟骑摩托带着姐姐，都要到了，姐姐想跳下车，大概裙子夹进后轮了，也不知道怎么着一下子，弟弟就把摩托冲进山坳里头了……"

表哥把摩托停在温泉入口处的细叶榕下，折回头去，朝山坳里看了看。

"你过来瞧，那是不是血。"

少年不想过去的，犹豫了一下，还是过去了。

橄榄树边松软的红土上，黑黑一摊潮湿的痕迹，不知道是不是血。

"一定是的，温泉边太潮湿了，血还没干呢。"表哥咂摸着。

少年眼前浮现出少女随着摩托车翻下山坳的模样。红色的裙裾翻成一朵巨大的花，脸扭转过来，苍白苍白。她一句话都没来得及说……少年浑身抖了抖。

温泉由好几个用石头墙围着的池子组成，厚重的石头墙上部呈灰色，靠近水面处则闪着黑黝黝的潮润光泽。石缝间青苔蔓生，蕨类横行。

水从山脚流出，淌进第一个池子，再淌进第二个池子、第三个池子……最后流到山涧里——他探头去望，山涧黑乎乎的，看不清底细。表哥依次在一个个池子边蹲下，探一探水面。水面澄碧，热气袅袅。直到第三个池子，表哥才停下脚步。

表哥脱光衣服，纵身扎进池子中，溅起肥大的水花。他慢慢脱了衣服，脱剩下一条内裤时，不再脱了。慢慢探进池中，真够热的。花了十来分钟，才把整个身子没进水里。表哥游过来又游过去，澄碧的水上不时浮现一大片白腻的壮硕的肉。他不会游泳，就待在一个角落朝身上撩水。眼前仍然是那翻飞的裙裾和苍白的脸。他屏住气，把整个身子连同脑袋没入水中。屏住，再屏住，他听到心跳，心跳着要冲出去。吐出一小口气，再吐出一小口气，呼地站了起来，水从额前的头发啪啪滴下。如此接连几次，他才让自己平静下来。

表哥还在游，呼吸粗重。

夕阳把山影投在水面，水面晃动，山影恍惚。

少年凝视着山顶，那儿光秃秃的，没有树，只有石头和草坡。

"那就是高黎贡山？"

"应该……是吧……"表哥又游远了。

"冬天的时候，山顶会积雪吧？"

"应该……会吧……"表哥又游回来了。

"山顶那些石头是坟吗？"

表哥游过来，又游远去，水声哗啦哗啦。

"谁的坟会在那么高的地方呢？"少年自言自语。

少年怔怔地望着山顶，山顶有一圈夕阳的光晕，草坡和石头，静悄悄的。雪积满山顶是什么样子？他闭上眼又睁开眼。白皑皑的山顶，闪耀光亮。

温泉泡久了，浑身潮热，露在水外的身体浮了细细一层汗珠子，头发湿答答地黏在额头，滴答滴答滴水。水汽袅袅，连空气也是潮热的。热，是一个严丝合缝的罩子，把少年圈牢了。他想要跳出这罩子，却又固执地待着不动。

闭上眼睛，只听见心跳。突突的心跳撞击他的耳鼓。少年张开两只手，平放在水面。不去想温热池水，不去想氤氲水汽，也不去想心跳。竭力让自己平静下来。他听到表哥吭哧吭哧的喘气声，水面被划开的声音，水花扑落水面的声音；迟了一会儿，他听到乌鸦的叫声，远处怒江轰隆的水声；又迟了一会儿，他听到风刮过对面山顶的声音。他想，那是他确实听到的，不是他臆想出来的。他让自己沉进那声音里，凉爽、柔和、明亮。有说不清的事物在声音里消逝，有说不清的事物在声音里生长。

睁开眼睛，眼里潮乎乎的。

少年猛然将脑袋扎进水里，许久，恍若一条赤裸的大鱼蹿出水面。

回程轻松多了，大概是上坡的缘故，并不觉得太危险，表哥也不再讲死人的事儿，少年的心松弛下来。在一个拐弯处，表哥停下摩托。少年爬上坡地，扭下脸盆大小的一朵向日葵。又在坡脚折了两枝橄榄，蓬蓬地抱在胸前，挡住了自己的脸。橄榄还嫩着，揪一个塞进嘴里，涩味很重，许久才有些回甜。他坐在车后座，一手朝后抓住货架，一手挽住肩上的向日葵和橄榄枝。摩托拐过一个弯，又爬上一片坡。回头望去，怒江蜿蜒，山影重重，白云悠悠，残阳如血。少年毫无预兆地呼啸了一声，山鸣谷应。

少年差点儿落下泪来。

第一次到北京如此偏远的郊区。过了飞机场，又走了很远。出租车师傅是北京本地人，竟也得听着导航往前开，一路开一路嚷，我×！我×！这都啥地儿啊！他闭了眼，好一阵子睁开，还是路还是楼，就又闭了眼，再睁开时，楼没了，但见一条路在白杨树林间延伸，隐约露出一座教堂顶上的十字架。

师傅说，前面就是潮白河了。他依稀听过这名字。过了潮白河，又走了约莫半小时，总算见着一个小区，进了大门，放眼开阔，白杨树一排排，草坪一片片。拐了几个弯，又过一道门禁，方见两侧高矮齐整的别墅。他答应多给师傅钱，让师傅在门口等着。

是师母开的门。

"师母，你瘦了好多啊。"他脱口而出，似乎为了掩饰尴尬，他接连问："要换鞋吗？老师方便见客吗？我来不会打扰到你们吧？"

他穿了鞋套进客厅坐下。老师从内厅出来时，他站起来伸出手。老师握住他的手。老师的手绵软、白皙、温暖，只是力道小了。

"老师怎么把头发剪短了？都快认不出来了。"

老师虚虚地笑着，脸色透着红润。

寒暄过后，老师和师母在对面沙发上坐下。阿姨端来水果，师母忙让他吃。他一面抹着额头的汗，一面用牙签扎着切成小丁的西瓜吃。

"老早就听说老师病了，一直想来看看，今天到北京开会，就过来了……"

"路太远了，你晚上还要赶飞机。"

"没事儿嘛，我和司机约好了，这儿离机场不算远。"

没来由的沉默。

他低头扎西瓜吃。也许他们就要说起他的前女友了。那是好几年前了，他们刚在一起，老师和师母请他们吃饭。席间很多话他还记得，比如什么难得的因缘之类，以及一些提早祝福的话。他那时候也很当真的。谁想得到后来会发生那样的事呢？

"老师的病好多了吧？气色看上去不错。"

老师和师母一下子反应过来了似的，你一句我一句地说起病，怎么发现的生病，医生如何搞不清是什么病，后来辗转了多少地方，总算是查清了，以及住院的过程……他不时插句话，老师和师母便继续说下去。他们谈兴很浓。他多少放下了心。

"我去年也生过一次病，肺炎，和老师的病比起来，当然只是小病。但对我来说，也够厉害的，住院十多天，出院后一个多月才恢复过来。"

"现在没事了吧？"师母微微朝他俯过身，"怪不得呢，我还和你老师说，小顾行程这么匆忙，怎么会想着要来看我们呢。原来你也刚生过病啊，同病相怜嘛。"

"算是吧。我长这么大，除开两三岁时得过脑炎——那几乎完全不记得了，就数这次的病最重了。连续多少天，医生想了多少办法，都没把我的高烧退下去。要不是自己亲身经历，真没法想象高烧那么叫人难受……"

他很自然地讲起了教堂的故事。

"大概因为到过俄罗斯一趟吧，我竟然产生了那样的幻觉……"

"这简直是小说！"老师说。

"太神奇了！"师母附和。

"生病时候，我也有过类似的迷梦般的经历。我是忽然跌倒的，那时候，没什么别的感觉，只知道膝盖疼。我就闪过个念头，应该是摔倒了。然后就什么都看不见了也听不见了。不知道过了多久才醒来。先是看到脸，一张张晃动在眼前的脸，白白的，如同贴了面膜，不，是戴了面具。没有一张面具是我熟悉的。接着才慢慢听到声音，声音从很远的地方传过来。每一个声音到达，都像是有冰湖坼裂做呼应。那种感觉——现在说起来平淡，那时可够强烈的。我也不知道自己在什么地方，不疼，也不害怕，忽而想让所有人闭嘴，忽而觉得他们和我无关，我恍惚在一个水做成的世界上飘荡，有个什么人和我慢悠悠地说话，每一句话都熨帖，都舒服。很快，却又吵闹起来了……"

"这种时候，大概……"

"离死不远了！"老师笑出了声。

"我也觉得，我在教堂那会儿，要是挣脱了，大概就没了。"

"那还真说不定。"

"死有时候太容易了。我才住院十多天，就见证了好几次，但有时候吧，生命也没那么脆弱——和我同一病房，有个很儒雅的老先生，九十八岁了。那天早上原本要出院的。他儿女正给他办出院手续，他忽然大口呕血，痰盂都接满了。刚巧他又要大便，自己从床上下来就歪歪倒倒进了卫生间。男男女女的医生们赶过来时，他正一边坐在马桶上大便一边呕血呢。医生们也不客气，闯进卫生间里把他拉出来。他不出来。有个女医生就喊，你是要大便还是要命。终究给拉出来了，摁到床上，许许多多仪器和人一起涌上去。我在旁边看着，心想这老先生怕是要完蛋了。折腾了半个多小时，血竟然止住了，老先生活过来了。他再看身上的病号服，好多处糊了黄黄的大便，气得一个劲儿嚷嚷，丢人，太丢人！"

"这老先生可够厉害的！奇人啊。"

"我们在医院几个月，见的生死也够多的。记得第一次见到人过世，那人的家属请了和尚来，就在医院院子里念经超度。我们家阿姨去打水，见了，回来和我说，浑身都是抖着的。我过去看，发现阿姨连水龙头都忘记关了。后来见的多了，她才坦然了，会和我说，某某床昨天晚上又空出来了……"

又一次沉默。

他低头扎西瓜吃。红红的西瓜被牙签逮住了，红红的汁液流出来。他们马上就要说到她了吧？他该怎么接呢？谁会想得到，她会以那样酷烈的方式了结自己呢？他忽地想起十多年前，在温泉边看到的那一摊血似的东西。

"这两天，北京可够厉害的……"他抬头看窗外。

老师和师母一起回头看了看。

"谁说不是呢？那么多白杨花絮。出门都得戴口罩。"

"就像下了一场大雪。"他做了个近乎无聊的常见比喻。

"哎，小顾，你们老家会下雪吗？"师母眼睛里闪过一丝好奇的光亮。

"会啊，山顶上会下。还会积雪呢。当然我只是远远地看过，没到山上去。"他顿了顿，还是没能忍住，和他们讲起了那次去洗温泉的事儿。

"高黎贡山顶上的积雪大概是最久的吧。不过，有温泉啊，也说不定……"

他想象了一下，雪被温泉迅速融化的样子。最早融化的，是雪的芯子吧？慢慢地，剩下一个空洞，剩下一个硬硬的壳儿。

"所以，你看这满北京的飘着白杨花絮，还挺新鲜的吧。"老师温暾地笑了。

"温泉那儿，死人挺多的。"他很突兀地打乱了话题安全的走向，"去泡温泉的路上，我表哥一路说一路指点，好多车祸，好多条人命。"

就要说起她了吧？他想着，低下头扎西瓜。红红的红红的西瓜。

"那时候一想到死，就害怕。说害怕也不准确，是虚空。心里虚空得要命。可我表哥吧，越是危险，他越是要说。人啊，真够奇怪的。"

半晌无语，他望着窗外纷飞的白杨花絮。

"死这种事，怎么说呢？"老师慨叹。

"小顾，你结婚了吗？"师母的问话也很突兀。

他抬起头来，愣了一下，把一块西瓜塞进嘴里，嚼了两嚼。

"没结呢。"他囫囵地把没嚼好的西瓜咽了下去。

"有女朋友了吧？打算什么时候结呢？"

"有了啊，后天结。"

"啊，后天？"

"是啊，后天回老家办。"

"你看，要不是我们问起，你都没打算告诉我们！"

"恭喜啊小顾，结了就好。新娘子一定很漂亮吧？"

气氛活络许多。老师和师母很详细地询问新娘的职业、家庭，以及他们什么时候怎么认识的。他一一作答。那个阴影谈笑间淡了。

临走，师母硬要塞给他个红包。

"哪有这样的事，说是我来看你们，结果又吃又拿的！"

"小顾，你一定要收下，钱不多，是我们的一份心意。"师母把红包摁在他手里。

接了红包，攥了攥，又攥了攥，这才揣进兜里。

这时候，司机打来电话，说是家里有急事，得赶紧回去一趟，不能等他了。他抱怨了一句，说我就要走了啊。终归没用。

"他哪里是回家，肯定是接到什么大的活儿了。"师母笑笑。

老师自告奋勇要开车送他。

"这怎么行？您的病还没痊愈！"

"怎么不行？出院后，我更远的地方都开车去过了。"

老师开车，师母坐副驾驶座，他在后座当中坐了。车子稳稳地开出去，惊飞了路上觅食的三四只乌鸦。师母向他介绍小区，又向他介绍小区外的村子，还有那条河，潮白河。

"我们家那儿，实际上是河堤……"

他靠坐着，朝河堤望去。看不出河堤的样子，只见一排排柳树又一排排杨树。柳絮已经没了。落日映照下，漫天的白杨花絮兀自飞旋着。忽忽悠悠，久久不落。

"树林里那些小土堆是什么？"他忽地坐直了。

小土堆们，静悄悄的，安伏在杨树柳树间。

一堆两堆，三堆四堆，五堆六堆七堆……还有更多。和杨树一样多，和柳树一样多。不细看，真看不到它们。可只要看到了它们，便再也看不见杨树柳树了。

老师和师母似乎没听到他的话。他们还在讲村子拆迁的事儿。

车子拐过一个弯儿，上了另一条大路。大路边的树林里仍然有！

八堆九堆，十堆十一堆十二堆……还有更多更多更多！

"怎么北京郊区会有这么多……"

——他知道，老师和师母不会和他说起那件事了。他们一定觉得，那是不礼貌的。他知道，今后他也不会再去想那件事了。老师说的是，死这种事，怎么说呢？可他不知道怎么回事儿，这些没名没姓的北京郊区的小土堆，竟然又让他如此激动。他没法不激动。他恨不得让车停下来，冲上去看个究竟。可看什么呢？

"是……是坟头！"

老师的话，他差点儿没听见。

缓　　刑

弋　舟[1]

　　漂亮的小女孩按下了遥控器的发射键。机械战警举起右臂发射，超能激光炮的弹头击中了她爸爸的小腿。她爸爸压根没注意到这次袭击。超能激光炮的弹头不过是软塑材质做成的，打在人身上的确不会造成任何痛感，可能连隔靴搔痒都算不上。倒是弹头前端的吸盘如果击中玻璃或者瓷砖，便可以吸附在上面，给人带来命中了靶心的快感。

　　射击后的机械战警扬扬得意地嚷嚷着：

　　"我的超能激光炮，可以轻易地摧毁敌人！"

　　然而"敌人"却没有被轻易摧毁，照样忙着自己的事儿——她的爸爸妈妈正在心无旁骛地吵架。

　　也许就在一分钟前，他们的意见还是一致的，在共同抱怨着航空公司。

　　"真是过分，已经延误四个多小时了，"她爸爸对她妈妈说，"前序航班还没起飞！要么干脆通知取消算了，这样半个小时通知一次，半个小时通知

---

① **弋　舟**　小说家。曾获郁达夫小说奖（第三、第四届），中华文学基金会茅盾文学新人奖，鲁彦周文学奖，敦煌文艺奖（第七、第八届），黄河文学奖（第二、第三、第四、第五届），《小说选刊》年度大奖，《小说月报》百花奖（第十六、第十七届），《作家》金短篇小说奖，《青年文学》《十月》《当代》《西部》《飞天》等刊物奖及华语文学传媒盛典年度小说家提名。著有长篇小说《我们的踟蹰》等五部，小说集《刘晓东》《丙申故事集》等多部，随笔集《犹在缸中》等两部，长篇非虚构作品《我在这世上太孤独》。

一次，没完没了地推迟，完全是给人判了遥遥无期的缓刑，还不如来个痛快的！"

"没错，长痛不如短痛，这也太磨人了。"她妈妈对她爸爸说，"——就像我们的婚姻一样！"老天有眼，也许这时她妈妈并没有挑衅的意思，只是想更加充分地附和她爸爸，不过是随口举了个硬邦邦的例子而已。

于是，跟往常一样，说吵就吵了起来。

"我没想磨你，从来没有。"她爸爸不满地说，"是你提出来的，全家最后旅行一次，然后各奔东西。这是你的意思，没错吧？你不觉得我这是在迁就你的想法吗？海南岛？8月份！只有疯子才会挑这样的时候往一口沸水锅里跳。"

"沸水锅？只有疯子才会这样污蔑海南岛！"她妈妈轻蔑地说，但气愤得都有些结巴了，"只有一个疯子才会把这个季节去海南度假的人看作疯子，而你就是这样一个疯子。你有点儿常识好不好，现在的海南岛可是旅游的旺季。你总是这样，总这么自以为是，认为全世界的人都是傻瓜，只有你把一切都看明白了。"

"好吧，"她爸爸控制了一下情绪，报以同样冷淡而轻蔑的语调，"我是自以为是，不像你，天生就是一个盲从的女人，全世界的人都涌向一个破岛，于是你也得冲上去。这就是你的白痴逻辑，要活得跟别人一样，要向所有人看齐，哪怕去跟着别人吃屎。"

"我这辈子最大的盲从就是盲从了你！"她妈妈叫道，"别说什么缓刑了，嫁给你的第一天我就被判了缓刑！这是我一生最后悔的事！"

候机楼里应该是凉爽的，但外面盛夏的重力似乎能够挤压进来，空气中的凉爽都显得沉甸甸的。所以她妈妈给自己披上了一条披肩。

漂亮的小女孩走到她爸爸身边，弯腰捡起跌落在地上的超能激光弹头。她爸爸穿着短裤，裸露的小腿上密布着黑黢黢的腿毛，难怪弹头不能吸在上面。这台机械战警是刚进候机楼时买的。三个小时前，漂亮的小女孩没有选择她妈妈推荐的芭比娃娃，她爸爸还试图说服她，那时候，他们的立场还是一致的，认为既然所有的小女孩都应该选择一个芭比娃娃，那么，他们的女儿也应该"盲从"着来一个。

"这个我们倒是没有分歧了，"她爸爸说，"最后悔的事，嗯，我也认为我们倒是在这件事上成功地合作了一回——'一生最后悔的事'！你瞧，这件事让我们共同给办成了！"他发现了蹲在自己腿边的女儿，烦躁地揉了揉小女孩的头顶，继续说：

"有时候我都后悔干吗生出小囡，真是造孽！"

"造孽？"她妈妈气得发抖了，从座椅上站起来大声质问，"是你造孽还是我造孽？这种事情，不是你们男人在'造'吗？"

"这家伙可真威风啊，"她爸爸低头看看那台穿着白色铠甲的机械战警，对小女孩说，"让它去摸摸情况，看看我们的飞机几点钟起飞。"

"好，我想它一定可以完成任务。"漂亮的小女孩蹲着，温柔地说。

"当然，没问题，据说它还可以跟人对话，你试试吧。"她爸爸笑着说，并且再一次揉了揉她的脑袋。

"好的爸爸，放心吧。"漂亮的小女孩站起来躲闪着，她怕被搞乱了头发。出门前她妈妈特意为她卷了刘海儿，并且给她系了根粉色的发带。

"他没什么不放心的，"她妈妈突然插话道，"他当你是个孽种，他后悔造出了你。"

她爸爸站起来，一把揪在她妈妈的肩膀上，使劲扳动着，好像让她妈妈换一个方向，就能扭转了自己此刻的怒火。

她妈妈背转过去，但小女孩能猜出她妈妈哭了。

"去吧，"她爸爸做着鼓励的手势，"别走远，机械战警完成了任务就立刻带它回来。"

也许，回来的时候他们就和好了吧？漂亮的小女孩一边遥控着机械战警转向，一边想，没准，他们又会共同商议着再买一个礼物给她。他们总是这样，每次争吵之后，都会变着法儿地想要讨她的欢心，踊跃地比赛着谁更能打动女儿。对此，漂亮的小女孩早已经习惯了。

"和你结婚是我一生最后悔的事！"她听到她妈妈在身后呜咽着喊。她想自己还是走远一点吧。

机械战警滑行着前进。它大约有三十厘米高，个头差不多超过了小女孩的屁股。它跑得太快了，干劲儿十足的架势。漂亮的小女孩还没学会熟练地控制它，被它的速度带动，跟随的脚步不免显得有些狼狈。不知道按下了遥控器上的哪个键，它开始一边跑一边跳起舞来，并且发出动感十足的音乐。漂亮的小女孩想要阻止它不体面的行为。候机厅里人来人往，这让漂亮的小女孩觉得有些难堪。但是它我行我素地嘚瑟着，还回头大声问她：

"长官，我的机械舞还不赖吧！"

"嘿！"一个背着小黄人双肩书包的男孩斜刺里杀出来，嚷嚷着："这家伙，跟我的一模一样哇！"

　　看到自己的玩具被人从地上拎了起来，漂亮的小女孩才注意到这个跟自己年纪差不多的男孩。

　　"放下它，你要等我关了按钮才能去碰它。"她向男孩指出正确的操作规程，那是售货员当时告知过她的，她说，"否则可能会有危险，没准它能弄伤你。"

　　"没事儿，别大惊小怪的，我对它熟着呢，"男孩仍然把机械战警举在手里。看起来他的确挺在行，只抓牢了机械战警的一条腿，并且和自己的脸保持着一定的距离，任由机械战警徒劳地扭动着，他说：

　　"我在家经常这么玩儿它。"

　　这个男孩也穿着短裤，令人吃惊的是，他的小腿居然也长着黑乎乎的腿毛。这让他看上去完全是个小孩中的实干派。

　　"你还是放下它吧……"漂亮的小女孩憋不出什么更有效的话。她试图用遥控器停止机械战警的运行，但是她一下子按不准停止键。她感到了沮丧，因为刚刚在她心目中还是很威武的机械战警，此刻无助地被一个长着腿毛的小男孩轻松地俘虏了。她叹了口气，说：

　　"我们还要去执行任务。"

　　"什么任务？"男孩立刻兴奋起来。

　　"我们要去摸摸情况，看看飞机几点钟起飞。"漂亮的小女孩郑重地说。

　　"OK！"男孩竟爽快地答应了。他放下了机械战警，过来不由分说从小女孩的手里拿走了遥控器，自告奋勇地说：

　　"我来和你们协同作战！"

　　直到男孩指挥着机械战警走出很远后，漂亮的小女孩才茫然地跟了上去。她远远地看着自己的机械战警随着男孩来到了一个问询台前，看着男孩向一位地勤人员像煞有介事地说着什么。她站在远处，感觉自己只能做一个旁观者，感觉自己正在被一件重大的事情排除在了外面。

　　男孩掉头向她走回来了。机械战警先男孩一步来到了她的脚下。她很想也弯腰把滑动着的机械战警抱起来，但她有些犹豫，她牢记着售货员叮嘱过的操作规程。好在男孩让机械战警停了下来。停下之前，男孩还卖弄地遥控着机械战警绕着她转了一圈，然后，又驱动着机械战警在自己的腿边转了一圈。

　　漂亮的小女孩失措地站在原地，眼睛跟随着机械战警"8"字形的运动轨迹，感到更加无助了。

"报告，任务完成，"男孩努力想要表现出自己的某种优势，脸上刻意地做出了一些和自己实力并不相符的讥讽的表情，"敌机预计将无限期延误，不是天气原因，是因为空中管制！"也许是因为说出了自己并不能理解的术语，男孩忘记了扮酷，气哼哼地强调道：

"这跟我爸说的差不多。"

"你爸说什么了？"漂亮的小女孩问道。她想，另一个爸爸的结论，也许能够完美地用来完成她爸爸布置给她的任务。

"我爸说，"男孩皱起了眉头，试图准确地还原他记着的话。过了会儿，那句原本在他听来是一句耳旁风的话终于被他想起来了，于是，他拿腔拿调地复述道，"嗯，我们这会儿是一群被判了缓刑的家伙。"

漂亮的小女孩有些吃惊，觉得有什么记忆被唤醒了。好像自己的耳旁，也曾经刮过同样的一阵风。这让她有些恍惚。

"可是，你并不知道我们要坐哪一班飞机呀？"漂亮的小女孩发现了问题的症结。

"都一样，"男孩不耐烦地说，"所有的敌机都一样，没一个准时的，都被管制啦！"

他重新启动了机械战警，娴熟地操控着，可能已经产生了错觉，认为自己此刻就是在操控着属于自己的玩具。

"噢，好吧。"漂亮的小女孩只好接受了他的解释。

起初他们跟着机械战警漫无目的地行进了一段，然后又折回来。当机械战警撞上了一位旅客的腿时，漂亮的小女孩负责地向对方道了歉。她跟在男孩身后，渐渐似乎也接受了这样的局面——他拥有着绝对的支配权，而她不过是游戏的观众，或者顶多是一个负责善后的助手。

男孩玩得熟练极了。机械战警在他的指挥下做出许多令小女孩惊讶的动作。它的眼睛是两组 LED 灯，漂亮的小女孩想不到随着这两组灯的变化，机械战警的脸部竟然可以做出许多不同的表情。更加令人惊奇的是，它还能感应人的手势，男孩把自己的手靠近它的脸部，做出前进或者后退的指令，它就真的能照做不误。漂亮的小女孩看得着迷，她好像已经忘记了自己才是这台机械战警真正的主人。

"想要全部开发出它的功能，你得先开发自己脑子的功能。"男孩对她说。他演示给她看，让机械战警试着匍匐前进，但是他失败了。

"可怜虫。"她说。

"你是在说我吗？"男孩瞪着她问。

"不，"她指指趴在地上做着瑜伽姿势一样的机械战警。

男孩气不打一处来，勒令机械战警爬起来，一口气打光了五颗超能激光炮。

当男孩遥控着机械战警随着一支队伍鱼贯消失在某个登机口时，漂亮的小女孩依依不舍地挥手向他道别。她远远地看着，登机口两边巨大的玻璃幕墙涌进的白光，令她仿佛站在一个不属于自己的世界之外，或者，像宇航员在太空上望着人类孤独的星球。她觉得男孩和机械战警是融化进了那片弥漫的白色之中了。

候机厅很嘈杂，被判了缓刑的人们发出烦躁的嗡嗡声，不时还有航班起降或者被取消的消息回荡在头顶。然而，从这一刻起，一种奇怪的寂静开始笼罩了漂亮的小女孩。她突然不再能够感知环境的喧哗，像是只身来到了一块空旷的广场。她想起了她爸爸布置给她的任务，但她觉得这个任务现在不需要马上回去交差了，因为问题的答案似乎他爸爸早就掌握了。

几位穿着制服的空姐拉着行李箱从眼前走过，她们很有纪律地排着队，无形中仿佛形成了某种向心力，令小女孩不由自主地就跟在她们后面走了一截。随后，回过点儿神的小女孩下意识地为自己选择了一个方向。她记得，那里是她爸爸妈妈给她买机械战警的地方。

候机楼太大了，不过她觉得自己能找到。

果然被她找到了，那个店面前旋转着好几个机械战警的地方，就像几小时前她和爸爸妈妈到来时一样。漂亮的小女孩觉得时间被推倒重来了一次，此刻她的爸爸妈妈就在她的身边，他们一家三口刚刚过了安检，她妈妈正在埋怨安检员搞乱了自己的行李，而她爸爸为了转移不良情绪，弯腰替她系了系鞋带后，提议买一件礼物送给她。

漂亮的小女孩远远地观望着。她忘记了自己到这儿来的初衷，或者，她走向这个地方原本就没有什么明确的意图。那几台机械战警流畅地在地面上滑动着，看上去有些表演性质的人来疯。它们有的闪烁着炫亮的激光，有的鸣响着劲爆的音乐，彼此找事，相互炫耀，看久了，这股轻浮的热闹劲儿令她感到有点头晕。

她想要喝水。但是当她走向一台自动饮水机的时候，却被旁边的贵宾休息室吸引了。一眼望去，那里面的餐台上摆满了饮料和水果。漂亮的小女孩觉得喝点饮料比喝点水更能满足自己此刻的需要。她没有受到阻拦，因为她是一个漂亮的小女孩。

漂亮的小女孩在贵宾休息室里为自己倒了杯杧果汁，找了张沙发坐进去。沙发很深，坐进去，她的双腿就离开了地面。她没忘整理了一下自己的裙边。她的裙子是粉色的，连鞋子和袜子都是粉色的。她妈妈把她打扮成了一个粉色的漂亮小女孩。

隔着一张茶几，她的对面是一个正在翻看画报的男人。小女孩不太能确定这个男人的年纪，看上去，他应该和她爸爸差不多大。事实上，如果没有特别大的出入，在小女孩的眼里，所有成年男性都和她爸爸差不多。但这个男人留着的胡子让小女孩没有了把握。

他的下颌有一撮修剪得非常齐整的、灰白色的胡子，但他的脸却并不是小女孩心目中那种老人的脸。他的鼻梁呈现出被太阳暴晒后的紫色，但他穿着的亚麻西装又让他不像是一个总在户外活动的人。他看起来富有教养，很深沉。

男人发现了观察着自己的小女孩。他侧脸看了看身边，似乎是要确认小女孩就是在看着他。

"嘿。"男人向小女孩打了声招呼。

"嘿。"漂亮的小女孩回应男人。

男人低头继续翻看画报，不时摸一把自己的胡子。当他再次抬起头，看到漂亮的小女孩依然在盯着他时，好像感到了有点局促。他不禁又一次看了看四周。

"你是一个人吗？"他问，"爸爸妈妈呢？"

"他们被判了缓刑。"漂亮的小女孩很老成地说，一边用吸管吮着杧果汁。

"噢，小姐……"男人想了一下，应该是领悟了她的意思，扬着眉毛说，"您说的对极了，今天真糟糕，所有人都被航空公司判了缓刑。"

男人说完双手合十顶在鼻尖下，摆出要认真交谈一番的样子。

"不是天气的原因，"漂亮的小女孩努力回想那个准确的术语，后来她想起来了，坚定地说："是空中管制。"

"嚯！"男人感叹了一声，"对，空中管制，空中有个什么东西把我们管制起来了，或者我们在空中被什么东西给管制起来了，管他的呢，不管怎么说，反正我们现在只能坐在这儿吃水果。"他面前的确有一小碟水果，几瓣橙子，两块西瓜，一枚切成了两半的奇异果。

男人拿起了半个奇异果递给小女孩，说："吃一点儿吧，既然已经被判了缓刑。"

漂亮的小女孩将奇异果接在了手里，用他又递来的一把小勺舀着果肉吃。这枚果子很甜，是那种人工的甜，都没有水果的味道了。

"请问小姐，您这是要去哪儿呢？"男人问道。

他这么问，让小女孩想起过安检时的安检员。尽管安检员没这么问话，但他们都给人一种例行公事的可靠感。

"海南岛，"漂亮的小女孩觉得自己轻松起来了，急迫地说，"只有疯子才会挑这样的时候往一口沸水锅里跳。"

她对自己很满意，觉得自己此刻是在跟一个留着胡子的成年男人交谈，对方像一个安检员般的具有某种权威性，但此时她和他之间有一根平等的纽带——不是吗？这很棒。

她的语风再一次令这个男人感到了惊讶。他像是遇到了一个棘手的问题，不禁用手揉了揉自己的鼻子。他的鼻子蛮大的。

"海南岛……沸水锅……"男人念叨着，将面前的画报向小女孩推了推，手指点着翻开的画报，沉吟着说，"你瞧，也许没那么糟糕吧？"

画报打开的那一页恰好是张旅游广告，海浪，沙滩，花花绿绿的遮阳伞，穿着比基尼的惹火女郎。

漂亮的小女孩看了一眼那幅画面，轻蔑地评价道："很糟糕。"

同时，她想起了自己的泳装。出门前她妈妈给她也买了几件泳装，其中有一件分体的，粉色，有三种不同的穿法，吊带式，露肩式，斜肩式，小女孩在她妈妈的指导下分别试穿了这三种穿法，她妈妈由衷地赞叹，"真漂亮啊，宝贝，你真是一个漂亮的小女孩。"这样的话小女孩听得多了，她很早就确立了这样的意识：自己是一个漂亮的小女孩。没人说得准这究竟好还是不好。这会儿，她心里对自己的那件分体泳衣厌恶起来，认为穿上那件泳衣，自己也会变得和画报上的惹火女郎一样，都是往沸水锅里跳的疯子。

"好吧，是很糟糕。"男人尴尬地拽回了画报，继续说，"小姐，冒昧地问一下，您多大了？"

"八岁。"漂亮的小女孩回答，她不由自主就虚报了自己的年龄，同时她再一次整理了一下自己的裙边，"你呢？你多大？"她问。

本来她对男人的年龄是没有兴趣的，但这个男人下颌上灰白色的胡子给她造成了观念上的混乱，让她觉得自己该求证一下。

"我九岁。"男人抱着肩膀向后仰了仰身子，然后重新将身子附过来，眼睛离得很近地看着小女孩。他的嘴角挂着笑，眼神却显得有些干涩。

这个答案让小女孩很满意，好像在她心里，除了这个答案以外，任何回答都将是乏味的。

"你真是一个漂亮的小女孩。"男人伸手拍了拍她放在桌面上的左手，缩回手后，再一次又迟疑地伸出来，将她的左手捂在掌心里摩挲了一下。同时，他又下意识地看了看四周。他看起来有些不安。

"你也是一个漂亮的小男孩。"小女孩心不在焉地说。她想起了那个消失了的男孩，也想起了自己的机械战警。

"你玩儿过机械战警吗？"她向男人问道。

"机械战警？"男人认真地看着她。

"对，智能遥控的，"漂亮的小女孩打着手势说，"有旋转机械手，可以用英语对话，还会说机器语。"

"机器语？"男人认真地问。

"呜哇哇啦呼，呜哇哇啦呼，就像这样，"漂亮的小女孩胡乱地发着音，"我们听不懂，但机器人能听懂，这是他们的语言，就像是一门外语，但我想，可能没外语那么简单。"

"一定没外语那么简单！"男人很专注地附和道，伸出一根指头在空中摇晃，"反正我只见过英语词典、德语词典什么的，没见过一本机器语词典。"

"它还能讲故事，当然，讲故事的时候不用机器语。"漂亮的小女孩意味深长地看了他一眼，她觉得眼前的这个男人有点幼稚，那根摇晃着的指头，让他比她见过的成年男人都要显得愚昧一点。"它还可以发射飞弹，超能激光炮，一共五颗，"她用手指绕着自己肩上的头发继续说，"它的战斗力超强。"

"哦……"男人喟叹了一声，说，"真的是太棒了，多迷人！"

"不，不是迷人，"漂亮的小女孩纠正道，"迷人是用来说女孩子的，对机械战警你应该说'威武'。"

"威武，嗯，威武。"男人服从地应承。他的胳膊挂在桌面上，两只手紧紧地握在一起，痛苦地互相捏着指关节，发出咔吧咔吧的声音。

"你想见识一下吗？"漂亮的小女孩问男人，有个愿望忽然在她心里出现了，她说，"没准你该去看看，哪怕就看一眼。"

其实她心里忽然出现的愿望是：没准，能让眼前的这个看上去有些傻的男人给她重新买一台一模一样的机械战警。这时候漂亮的小女孩才明确地意识到自己遗失了那台玩具。她噘起嘴唇，冲着男人浮出甜美的微笑。这几乎是每一个漂亮的小女孩想要达成什么目的时都会露出的表情，这是她们与生俱来的神秘天赋，完全用不着人来教，她们无师自通。

“当然！”男人有些激动地说，“我当然想去看看，它在哪儿？”

“离得不远，”漂亮的小女孩在心里盘算着距离。她开始歪着头啃自己的指甲，这是她想问题时的习惯动作。她知道自己不会被拒绝。两绺秀发垂在她的胸前，和领口的蕾丝花边完美地贴合着。

她说：“让我想一下。”

男人紧张地看着小女孩，就像是焦急地等待着一个谜底的揭晓。

“噢……”过了一会儿，漂亮的小女孩叹了口气，她努力打消着自己心里的念头，说道：“还是算了吧，我不能这么做。”

“怎么了？”男人关切地询问，他伸长胳膊，手搭在了小女孩的左肩上。

“你知道，嗯……”漂亮的小女孩扭动着肩膀，却并没能摆脱掉他的手，也许是她表达得还不够坚决。她不知该怎样回答他，因为她自己也说不清楚。她只是明确地意识到自己不应该接受一个陌生人的馈赠，她爸爸这么教导过她，她妈妈也说过类似的话，在这个观点上，她的爸爸妈妈是一致的。

“也许，你一见到它就会想要买下它，”她为难地说，“可是也许你其实并不需要它。”

“我肯定会买下它，”男人温和地说，轻轻捏了捏她的肩膀，“就算我并不需要它，但我可以送给你啊。”

漂亮的小女孩受到了空前的诱惑。他就像是知道她的心思一样，自己说出了她难以启齿的话。这种心愿得逞了的成就感太令人兴奋了，以至于漂亮的小女孩在一瞬间感觉都喘不上气了。她的心跳得快极了。

“噢不，我看还是算了吧，”她既像是在跟男人说，又像是在跟自己说，“还是不要了”，她很紧张，努力保持着迷人的微笑。“我想我得走了。”说着她跳下了沙发，慌乱地向外跑去，好像要竭力挣脱什么。

她感觉自己是在跟什么东西赛跑，如果跑得稍微慢一些，就会被一把抓牢。

跑出了贵宾休息室，漂亮的小女孩跑上了一条步行扶梯。她隐约记得进入候机楼后，她和爸爸妈妈走过很多条这样的扶梯。但此刻爸爸妈妈并不是她的方向，至少，不是她全部的方向。她只是下意识地想要去往一个“远一些”的地方，和某个令人纠结的念头拉开距离，好像只要自己跑开了，那个念头就会留在原地，不再能困扰她。

拿过奇异果的手沾着果汁，黏黏的，她一边跑一边举着手，好像要把这种黏腻的手感奉献给谁一样。她内心的竞赛激烈地进行着。她从来没有被这样丰沛的情绪笼罩过。她感到了害怕，感到了渴望和失望交织在一起，还有一点点的伤心难过。

步行扶梯上的人大多数都站立不动，任凭扶梯自动地运送着他们。漂亮的小女孩却奔跑着，从大人们的腿边跑过去。运行着的扶梯作用在她的脚下，给她造成了一种错觉。她从未感到过自己能跑得这么轻松和自如。

她跑得太远了，其间好像还下到了另外的楼层。

途中她看到了一个贴着柱子做倒立的女人，T恤垂在胸口，露出一截肌肉分明的小腹，那姿势好像她拥有某项特权，表明在这个巨大的屋檐下，在被判了缓刑的人群中，只有她获得了赦免似的。出于一个小女孩必然会有的好奇心，漂亮的小女孩在女人身边停了片刻，并且歪下头向空中看，尝试着体验这个女人翻转的视域。她看到候机厅高耸的穹顶就像是一根根粗大的鲸鱼肋骨。还有几次，开着电瓶车的机场保安从她身边经过，她都摊着手，装作若无其事地看向了一边，她似乎意识到了点儿什么，似乎也感觉到了，作为一个漂亮的小女孩，独自在这座巨型建筑里四处游荡，有那么一点点的不妥。

身边熙熙攘攘的旅客渐渐变得零零落落。这座巨型建筑大得如同整个世界。气压还是很低，空气依然沉甸甸的。

她已经忘记了机械战警。其实她的心里并不是特别期待再得到一台这样的玩具。她不过是身陷在某个自己也无从把握的势头里了，身不由己地行动着。

在一个偏僻的角落，眼前没有了路，像是来到了时间的终点。走投无路的小女孩随机推开了一扇门。这可能是间杂物间。

漂亮的小女孩并不知道自己为什么要来到这里，并不知道自己为什么要推开这扇门。她感到了泄气，情绪被一种极度的委屈所覆盖。没错，漂亮的小女孩现在只感到了极度的委屈。其他所有的情绪都没有了。她的心里因为委屈都有些生气了。因为生气，她还用脚踢了那扇门一下。

杂物间很小，透过整面的玻璃幕墙，可以看到停机坪上模型一样的飞机。不时会有飞机起落，但看上去就像是一场游戏。远处有隐隐约约的山峦。天空阳光和云影交错，把变化的光线投射进来。一只很大的平板拖把挤占了本来就很狭窄的空间，漂亮的小女孩只能和这只拖把依偎在一起，她扶着它的塑料杆，出神地望着玻璃幕墙外无声的世界。

后来她疲惫地坐了下来，抱着自己的双腿，下巴支在膝盖上，粉色的裙子铺向四面八方。她无聊地拽着自己的鞋带，赌气地将鞋带拉成死结。她脱下一只脚上的鞋子，想试试不用解开鞋带能不能再穿进去，可是很费力气，于是她干脆就赤着那只脚了，将脱下的鞋子贴着玻璃幕墙摆好。由于透视的缘故，那只鞋看起来比窗外所有的飞机都要大得多。她摘下了自己粉色的发带，在小腿上缠绕，将小腿绑成了受伤后打上绷带的那种样子。她隐约听到了播放着自己名字的广播。那个空洞的声音一遍又一遍地叫着她，请她马上回到父母的身边，或者就近靠拢任何一位看到的机场工作人员。但她并不想马上响应这个声音。因为她不是很能确定这一切真的与她有关。广播里的声音在她听来，仿佛是不知所云的"机器语"。而且，在这个特殊的空间，好像没有足够的空气送走声音，它会留在头顶，比平时多萦绕一会儿，以至于都不是很像具有实际内容的那种声音了，只是一种类似背景声的动静而已。

再后来，玻璃幕墙外的白光变成了红色的霞光，远处山峦的轮廓反而变得更清晰了，有一道灼亮的光，沿着山峦的轮廓将赤色的天空和黑色的山体醒目地间隔开。夕阳潮汐一般涌上了窗口，仿佛还一浪高过一浪地具有动感地拍打着玻璃。

这一切都让漂亮的小女孩觉得自己是蜷缩在一颗红色的水晶球里，或者，是被凝固在了一颗柠檬色的琥珀里。

她有那样一颗红色的水晶球，是她妈妈送给她的，里面是穿着白色纱裙的公主，还有泡沫做成的雪花，稍微晃动一下，穿着白色纱裙的公主就会旋转，泡沫做成的雪花就会飞舞；她也有那样一颗柠檬色的琥珀，是她爸爸送给她的，里面是只张着翅膀的不知名的昆虫，昆虫的翅膀比它的身体更能抢人眼球，既显得脆弱，又显得张扬，让人觉得，翅膀才是令这只昆虫具有价值的唯一理由。

漂亮的小女孩收到过她爸爸妈妈许多的礼物。有一回，她爸爸还给她抱回来过一只沉默的羔羊，那可是一只真的沉默的羔羊。

而她妈妈送给她的最奇特的礼物，是一只可以几年都一动不动的海龟，你以为它死了，其实它并没死，在一个夜里，她曾经看到过这只善于装死的海龟伸长着脖子，对着阳台外的月亮翘首以盼，那是这只海龟最彰显它生命力的一个瞬间。小女孩常常会做噩梦，然后在噩梦中惊醒。所以她能看到这深夜里的一幕。

现在，漂亮的小女孩被疲惫感催生出了一个朦胧的念头：她也要送一件礼物给她的爸爸妈妈。

没错，她希望让他们感到"后悔"——既然他们总是信誓旦旦，总是对"后悔"的拥有权进行着不遗余力的争夺，对各自"后悔"的强度争高争低，以"后悔"的名义苦闷地相互倾轧，好像那是个无限美妙的礼物——那么好吧，她将让他们感到"一生最后悔的事"此刻正在发生，然后，在这件"一生最后悔的事"面前，他们争吵时竞相开列的那些玩意儿都将被一笔勾销，变得苍白和滑稽，不值一提。

在这个与世隔绝、完全密闭的空间里，漂亮的小女孩就这么想着想着睡着了。

一颗超能激光炮惊醒了她。"啪"的一声，她张开眼睛，看到眼前的玻璃幕墙上吸着一颗蓝色的弹头。它前端的吸盘牢牢地把住了玻璃，蓝色的塑料柄因为冲力兀自微微地震颤，给人一种正中靶心的隐秘的快感。

窗外是黑色的夜空，跑道上的信号灯忽明忽暗地闪烁着，她影子的轮廓映在玻璃上，身后的影子叠加在上面；有一队乘客正从摆渡车上下来，没有谁命令他们，但他们却自觉地走出了某种秩序，在一道车灯的照射下，宛如一队正在服着缓刑的囚徒。

身后机械战警熟悉的声音还是那么扬扬得意：

"我的超能激光炮，可以轻易地摧毁敌人！"

漂亮的小女孩回过头去，首先看到的是那撮修剪得非常齐整的、灰白色的胡子。

到直岛去

周洁茹 ①

我们到直岛去。刘芸说，我们把车也开到岛上去。

我不要去直岛。我说，我要去小豆岛。

小豆岛不好玩。刘芸说，我去过。

可是我没有去过，我说。

小豆岛不好玩，刘芸说。

直岛就好玩了？我说。

刘芸板着脸，要么去直岛，要么哪儿都不要去。

于是我闭了嘴。我是一个很坚持的人，但是我不能跟她坚持，她会消失十年，杳无音信，我说的是真的。

不开车也行，我说，岛上有巴士。

不开车你就得走死，或者等巴士等死。刘芸说，这么热的天，等到你生无可恋。

我闭了嘴。

我们到达高松港的时候已经是 10 点，去小豆岛的船还没有离开，等待上船的人排成了一行。我知道小豆岛上有卖酱油汽水和橄榄油拉面，还有盐味冰淇淋，我不知道直岛上有什么。

---

① **周洁茹** 江苏常州人，现居香港。有长篇小说《岛上蔷薇》《中国娃娃》《小妖的网》，小说集《我们干点什么吧》《你疼吗》《到香港去》等。

你也算是一个跟艺术沾点边的人，刘芸说。

我怎么跟艺术沾边了？我说，我对艺术一点兴趣都没有。

我是陪着你去直岛，我说。

是我陪着你去直岛。刘芸说，要不是你来，任谁都不能让我陪着去任何地方。

我闭了嘴。

我绝对是最后一个上船的人，一个人举着一个牌子跟在我的后面，牌子上写着很大的字——直岛。我踏上甲板以后，他向我鞠了一个躬，检票的人也向我鞠了一个躬。

我问我的朋友们怎么都不来香港买东西了？他们都是这么回答我的，他们宁愿去日本，日本人鞠躬鞠得一塌糊涂。所以鞠躬真的也是很重要的。

刘芸已经等在船舱。

你居然比我快哎，我说，我还以为车都是最后才上船的。

车当然比人快，刘芸说。

我们一起靠住船沿，船开动了，岸上的人向着我们的方向鞠着躬。除了我和刘芸，没有一个人站在船沿，所有的人都坐在椅子上，那些椅子有的摆成一个正方形，有的摆成一个椭圆形，没有一个固定的形状。我和刘芸久久地站立着，风把她的裙子吹成一朵花。

船有三层，最下层放车，中间一层是封闭的船舱，开着空调，坐着很多人，有的人开始拿出一些吃的，一个小时的船程，他们以为是看一场电影吗？还有爆米花。

我要求去最上层，刘芸说她不去，她找到一排垃圾桶前面的位置，坐了下来，她也找不到别的空的地方，很多长椅上都坐着一个人和那个人的包包。和香港一样，没有人愿意和别人、别人的包包挨在一起，我是这样的，刘芸也是这样的，她宁愿坐到垃圾桶的旁边。

我把水瓶从包里拿出来，它刚才漏了，瓶盖没有盖好，我的钱包和纸巾都泡在了水里，包的防水做得太好了，防包外面的水进来，也防了包里面的水出去，要不是我伸手进去掏点什么，我根本就不会发现我的包包里面已经是一池水。

我把水瓶从包里拿出来，扔进垃圾桶，要不是最左边的桶里已经放了一个空水瓶，我根本就不知道哪个垃圾桶才可以扔水瓶，那些垃圾桶全都长得一模一样，颜色都一样。香港是用颜色划分垃圾桶的，蓝色的扔纸，黄色的扔金属，咖啡色的扔塑料，你要是搞不清楚你的垃圾是什么材料，就扔进那个最大的，很多时候是深绿色的垃圾桶。那个垃圾桶里的垃圾，不可回收，只能拉到一个地方去埋起来，分解它们可能需要一百年。我当然是不相信那个一百年的说法的，用塑料袋包装起来还必须把袋口扎得很紧的垃圾，分解的时间肯定还要再加上一百年。

　　到刘芸家的第一天我还很有兴趣地帮她洗了她的牛奶盒，按照顺序剪好了牛奶盒并且折叠了起来，后来我看到包养乐多的那层薄塑料都要剥下来另外扔我就有点不耐烦了，我手脚麻利地把包住水蜜桃外面的那层不知道是什么东西的东西用纸巾包了一包，扔进了她的不可回收垃圾桶。

　　天气这么好，一朵云都没有，我说，我们为什么要去直岛呢？
　　天气这么好，一朵云都没有，刘芸说，我们为什么不去直岛呢？
　　如果在香港，热成这种样子，早就发高温预警了，我说。
　　可是你不是在香港，刘芸说。
　　我把口袋里的两袋纸巾都放进了包包，它们很快就变成了两团湿纸浆，我把它们捞出来，扔进了正中间的那个垃圾桶，我不关心那个垃圾桶是不是对的。我也看到了一个只装瓶盖的小塑料盒，里面已经堆了一堆瓶盖，但我并不会再回去捡瓶子，重新把它的瓶盖扭下来，放在对的地方。

　　这个地方，这艘船，还有我们要去的直岛，一切都不太真实。我肯定是没有睡好。

　　我自己去了最上层，大太阳下面，两排座椅，没有一个人。我围绕着座椅走了一圈，那些椅子都是白色的，风很大，差一点把我的帽子掀走。我一手按住帽子，一手按住裙子。我想起来我真的是一个中国人，中国人会按住帽子又按住裙子，刘芸只会按住裙子，刘芸可以不要帽子，刘芸已经不是那么中国了。

　　我看到了一个南瓜，只有一个南瓜，南瓜上爬满了黑色的斑点。
　　我下了楼。刘芸已经站在楼梯的下面，拐角的地方。
　　我们早一点下去，坐到车上去。刘芸说，我们看完第一间美术馆，那些游客的巴士才会到，我们不用跟他们挤。

那是草间弥生的南瓜吗？我说。

那是草间弥生的南瓜，刘芸说。

我把眼睛移往别处。我觉得草间弥生有点神经病的，我说。

艺术家都有点神经病的，刘芸说，但是又不能太神经病，太神经病就是精神病了，神经病的度要控制好。

我们坐到车上，车开得飞快，果然是比其他走路的人更快地到达了直岛的陆地。

我去买个通行证，刘芸说，很快的。她把车开到一个大帐篷的前面，跳下车，钻进了帐篷。我坐在车上，看着第一辆巴士已经坐满游客，开走了，第二辆巴士马上开了过来，游客们正在上车。

我热得快要发疯，只好也从车上跳下来。我也钻进了帐篷，全部都是卖小东西的小摊，我在盐味冰激凌的小摊前面停留了一下，250元，我在脑子里把250除了一下7，出现了余数，我就有点算不清楚了。我四处张望，刘芸不在里面。

我回头看了一下车，刘芸也没有回到车上。

我重新计算了一下250除以7，我放弃了。我再看了一下车，车不见了。我赶紧走出帐篷，车真的不见了。

我360度地旋转了一圈，我的头都要炸了。

我在原地等了一会儿，没有车，也没有刘芸。

我往巴士站走去，我什么都没有想，我只是往巴士站走去。

刘芸的车飞了过来。你去哪儿啦？！她在车里大叫。

我哪儿也没去！我也大叫。

你一定是去看南瓜了！刘芸继续大叫，我还去南瓜那儿找你了！

我怎么会去看南瓜？我大声叫，我根本就不喜欢南瓜！

我们这么来回了好几下，巴士站的游客们都看着我们，巴士也没有开走，巴士停在那儿，悄无声息地停在那儿，刘芸的车完全挡住了它的车头。

快上车！刘芸最后喊。

我赶紧爬上了车。

我们有车，刘芸说，我们比他们都要快，我们看完第一间美术馆，那些游客的巴士才会到，我们不用跟他们挤。

我们有车，我重复了一下她的话，我们不用跟他们挤。

十分钟以后，我们迷路了。

路旁边站着一个脖子上挂了牌子的人，刘芸停下了车，他们叽里呱啦地讲了一串话。我不打算问刘芸他们俩到底说了些什么，反正她什么都不会告诉我，就是在餐馆点菜，即使我忍不住开了口问她点的是什么，她也不会告诉我，我只好坐着，猜，有时候会猜对，很多时候不会，于是每上一道菜都是惊喜，不断的惊喜。

下车。刘芸转过头对我说。

我下了车。我不会去问她为什么，她叫我下车，我就下车。

她把车开走了。我望着她的车上了一个坡，左转弯，看不见了。

我站在大太阳的下面，对面是那个挂着牌子的直岛的工作人员，长衣长裤，皮鞋，都是黑色的，他露在外面的脸和脖子不断地渗出油和汗，我看着他。

如果我会讲他们的话，我一定会在这个时候说，你为什么不打一把伞呢。

可是我不会讲他们的话，我只好看着他。

刘芸从山道的那一边向我走过来，刘芸的手臂摆动得很大，脚步却很小，太阳把她的影子照得很直。我突然想起来她说过的话，我们会热死。

你是去停车场停车了吗？

是的，我去停车了，他说这儿只有一个停车场，而且这个停车场在山上面。

我可以跟你一起去的，然后我们一起走下来。

不用了，天这么热，我一个人走就好。

我在自己的心里面搭建了这么一场问答。我用猜的，我不知道这一次是不是猜对了。

刘芸越过了我，进入我后面的一个巷子。这个巷子就跟我和刘芸小时候住的巷子一模一样。我跟着她，她摆动着手臂，我就有了错觉，好像我们俩还在十三四岁时候的夏天，无所事事的暑假。我跟着她。

很多人排在一个房子的侧面，队伍已经排得很长，我马上就排了进去，我的后面马上又排了一群人，也不知道他们是怎么出现的。

我再往前面走走，看看前面还有什么，刘芸说，你先排着。

没问题，我用英语说。我也不知道我为什么突然说英语，我就是突然说起了英语。

刘芸凝重地点了一下头，往巷子的深处走去了。

我排在队伍的中间，我的前面是二十一个人，我的后面是二十二个人，我数完人，从包里拿出一把扇子开始扇，扇子是红色的，扇面上只写了一个金字，一个圆圈，把这个金字圈了起来。我去金刀比罗宫爬台阶时买的扇子，我知道我肯定是五行缺金，这一把写着金字的扇子，也许能带给我一点金。

一个挂着牌子的女工作人员向我走过来。

通行证，她说。

没有，我说。

四百五十块，她说。

排在我后边的一对夫妻居然在这个时候递上了一张一万日元，女工作人员马上鞠了个躬，双手接过他们的钱，小碎步地跑开了。很快她又回来了，带着一堆散钱，门票，导赏手册，小地图，我看着她再次鞠躬，双手奉上找钱和那些纸，然后她开始跟她的客人说话，一堆话，说都说不完。我不知道她说的是什么，但是她的样子太谦卑太可爱了，我开始掏钱包，我想到了我的朋友们说的话，鞠躬鞠得一塌糊涂。这个世界上有的人会为了鞠躬买东西？是的，这个世界上有的人会为了鞠躬买东西。

刘芸终于出现了，她亮出了她的通行证，女工作人员向她鞠了一个躬，为她的通行证盖上一个章。我看了一眼刘芸的通行证，上面的字我一个都不认识。

通行证。女工作人员盖完了章，又对我说。

我不进去，我说。然后我果断地离开了那排队伍。

我要去前面看看，我说。

前面什么都没有，刘芸说。

我还是要去前面看看，我说，反正我不看这个。

你是在做行为艺术吗？刘芸说，你都到了这个岛，这个馆，你还排了半天的队，可是你不看。

是的我不看，我又说了一遍。

那好吧。刘芸说，那你在外面等我。

十分钟，我说。

为什么是十分钟？刘芸说。

那你要几分钟，我说。

十分钟，刘芸说。

我往前走了一下，就是 Ando 博物馆。Ando 博物馆的大门口并没有写着它就是 Ando 博物馆，实际上它就是一间很小的旧民房，我望着那个门，门帘上画着三张叶子，绿色的，我望了好一会儿，没有人进去，也没有人出来，于是我掀开了它的门帘，走了进去。

太凉快了！

我马上就想待在这儿哪儿都不去了。

柜台后面坐着一个挂着牌子但是穿着背心的女工作人员，警惕地看着我。

我在她对面的一张长椅上坐了下来，她看着我。

我坐好以后，把包放到了自己的腿上。

请问这是 Ando 博物馆吗？我问。

这是 Ando 博物馆，她答。她一发出声音我就知道她不是直岛的人，她甚至不是四国的人，她肯定是在东京上学，暑假才回一下家乡，顺便打个暑假工。

多少钱？我问。

五百一十元，她答。

我从包的底部掏出一个五百的硬币，一个十元的硬币，放在她面前的盘子里。

她动作很快地给了我一张门票，没有鞠躬，也没有一堆话，她又坐了回去。我马上就推翻了我之前的话，她不是直岛的人，她甚至不是四国的人，她肯定是在香港上学，暑假才回一下家乡，顺便打个暑假工。

我转身，只看到一个楼梯，我就下了楼梯，我看到一个倒过来的冰激凌筒，整个房间就是一个冰激凌筒，不，整个博物馆，就是一个冰激凌筒，倒过来的，水泥做的，抹得很光滑的冰激凌筒。我站在冰激凌筒的正中央思考了一下，安藤忠雄对于刘芸来说到底有多重要。

你竟然在这儿！楼梯上方出现了刘芸的头。

不是十分钟吗？我仰着头，这才三分钟，你怎么来了？

你快出来！刘芸的声音听起来有点气急败坏。

我赶紧爬上楼梯，我当然没有注意到圆筒的底部还有两块倾斜的水泥板，于是我被绊到了，但我跟跄着没有倒地，我一把抓住了木楼梯的扶手。

刘芸谴责的目光追随着我，要还是十三四岁，她一定就说出口了，不长眼睛的啊你。但是我们俩都快要四十岁了，谁谴责谁都不是那么合适了。

我爬上楼梯，喘不过气。

就是个黑屋子。刘芸说，一点准备都没有，我不由得往后退了一大步，我只是犹豫了一下，我真的只是犹豫了一下，她就叫我出来。

哦。我说，那就再进去啊。

下一场要等十五分钟。刘芸说，她要我再排队，再等十五分钟。

那你还要进去吗？我说。

要，她说。

我跟着她回到那个房子，已经没有什么人了，女工作人员直直地站在门口。可是仍然要等，十五分钟。

房子的墙角摆放了一堆洁白的鹅卵石，几枝竹子，不能太多，也不能太少。

这个女的太傲慢了。我说，不应该出现在直岛。

是太傲慢了，刘芸说。

她的脸上都写着呢。我说，你们这两个师奶，居然也学艺术家跑到艺术岛上来看艺术作品。

师奶是什么？刘芸说。

就是咱俩，我说。

刘芸哼了一声。

我知道你是画画的。我说，我也不知道我为什么要补这么一句，她当然知道她是一个画画的。只是这些年来她好像忘了她是一个画画的。

我知道你是一个写小说的，她说。

我说我当然知道我是一个写小说的，可是你为什么要说出来。

那你为什么又要说出来！她说。她的眼睛很凶地盯着我。

我只好低下了头。我发现我的脚边有一块石头，我就把它踢了回去。女工作人员看了我一眼。

我的脸都要被你丢光了。刘芸说，你可以就这么站着不动吗？你为什么要动呢。

我不说话。

等待刘芸从房子里出来的时间，我使劲地扇扇子，扇出来的都是热风。我五行缺金。

那个房子里到底有什么？我问刘芸。

什么都没有，刘芸说。这是她第一次回答我的问题。什么都没有，她是这么说的。然后她往 Ando 博物馆的方向去了。我跟着她。

她动作熟练地向 Ando 博物馆的工作人员出示了她的通行证，走下了那道我走过的楼梯。我可不想再走一遍，于是我又坐在柜台对面的那条长椅上，把包放在我的腿上。

传统和现代特性的结合为来访者创造出了一个可以思考关于安藤的建筑和直岛历史的空间，自然光线和影子的相互作用，映衬着这片广阔的空间越发熠熠生辉。

我的目光越过了穿背心的工作人员，她后面的墙上写着这么一段话。

我把这段话反复地看了一遍又一遍。

刘芸出来了，直接就往外面走，完全没有停留。外面是一个庭院，种着一棵橘子树。她跨过了一个橘子，掀起布帘，走到外面去了。我看着那个橘子，这真的太困惑我了，我们进来的时候地上什么都没有，可是我们出去的时候地上就有了这么一个橘子。我抬头望了一眼橘子树，橘子树上结着一些橘子，全都是青的，只有地上的这一个，是橘色的。我拿出手机，把它拍了下来。

我赶上刘芸，她已经快要走到巷子口了。我又往左边看了一眼，我们排过队的房子，一个人都没有，所有的人都不见了。

该吃午饭了，刘芸说。

如果我们去地中博物馆吃，我们就不用买那个博物馆的门票了，我说。

可是我已经买了通行证，刘芸说，我可以去这个岛上的所有馆。

好吧。我说，可是其他馆在哪儿呢？

我们就又折返了回去，我们在巷尾找到了一个小便利店，这个店里居然有卖寿司，寿司们被放在大门口的地上，一盒一盒，堆在一起。

那些外国人绝对不知道这儿还有这么一个店，要不什么都没有了，什么都被他们买光了，刘芸说。她拿了一个三明治，软面包片夹碎蛋。

听她这么说，我赶紧把所有的饭团都拿到了手里。

不，现在不能吃。刘芸说。

那什么时候吃？我说，这么热的天，我们还要找一块草地躺上去吃吗。

我们去车里吃。刘芸说，吃完我们就去找那些馆。

我们在车里吃。

我肯定我已经中暑了。

我要走，我说，我现在就要走，我以后再也不要来直岛了。

不走。刘芸说，我们什么馆都还没看到，不走。

刘芸发动了汽车。

我们就这么，围绕着直岛开了一圈。

我不要去那个李什么馆。我说。

刘芸已经开到我们第一次下车的地方，挂牌子的工作人员不再站在那儿，她只好继续往前面开。

我们不去。她说，你刚才也看到了一个白色的像大鸟一样的建筑吗？那会是一个什么馆吗？

看到了。我说，那会是一个什么馆。可是我们根本就找不到一条路能够接近它。

刘芸继续地往前面开。我看到了一个很大的荷花池，池子里面只种了一枝荷，而且没有花。

刘芸继续地往前面开。我看到了一片江户建筑群，好像上海新天地，改造过了的石库门，我的脑子里竟然还涌现出了一个香港词，活化。实际上我一句香港话都不会说。

你得往山上开。我说，我们一直都是在打转。

我们就是在打转。刘芸说，这么小的岛，我们可以转个几百圈。

话虽然这么说，她还是把车往山上开去了，终于。

山路崎岖。我不敢相信，这个年代，这个岛上，竟然有这么一条什么都没有的山道，没有反光镜，没有标识牌，除了树和树，什么都没有。我们的车开在山道上，沉默地，我都听得到刘芸呼吸的声音。我们的前面没有车，我们的后面也没有车，汽车和自行车，什么车都没有，我们开了至少十分钟，我们的对面也没有车，我当然也是希望我们的对面不要有车，每一个转弯，我的心还是提了起来。我们通过了一条很窄的木桥，桥的两边，什么都没有。

如果我们的车刚才掉下去了。刘芸说，肯定没有人知道。

肯定没有人知道。我说，要知道也是几个月以后了。

我可以把这个故事往《千与千寻》的方向讲下去。我们看到一个神社，我们就下了车，我们在汤馆里遇到自己的河神，因为每一个人都有一条自己的河，每一条河都拥有一个记得他名字的人。

可是没有。我们就这么来到了地中博物馆，或者可以这么说，地中博物馆就这么跳到了我们车的前面。

挂牌子的工作人员站在大门口，巴士一停下，她就小跑着去到下车口，往每一个人的手里塞券。

刘芸绕过了她，直接排在了博物馆的入口处，刘芸有通行证。

你怎么坐下了？刘芸说。

因为我不进去。我坐在博物馆大厅的椅子上，说。

你是在做行为艺术。刘芸说，你千里迢迢，跌跌撞撞，到达了博物馆的大门口，可是你就是不进去。

实际上我从 Ando 博物馆出来的时候已经决定了。我说，我不会进博物馆，任何博物馆。

除了已经付出去的五百一十元。我补充了一句，我再也不会出一分钱。

刘芸哼了一声。

券。博物馆的工作人员对她说。

什么券？刘芸说。

大门口有发等待券的。工作人员说，只有拿了等待券的人才可以来这里排队。

刘芸铁青着脸，走回去大门口拿券，现在至少有三打已经拿了等待券的游客可以排在她的前面。

过来坐会儿嘛，我安慰她。

她坐到我的对面。又是十五分钟，她说。

肯定不止，我说。

我们的旁边是小卖部，小卖部前面是明信片架子，每一个架子上都只插着一张明信片。这种情况不会发生在纽约也不会发生在香港，只能发生在这里。一切都像是对的。

我看到了盐味冰激凌，但是我买了一瓶水。

刘芸买了一瓶深绿色的饮料。

深绿色令液体看起来很重，我望着她拧开瓶盖，喝了一口，就像喝菜油一样。我问她为什么。她说我好不容易来一趟小岛。

我曾经和一个女的一起去那帕谷，她买了一瓶葡萄酒，我问她为什么。她说好不容易来一趟那帕谷。我觉得她们俩都没有回答我的问题。

喝完了瓶子带回家，她说。

我说你喝得完吗？她瞪着我。

我说这瓶子带回家能干吗？插花吗？她瞪着我。

我说你去小岛很难吗？你家就在这儿，你想去的话天天都可以去，小豆岛，女岛，男岛，这岛，那岛，到处都是岛。

可是我不想去。刘芸说，我根本就不想去！

可是你买了通行证。我说，你买通行证，就是想着还能再去。

我只是想想的。刘芸说，我还有想想的自由吧？

你可以想想。我说，想又不要钱。

我陪着刘芸去入口处，我有点想改变我的主意，我可以进去博物馆，我又不是做行为艺术的。

券。博物馆的工作人员对我说。

我们有券。刘芸说，十五分钟前拿的。

一人一张。博物馆的工作人员说。

我马上跳到了队伍的外面，我对刘芸说这是天注定，我现在理直气壮地省下这两千零六十元了。

一千零六十元。他们又对刘芸说。

可是我有通行证。刘芸说。

对，你有通行证。所以你只要一千零六十元。他们说。

我不敢看刘芸的脸，我只知道她掏钱包的动作很慢，她肯定是气炸了。

刘芸从我的眼前消失以后。我赶紧去小卖部买了一罐盐味冰激凌。红糖颜色的盐味冰激凌，吃起来却真是咸的。

我坐在博物馆大堂的椅子上面，吃着咸的冰激凌，一勺又一勺。怎么吃都吃不完。

刘芸重新出现的时候眼神很涣散。

你看到莫奈了？我说。

什么莫奈？刘芸说。

我们一起坐在博物馆的大堂，透明玻璃外面，又一辆载满游客的车停下，我的咸的冰激凌还没有吃完。

那里面有什么？我说。

什么都没有。刘芸说。

你有什么吗？刘芸说，除了吃冰激凌。

冰激凌是咸的。我说，而且我不要去那个李什么馆。

不去。刘芸说。我们再去看一下南瓜就走了。

可是我们已经看过了，我说。

另外一个。刘芸说，还有一个世界尽头的南瓜。

我们再次围绕着直岛开了一圈。

第三次经过我们第一次下车的路口刘芸又把车停下了。

我拒绝下车。

刘芸说你也想想，我们什么都没干，就要走了？

我说我们还能干点什么呢？

刘芸说你四十岁了知道吗？

我说你不是四十岁？

刘芸离开了车，直接往巷子里面走去了。

我只好下车。她又不锁车，车窗都不摇上。我也可以继续坐在车里，但是我会热死。

我下了车，跟在她的后面。

我的左边是一道沟渠，里面爬着一些小螃蟹、蜘蛛，我的右边也是沟，里面的螃蟹好像大一点儿。我一边注意着那些沟，一边跟着她。

她进入一个有屋檐的屋子，肯定是一个艺术品。我在那个门口站了一会儿，我发现我站到一个十字路口，我的左边是路，右边是路，我的前边是路，后边也是路，来时的路。我前后左右看了又看，右边的路通往一段台阶，台阶上面有一个神社，我看不到左边和前边会是什么，我也不想知道会是什么。

神社望着眼熟，我突然意识到，这个房子其实就在我们第一次去的房子的旁边，如果我们从 Ando 博物馆出来左拐而不是右拐，我们上午就来过了这里。可是我们没有左拐，我们坚决地右拐了，在直岛上转了一圈又一圈。

刘芸很快就从艺术品屋子里面出来了。我什么都不说，我望着前方，一个人都没有，我们的左边和右边，也是一个人都没有。我真的快要热死了。

刘芸往左边的路走去，我跟着她，即使她要走到海里去，我也会跟着她。

我们到达了下一条街，街的中央站着一个工作人员，要不是他直直地站在那儿，没有人猜得到那儿还有一个艺术品屋子，整个艺术品的入口就是一道空隙，门都没有，好像一个凹字，工作人员站在凹字凹进去的那个地方，头伸在外面。

刘芸侧着身从他的旁边挤了进去。

我站在街的对面，工作人员跟我隔街相望，一个已经晒得粉红的人骑着自行车穿过了我们，自行车的后面跟着一辆巴士，工作人员脱下了帽子，向着巴士鞠了一个躬。我望着他。我也望了一眼巴士，巴士上画着一个南瓜。

刘芸马上就出来了。这一次她只用了五秒，进去和出来，一，二，三，四，五。

然后她继续往前面走。现在我真的觉得她是在干点什么了。

我们沿着一排夹桃竹或者夹竹桃走着，实际上我也不知道我们沿着的这排植物叫什么，我就这么在心底里默念夹桃竹夹竹桃地来回了好几遍。我都快要听到夹桃竹或者夹竹桃跟我说话了。

路的尽头是一个巨大的茅草屋，就是《茅屋为秋风所破歌》里面的那种茅草屋。还没有完成的艺术品，一些工人正站在茅屋的前面摆石头，不能多一块，也不能少一块，不能太左，也不能太右，他们把石头摆来摆去。

我跟刘芸就这么站着，看了一会儿摆石头。

然后我往前面走了一下，我就发现了一个抽水机，我握住手柄压了一下，水真的出来了，我又压了好几下，水管里涌出来了更多的水。我想起来我跟刘芸曾经有过一个朋友，这个朋友结婚的时候我把刘芸送给我的画送给了她，刘芸只送过我一幅画，那幅画是她最好的画，她之前和之后都没有再画过那么好的画。我也不知道我为什么会干这种事情，人都是有这么一个阶段的，你不知道你在干什么。

二十年以后，我跟我们的这个朋友在一个微信群里碰到，我们的这个朋友就说，刘芸就这么在日本混啊混啊的啊。

我说啊？

我们的这个朋友说，你看看我，我不是你们瞧不起的乡下人了我现在是城里人了。

我说啊？

我们的这个朋友说，你看看我，我家也买了钢琴了。

我说啊？

我们的这个朋友说，你看看我，我每年都是我们单位的先进我还是我们市里的三八红旗手了。

我说啊?

我们的这个朋友说,当年刘芸伤害了我你晓得吧,她居然问我你家有自来水啊,你家不是用抽水机抽井水的吗?她以为我家自来水都没有哦,我家是乡下的我家就没有自来水吗?她以为是刚解放哦。

我说你家有自来水的吗?

我们的这个朋友说,我家一直都是有自来水的!

我说那你家院子里为什么要有个水井啊,还有个抽水机?

我们的这个朋友说,你不理解。

我说这个抽水机的事情你记了二十年啊。

我们的这个朋友说,你不理解。

我说你晓得伐,我跟刘芸都是在外面混啊混啊回不来了,但是你要是再讲她我就会马上买一张机票回来打你。

我们的这个朋友说,你又发神经病了吧。刘芸画不出来了你写不出来了也不要这么暴躁好吧。

我只好退群。

我觉得我对不起刘芸。我糟蹋了我自己的情感,还有她的,还有她的画。我都要哭了。

我握住手柄压了一下,水来得很快,清凉的水,要不是我蹲不下去,我就真的要洗一个脸了。

我回到院子里,刘芸还那么站着,看工人摆石头。

我们的周围全是落地镜子,我掏出手机,拍了一张镜子里的我们。镜子里的我们都是下垂的,地心引力,我们又不能去火星。

我说刘芸你相信吧,我可以为了你去杀人的。

刘芸说啊?

我应该跟她拥抱一下的,但是没有,我们谁都没有碰到过谁,连手都没有握过,我们中间总有个三厘米。

你又发神经病了吧,刘芸说。

我们坐回车里的时候我选择了沉默,我是这么想的,即使她找南瓜要找到天黑,我也不说话。

我们的车开到了一个沙滩旁边，刘芸说既然这么多人都去这里，那么这里肯定有个什么。

我们停了车，走路穿过一片松林，地上全是松果。刘芸捡了一个松果。我说捡松果干吗，刚才有个橘子你都不捡。刘芸说什么橘子。我说 Ando 博物馆啊，地上有个橘子。刘芸看着我。

我把手机掏出来给她看，我说你看你看，地上有个橘子。

相册翻到那一张，碎石子儿的院子，橘子树树根和一个透明的消防栓。

咦？有个消防栓。刘芸说，可是我进院子的时候明明看了，我也没看到这个消防栓啊。

我也没看到。我说，要不是照片拍到。

因为是透明的吧。刘芸说，所以没注意。

可是橘子不是透明的，我说。

什么橘子？刘芸说。

我闭了嘴。照片里没有橘子。

我站在沙滩旁边，一棵树下，很多人在沙滩上玩，他们不远千里，来到濑户内海，玩。

那儿，那儿。刘芸指向远方，南瓜在那儿。

我眯起眼睛，看到一个阴沉的轮廓，如果南瓜真的会坐，我真的看到一个下垂的南瓜，坐在世界尽头。我可以去写艺术评论了。

我不去，我说。

我去。刘芸说，我马上就回来。

我望着刘芸往南瓜的方向走去，她走得真的很快，就像一条虫。

我转过头，看到小卖部的牌子上写着，冰激凌热狗。我想象了一下，冰激凌包住一条香肠？会好吃吗？会好吃吧。我这么想着，就往牌子走过去。

一个人走得比我快。冰激凌热狗，他说。

他得到了一个面包，里面夹着一条冰激凌。

我已经站到窗口，我只好也说，冰激凌热狗。

没有了。小卖部里面的人说，刚才是最后一个。

哦，我说。

小卖部的人很抱歉地关闭了窗口，看起来他们不仅仅是热狗冰激凌没有了，他们什么都没有了。

我松了一口气，回到树下。我看不到刘芸，她不在沙滩上，她也不在南瓜那儿。我再看了一眼，南瓜前面站着几个人，都不是她。她被南瓜挡住了？她被南瓜吃了？我就这么来回想了几遍。即使是在树的下面，我都要热得炸了。

我知道我在直岛，我吃了一个咸的冰激凌。二十岁那年我对刘芸说过没有人爱你我的心太疼了，好像没有人爱我一样。然后是四十岁了我说我好怕你死啊，你死了我就死了。我总觉得我们没有六十岁，六十岁我们肯定都不在地球上了。刘芸说我们要熬过这段。

我也不知道刘芸是从哪条路回到我面前的，我一直看着沙滩和沙滩上的人，每个人都是下垂的，他们一定没有我知道。我不知道刘芸到底走了哪条路回来，现在我们一起站在树下，一丝风都没有。

南瓜跟你说话了吗？我说。

没。刘芸说，但是南瓜对我笑了。

室　友

邱振刚 [1]

这个秋天，在我读研的母校，一座高达二十八层，耗资数亿的文科综合大楼落成了。那些文科院系，比如法学院、商学院、文学院、新闻传播学院，等等，为了庆祝即将进驻其中，都陆陆续续举办了各种研讨会。这些会议，短的一个上午，长的足足开了两周。反正新大楼里会议室多的是，大会小会敞开了开就是。

我早就从文学院毕业多年，如今混迹在一所北京远郊的民办大学教书，这几年倒也发表过几篇论文，也被邀请回来参加本院的研讨会。当年的导师是会议的学术主持，让我帮着承担一些会务，还在校宾馆里给我安排了房间。会议报到那天，我带领几个师弟师妹，一整天都在忙于各种杂事，比如分发房卡和会议材料、报销路费、订返程机票，等等。等我忙完，回到自己房间时已经是深夜时分了。我进了房间，里面漆黑一团，只能隐约看到对面的床上有一团隆起的黑影。

① **邱振刚**　毕业于中央民族大学文学与新闻传播学院，文学硕士。现任《中国艺术报》理论副刊部主任，以编辑为业，工余从事文学创作和文艺理论研究。在《钟山》《创作与评论》《中国作家》《小说月报原创版》《上海文学》《北京文学》《青年作家》以及《南方文坛》《文学自由谈》《长江文艺评论》《文艺报》《光明日报》等发表作品多篇。作品曾转载于《小说选刊》《长江文艺好小说》《散文海外版》，并曾获第六届冰心散文奖、第一届《上海文学》人金——段和段杯小说奖、人人文学网 2015 年度短篇小说奖。

看来我的室友已经入住，我正轻手轻脚放下行李，那团黑影动了动，接着从床头飘来一个男人的声音。

你好。

话音响起的同时，床头灯也亮了。等我的眼睛适应了从昏暗到光亮的突然变化，我看清楚这个在对面床头坐起来的那个男人。他大概三十七八岁，脸孔很瘦、很长，面色白皙，头发稍有些蓬乱，床头放着一副镜框颇为精致的眼镜和一盒档次不低的香烟。

你好，我答应着。

看来咱们要在一起住上几天了，他说。

我说，是啊，文学院明天这个会要开三天，我还负责一些会务，要在这里住四天。

文学院？你是搞文学的？你写小说吗？

他的话让我一下子很纳闷儿，愣了几秒钟才明白过来。校宾馆的房间，并不是完全按照院系来分的，我这位室友显然不是文学院邀请来的。于是，我说，我哪里有创作的细胞啊，只是偶尔写写评论。

哦，对，那是，就像经济学家不见得自己做生意，法学家不见得都当法官，搞研究和搞实践毕竟不一样，他点着头说。接下来他告诉我，他要参加的研讨会也是为期三天，至于是哪个学院的会，他没有明说。

第二天早上，我不到6点就起床了，胡乱洗漱一下，就来到会议室指挥师弟师妹们安排座位，放桌签和矿泉水。我那些师弟师妹，一个个外语了得，对外国学者的最新观点了如指掌，但对中国学术界的情况却完全陌生，在安排座位时，竟然把一对几十年来一见面就吵的论敌放在一起。我看着他们摆放的桌签直冒冷汗。等我把座位按照官衔、学术地位、辈分、年龄以及或潜或显的规矩一一调整好，就陆续有记者到了，我又得带着两个师妹给记者发红包和新闻通稿。

一天的会议结束后，我还要和师弟师妹分头连夜整理会议发言，要尽快做成一份研讨会综述，争取赶上下一期学报。房间里只有一张写字桌，室友让给了我，他翻开一本书，坐在床头看了起来。夜渐渐深了，我打字打累了，从键盘上抬起头，重重地打了一个哈欠。我回头看到他看书的姿势似乎并不舒服，有些不好意思，出去买了些啤酒零食，两个人边吃边聊起来。我们发现彼此在各自学科的资历相差无几，在职称啊，课题经费啊等事情上颇有些共同语言，一直聊到了半夜，才各自昏昏沉沉地睡了。

第二天也是这样，白天我一直忙得要死，吃过晚饭就在电脑前敲打文字，他则靠在床头看书，我们一边忙着，一边聊着各自专业领域的趣事，又一直聊到深夜。终于，三天的会议结束了，送行晚宴后，导师又带我和师弟师妹去唱卡拉 OK，算是对我们几天来连续操劳的犒赏。当我回到房间，已经是第二天凌晨时分了。

出乎我意料，我那位室友并未入睡。他正坐在窗前的沙发上，穿戴整齐，脚边安安稳稳地放着拉杆箱。

你那边的会也结束了？我说。

是啊，会完了，我是 8 点钟的飞机，过一会儿接我去机场的车就到了，他说。

我实在太困了，又说了几句道别的话，就钻进了被窝。我躺了一会儿，因为知道房间里有个人在盯着自己，尽管疲惫极了，却仍然难以入睡。

睡不着？他说。

我在被窝里点点头。

他说，咱们在一起住了几天，我是故意一直没告诉你我来参加哪个学院的会，也是故意没和你换名片。

我从被窝里伸出上半身，有些疑惑地看着他。

他说，我给你讲个故事吧。这几天，我之所以这样做，就是为了在今天告诉你这个故事。这个故事在我心里待了很久了，已经整整十年了。其实，如果你想知道我是谁，叫什么名字，在哪里工作，很容易就能打听到。但根据我对你的了解，你不会这么做。

在这三天里，我从未见到他用这样郑重的语气说话。我揉揉脸，让自己变得清醒些，说，能听故事，当然比睡觉好啊，你说吧。

他微笑一下，调整了一下坐姿，这才慢慢地说了起来——

这个故事是从十年前，一位老教授出版自己的十卷本著作全集开始的。所谓隔行如隔山，这位老教授的名字在我们这个行当里如雷贯耳，可谓无人不知、无人不晓，但是在这个学科以外，他也只不过是一个普通的大学教授而已。嗯，在这个故事里，姑且就叫他老教授吧。故事发生的场合，是在一个研讨会上。在我们这个行当，每个人都知道，为老教授出版十卷本全集并召开研讨会，是他这所大学为他八十大寿献上的厚礼。他在这个专业里搞研究，已经有半个多世纪了。虽然已经退休多年，但他仍然算是这所大学的金字招牌。这所大学里，这个专业所有的教师，三位博导，八位硕导，都是他的弟子或者再传弟子。系主任就是他二十年前的博士研究生。这次会议大概也是老教授学术生涯的最后一笔了，为此，这所大学也真算是全力以赴，把全国各地这个领域里得到承认的学者基本都邀请到了。终于，研讨会隆重举行，在开幕式后，参会的六十多个学者被分成三个小组，分别从不同的角度讨论老教授的学术成就。

那时，我刚刚拿到博士学位，进了南方一座省会城市的研究所搞研究。我那段时间状态极佳，一篇两万字的论文，我不到一个月就能写完，在核心期刊上发表的几篇文章更是引起了学术界极大的关注。那时，信心爆棚的我，觉得这个领域里到处是可供深入的空白，选题俯拾皆是。我深信过不了几年，自己一定能在学术界占据一个举足轻重的位置。所以，我不放过任何一个能让我扩大影响的机会。那次的研讨会也是如此，我专注地听着每个人的发言，颇为得意于自己的眼光，觉得自己能看出每个人到底是在重复别人，还是有着独到的思考。与此同时，我也在默默地构思着自己的发言，坚信在获得发言机会时能一下子震动整个会场。

研讨会第一天下午，会议进行了一个多小时后，我出去上厕所，恰好看到有个很漂亮、身材也不错的女人，从另一组的房间里握着手机一路小跑出来。她站到了窗子旁的散尾葵旁，背靠在窗台上，花枝招展地打着电话，还时不时整理一下耳边的头发。我在她面前走过时，她似乎抬头瞟了我一眼，接着又把注意力重新放到手机上。

等我从卫生间出来，还在走廊的尽头时，我就发现她还在那里打电话，但已经换了一个姿势。当时，她双肘支在窗台上，身子深深地向前倾着。这样一来，她的连衣裙就在臀部那里，绷出了两个紧致的圆。这时四周没有其他人，我索性毫无顾忌地盯着她看，把脚步放得很慢，沿着走廊一步步走过来。直到走得近了，我才猛然看到她映在玻璃上的笑容。我不知道她是不是从玻璃上看到了我，心里一惊，赶紧收回目光。

你知道那种姿势吧，街边书报亭里，似乎有无数的杂志在用摆出这种姿势的泳装女郎做封面，他说。

我点点头，只觉得脸上热了一下。

他说，我到旧金山、巴黎、阿姆斯特丹去参加国际学术会议，人家这些城市够时尚够国际化了吧，可除了那种特殊的街区，根本看不到这么暴露的

照片 反而在我们国家，这样的照片满大街都是——算了，扯远了，我还是继续讲故事吧——

当我走到她那间会议室门口时，从半敞的门望进去，看到对面的桌边少了一个人，只有一只桌签摆在那里。我回到自己座位，打开会议须知，找到了她的名字。我隐约记得似乎在哪本学术期刊上见过这个名字。

晚上回到房间里，我上网查询她的资料，知道了她的年龄——当时她三十五岁，比我大八岁，还查到她前几年离婚了，如今正在北方一座大学里教书。我在网上找到她不少照片，基本都是在学术会议上发言时拍的。这些照片上的她，眼神很凌厉，微微皱着眉，左手压着一沓纸，右手握着的圆珠笔在半空中有力地挥动着。看到这里，我笑了，因为我发言时也是一模一样的神情、动作。

会议第二天，我在开会时好几次走过她那间会议室门口，她的位置一直空着，中午在自助餐厅也没有看到她。在自助餐厅吃了晚饭后，我出了校宾馆，在校园里各处散步。我走累了正准备回房间时，在距离宾馆大堂三四十米的地方，猛地看到她从一辆黑色轿车里下来，然后朝掉头开走的汽车招着手。我正犹豫要不要上去和她打个招呼，正式认识一下，却看到两个胖胖的，大概五十岁的女人从宾馆里出来。她们显然很熟悉，她拉着她们的手，说自己被当地一个朋友接走玩了一天。那两个女人约她到外面走走，她稍一犹豫就答应了，三个人一起朝校园外走去。

会议到了第三天，上午继续分组讨论，下午，则是老教授自己的一次讲演。我在分组讨论时的发言，并未引起我预期的反响，我听得出，掌声更多是出于礼貌而非赞赏。无论如何，研讨会圆满结束，晚上，老教授自掏腰包，在当地一处高档饭店安排了晚宴。在那个巨大的包间里，我被安排在第四桌，她则是第二桌。我和自己这一桌上的几个人都不认识，相互间很快就无话可说了，却远远看见她面带春色笑语频频，很快就成了那一桌的中心。我正觉得无聊，只见她端着杯子，带着一桌人到主桌去敬酒，她说了一句不知什么话，逗得老教授和主桌上的所有人都哈哈大笑。接着我这一桌的人也站起来一大半，排着队过去给老教授敬酒。我犹豫了一下，没有跟过去。我很快就后悔了，因为这时只有我一个人坐在桌边了，傻乎乎地面对着杯盘狼藉的饭桌。这时，她回到自己那桌坐下，看到我的样子，投来诧异的一瞥，接着又朝我笑了笑。我赶紧挤出笑容，朝她点点头。这时，我同桌的人陆续回来了，我也端起酒杯，朝主桌走了过去。

老教授正在和一个来敬酒的人谈着什么，我以为这种敬酒很快就会完成，想不到那人却一直在表情生动地说着什么，老教授没看到我在他身后。我端着酒杯站在那里，不知该回去还是继续站下去。我知道周围的人都在看着自己，越来越不知所措，当时肯定满脸通红了。这时她从旁边绕过来，捅了捅敬酒那人的胳膊肘，那人这才看到我，很快就喝完酒离开了。

我赶紧敬酒，见老教授看我的神情礼貌而诧异，知道他并不了解我，就赶紧介绍了自己的师承和单位。老教授耳背，周围又太热闹，我说了几次都没听明白。幸好，她又出现了，凑在老教授耳边说了我是谁，如今在哪里工作，老教授这才呵呵地笑了起来，拍了拍我的肩膀，这次受刑般的敬酒才算结束。

她竟然知道我！我回到桌前坐下后，心里激动极了。

我订的机票是当天晚上的。晚宴还没结束，会务组安排的车子就来到这家饭店门口。我提了行李上车后，发现车里已经搁着一只精巧的乳白色拉杆箱，接着就看到她轻快地拉开前面车门，坐进了副驾驶座。她告诉我，她要去参加一个朋友的婚礼，航班也在当晚，目的地离我居住的城市不过二百多公里。她刚上车，手机就响了起来，而且一个电话接着一个电话，就这样一直到了机场。

我和她过了安检就道别了，走向各自的登机口。我没精打采地慢慢走到了登机口，坐下来后，脑子里还满是她在窗台前打电话的样子。过了几分钟，我才注意到机场广播里提到有几十个航班发生了延误。我侧耳听了听，其中就包括我要乘的那班飞机。广播里说，中国东南沿海正遭遇台风过境，飞往那一带的航班全部延误，起飞时间未定。

接下来广播里通知，所有受到影响的乘客将要被送往机场附近的一处酒店休息。当时一共来了三辆大巴车运送旅客，车在机场里绕来绕去，最后到了一栋简陋的灰色旧楼外。

我进了分配给自己的房间，这是一个极为狭窄的标准间，除了两张和火车卧铺差不多大小的单人床，一只歪歪斜斜的床头柜，就别无他物了。至于洗澡、方便，则需要到走廊尽头的公共浴室、公共卫生间。房间里还隐隐有股可疑的尿骚味，窗台上则扔着一堆烟蒂。

和我一起分到这个房间的是个二十出头的小伙子。进了房间，他先是四下看了看，就说宁可自己花钱也要另外找地方，接着就一甩背包扬长而去了。

我快快地躺了下来。这里条件虽然很差，但好处是远离市区，房间里非常安静，除了隐约传来的飞机起降声，再也听不到其他声音了。我和衣躺着，刚要从行李里找出本书来，猛地想起来，如果我的航班因为台风延误了，她的航班很有可能也一样啊。我的心跳一下子加速起来，拿起手机，想问问她现在何处，这才想起来我根本就不知道她的电话号码。

　　我整个人愣在了那里。

　　你——知道我心里冒出什么念头了吧？他徐徐吐出一口烟雾，慢悠悠地说，脸上的神情在烟雾后变得很模糊。

　　而我被他这么突然一问，有些愣住了，迟疑着点点头。

　　他看着手里的烟卷，嘲弄地说，当时我也老大不小了，一直在大城市生活，自然也有过几次艳遇，和对方是在酒吧或者网络聊天室认识的，这两种场合就决定了我可以不用试探就直奔主题。但这次并不一样，如果我试探了她之后才知道，她不是我所期望的那种类型，那么，后果会是相当可怕的。

　　他说到这里停下了，似乎希望我说些什么，但见我没什么反应，他弹了弹烟灰，继续说了下去——

　　我一动不动地坐在床边，拼命回忆着和她之间的细节，越来越觉得她似乎对我发出过暗示。如果在刚才的晚宴上，她主动帮我解围，还仅仅是出于善意，但她刚才在车上打电话时，多次跟对方说，这次的会议很无聊，闷死了，又算不算是在向我发出某种信号呢？是否在暗示我，要我做些什么，把她从这种百无聊赖的状态中解救出来？我知道，很多人在参加这种会议时有了艳遇，但这样的事情真的会发生在自己身上吗？有时，我觉得她流露出来的这些迹象其实已经很明显，但几秒钟后又觉得完全是我在自作多情。想了半天也想不出任何头绪，我一头靠在枕头上，各种念头浮起来又沉下去，心里满是烦躁。

　　我知道，可以向会议主办方去问她的号码，但这个时候，不知道她的电话号码，成了我说服自己不去试探她的一个理由。我在一遍遍地告诉自己，如果有了她的号码，无论是给她打电话还是发短信，都有可能导致身败名裂，我绝不能冒这样的风险。

　　我重新拿起书，可一个字都看不下去。

　　这时，房间里的电话响了。大概是通知登机吧，我想，机会已经丧失了，就让铃声一直响着，没有心思去接。铃声停了之后，很快又重新响了起来，我有些火了，一把抄起了话筒。

有时间的话，过来一起聊聊吧，一个女声从话筒里传来。

没有！我恶狠狠地喊着，猛地挂断了电话。我没想到，这样偏僻低档的旅馆也能接到这种电话。忽然，我觉得不太对劲，那个声音简直和她一模一样啊，难道真的是她？我赶紧向那所大学的会务问了她的手机号码，马上拨了过去。

对不起，刚才我误会了，我还以为——

她咯咯地笑了起来，说，那你过来吗，我在三楼，我的机票是头等舱的，航空公司安排的房间大概比你那里宽敞一些。

好的，我赶紧答应着，又问清楚房间号，到公共卫生间好好洗了洗脸，才到了她的房间。

她开了门，对我投以微笑。她的衣服已经由晚宴上的艳丽裙装换成了休闲风格的牛仔裤和紧身毛衣，胸前那两团物什在我眼前沉甸甸地晃动着。进了房间，她说了声"请坐"，把一只一次性纸杯递给我。我接过杯子，木木地坐下来，不知道该说些什么。她问了些我那家研究所的情况，听得出，她和所里的几个领导都很熟悉。

我想把话题引到我想的那种事上，可和她淡淡地聊了几分钟后，我感觉到，一种话不投机的气氛在我们之间出现了。我有些惊慌了，但又对如何调整这种气氛无能为力。到了第三次冷场时，她轻轻地打了个哈欠，用手背轻轻掩住嘴。我看着她的动作，绝望地想，她下句话大概就是"时间不早了，你早点回去休息吧"。

这时，一架飞机掠过窗外，机头上射出的炫目灯光在房间里一扫而过。她微微皱眉，起身拉上了窗帘。就在我马上要站起来和她道晚安时，她往后一靠，整个人陷在落地窗帘里，脸上浮现出一阵笑意，直盯着我说，刚才我打电话给你时，你把我当什么人了？

我还以为是那种骚扰电话——我讪讪地说。

她听到了我的话，却一言不发，继续微笑着盯着我。我慢慢站起身，嘴里明明想说"我回去了，你也早点休息吧"，双腿却不由自主地朝她冲去，一把搂住她的腰，还用自己的嘴唇，紧紧地堵住了她的。开始，她嘴里含糊地说着什么，双手也往外推我，但我把她越搂越紧，把她整个人都按进了窗帘里。不知过了多久，可能十几秒，可能两三分钟，我感觉到怀里她的身体变得柔软了，她的双手似乎也环住了我的腰。我睁开眼，看到她的双眼在紧紧闭着，知道自己已经成功了，心里快活得想大喊大叫一番。

　　你是不是想问我，我的胆子为什么忽然变大了，就不怕她反抗吗？他把烟蒂在烟灰缸里重重按熄了，接着又点燃了一支烟。还没等我回答，他自己又说了起来——

　　其实，当时我已经完全控制不住自己了，做出这种行为完全就是出自本能。我读书读了二十多年，一向自诩是一个理性冷静的人，现在却因为一个几乎是素不相识的女人变得如此疯狂。我读过一个故事，说的是古代埃及的亚历山大大帝在远征印度的时候，一个巫师把一团乱麻捧到他面前，说只要你能解开这团麻，你就能够征服世界。结果，亚历山大没有啰唆，拔出剑来一下子就把乱麻劈开了。后来，他真的征服了全世界。我不知道自己是不是受了这个故事的影响，总之无论如何，我的冒险成功了。这个漫长的吻让接下来的事情变得顺理成章。事情结束后，她下了床，到浴室里扯出一只浴巾裹住自己，然后在包里摸出一支女士香烟，坐在沙发上抽了起来。

　　你胆子真大，我根本没这意思，她说。

　　我趴在床上，脸紧紧贴着枕头，眼睛望着她在黑暗中的轮廓。我知道自己应该说些什么，但又实在不知道如何说起，只得随口说，刚才感觉好吗？

　　还好，她说得简短而冷静，简直像是在毕业论文答辩会上对某个心里没底的学生说出自己的评审意见。我看着她的脸，想看看有没有撒谎的痕迹。她吸了一口烟，那枚小小的红色圆形光点变亮了很多，但她的眉眼还是模糊一片，看不出她脸上是什么神情。

　　她很快抽完烟，然后就回到床上，一弓腰熟练地钻到我的怀里。这时，她又接听了一次电话，给她打来电话的似乎是一个她不讨厌的男人，在整个通话过程中，她被对方逗得笑个不停。她的身体异常光滑，每次笑起来都好像有一整捆丝绸在我怀里抖动似的。我再次兴奋起来，好容易等她挂了电话，马上就朝她压了过去。

　　那天我们一连做了好多次。每次做完，我们都一言不发地各自躺着休息，因为累，因为困，很快就会半梦半醒地睡着，但我们往往又会在同时醒来。接着，我们在黑暗中对视一眼，重新紧贴在一起。整个夜里，外面楼道里的脚步声时有时无，各处房门还在不停地打开又关上。还能听见在远处的机场里，陆续有飞机在起飞、降落。当时，飞机低沉的轰鸣声传进房间，我感受着皮肤被这种低频声波所鼓荡，那种感觉，就像被夏夜的细风轻轻拂过一样，舒服极了。

　　到了最后那一次时，我把她从被子里拉出来，拽着她的双手按在窗台上，让她做出我第一次见到她时的姿势，然后要了她。这次，我似乎找到了某种前所未有的节奏，觉得自己很快就能击中她身体深处的那根琴弦。大概是太兴奋了，我一把扯开了窗帘，这时，又是一架飞机在不远处的夜空掠过，机头的灯光毫不客气地倾斜进了房间。我低头避让那束强光，看到我们的影子在地面上古怪地纠缠着，又想到飞机里不知装着多少乘客，是否会有人透过舷窗看到我们，一下子就支持不住了。我有些惭愧，两只胳膊抱歉似的把她的腰搂得更紧，她把我的手拨开，从我的覆盖里钻了出来。

　　我们回到床上，我大汗淋漓筋疲力尽地趴在她身旁，她仰面躺着，慢慢抽着烟，眼睛睁得大大的。不知过了多久，我侧脸看到窗帘上已经有些发亮，随口说天快亮了。她伸手把床头的手机打开了，结果没过一分钟，她的手机就响起了短信提示音。我心里掠过一丝慌乱，这才意识到，我和她不可能永远待在这里。接下来，她坐在床边看手机短信，我还是继续趴着，不安地看着她被手机屏幕照亮的脸。过了几秒，她告诉我说，她的航班四十分钟后就要登机了。

　　我该走了，她说。

　　她是在十分钟后离开的。当时，我以为她会在浴室里好好梳洗打扮一番，可是，她几乎没花什么时间就从浴室里出来了，快得出人意料。我看着她已经穿戴好，赶紧也从床上跳下，抓过外套披着，下面只穿条内裤，打算送她出门。

　　我觉得她似乎迫不及待地想离开这里，就非常想在她走出房间前赶快说些什么，但一团没有头绪的话在喉头那里噎得紧紧的，半张开的口腔仿佛锈住了一样，我一句话都说不出来。等她已经拉开了房门，我才脱口而出：我能去看你吗？

　　她回过头，走廊里的灯把她的轮廓长长地投在地上。她微微一笑，摇着头说，最好别。说完，她走进外面的光亮里，砰的一声关上门，把我一个人留在黑暗里。

　　现在，房间里只有我一个人了。听着她的高跟鞋声在走廊里渐渐远去，开始我并没什么异样的感觉，还觉得很愉快，心想，我一分钱都没花，也没有花费太多的时间、心思去一步步地接近她，就获得了这样美妙的一个夜晚。但是，一秒钟以后，甚至还不到一秒钟，我看到了床上乱糟糟的被子，看到她在枕头上留下的凹陷，心里猛地揪紧了，一阵可怕的冷清，一阵巨大的恐惧攫住了我。

我看着她离开后空荡荡的房间，看清楚这里的确比我那间宽敞多了，也豪华多了。我呆立在床边，左右看着，忽然觉得这个房间实在太大了，就像一个没有边际的篮球场。我觉得遗弃自己的，不仅仅是她，而是整个世界。这时，微弱的阳光透过窗帘渗了进来，清晨到了。我心里越来越害怕，飞快地穿好衣服跑了出去，像箭一样穿过了走廊。我看到，有的房门大敞着，房间里有一个男人，在握着手机大声斥责着对方，还有的房间里是带着一个婴儿的一家人，婴儿在哇哇大哭，那一对青年夫妻在手忙脚乱地应付着，嘴里还在毫不留情地相互咒骂着。我觉得非常惊讶，这些人竟然完全不在乎，也不知道我正在承受着什么样的折磨。我从一个个房间前跑过时，脑子里一下子涌出一大堆乱七八糟的念头。比如，我要弄清楚她在哪一所大学或者研究机构工作，然后想方设法调过去，成为她的同事，这样就能重新见到她，和她把昨晚的关系保持下去。我当时根本不觉得这些想法有多么疯狂。我唯一想的就是不能让她从我的生活里离开，为此让我做什么都愿意。

我回到了自己的那个简陋房间，不知所措地坐在床边，全身在不停地颤抖。我觉得和现在的这种刺痛相比，从前自己眼中那些难以承受的巨大痛苦，比如在大三时女朋友被外校一个男生抢走，连续两次考研失败，参加工作后在研究所里被压制……这些如今都算不了什么了。

很快，我的手机上也接到了短信通知，我的航班也即将登机了。

上了飞机，在等待起飞时，我心里跳出来一个念头，就是回到她的那个房间，去找找有没有她遗忘的东西，哪怕是一根长发，或者是扔在浴室里的那种五毫升洗发水包装袋。我看看时间，距离起飞只有十五分钟了，只得绝望地仰头靠在了座椅上。

这时，我发现坐在我旁边的是一个真正的美女，她的身材相貌都比那个女人好很多，还比她至少年轻十岁。但我对和她搭讪聊天毫无兴趣，我知道，她的美丽和我无关，她属于其他的男人，就像同行的研究成果，无论多重要都和我无关一样。飞机起飞了，越飞越高，我就要离开这座城市了，侧头看着舱窗外的一切，直到地面上的一切都非常模糊了，我才转回了头。这时，我感觉到自己的心脏、喉咙都在痛苦地抽搐着。

他慢慢地讲着故事，手里的香烟一根接一根，房间里的烟雾也越来越重。他咳嗽了几声，继续说——

在飞机上，我还曾一厢情愿地以为，等我回到家，这种痛苦就会随着旅行的结束而消失。当我回到自己那套位于筒子楼角落里狭小的一居室，孤零零地站在天花板下，我终于明白，这种痛苦一定会持续很久。

果然，没有她的日子就像潮水一样朝我涌了过来，把我整个人结结实实地淹没了。我每天早上都是在三四点钟早早醒来后，就再也睡不着了。面对如约而至的一个个白天，我一个人在房间里，就像那天在她的房间里一样，根本待不下去。我们这些搞研究的本来不用坐班，每周只需要到研究所里去值一天班就行。但那段时间，我都是连早饭都不吃就跑到研究所里去。别人当然非常奇怪，我只好解释说有邻居在装修房子，噪声太大。

你知道吗，我很热爱自己这个学科，平时所有的时间都花在专业研究上。在那个夜晚之前，每天早上我醒来后，站在书柜前，看着阳光把我的影子长长地投在地上，看着书脊上那些令人崇敬的名字，想到我可以一辈子这样与书为伍，完全沉浸在这个乐趣无穷的学科里，就会觉得一阵喜悦。除了读书、写作，我没有任何娱乐，我不需要。我不看电视，不旅游，不外出吃饭，不参加任何与学术无关的聚会。在研究所领到新的课题，或者在电子信箱里接到学术期刊编辑的约稿通知，是我生活里最快乐的时刻。那时，给我一个课题我就能展开思考，很快就能形成大段大段的文字。每当我察觉到自己在这个领域的研究越来越深入，心里就兴奋极了。我一度非常奇怪，不理解有些博士、大学教授为什么会去抄袭别人的论文。发现一个有价值的问题，再把它解决掉，这是何等快乐的事情，抄袭，不就等于断送了这种快乐了吗？

但是，自从那个夜晚之后，一切都不一样了。我看不进任何一本书了，书里那些光辉灿烂深刻无比的思想，我从前明明觉得能指引整个人类前进的方向，而现在，却对我正承受着的痛苦无济于事。研究所里分配下来的课题，我在电脑上打出一个题目后，根本没法思考，思路总会不受控制地又飘回到那个晚上。为了缓解心里的刺痛，我要一遍遍回忆那个晚上来安抚自己。我拼命回忆着当时的每一个细节，唯恐自己会忘掉。但是，对过去回忆得越多，我就越清楚，我再也无法拥有那样的夜晚了，这就让我心里更加难受。

可能，你会觉得我的反应太夸张了，我也曾经一遍遍告诉自己，那种逢场作戏，在如今这个时代明明是司空见惯的啊。在我所处的学术圈子里，我就知道许多人都有过这种经历。那个女人对此似乎就非常轻车熟路。而且，后来我也明白了，那天晚上，她的确是在引诱我。但是，即使我明白这一点，我心里的痛苦仍然原封不动地停留在那里。不管别人如何看待这种事情，它对我来说毕竟是非常特殊的，和我从前对生活的认识完全不一样。你试想一下，某一天，一个小男孩被母亲带到百货商场，并且知道自己可以挑选一件玩具作为礼物。他很快看中了一辆光闪闪的铁皮小火车，母亲也让售货员把小火车拿给他。可是，就在他刚把小火车放在地面上玩起来时，母亲发现它的价格超出了自己的预算，脸色一下子变得灰暗下来。这时，这个小男孩一定会马上感觉到危险。但不管他抱着小火车坐在地上如何大哭，小火车还是会被拿走，被放回到货架上。其实，如果那只小火车没有到过他的手里，仅仅是被他艳羡的目光看到，他最多难过上半小时也就忘了这回事。就因为它曾经属于这个小男孩，男孩的小手触摸过它那冰凉光滑的铁皮，等到失去它的时候，小男孩才会更难过。而且，当他看到别的小朋友在玩小火车，甚至在电视上看到类似的小火车，那种痛苦就会重新回来。那个女人带给我的，就是这种得而复失的刺痛。就在我刚刚知道一个成熟的，几乎是风情万种的女人能带给一个男人什么样的感觉时，她却以抽身而逃的姿态离开，这让我觉得整个灵魂，全身的血肉都在一瞬间被抽走了。

一个月后，我接到了那所大学寄来的会议合影。在照片上，她的脸正好处于一道树枝的阴影里。我看不清她的神情，但还是觉得，她正在嘲弄地看着我。

我说，后来你又见过她没有？

他说，当然，任何一个学术领域的顶尖学者圈子都不会太大，那些在全国各地接二连三召开的学术研讨会，不就是同一拨人自娱自乐的游戏吗。我遇到过她好几次呢。每次遇到她，我和她打招呼，她对我都非常礼貌，但也非常客气，好像我们之间没有发生过任何事。我也创造过和她单独接触的机会，比如在她离开会场去上厕所时，我守在过道里等着她。在这个时候，她都是对我毫不理会，板着脸从我身边走过。我还给她打过两三次电话，一开始她还接我的电话，但是，有一次我试探着说去她所在的城市看她，被她拒绝了，后来，我再打电话，她都是直接挂断了。再后来，我才知道，她在那天晚上之后，很快就再婚了，嫁给了她那所大学的副校长。

那个晚上对她来说，大概连个小插曲都算不上，但是，你知道我从痛苦里恢复过来花了多长时间吗？你不用回答，你一定想不到。

其实，在治疗心理创伤的方法里，最有效的还是时间。但我没有想到，一直过了四年，这种痛苦才开始减退。我要感谢一部叫作《盗梦空间》的美国电影。我当时是在地铁里听别人说这部电影很精彩，回家后就下载了。我只看了十多分钟，整个人就被剧情完全抓住了，在足足两个半小时里没有想起那个女人。我接着上网下载了好些部悬疑类、科幻类电影，说来可笑，这种爆米花电影，都是我从前不屑一顾的。后来，不看电影的时候，我也渐渐不再想她，不那么痛苦了。终于，在事情发生五年后，我恢复了过来，可以重新坐到书桌前写文章了。很快，学术期刊上又重新出现了我的名字，同事们看我的目光也和从前一样了。后来，我们的工会主席，把一个老战友的女儿介绍给我。相亲时我们对彼此都很满意，很快就结婚了，儿子如今已经三岁了。

对了，我老婆家境很好，我岳父岳母送给我们一套四室二厅，足有160多平方米的房子作为结婚礼物。在我那个研究所，就数我的住房条件最好了。现在，我的生活就很简单，就是早晚接送儿子去幼儿园，白天在家看书写文章，晚上则是陪老婆看看电视剧，一般不到10点就睡了。至于向老婆"交公粮"，通常是在周六早上。平时她工作太忙，晚上还要哄儿子睡觉，只有在周六早上，我们才有机会。我知道，很多上班族夫妻都选择了这个时间。我还在两年前入了党。就在来开这个会之前，我们所长向我暗示，很快就会把一个课题组交给我负责，课题顺利完成后就提拔我当研究室副主任。

当然，这件事的影响也不是完全消失了，他说着，朝空中吐出了一个烟圈。他望着烟圈在撞上天花板后分崩离析四下飘散，才继续说，这几年，每当我向这个学科最前沿最深奥的领域挺进时，我的脑子里似乎都会有一个声音在说，即使你成功了，研究成果被承认了，那种感觉能和那天晚上那种畅快淋漓的快乐相比吗？我承认，这个声音的一再出现，的确对我有所干扰。我的导师、朋友，都说我这几年的研究不像前些年的势头那样强劲了，拿出来的文章也平淡了很多。但这归根结底也没太大关系，我已经是这个学科里公认的一流学者了，正高职称也有了，全家人住在一套宽敞的大房子里，更好的前途也在不远处等着我。很多人终其一生，也得不到这些东西。人这一辈子，总不能要求得太多。

说到这里，他背后的窗帘已经变得很亮了。他掐灭了烟蒂，站起身来做了一个扩胸的动作说，好了，这是我第一次把这个故事告诉别人，大概也是最后一次。故事讲完了，我心里最后一丝残存的痛苦也消失了。剩下的这点记忆，仅仅是一桩十年前的旧事而已，和所有别的经历已经没什么区别了。

谢谢你听我讲这个故事，你是一个很好的听众，他说着，朝我把手伸了过来。和我握过手，他就拎着行李出了房间，推门而出的动作似乎格外轻快。

他就在即将踏出房门时，回过头看着我说，有几次我饶有兴致地问自己，如果可以回到航班延误的那个晚上，即使明知后来要承受那么多年的折磨，我还愿不愿意和她重来一次？每次的答案都是一样的。至于答案是什么，我自己都难以置信。说完，他朝我狡黠地眨眼一笑，才关门离开了。

房间里安静下来，我听到外面走廊上，拉杆箱脚轮的滚动声渐渐远去、消失，长长地吐出了一口气。听一个基本上算是陌生男人讲自己的性史，的确是件让人尴尬的事情。我慢慢把身体收回被窝，想好好睡一觉。但是，他留下的烟味儿在房间里到处都是，听他讲故事时还没感觉，这时，满屋的烟味儿却让我难以忍受。我从床上跳起来，拉开了窗户。校园里的晨风很凉，吹在脸上很舒服，但我心里还是有一种莫名其妙的烦躁。我发现，自己竟然有些羡慕这个男人。这种感觉吓了我一跳，我不敢再想下去，赶紧重新躺倒，把被子盖过头顶。

烟味儿逐渐飘散，我也慢慢睡着了。

我不在那儿

王苏辛①

雨后的那天傍晚，父亲的行李袋瘪了下去。起初，我只看见它空落落地张开一条缝，潮湿的墙灰飘在拉链边缘，像一把散发着腥味的头皮屑。吃晚饭的时候，姥爷说起夜里又咳痰，母亲终于忍无可忍道："你再这样下去会死的！"灯光昏暗，她的脸藏在阴影里，只有耳垂的抖动让我觉得似曾相识。那还是很久之前，父亲的行李袋还塞在柜子最底层。每个早上，我都能看见他的绿色面盆在水泥地板上招摇，它让我想起动画片《变相怪杰》里那副著名的面具。母亲围着家具打转，一会儿冰箱，一会儿洗衣机，然后是马桶和拖把。最后，她从卧室徘徊至厨房，盯着燃气炉上淡蓝色的火焰，背对着我："恁爸晚上回来了没？"她又高又胖，像一堆层层叠叠的软泥巴，只有耳垂生机勃勃，召唤我。

"回来了吧。脸盆在那摆着。"

"摆着？里面有水吗。"她说得像问句，又像肯定句，我有些不知所措。小时候，我总是不记得父亲有没有让我转达他不回来的讯息。傍晚有那么多游戏——方磊、宋慈，每一个小伙伴都要跟我玩，我们从街西玩到街东，最远到达护城河。护城河边有一排天天逗小孩儿的悠闲阿姨，她们会给大家分

① 王苏辛 1991年3月生于河南。现居上海。2009年开始至今在《芙蓉》《青年文学》《花城》《山花》《小说界》等刊发表小说数十万字，并被《小说月报》《新华文摘》等选刊转载。曾获得第三届紫金·人民文学之星短篇小说佳作奖，曾被提名第十五届华语文学传媒大奖年度最具潜力新人。出版有短篇小说集《白夜照相馆》。

带着烟灰味儿的瓜子。这样玩起来，一直到晚上，父亲交代的那些，我就都忘了。

"再这样下去会死的。"

我从时间另一头回来，用筷子扒着剩下的几口菜饭，汤却忍着没喝，只看沸腾的热气萦萦绕绕，很快就和墙壁的花纹揉成一团。

父亲这次离开得有些不同。我们都不知道他要走，只觉他起得早了些。我没有听见母亲焦虑地翻身，也没有想象她全身赤裸、吊着两枚软趴趴的乳房歇斯底里的情景。我靠着床头，听见父亲在大声漱口。他把水半吞进胃里，等到好像在体内煮沸了，再咕嘟嘟吐出。等我下了狠心从被窝里钻出来，走到地板结冰的洗手间时，就只能看见外面立着的行李袋了。

母亲已经开始吸猪骨头的骨髓。我的手在耳朵上揉搓，以期听不见这声音。很快，我听见刺啦一声。她面向了我，手里还捏着撕下的一页台历。

"这不是上月那一页儿吗？"

"是上个月的。现在已经一月了。"

"再买一个呗。现在谁还用台历啊。"

"明儿你别起来太晚，恁姑要来。"

她低下头。一开始只是盯着手边没吃完的包子，然后就开始盯向拖鞋、地板。就好像在一路盯着自己是怎么老的。一条腿跷在凳子上，另一条钩着椅腿。嘴角微微下斜，一小团唾沫星子挂在那里，看起来还在向曾经的梨涡移动——现在那里已经是一条浅浅的峡谷了。

父亲走后，母亲一度想给大门换把锁，不过换锁的师傅说得一百块，她就迟疑了。过了几天，她也就不再提这事了，下班后匆匆往家赶，从6点坐到12点，有时候看电视，有时候进我的房间跟我聊天。她从不敲门，就直接进来，让我觉得自己仿佛还在上中学，条件反射般关掉游戏、正在看的电视剧。这很不好，但我还是忍不住这样做。母亲总是一副愁苦的样子，跟我说着话，眼睛却望向别处。这让我感到庆幸，也有些尴尬。除非她站起身，看向外面。操场、商业区、舍利塔——代表我们这儿现在和过去的东西，都堆在那里。当她的注意力在那个范围游移，我就不会感到不适，可惜不总是这样。眼下这房子里只有我们俩，她变得很木讷，像一台转动失灵的实时监控器，我只好跟她说晚上仍去宋慈家。

"其实你不用说的。这也不是你爸第一次走了。"

宋慈白得出奇，皮肤很薄，看得见浅浅的红血丝。小时候，我和方磊喜欢拿彩色笔把她手臂上、腿上，甚至脸上的红血丝描出来。有那么几次，我们快要把她画成世界地图了。不过她现在胖了，整个人像充水的大娃娃，离远看，就像人群中一只雪白的大地球仪。我觉得她现在的身体更适合我们发挥，那些红血丝被胖肉撑开，均匀地分布在皮肤的天南地北，到处闪烁。我喜欢在她肥硕的腰部按来按去，手指敲打出哆来咪发唆的音节。她像小时候一样笑起来，房间都显得大了。

"我们煮俩鸡蛋吧。"

小区逐渐灭了灯。我们的脸出现在对面人家灰色的玻璃窗上。

"你说他们睡着没。"

"灯都关了，肯定睡了吧。"

"关了也不一定睡着呀。"

已经12点了。我沿着曲曲折折的红色围墙回家去。路灯闪着，背影被拖得很长，我不敢回头看它。

父亲已经离开一个月了。

小时候，他也经常离开。有时候两个小时，有时候一个晚上。像世界上很多父亲一样，我睡着了他才回来，我醒来了他还睡着。

我们偶尔会在早晨相遇，也有时候是晚上。他总是匆匆忙忙，吞咽着一根蘸满豆浆的油条，或者热好的白粥。我们很少说话，只记得有一次针对某边境问题发表了不同的看法。我很快不记得自己说了什么，只觉得必须那么说。那天的饭因而吃得有些久，母亲很高兴。她提议晚上去护城河边走走，我拒绝了，接着父亲也拒绝了。她有些难过，闷声吃饭，我突然有些愧疚。下楼推车去学校的时候，我看见父亲跟跟跄跄从狭窄的楼道下来，嘴里含着一颗槟榔。

"我出去一会儿。"他斜着嘴，褐色的唾沫沾在嘴角，像一枚火星子。

我尾随着他，没走几步，就被远远地甩在了后面。后来我一度想，是我不愿意再往前走，还是父亲真的要甩掉我。这想法生根发芽，逐渐让我感到一阵阵心惊。母亲的哭声一点点从墙壁往下渗，路过三层、二层，直到当时爷爷奶奶住的这间现已变成车库的一楼。我听见她在打电话，一阵一阵都是忙音。我知道再站一会儿她一定让我去找父亲，所以只好撒腿就跑。

家里的灯还亮着。母亲像个巨大的影子悬挂在卧室，并逐渐往客厅移动。路过行李袋的时候，我丢了一把父亲遗忘在古玩架上的剃须刀进去。行李袋已经放在那里很久了，丢进去的时候，都能听到灰尘纷纷坠落的声音。

"他早就不回家了。一天，一个月，我看这次是一辈子不回来啦。"

"你天天没个好脸，他咋会想回来。"

冬天的客厅像冰窖一样，母亲把炉子重新生起。新鲜的火星冒出来，姑姑们的手烤得通红，哈出来的热气在她们中间团来团去。她们压低了声音，我听得更清楚了。我屏住呼吸，蜷缩回被子里，炭火的热气仿佛一路蔓延到房间。我盯着天花板上两条白色花纹，看着它们绕过整间房，爬出内墙。脚汗津津的，却已经变冷。那湿冷蔓上来，腿也有了寒意。可我还是不想起床。

她们的声音原本在客厅尽头，这会儿离卧室近了。我不知道是谁先站起来的，反正母亲站了起来。她在屋里也喜欢穿高跟鞋，脚步声格外清脆。我仿佛听到她衣裙摩擦的声音——这声音也许不是来自她，但她的身体一定在这所有声音当中摇摆。这会儿她应该已经走到厨房，声音明显远了一些。大姑还在絮叨，二姑的博美吠叫了两声。洗手间的水龙头一直滴水，不知是谁过去把它拧紧了。家具本来安安稳稳摆着，此刻桌椅腿却有了一些挪动的响声。这感觉让人有些不安，我只得起床。

已经 11 点了，但天气阴沉沉，只有六七点似的。我突然期待开学，尽管这是最后一个学期了。长吁一口气，双臂扶着洗漱台，我看见镜子里困倦的脸。眼袋陷下去，眼角已经有了一道浅浅的细纹。我想起发现母亲眼角的皱纹也特别突然。那是六年前的一天，我从长途汽车上下来，一夜未睡仍精气十足，满是汽油味的大衣裹住当时只有八十斤的我，行李袋比父亲那只还要显得硕大。我把它放在父亲的摩托车后座上，坐在母亲背后，她的眼角像两条干瘪的橘皮折叠在一起。父亲载着我们以极其危险的弧度穿过中心大街，嘴里不停地说着："不要乱动，你们要相信我。"

已经有人尴尬地踱步，姑姑们指着墙壁上多年前的全家福，说着一些过去的事，关于父亲小时候怎么上学，关于我小时候怎么不听话。从洗手间半开的窗户，能看到整个小区簇新的塑胶花坛、音乐喷泉，还有几棵光长枝条不长叶子的树。洒水车把几条主干道冲洗得清爽宜人，可是无人经过，只有几只野猫飘来飘去。

没有那么多楼的时候，各层各户人满为患，真的盖起一栋栋新楼房，搬进来的住家却寥寥。为了容纳这些新楼，整座城市让出了许多空间。电影院、商场、游戏城，还有一个老年活动中心都不复存在了。高中时，我和宋慈经常纠集一帮同学，晚自习后到小区空置的毛坯房玩天黑请闭眼。我们擎着手电，反复陈述 A 或者 B 为什么是或不是杀手的理由。玩到最后，剩下的往往只有我和宋慈。也有时候，方磊会加入我们。只是那时，他已经不那么愿意在人前和我们两个相貌普通的女生待在一起。更多时候，我们私下会面。他从家里跑出来，手里捏着新的物理习题册，迅速抄上我的答案，又让宋慈口述一遍英语作文。等到一切结束，我们会讨论一下父亲的出走问题，或者开发一些新游戏。比如我们经常躲在没装门的毛坯房内，平躺在宋慈从家里偷来的凉席上。我的手放在方磊的脖子上，方磊把手搭在宋慈的脖子上。默数完一、二、三，狠狠掐住对方。有那么几次，我们同时感受到了耳鸣。这让人快活。可终究很短暂。手松开的一刹那，我听见母亲在楼下拨打父亲的号码，《献给爱丽丝》的彩铃声不断从电话里传出来，一遍一遍沿着空荡荡的楼层上升，就是没有人接听。

我憋着口气，"你们有时间不如研究下我爹去哪了。"

"是啊。去哪了？"

"谁知道。"

她们分开站着，彼此无话，却没有要走的意思。母亲转过脸，站在厨房门边盯着那口正在煮水的锅。我看向客厅的落地镜。有一角已经略微残破，像随时都要倒，可我就是不想跨过去把它扶正。

"他就没错？说走就走，想过别人的感受吗？"

母亲哭起来。"怨我。"她坐下来，低着头。

"晚上我不在家吃饭。同学聚会。"

我捏着那条信息。手机屏幕一直亮着，这会儿有些发烫。

"他先给你发短信的？"

"这重要吗？你是不是很想见到他？"宋慈说。

"我比较关心今天谁给钱。"

"肯定是方磊啊。"

"他以前抄作业现在还会给钱？"

"要你给钱你来吗？"

我不看她，眼睛朝向更远的地方。整个餐馆幽幽暗暗，只有我们这一排被白炽灯照着，其余均处在暧昧不清的光线中。酒保和服务员百无聊赖地靠着吧台，有一两个干脆趴在无人的餐桌上。

"等很久了吧。"方磊说这话的时候，我突然很厌恶他。

"也没有很久。"我说，"我妈刚才来电话了，我可能马上要回去。"

我站起来，很快往外走去，从这家店出去拐个弯，是新开通的一号线地铁。这个点进去，可以赶上末班。坐到第六站，是我家附近那条街。一直坐到终点，就能到火车站。但我还是在家附近的那一站下了车。

路过四五个空的垃圾箱，我感觉眼前仿佛没了屏障，天地为盖，但我的身体却有些僵硬，不能自由穿梭。没有星星，月亮跟着我，也只是一挂隐隐约约的影子。我一路奔跑，它也跟着晃动，直走到小区尽头的那栋楼，它才和我一起停下来。

我慢慢上楼，没有走电梯。六楼并不是很高，但我走了很久。很多房子都是空的，连门都没有。户与户之间彼此通气，我像一团飘忽不定的能量。

"今天回来挺早啊。"母亲站在门口，不穿高跟鞋的她显得很矮。我站在她对面，像一座细瘦的山，骨架挺拔，肉却爬不上去。

"我睡衣呢？"

"洗了。先穿你爹的吧。"

我瞥见那套黑蓝条纹的摇粒绒睡袍。它搭在衣柜门的把手上，看起来瘦瘦小小的。

"随便吧。"套上它，两肩陡然空掉一截。我有些难过。

方磊和宋慈的信息在群聊一栏不断显示，仿佛他们想交流又只能通过我传递。

"你爸回家了吗？"

每当遇到无话可说的时候，方磊就会这么问一下。

我蒙上被子，像最开始住在这个房间时一样。那一年我八岁，洒水车会在晚上8点穿过小区后面的那条街，车灯总能在我卧室的窗边印下一道浅浅的光晕。

"给你爸打个电话。"母亲常常这么说。

那时候城区没有现在大，随便走走，就能走到城市的边缘。我在各种地方看见过父亲的车，有时候是在新开的洗头城按摩城门口，有时候是在涮牛肚摊前。他比现在要精神，掺在一帮中年人队伍里，格外挺拔。我站在人群里喊他，他不应，往往第二第三声才看向我。

我像吊着一个影子一样，把他带走。快走到家门口的时候，他会在靠墙的一片花圃前小解。也只有那时候，他回归每一个醉醺醺父亲的本命。像长舒一口气，又像停顿一下，继续克制。他最终会跟我回家。

"我们知道你今天心情不好。"宋慈说。

"我不是因为这个心情不好。"

　　母亲房间的电视声越来越大，终于变成哭声。我屏住呼吸，努力不让哈出的热气蒙住手机屏幕。我全身绷直，预备只要她哭到第五分钟，就去她的卧室。可在第四分钟，她就止住了。我放松下来，用被子蒙住脖子，接着是下巴、鼻子、整张脸。我右手掐住脖子，左手则紧紧捏着被角。终于，我感觉到一阵轻轻的眩晕，可这感觉也远不如小时候。

　　那时候我们都喜欢去宋慈家玩。她家是一座独立洋房，楼下带大院子和游泳池。夏天的时候，方磊、我，都会去她家。我们给卧室上锁，躺在宋慈父母的大床上，方磊在中间，我和宋慈的位置不断变换。我们屏气凝神玩装死人的游戏，方磊总是忍不住，开始挠宋慈，宋慈先扑向他，然后扑向我。我们三个扭在了一起。她的手按在我的脖子上，我伸向方磊，他伸向宋慈。我们确信听见了自己的心跳，虽然宋慈说那是脉搏。

　　中午的时候，宋慈妈妈会做一桌子菜给我们吃。如果不掉饭粒，她就准我们到游泳池里面玩。可方磊不喜欢游泳，只喜欢掉饭粒。那时候他最矮，看起来像我们的弟弟。当他坐在游泳池边看着我们的时候，我们觉得应该照顾他。

　　"你们俩什么时候能像我妈一样穿胸罩？"他问。

　　就这样到下午5点，宋慈妈妈和宋慈会送我们到附近的商场，我在服务台旁边等逛街的母亲，方磊等他做按摩的父亲。那是我们城市当时唯一的商场，一楼是儿童乐园，我在那里见过很多小朋友，后来他们都离开了这儿。

　　"你以后会离开这儿吗？"

　　"我爸说，我们这里的每个小孩都会离开。"

　　方磊站在我前面，一路随自动扶梯下降、上升。我也跟着他，下降、上升。黑黑的折叠滚轴像要粘住我的头发，将我吞没。我将看着自己从脚下流过。

　　"你的零食！"

　　他在后面喊着，而我不看他。我决心离开这儿，去别的任何地方都可以。我一路狂奔，眼前掠过我们城市的诸多景象，日后它们都在回忆中沉淀成灰色——也或许，是很多种颜色搅在一起，成为灰色。像少数获得批准入住的居民，我们的家像在一排灰色楼墙上挖出了几个闪耀的大洞。每当夜晚来临的时候，窗户透出不同层次的暖黄色光芒，也有时候是白色。它们彼此检索着自己的位置，就像我和宋慈都喜欢站在窗边往外望，虽然对面只有一栋新楼，而对面的对面还有一栋。我们猜测，那后面的后面的再后面许多，还会是一栋栋楼。有些可能不属于我们城市，但也差不多。它们不规则地排出去，在整片大陆驰骋。它们彼此长得一样，就像我们。

可我们一样吗？

我看着宋慈。蓝色美瞳让她的眼睛在一脸胖肉中显得醒目。这比我的眯眯眼好多了。方磊徘徊在客厅，接着又走进厨房，最后，在卧室的木地板边缘局促地坐下来。

"你家真是越来越小了。"他嗓音低沉，像蚂蚁在我们脚下乱爬。

已经初一了，外面的鞭炮声响起来，城市变得热闹，虽然再过一阵子，该走的又会再次上路。

"我妈打算把房子卖了。"我坐在床边，"不过她叫价那么高，有人买吗？"

"就算买了，真的有人住进去吗？前阵子我在售楼处门口看见一个土豪，张嘴就要买一层。"

"你妈是想搬家，彻底离开这儿吧。"

"你真觉得你爸是因为她要走？"

"他早就想走了。"我说。

"谁不想走啊。"宋慈说。

"你不会走的。"方磊回过头，"我也不会。"

他的两条腿随着身体转过来。手比小时候粗壮许多，但每根指关节的形状还是清晰利落，好像敲一敲就能发出响声。宋慈已经开始玩手机，我看向别处。就这样沉默了几秒，他终于在我们中间躺了下来。

如果没猜错，母亲这个点就该回来了，这个菜她买得有些久。我不知道她是不是又去那些地方找父亲了。我皱着眉，继续看向别处，直到方磊的手按在我肩上才反应过来。接着，宋慈也按在了他肩上。我在等着他进一步向前，最好徘徊在脖颈，直接掐上去。

"你在想什么？"他的手停下来，另一只手撑着下巴。我只得坐起来。

"我们去外面吧。"

方磊应了一声，宋慈不说话。像沿着一条外表光明的隧道，我们从最上面一层毛坯房走起，从客厅进了朝南的卧室，接着是餐厅、厨房、次卧和洗手间。这是一套复式房，最上面是个带洗手间的尖顶小卧室。我们钻上去，方磊探了探腰，身体像一张弓，把房间整个顶了上去，而宋慈的胖肉遮住一半阳光。

"去下面。"

我们来到了当年玩游戏的那间毛坯房。几年来，它多次易主，每次易主都有些小变化，可每一个变化都未能让它真的改变。和别处不同，它装了窗门，只不过门一拧就开。这次我拧开的时候，地上掉落了一层细细的白灰。

和别处不同，这套房子只有一个大通间，据说，本要做商用房，可一直没有公司搬进来。也有人说，要建艺术工作室，准备请进来一批画家，可也没有下文。

一侧的水泥墙上，写满字迹拙劣的脏话。我捡起一截粉笔，在地上画下浴室区、吃饭区、睡觉区等几个位置，然后指向最中间的一块："当时我们就在这里。"

黄昏了。外面已是赤橙一片。天气预报说今天有雪，可到现在也没下，大概是不会下了。我有些焦躁，在房间四周踱步，右脚使劲摩擦着地板，皮鞋尖头的形状因而有些温和。我突然觉得这套大通间真的是大，比我想象中还要大。外面已是蓝黑色的天了。

"我妈还没回来。"

"过年交通不好，外地的人都回来了，地铁都挤不上去。"

"如果真有那么多人，这儿怎么没人呢。"

"我得去找她。"

我们的声音墙灰一样朝下一层层刮落。电梯停运，只好步行下去。

一开始真的在走，接着变成跑。我们穿梭在无数套毛坯房内，它们的边界在夜晚模糊到不存在。我们的声音——步伐、嬉笑，甚至还有干渴的呼吸，都清晰干脆，骨头之间经过这么大的动作，也像透进了风，随时都能和整个楼宇融为一体。

我们一路跨出这栋楼，跨出小区。路灯下都是夜色中形态模糊的行人。或站直，或驼背，甚或是坐在车上、轮椅里。

"你们走得太慢。"

没有人回答，我吹起口哨。

马路对面是一个戴小羊皮毡帽的男人，他挺拔的身姿让人觉得是个青年，还有很多时间可以度过。这后来的时间能不能称之为未来，我不知道。我看着他、他们，仿佛那也是我自己。我的动作和过去一样，只是眼里盛着雾。我知道自己看得不够清楚，可眼下只能如此。我还要跑，不是向着终点，不只向着母亲，而是向着人群。那里有更多危险，更多安全。我知道自己还要更高，又或者终生都这么高，从此艰难地穿过人潮。

胖　大　海

张　忌[①]

1

夜里起来上厕所，小倩看见客厅的地板上掉着半块饼干，坑坑洼洼的，被什么咬过。小倩皱着眉，回到卧室。

让你别在房间里吃零食，现在倒好，招老鼠了。

大海扭过头，揉了揉惺忪的眼睛，什么老鼠？

客厅里掉着块饼干，一看就是老鼠咬的。

大海挠了挠头，打了个哈欠，没事，一只老鼠嘛。

小倩躺到床上，将毛巾毯往肚子上拉了拉，你赶紧想办法，家里有只老鼠，恶心死了。

老鼠有什么可怕的，大海又打了个哈欠，小时候，我抓过老鼠，老鼠的毛特别软，摸起来就像锦缎的被面。

你不要说了，恶心死了。小倩白了大海一眼，转身向外睡了。

大海将两只手垫在后脑勺上，小倩一闹，倒把她的睡意给弄没了。大海想说说话，但小倩已顾自睡去，很快便有了鼾声。

这么大的人，居然怕老鼠。不过，既然小倩说了老鼠的事，就得想办法

[①]　张　忌　1979 年出生，宁波人，中国作协会员。2003 年开始发表小说作品。先后在《收获》《人民文学》等刊物发表长篇、中短篇小说一百余万字。出版有长篇小说《公羊》《出家》，中短篇小说集《小京》《海云》《素人》。

赶紧抓了。店里好像有一个老鼠笼子，不知道放哪里了。上次店里闹过一次老鼠，就是用那笼子套住的。笼子放到门外，滚烫的开水浇下去，老鼠在笼子里乱窜，吱吱叫几声，很快就死了。

大海胡乱想着，旁边小倩的呼噜声开始响亮了起来。大海看了眼小倩，忍不住笑。小倩人那么瘦，却会打呼噜。有一次，她跟小倩说起这事，小倩还不相信，说打呼噜的肯定是大海。大海那么胖，胖的人才打呼噜。

小时候，大海听人说过，人睡觉的时候，如果老鼠从他身上爬过去，就会睡得特别死，怎么也醒不过来。大海想，要是把这个告诉小倩，她肯定会睡不着，会开口骂她死大海。

大海拿起手机看了看，已经2点半了。她索性睁着眼看天花板，睡不着就睡不着吧，再过半小时就要去店里了，就算睡下，也睡不了一会儿了。

2

夜正黑，路灯开着，黄色的灯光看上去毛茸茸的，就像沾了露水。大海骑着电瓶车，小倩靠在她的后背上，身体微微缩着。虽然4月份的天气早已转暖，但凌晨的夜风还是扎人。

大海拉开了拉锁门，将灯打开。她将高精粉和低精粉掺着倒进桶里，高精粉韧，发得慢，要掺低精粉才发得起来。揉好了面，大海将肉从冰箱里取出，开始在案板上剁馅。别的包子店，都是提早剁好馅料，冻在冰箱里，方便，也好包。但大海为了包子好吃，从来都是用的新鲜馅料。

没人说话，房间里只有菜刀剁在案板上单调的撞击声。没睡好，案板前的大海一个劲地打着哈欠。哈欠过后，她的眼眶里便噙满了泪水，这让她眼前的一切变得有些模糊。

大海擦了擦眼睛，扭头看小倩，小倩坐在门口剥葱。因为灯光的关系，她的身形似乎有一层淡淡的晕散，在门口的巨大黑暗中，就像是一块热水里的冰，很快便会消融一般。

大海原来的名字叫海娟。有一次，也是这样，大海在里面剁肉，小倩在门口剥葱。剥着剥着，小倩突然就笑了起来。大海看她，说，你笑什么？小倩扭头看着大海，又笑，我给你取个新名字吧。大海一愣，取什么？小倩说，你那么胖，要不以后我就叫你胖大海吧。大海又愣了一下，笑眯眯地说，挺滑稽的。其实，大海觉得自己没那么胖。但小倩欢喜叫，那就叫吧。

包子要在5点前全部做好。大海负责力气活，剁肉，拌馅。小倩手快，包包子的时候，手底就像穿花一样，灵巧极了。一个个包子，小巧玲珑，花骨朵似的。小倩没来这家店时，店里的包子都是大海自己包。小倩来了，包包子的活儿，主要就靠小倩。小倩手快，包子又包得好看。大海的包子，怎么包都不如小倩。

5点过后，客人便一批一批地来，这是店里最忙碌的时候。两个人陀螺似的转，直到10点左右，才算空了下来。本来大海的店里还做午饭，卖剩的包子，配一碗馄饨、面条，附近的一些工人会来吃。但小倩觉得这样太累了，又赚不了什么钱，就停了。

大海将碗泡在热水里，开始洗碗。小倩坐在门口抽烟。抽完了，小倩去隔壁面馆炒两碗干水面。面炒好拿回来，大海也就收拾得差不多了。两个人在店里吃完，回家里睡觉。就这样，一直睡到晚饭前再起来。

细细盘算，这一天下来，只有晚饭以后，才是真正属于她们的时间。她们会一起去逛街，看电影，这是固定了的。只有一起出门转上一圈，这一天才算落了停。不过，最近两人一起出门的次数却少了许多。小倩总说有事，总是一个人出门。大海从来不问小倩有什么事。小倩不在，她就跑到楼下超市买一堆零食，躲在房间里看连续剧，喝可乐。她挺欢喜这样待着，小倩不欢喜，每次见了总要说，大海，你这样会越来越胖的，你应该出门。可大海不欢喜一个人出门，没意思。

一回家，小倩第一件事便是跑到卫生间洗澡。她每天从店里回来后都会洗澡，她总说身上有一股葱花味。大海不觉得她身上有葱花味，再说了，葱花香喷喷的，又不难闻。

走进房间的时候，大海觉得好像忘记了什么事情，她皱着眉，却又想不起来忘记了什么。躺到床上，她才想起来，忘了从店里拿老鼠笼了。

大海想，明天可不能再忘记，否则小倩又要念叨了。

3

大海躺在床上，一边吃薯片，一边喝可乐。电视里在放一部很长的连续剧，讲谈恋爱的，已经放了快一个月了。现在的电视剧，演员越来越好看，瘦瘦的，穿着时髦衣服，一个个像衣服架子一样。大海不欢喜那种穿得破破烂烂的电视剧，看着就让人情绪不好。看电视里那些漂亮男女，你情我爱，分分合合的，看着看着，大海就会流眼泪。流眼泪的时候，大海会想，自己为什么流泪？自己又没谈过恋爱。她想不明白，照样看，照样流眼泪。

大海往嘴里塞了一块薯片，嚼了嚼，又拿起可乐，用力灌了一口。可乐的气顶上来，她忍不住打了个舒服的嗝。大海最喜欢喝可乐。或者说，所有甜的东西，她都欢喜，吃不够。小时候，家里几乎没给她买过糖。看着别人装在口袋里的糖，她总会忍不住咽口水。有一次，她洗碗的时候，摔了一个碗，偷偷扫了。继续洗，因为紧张，结果又摔了一个。她害怕了，她知道，要是被那个女人看到，她就要吃苦头了。她一生气，就会拧她的大腿内侧。她年轻时纳过鞋底，手上的劲头特别地大。大海就偷偷地跑到了村外，那里有一堵废墙，她靠着废墙的墙根坐下，摘下一根狗尾巴草。太阳暖烘烘的，她就打起了瞌睡。后来，她听见了叫卖声，睁开眼睛，看见路上走来个黄岩来的货郎。他摇着拨浪鼓，嘴里喊着，鸡毛兑糖，鸡毛兑糖。他挑着一副货架，货架上放着大大的糖饼，用棕榈叶子包裹着。那糖很香，奶白色的。货郎看见她，就凑过来，笑眯眯地说，你为什么坐在这里？大海眯起眼睛看了看他，说，你的糖饼甜吗？货郎笑眯眯地说，当然甜了，你要不要吃？她点了点头。货郎说，那你有东西换糖吗？她摇了摇头。货郎看了看她，又朝四处望了望，放下挑子，从糖饼上切下长长的一条。他将糖条递给她。她不敢要，说，我没有东西换糖。货郎依旧笑眯眯的，你有的。大海吃糖的时候，货郎就将手伸进了她的裤子。她觉得他的手冰冷，就说冷。货郎便又切了一块糖给她。她觉得疼，又说，疼，货郎又给她切了一块糖。

小倩就从不喝可乐，她说喝了可乐人会变胖。但大海不在意。女人胖，不就怕男人不欢喜吗？不欢喜就不欢喜吧，从小到大，她似乎就没讨人欢喜过。父母不欢喜她，将她送了人，后爸后妈也不欢喜她。后来，她一个人跑到城里，这么多年了，一直都是自己过自己的，何必又要别人欢喜？

小倩没吃晚饭就出门了。午觉睡醒后，她就开始在大衣镜前试衣服，试了好多件，都不满意。大海说，你不吃晚饭吗？小倩说，来不及了，我还要去做头发。她总是那么忙，大海想，或许好看的人就会忙。

电视剧放完，10点半了，小倩还没回家。大海皱了皱眉头，她不是怪小倩，而是担心。她最近总是那么晚回家，半夜还要起来包包子，这么点时间，怎么睡得饱？年轻轻的，老这么熬可怎么行？

大海关了电视，躺下睡觉。可睡了好一会儿都没睡着。最近，她的睡眠一直不好。大海想，会不会是自己年纪大了的缘故？以前，她一沾枕头就倒，可现在，好久都睡不着。算一算，过了阳历生日，自己就三十三岁了。这人，可能真没有一两岁好差的，一上了三十岁，就一年不如一年了。

大海闭着眼睛，好容易一点一点迷糊过去，突然听见嗒的一声响，好像有人开门。大海脑中一紧，瞬间清醒了。是小倩回来了。小倩进了房间，没洗就躺到了床上。大海闻见她身上一股酒味。小倩喝酒了。

大海说，你怎么这么晚回来？小倩侧过来，将一只手搭在大海身上，笑眯眯地说，你还没睡啊？我去酒吧喝酒了。大海说，去酒吧也不能这么晚啊。这一晚上，只够睡几小时啊？小倩就笑，没事，每天睡那么多干吗，又不是猪。

小倩抱住大海，将腿搁在了大海的身上。她欢喜抱着大海睡，她说大海很软，就像个大枕头。没一会儿，小倩便开始打起了呼噜。

小倩这么晚回来，搞得大海也睡不好。迷迷糊糊地，也不知道躺了多久，手机闹钟又响。她起了床，看见小倩还在呼呼大睡，犹豫了一下，还是没有叫醒她。大海悄悄地出门，骑着电瓶车去了店里。

大海在灯光下，剁肉，剥葱，包包子。一个人，她只能尽量加快速度。尽管如此，总还是差了一双手，包子不够了，有几个老顾客没吃到，一个劲地抱怨。

包子卖完了，大海又开始洗刷。洗完了，起身时，她差点没站住，干了太多的活儿，那腰就像是折了一般。她顿住身体，缓了缓，去隔壁的面馆炒了两碗干水面。小倩还在家，她得给她带一碗回去。

拉铁闸门时，大海突然想起了老鼠的事情。这记性，差点又给忘了。

回到家里，小倩已经醒了，却还没起床。小倩躺在床上，像个孩子似的调皮地看着大海，你也不叫醒我。大海说，你还说呢，那么晚回来，你起得来吗？赶紧起来吃饭，我买了干水面回来。小倩去卫生间洗漱的时候，大海就将老鼠笼放好，里面挂一根油条。油条香味重，招老鼠。

4

吃晚饭的时候，小倩一直捧着手机，吃着吃着，突然就大笑起来。大海说，你在看什么，这么好笑？小倩说，在聊天呢。她抬头看了大海一眼，大海，我找了个男朋友。大海一愣，不知道小倩说的是真是假，什么时候找的？小倩将手机往大海面前一递，嗒，微信上加的。大海说，微信是什么，还能找男朋友？小倩说，怎么说呢，我也说不好，挺简单的。你把手机拿来，我帮你弄一个。

小倩放下筷子，教大海注册微信。

喏，先要拍张照片，作头像。大海说，那你就帮我拍一张吧。小倩歪着头打量着大海，不行，你这个形象不好看，得打扮一下。这样，你换件好看的衣服，我再帮你化化妆，这样，就会有男人欢喜你了。大海脸一红，算了算了，太麻烦了。小倩却来了劲，起身要帮大海找衣服。可把柜子翻遍了，却找不出一件像样的衣服。

小倩说，你从来没买过新衣服吗？大海说，我人胖，穿衣服不好看。小倩说，不行，你要打扮。女人不打扮怎么行？小倩皱了皱眉，这样，等下我陪你逛商场去。大海说，你晚上不出门啦？小倩白了大海一眼，呀，大海，你怎么这么记仇啊。

晚上，小倩便带着大海去了商场。她给大海选了衣服，又选了鞋子。看着标签上的价格，大海舍不得了，心里盘算着这得卖多少包子啊。小倩看出来了，说，你不要不舍得，我买给你。可付钱的时候，大海还是抢着付了。小倩便埋怨，说好的我买给你。大海笑笑。

回到家，小倩帮着大海把微信注册好了，还帮大海加了自己。小倩说，你不能光我一个好友，你要再加些别的人。大海说，可我也没有什么别的朋友啊。小倩叹了口气，大海啊，你也真是的。她想了想，这样吧，干脆把你相片放我朋友圈里，我朋友多，我让他们帮着扩散，保证给你找个好男朋友。大海笑了笑，说笑的，还真找什么男朋友啊。小倩便把大海的手机拿过去，说，你就别管了。大海愣了愣，随她吧，反正也不会有人看上自己。

隔天午睡时，小倩的手机响了一下，小倩看了，夸张地叫道，哇，大海，有人要加你，你赶紧加他一下。大海有点蒙，不知道怎么弄。小倩便将她的手机拿过来，按了一阵。大海坐在一边，看着她摆弄。

过了一会儿，小倩说，好了。大海说，什么好了？小倩说，我跟他说好了，今天晚上一起吃饭。大海一阵紧张，干吗吃饭，好端端的，怎么就要吃饭啊？我都不认识他。小倩白了大海一眼，约了不就认识了。

小倩拉大海起床，让她将那套新衣服换上，还帮她化了个淡妆。大海心里怦怦跳，真去啊？当然真去了，不是你让我帮你找男朋友的嘛。我还以为开玩笑呢。小倩说，大海，你可真是的，现在说开玩笑了，都约好了，多没面子啊。大海想了想，那你陪我一起去吧。小倩说，我才不要去，当电灯泡啊？大海说，你不去，我就不去。小倩用力甩了甩手，好了好了，算了，我去就我去好了。

大海瞟了小倩一眼，小倩怎么突然有了个男朋友，又这么着急地给自己找男朋友，她这是要干吗呀？

大海骑着电瓶车，载着小倩，去咖啡馆。大海说，干吗非得去咖啡馆，约他明天来店里吃包子不就行了？小倩说，哪有约会吃包子的。大海说，吃包子怎么了，难道那个人就不吃包子啊？

到了咖啡馆，见到了小倩说的那个男人。男人瘦，有些谢顶。人倒是挺有礼貌，也挺直率。聊了一会儿，便介绍了自己的情况，他说自己姓冯，是名公务员。今年五十岁，三年前，老婆生病去世了。听到此处，大海稍稍有些难过，她不晓得小倩给她介绍的竟是这么大年纪的一个人。

大海对这个男人毫无感觉，她觉得他对她也没有感觉，反倒是跟小倩聊得很好。小倩点了咖啡，大海不欢喜那苦味。她想，要是能喝可乐就好了。可小倩不会让她喝的。如果她点了，小倩又说要发胖什么的了。

这一顿饭，大海没吃饱，那个牛排，刀子划开了，里面的肉是粉红色的，显然是生的。大海想说，为什么牛肉没烧熟，可她看了看小倩，还有那个男人的牛肉，也都是粉红的。他们吃得很香，她倒不敢说了。

吃完饭，大家便散了。小倩回家换了衣服，又出门去了。大海觉得肚子不饱，跑到楼下超市买了方便面，又买了可乐薯片，躲在家里吃。

看电视的时候，大海又想起了吃饭的事。她忽然感到有些难过，小倩介绍的那个人，论年纪，都可以做自己的父亲了。小倩为什么要给自己介绍这样一个人。难道在她眼中，自己已经到这个地步了吗？

不知道为什么，一想这个，大海突然就没了胃口。

她起身，翻出了小倩的衣服，站在大衣镜前，试着穿。那衣服穿在小倩身上，玉兰花一样，穿在自己身上，却像包裹着一只粽子。大海觉得有些沮丧。

大海将衣服脱下来，忽然觉得奇怪，自己居然会为胖不胖这样的事情感到沮丧。

5

大海蹲在地上洗碗，今天还剩下几个包子，她不想浪费，泡了碗紫菜汤，就着吃了。小倩从不吃包子，她到隔壁烫了碗海鲜面。吃完了，她就坐在门口抽烟。抽了一阵儿，她突然扭头问大海，这几天有没有跟冯先生聊？

大海说，没有。小倩说，你应该跟他聊聊。他是公务员，小孩在外地工作。有房有车，挺好的。大海敷衍了一句，是挺好的。

大海，你认真点。你有没有想过，你就这样卖一辈子包子啊？

大海一愣，卖包子怎么了？不是挺好的嘛，为什么要想这样的问题？

小倩吐出一口烟，说，我觉得我们应该趁年轻，改行做点别的生意。

大海又一愣，做什么？小倩将烟熄了，我现在还没完全想好。大海啊，我们得有个规划，不能一直这样混混沌沌地下去。

大海听着小倩的话有些怪怪的，她看着小倩，忽然觉得她有些陌生。以后怎么办，这个问题大海从没想过。她觉得自己这样跟小倩一起开个包子店，挺快乐的。不过，小倩和自己不一样，她这么漂亮的女孩儿，或许真不应该卖一辈子包子。自己不存在的问题，对小倩来说，可能就是一个问题了。

那时，母亲怀孕了。他们想要个儿子。为了要这个儿子，他们就得把大海和姐姐中的一个送给别人家。爸爸想了个办法，将烟盒的纸撕开两张，一张写了走，一张写了留，放在一个大海碗里晃荡，让大海和姐姐选，最后，姐姐选了那张"走"。

第二天上午，姐姐就被送到了别人家。可下午，姐姐就回来了。爸爸说，对方嫌姐姐太大。说话的时候，他就看着大海。大海觉得挺高兴，因为姐姐不用走了。但她并没有理解父亲话里的另一层含义。隔天，父亲就用他那辆叮当作响的自行车，将大海送到了那户人家里。

在大海的印象中，起初，他们对她也不算坏。他们一直不能生育，将大海当成亲生的养。大海从小就胖。小的时候，胖乎乎，还可爱，长大了，就越来越难看了。不知道是不是模样的缘故，养父母渐渐地对她没以前好了，再后来，他们又领养了一个男孩。从那个时候起，她就成了这个家里多余的。好容易长大成了人，养父母匆匆忙忙地给她找婆家，托了一圈，最后找了个四十多岁的男人，这男人得过小儿麻痹，走路时，一歪一斜，就像在船上摇橹。他们一起吃过一顿饭，吃饭的时候，他一直对着大海笑。他的牙齿缝里嵌了东西，他就伸出左手，用指甲去抠。大海看见他的手又小又白，蜷缩着，就像水里泡过的鸡爪。大海在饭桌上，几乎呕吐起来。

后来，她就跑了出来，先是在一家包子店打工。再后来，她学会了做包子的手艺，攒了钱，租了个门面，开包子店。大海的包子做得实在，生意一直很好。

小倩是大概五年前到大海的包子店的。小倩是安徽人，长得好看，做的包子也跟她的长相一样，精致，漂亮。小倩说，自己上完初中就出来打工，做过很多活儿。小时候，家里经常做包子，她欢喜看妈妈将包子一褶一褶收拢的感觉。那时候，她就想，以后长大了，一定要找一份做包子的工作。

想起来，时间过得真快，一晃，小倩就来了五年了。大海想，小倩不是说自己欢喜包包子吗，那为什么不能就这样开一辈子的包子店呢？

晚上，一个人看电视的时候，大海又想起了小倩的那番话，翻腾一阵，脑中突然浮现出了那个冯先生。看起来，那个冯先生的确是有些老相，可是，老归老，配自己，也差不到哪里去。他有房有车，又没有儿女的负担。怎么说呢，小倩的话，乍一听，挺刺耳，细想了，也不无道理。小倩跟自己萍水相逢，打断了骨头，也连不着筋。凭什么跟自己守一辈子包子店啊？

想到冯先生，大海便拿起手机，想给他发个微信。可手机拿在手上，却又不知道该说些什么。愣了半天，总算想了一句话，略有些笨拙地按在了手机上，有空来我店里吃包子。

过了几分钟，冯先生回过来一个笑脸。隔了一下，又回过来一个字，好。

大海想继续再说些什么，又不知道该怎么说。她把薯片放到一边，轻轻地揪了揪自己的肚子上的皮肉。

大海叹了口气，不能再吃了，再吃，自己就真要变成一头猪了。

让大海意外的是，第二天早上，冯先生就来吃包子了。他寻了个位置，要了三个包子，一碗馄饨。吃了几口，冯先生便扭头跟大海说，嗯，这包子味道真好。大海一时间有些发蒙，嘴里说，包子是小倩包的。冯先生笑笑，说，做这个很辛苦吧？大海说，嗯，习惯了还好的。

勉强应付了几句，大海就更加局促了起来，不知道还能说些什么。她赶紧低头走到一边，偷偷跟小倩说，小倩，你陪冯先生说几句。小倩说，怎么让我说，应该你去说啊。大海说，我不知道该怎么说，还是你去吧。小倩白了她一眼，有些不情愿地走过去跟冯先生说话。

走到一边，大海就想，冯先生能吃三个包子，一碗馄饨，胃口挺好。胃口好，说明身体好。身体好，年纪稍大些，又有什么关系？这样想时，大海又扭头看了冯先生一眼，看上去冯先生跟小倩聊得挺好。唉，大海有些怪自己，平时不是挺能说的吗，这一到关键时刻，怎么就卡了壳了？

下午睡觉时，大海主动问小倩，小倩，你跟冯先生聊了什么啊？小倩扭头看了大海一眼，说，你应该问冯先生啊。大海说，我问他做什么。小倩便凑过来，盯着大海的脸，你的脸怎么红了？大海摸了摸自己的脸，哪里有红？小倩说，分明是红了。大海侧过身，别乱说，睡觉睡觉。小倩哈哈笑了几声，说，行了，别不好意思了，有什么呀？我跟你说，冯先生对你有意思的，你看他都专门来看你了。大海说，哪里是专门看我，他是来吃包子的。小倩说，他又不住那附近，怎么会跑这么远来吃包子？小倩转过身，大海，我觉得冯先生真挺好的，你要主动些。大海没说话。小倩说，大海，认真的，我们不可能一辈子做包子，得多有些盘算。小倩沉默了一会儿，说，对了，我前几天不是跟你说了改行的事吗？我告诉你，那事现在已经有眉目了。

大海一愣，做什么？

小倩笑了笑，却又背过身去，先睡觉，再等几天，你自然就知道了。

大海心里一阵翻腾，刚刚因为冯先生的话题有些好转的心情，此时又晦暗了起来。她斜着瞟了小倩一眼，叹了口气，她那么漂亮，的确不该卖一辈子的包子。

很快，小倩的呼噜声又开始响起来了。大海想，也许过不了多久，自己身边就听不到这样的呼噜声了。她觉得心里发堵，很想找人说说话，可是，自己能找谁呢？大海发现，碰到事情的时候，身边也没个说话的人。这么多年，一个人在城里，也就是小倩了。如果没有了小倩，那自己就真连个说话的人都没有了。

这时，她又想到了冯先生。想到冯先生的时候，大海的心里似乎有了一些光亮。自己的确应该再找个人，哪怕只是说说话的人。

6

上午的时候，店里来了个女人，四十岁左右的年纪，坐在角落里吃包子。大海觉得这个人有些眼熟，像是哪里见过，但又想不起来。吃完包子，女人付了钱，却不走。她一直在看大海，目光撞上了，也不躲闪，只对着大海笑。

大海走到女人面前，说，你吃好了吗？我要收拾了。女人说，你收拾吧。大海收拾完了，她却还坐着，还看她。大海说，你有什么事？我这里快要关门了。女人盯着大海看一阵，突然说，二囡，你真认不出我了吗？

大海愣了一下，她在叫自己吗？二囡，这个名字似乎有些熟悉。女人说，我是你姐姐啊。大海的脑子一下子堵住了，耳朵嗡嗡响一阵，根本反应不过来。女人似乎并不在意大海的反应，说了自己的身份后，就顾自呜呜地哭起来。哭了一阵儿，又抬头泪眼婆娑地看大海，二囡，我是姐姐啊。

大海看见女人的嘴巴在张合，但她却听不清她在说些什么。有一些零碎的画片在她脑子里飞闪，她有种窒息的感觉。

二囡，我们一直在找你，那家人说你不在了，我看见他们家那个儿子，我就什么都明白了。二囡，你受苦了。

大海用力咽了口口水，她拿起抹布，平静地擦着桌子，对不起，我要关门了。

姐姐说，二囡。

大海拦住了她的话，我不叫二囡，我叫海娟。

行，那我就叫你海娟。海娟，你别记恨爸妈，他们也是没有办法。身上掉下来的肉，谁愿意送人啊？

大海突然盯住了她的眼睛，他们后来生出儿子了吗？

姐姐愣了一下，生了。

那他们应该感到高兴啊，干吗还要找我？

什么女儿儿子的，都是身上的肉，都舍不得的。爸妈都老了，心里最放不下的就是你，这么多年来，一直托人找。后来听人说你在这里开包子铺，我才找到这里来的。

姐姐盯着二囡，怔怔地看，虽然你那么小就离开了，但第一眼，我就认出你了。

听了这句话，大海忽然觉得一阵难过。她扭过头，不让自己的眼泪流下来。她不再说话，坐到一旁的大铝盆前洗碗。姐姐也坐下来帮她一起洗，大海看着姐姐沉在泡沫里的那双红通通的手，那些零散的画面又在她的脑海中浮光掠影般闪过。于是，她噙在眼眶的眼泪便大滴大滴地掉在了热气腾腾的洗碗水里。

两个人就这样沉默着洗碗，谁也不说话。最后，碗都洗好了，姐姐才用手支着膝盖站了起来。

好了，大海，总算是见到你了。我也该回去了，我得去告诉爸妈一声，你好好的，也让他们放心。

听了这话，大海突然抬头说，你再坐一会儿。说完，她就用围裙擦了擦手，到隔壁的面馆烫了两碗海鲜面回来，让姐姐坐下来一起吃。面吃到一半，姐姐说，二囡，没事的话，你就跟我回家去看看爸妈吧。

　　大海心里微微一阵抖动，但她很快便将这种起伏的情绪给平息了。这么多年了，见到他们，会是怎样，又能怎样？这场面让她感到害怕并且沮丧，她用力地摇了摇头。

　　姐姐走后，大海就将店门关了。回到家里，大海坐在床上，发了一阵呆。她突然想找个人说说话，于是，她便给小倩打电话。

　　小倩说自己正在外面谈事情，问大海有什么事。大海说，你早点回来吧，想跟你说个事情。小倩随口应了。电话那头，很嘈杂。大海将电话挂了。她躺在床上，想睡，却一点都睡不着。她觉得心烦，起身走到客厅，倒了一杯水，一口气灌到了喉管里。喝完了，她就趴在饭桌上发愣。就在这时，她看见了客厅一角的那只老鼠笼。老鼠笼空荡荡的，凌空悬着的那根油条，早已经没了油水，黑乎乎的，又干又瘦。

　　一直等到8点钟，小倩才回来。她显得有些兴奋，一见面就说起了改行的事。小倩说，自己已经跟朋友谈妥了，开店做"真美"。"真美"是一种直销产品，最近非常火。大海说，那你懂这行吗？小倩说，我懂啊。再说了，我不懂，还有李华呢。李华，李华是谁？小倩笑眯眯地说，就是我微信里找来的男朋友啊。哦，大海应了一声。小倩转过身，抱住大海，对了，大海，我开店，你可一定要投资入股哦。大海说，可我不懂啊。小倩便说，哎呀，我不是说了吗？我懂啊。大海愣了愣，说，那包子店怎么办？小倩说，开了真美，就赚大钱了，还卖什么包子啊？

　　说到这里，小倩似乎突然想到了什么，她问大海，对了，你下午打我电话，要跟我说什么事情？

　　大海摇了摇头，没什么。

7

　　三天后，姐姐又来了。她拎着一个蛇皮袋，打开了，是满满一袋子的蔬菜。姐姐说，爸爸种大棚蔬菜，你开包子店，要菜，就割了些，让我带给你，很新鲜的。姐姐说完话，把菜放下就走了，连口水都没喝。

　　看着满满一口袋的蔬菜，大海有些不知所措。她觉得自己就像做梦一样。

　　小倩在一旁奇怪地看着大海，说，你怎么了？大海摇摇头。小倩说，那人是谁啊，干吗给你送这么多菜？大海将头低下，说，是我乡下的一个亲戚。小倩皱了皱眉，奇怪了，我在你这里这么久，还从没见过你家里的亲戚呢。

　　大海舍不得把这些菜全做了包子馅，就带了许多回家。小倩说今天晚上，她的那个男朋友要来家里吃饭，正好将这些菜派了用场。

　　大海在厨房里烧菜，小倩和那个男朋友在客厅的沙发上说话。透过厨房的玻璃，大海看见小倩赤着脚，蜷在沙发上，紧紧靠着那个男人。那个男人长得挺漂亮，像电视里的演员。小倩说，男朋友是一家足浴店里的领班，很能干，人也特别好。大海不时地打量着小倩和那个男人，心想，就算是能干人好，小倩也不应该当着自己的面靠在他身上。

　　吃饭的时候，小倩便说起了开店的事情。小倩说，我早就不想干了，每天天没亮就起来，在那里剁肉剁馅，谁二十几岁的人一天到晚在那里包包子啊？这也太没生活质量了。

　　大海仔细听着小倩的话，她有些不高兴。小倩不应该发这样的牢骚，有话，可以跟自己说，这里还有个外人呢。但很快，大海便纠正了自己的想法，他是她男朋友，不是外人。可是，如果他不是外人，那自己是吗？想到这里，大海忍不住看了小倩一眼。

　　小倩丝毫没理会大海的眼神，继续说着开店的事，大海，我不想做包子了，你也不许做，我要你跟我一起做别的生意。今天李华来，就是让他跟你仔细说说开"真美"的事情。李华，你跟大海说说。

　　那个叫李华的男人便说，大海姐，小倩说得对，你们早应该改行了，做包子太辛苦了。再说了，现在多少包子店，还有什么利啊？"真美"就不一样，一点不辛苦，利润还大。我们只要花一笔钱，拿到本地的代理，开个店面，轻轻松松的，甚至都不用自己卖东西。那些下家会自己来拿货，买卖的事情，都是他们干。包子店是夕阳产业，"真美"才是朝阳产业。

　　小倩打断了李华的话，什么朝阳夕阳的，你说这些大海也听不懂。大海，我跟你说，其实很简单，你知道"安利"吗？"真美"就相当于中国的"安利"，现在外面好多大城市都在卖"真美"，你老在家里看电视，肯定看见过"真美"的广告。眼下，"真美"在本地的名气还不算大，这是好事，要是名气大了，就轮不到我们了。只要我们把代理权拿了，别人就再也拿不去了。说难听点，到时就算不想开店了，卖代理权就能卖一大笔钱。

　　小倩说话的时候，大海一直在看着小倩，事实上，她根本没听懂什么真美，什么安利的。看着小倩和李华轮番地跟她说开店的事，她感觉有些奇怪，她在心里叹了一口气，或许自己现在已经是个外人了。

行了，就算我一股吧。

听了这话，小倩便像个孩子似的欢呼了起来，她用力抱了抱自己男朋友。随后，像想起什么似的，又转身抱了抱大海。

吃好了饭，小倩让大海别急着洗碗，坐下一起再聊聊开店的事儿。刚聊了没几句，李华突然说，呀，你们家闹老鼠啊？大海一愣，看见李华正直勾勾地看着墙角的那只老鼠笼子。小倩应道，是呢，一直抓不住，烦死了。李华便起身，去看了看那只老鼠笼，你这笼子以前抓过老鼠吧。大海说，嗯，以前放店里，抓过一只。李华站起身，拍了拍手掌上的灰，难怪呢，这笼子一抓过老鼠，里面有了味，别的老鼠就不会再进来了。没事，什么时候，我给你买个新的。

这时，小倩便拿眼睛白了白大海，你看看，你看看，还说自己会抓老鼠呢。

8

粽子装在一个竹篮里，竹篮上蒙了一层厚厚的棉絮。掀开棉絮，能看见粽子外又包裹着一个塑料袋，打开来，还是热的。姐姐说，这是妈裹的，眼看到端午了，带来让你尝个味道。一早起来就煮了，让我送来。怕冷了，就这样里三层外三层地裹着。我跟她说，哪里这么麻烦，热水烫一下不就行了。可妈说，二囡那么忙，哪有空煮？等下吃了冷粽，要伤胃的。

大海听了，心里难受。她不欢喜她们对她那么好。这么多年了，她盼着有人对自己好，但真这样了，她却感到慌张。

姐姐依旧是匆匆忙忙，似乎还要赶去什么地方。大海突然想起什么，拿了个袋子，装几个包子，让姐姐带着。姐姐愣了一下，突然用力拉住了大海的手，什么时候回去看看吧。大海没说话。姐姐的眼睛又红了起来，好容易平息了情绪，姐姐说，那个，粽子里面裹了蜜枣。说完，她就拿着包子走了。

大海将粽子放在鼻子下用力闻了一下，棕榈叶和糯米混杂着，散发出一种欢快软熟的香味。打开了，用力咬一口，就咬到了蜜枣。真甜。大海吃着粽子，试图在脑子里回想妈妈的样子，但粽子吃完了，她却依然没有想起来。

为什么他们一定要送走一个呢，如果是因为穷，有两个孩子了，为什么非要生第三个呢？家里有自己和姐姐还不够吗？大海有些烦躁，她从来就没想过要原谅他们，甚至她感觉自己都已经忘了这个事情，她当自己是孙悟空，是石头缝里蹦出来的。她用力扯了扯自己的头发，她们怎么能这样，怎么能这样突然出现？

回到家里，家里空无一人，小倩不在家。她的那个"真美"马上就要开业了。她和那个叫李华的男人肯定在精心布置他们的新店。大海有些怀疑，小倩那么努力，到底是想离开包子铺，还是想离开自己。

经过客厅的时候，大海又看见了那个老鼠笼子。那个男人说一阵，早就将这个事情给忘了。大海想，反正也闲着，要不去买老鼠笼子吧。早些抓了，否则小倩总念叨个没完。大海出了门，骑着电瓶车去了农贸市场。可站在农贸市场门口，大海忽然觉得自己有些奇怪，自己在做什么，凭什么要买老鼠笼？那个男的不是说了嘛，他会去买个新的。既然他说了，自己抢这个事做什么？这么一想，大海心里便堵了东西。这时，她突然闻见了一阵香味，扭过头，看见旁边正好有个老太太在卖茶鸡蛋和粽子。她别着辆改装过的小三轮，车上放着个小煤饼炉子，生着火，炉上搁了两个脸盆，一个煮着茶鸡蛋，一个煮着粽子。

大海骑了电瓶车往车站方向去，她在瞬间作了决定。

她到了车站，她记得那个村的名字。那么多年了，那个名字就一直埋在她的心底。她坐上了车，长长地呼出一口气。路很平滑。现在，到处都是柏油路。她记得很小的时候，爸爸带她来过一次城里，那一次，她发烧，呕吐，拉肚子，镇里的医院看不好，就坐车到城里。车颠簸得很，那时的大海觉得自己像坐在一条船上。她睁开眼睛，看见路两旁都是山，山上光秃秃的，露着丑陋的岩石。那时，还很少有人用煤气，都是柴灶。每户人家，都会去山上砍柴。现在，没人砍柴了，山上绿绿葱葱的。仿佛那里从来没有裸露过。大海有些恍惚，她怀疑，那些绿色只是遮掩，或许风一吹，又会露出那光秃秃的岩石。

车到了镇上，离村还有一段距离，又换一辆三轮车。大海坐在三轮车上，看见三轮车夫的两只脚在用力地上下蹬着。让大海意外的是，马上要到村子时，自己急促的呼吸却反倒平静了下来。她似乎并不像自己想象的那么紧张。其实也是，有什么好紧张的呢？她并没有亏欠他们，是他们亏欠了自己，如果要紧张，也应该是他们紧张。

大海下了三轮车，村口坐着几个老人，看见大海时，拿好奇的眼神打量她，对于她们来说，这是一个彻头彻尾的陌生人。大海本想跟他们打听一下那个房子的位置，但话到嘴边，又忍住了。她想试一试，如果能记起来，她就推门进去，如果记不起来，那就索性回去。

她往村里走。起先，脑子里一片模糊，可走了没一会儿，记忆却清晰起来。那些儿时的记忆仿佛被擦拭了，亮晶晶的。站在自己家的那条巷弄口，她有些恍惚，仿佛看见一个胖乎乎的孩子，穿着姐姐穿过的偏大的衣服，在巷弄里摇摇晃晃地奔跑过去。

她站在了那堵木门前，二十多年了。大海的呼吸突然又急促了起来。她在门前僵持了一下，轻轻推开了门。门开了，一个女人坐在院子里，正弯着腰在收拾着什么。这一刻，大海的眼睛湿润了。她那么用力地想，想不出她的模样，可一见面，她就认出了她。

那个人也发现了大海，眯了眯眼睛，神情显得有些诧异。大海咽了一口口水，想叫一声，但喉咙发紧，丝毫发不出声来。就在这时，姐姐从屋里走了出来，看见院子里的大海，也是一愣，但很快她便反应了过来。她扯了扯院子里那个人的衣服，声音里已经有了哭腔，妈，是二囡。妈扭头看了大海一眼，突然身体软了一下，几乎摔倒在地。

这一刻，大海突然非常地后悔，她不知道自己在后悔什么，但她就是觉得后悔。她转过身要走，她的情绪已经快要失控了。就在这时，大姐赶紧跟过来，用力拉住她，二囡，别站着，快过来坐。

大海脑子里一片空白，她就这样被姐姐拉着，坐在了院子里的板凳上。妈妈看着大海，说，囡啊，真是你啊，你怎么瘦了这么多啊。大海觉得有些怪异，这么多年了，她还是第一次听见有人说她瘦了。她不知道该怎么回答，就低头搓着衣角，不说话。妈妈说，囡啊，在外边苦吧？大海微微有些发愣，她指什么，是开包子店苦，还是被送到别人家里苦？囡啊，你是不是恨透了妈妈了？大海抬头看了她一眼，勉强着笑了笑。妈妈便顺势拉过大海的手，轻轻搓着，囡啊，你肯定吃了苦了，看你这手，比我的都要粗。大海坐在那里，任由自己的手被妈妈的手包裹。院子的这个场景好像有些熟悉，似乎自己的脑子里有关于这个场景的印象。但她想不起来。一切都太久了。

姐姐在旁边搭腔，妈，你别说这些了，大海这不回来了？她要是恨你，怎么还会回来。对不对，大海？

大海没回答，姐姐的话让她没法接。恨？她不确定，但她更不确定的是自己是不是这么轻易地就原谅他们了。

大海低头想了一阵，轻声说，爸爸呢？姐姐说，爸爸在医院呢。怎么了？大姐很刻意地露出个笑容，说，没什么。大海想细问，但又不愿意表现得那么关心，便也没说话。

院子里的气氛突然显得有些安静。大家似乎都找不到话说。沉默了一阵，姐姐又说，大海，我给你煮糖水荷包蛋吃。大海说，别弄，我不饿。姐姐说，什么饿不饿的，当点心。自己家的鸡下的蛋，很香的，城里吃不到的。姐姐又跟妈妈说，妈妈，你和我一起做。

妈妈便和姐姐进去做糖水荷包蛋。大海坐一会儿，无聊，从地上捡了根枝条，在地上胡乱涂画着。她说不出自己心里是什么滋味，行了，反正见过了，吃了荷包蛋，就走吧。

荷包蛋做好了，热气腾腾的，放在一个青瓷碗里。大海没胃口，但她还是努力吃了。大海放下调羹，起身要走。妈妈有些诧异，你这就要走啊？大海说，嗯，还有点事。妈妈看了看大海，又扭头看了看姐姐。那个，姐姐插嘴道，大海有事，就让她回去吧，又不是不回来了。妈妈看着大海，说，大海，你还会回来吗？大海怔了怔，看情况吧。姐姐说，行了，大海有事，就让她早点走吧，我送送。大海说，不用了。姐姐亲热地挽住她的手臂，说，跟姐姐还客气什么？

路上，大海想起了一件事，问姐姐，那个，也不在家吗？姐姐说，哪个？大海说，他们不是生了个儿子吗？姐姐哦了一声，便不再说话。大海觉得有些奇怪，姐姐似乎欲言又止。怎么了？姐姐看了大海一眼，这个事，我不知道该不该说。大海见姐姐为难，便不再问了。可大海不问，姐姐又主动说了起来，刚才，你不是问我爸爸为什么去医院吗？其实，他是陪弟弟去的。他住院了。大海皱了皱眉，怎么了，生病了？姐姐叹一口气，唉，前段时间，也不知怎么回事，他的手臂上突然长出了许多小红点，后来，又开始发烧，全身抽搐，厉害的时候，人都会昏过去。去医院检查了，说他得了一种叫再生障碍性贫血的病。

大海说，这种病很严重吗？大姐点了点头，要死人的。大海说，那怎么办，有救吗？姐姐说，医生说了，还有救，但必须移植骨髓，移植有血缘关系的亲属的骨髓。可爸爸妈妈的年纪太大，没法移植，我呢，检查了，配型条件不理想。

姐姐顿了一顿，那个，医生说了，要是有一个年龄相近的兄弟姐妹，那配型成功率就会很高，根治的可能性就很大。

听到这里，大海突然愣住了。她好像突然意识到了什么，脑子一阵晕眩。她稍稍定了定神，便不再说话，只是默默地走。

　　就这样，姐姐一直将她送到了镇上的车站。车子开动后，大海偷偷地往后看，看见姐姐一直站在车站里，那个身影越来越远，越来越小，最后，小成一个点，就再也看不见了。

9

　　大海躺在床上，觉得脑子里有两个人在打架。她从头至尾想了这个事情。想来想去，她就不想再想下去了。可是，她又控制不住自己去想。

　　大海觉得难受，她伸手用力地扯着自己的头发，从小到大，每次遇到想不明白的事情时，她总会扯自己的头发，这种疼痛感似乎能减轻她的某些痛苦。大海觉得自己得赶紧找点事情做，不然她会憋死的。她迅速地跑到楼下，买来两包薯片，一瓶可乐。回到家里，她赶紧打开电视，躺到床上。可让她奇怪的是，那薯片和可乐吃到嘴里，却怎么也不是滋味，电视机发出的声音更是让她心烦意乱。她将电视关了，拿起手机，打开微信。她的微信上就两个人，一个是小倩，一个就是冯先生。她想跟小倩说说话，但犹豫了一阵，还是忍住了。她又想了想，就给冯先生发了一个微信。

　　冯先生说自己在单位，很快就下班了。大海说，下了班，我请你吃饭吧。冯先生说，我请你。你想吃什么。大海说，我们去吃牛排吧，那个，还有喝咖啡。冯先生说，行，下了班，我来接你。

　　约了冯先生，大海的心情似乎好了一些。她从床上起来，换上了上次买的那件新衣服。不知道是衣服缩水了，还是她又胖了，衣服显得紧，不如上次穿着好看。看着镜子里的自己，大海有些生气。她想了想，就从衣柜里翻出一条床单，撕成一条一条，从肚子那里开始绕，一直绕到胸下。她用力地勒，直到觉得快没办法呼吸了才停下手。她将衣服穿上，看见那件衣服已经变得非常合身。她看着镜子里的自己，突然下意识地露出了一个幸灾乐祸的笑容。

　　牛排馆是冯先生找的，在一家大商场里面。坐下后，冯先生问大海想吃什么牛排，大海一愣，不知道牛排还有好几种，便说，你吃什么我就吃什么。冯先生冲大海笑了一下，点了两个套餐。大海坐在那里，有点僵硬，牛排馆的椅子有些直，这让身上的带子勒得越发紧了。

　　大海僵硬的举动引起了冯先生的注意。冯先生关切地问道，你怎么了，不舒服？大海说，没有啊。顿了顿，说，这牛排真好吃。冯先生笑笑。

　　吃完了，两个人走出了牛排店。下电梯时，大海看见头顶有一张电影海报，海报上的那个人有些面熟，她突然想起来，这不就是前段时间那部电视剧的演员吗？她扭头问冯先生，你晚上还有什么事吗？冯先生一愣，没有啊。他笑了笑，补充道，我一个人，能有什么事。大海说，那我们去看电影吧？冯先生说行啊。

　　就这样，两个人去了电影院，因为票买得晚，两人坐在了最后一排。也好，旁边都没有人，就像定了个包间一样。灯光关了，屏幕亮了起来。不知道是灯光的缘故，还是紧张，大海坐在那里，觉得呼吸又上不来了。她盯着屏幕，却一点都没记住电影上演的是什么内容，更糟糕的是，此时，她的脑子里开始浮现刚才吃牛排，牛肉被切开时粉红的颜色。大海觉得喉咙口一阵阵地发堵，她想，会不会是那带子勒了肚子，牛排下不去，堵在喉咙口了？她赶紧用力地呼吸了一下空气，一阵折腾，这才似乎好受了一些。

　　大海抚了抚胸口，扭头看冯先生。只见冯先生用手托着腮帮子，似乎看得正认真。大海转过头，忽然心就怦怦地跳了起来，只见前面的一对年轻人，正拥抱着接吻。他们怎么能这么大胆，难道就不怕被别人看见？冯先生看见了吗，如果他看见了，他会怎么想呢？想到这些，大海忽然觉得自己的脸一阵阵地发烫。就在这时，她的耳边响起了小倩的声音，冯先生挺好的，你要主动点。

　　大海又偷偷地去看冯先生，只见他将身体朝着另外一侧，靠在扶手上。大海有些泄气，又有些轻松。这并不是个适合主动的距离，总不能自己将他拉过来再主动吧？她给了自己一个很好的放弃的借口。可就在这时，冯先生又换了个姿势，朝着她这边侧了过来。这下，大海的心又剧烈跳动了起来。这是个非常适合主动的距离，她没有理由再给自己找借口了。她迅速地在脑海中作了一个决定，然后深深地吸了一口气，转过身，将头往冯先生那边迎过去。

　　就在这时，大海听见耳边"嘣"的一声响，像是什么东西断了，随后，她感觉自己的身体就像一捆捆住的甘蔗，突然就松散了开来。大海下意识地低头，用手去按肚子上的带子，结果却没控制好重心，将头撞在了冯先生的头上。

　　冯先生猝不及防，额头被用力撞了一下。他揉着额头，怪异地看着大海，怎么了？大海觉得难堪极了，恨不得自己能马上变成空气，消失在这影院的黑色里头。大海低声说，没事，我打瞌睡了。打瞌睡？冯先生目光狐疑，他显然不相信这样的说法。但他没有细问，继续看电影。

大海坐在那里，尴尬得不知所措。她偷偷地将手伸进打底衫里，将那个带子小心翼翼地拉出来。她将那带着自己体温的带子用力攥在手里，盼着这该死的电影能早点结束。

电影终于完了，冯先生要送大海回家。大海婉拒了，她说自己想走走。冯先生便没再坚持，开车走了。大海一个人在路上走，她想了想这一天发生的事情，觉得自己是那样地可笑。就像一个演员，演了一出最蹩脚的戏。大海想，或许这也不稀奇，或许自己生下来，便是注定了要做一个这样滑稽的人吧。

走了一阵，大海突然停下了脚步，此时，她正好走过一个医院。她盯着医院的那个红十字看了一阵，想了一些事情，然后，她就转过身，往医院里走了进去。

大海径自去了住院部。住院部里很安静，此刻，已经不早了，走廊里几乎没有什么人。大海沿着走廊，挨着病房一个个地走过去。通过病房门的那块玻璃，她看见那些生着病的人，无聊地躺在床上，一个个都显得那么平静。大海想，要是自己也生病了，就这样躺在那里，有人照顾，什么都不用管，那该多好。

正胡思乱想着，大海在一个病房前停住了脚步。病房里的那张床上，躺着一个孩子。孩子似乎生了很重的病，他躺在那里，有根管子，插在他的鼻子里。孩子没有睡着，睁着眼睛，盯着天花板看。一个年纪大的人，看着像是他的父亲，趴在床边，似乎已经睡着了。大海趴在门口的玻璃上，安静地看着。过了一会儿，孩子也发现了大海，他好奇地看着她，突然冲着大海笑了笑。他的笑容很好看，大海想。她也冲他笑了笑，她笑的时候，嘴里的热气就哈在了玻璃上，玻璃后的那个孩子就模糊了起来，看过去就像在雾中一般。

他应该比他大吧，他现在怎么样了，会不会也住在这家医院呢？

大海突然一个激灵，自己这是在做什么啊？她赶紧转身，急匆匆地往医院外面走。她走到医院门口，迎着清冽的空气，用力吸了一口。因为吸得太用力，她觉得鼻子里有轻微的疼痛。

大海轻轻揉着自己的鼻子，看着外面的夜色，脑子一点一点地澄澈了起来。

　　自己也真是奇怪，大晚上的，不在家待着，还跑出来吃牛排看电影，这要是被小倩知道了，肯定又要笑话自己。对了，不知道小倩有没有回家，她都已经好几天没见到她了，也不知道她的店弄得怎么样了。不早了，自己得赶紧回家睡觉。一觉醒来，明天一早还要起来包包子，一大堆活儿呢。对了，明天中午，自己一定不要忘了去趟农贸市场，得赶紧买个新的老鼠笼子。要是再抓不住那只老鼠，小倩就又该抱怨了。

泉水叮咚响

李云雷 [1]

现在城里的人，可能都不知道什么是压水井，在我们村里，也早就没有压水井了。我小的时候，我们那里家家户户都还在用。压水井，装在一块石板上，地底下是一个水泵，上面是一块铸铁的出水口，边上有一个长长的木柄，压住柄，向下按，压一下便流出一股清水。那时家里压水的任务常常会交给我。压一桶水要费很大的劲，还要小心，防止木柄脱手打在身上。有一次，我没有抓住，木把儿一下子打在我的下巴上，让我鼻青脸肿了好几天。压满一桶水，我就提进堂屋，倒进水缸里，我还记得，我提水的时候，要在院子里走Z形，这样利用摇摆的惯性，可以省一些力气。有时候，我姐姐在院子里洗衣服，我压满一桶水，就提到她身边，看我满头冒汗，她还会夸奖我几句，她一夸，我就更来劲了，提得也更快，水用不了那么多，我姐姐就说，先别提水了，歇一歇吧。我家的压水井在一棵大榆树的下面，我就坐在树荫下玩，或者乱翻书。现在一想起压水井，我就会想起小时候那些明媚的春天，阳光洒落在我们家的院子里，我一起一落地压着水，清水闪着白光欢快地流淌着，我的姐姐那时还没有出嫁，她喜气洋洋地洗着衣服，哼唱着那时最流行的歌曲，"泉水叮咚，泉水叮咚，泉水叮咚响，跳下了山岗，走过

① **朱山坡** 1973年8月出生，汉族，广西北流市人。出版有长篇小说《马强壮精神自传》《懦夫传》《风暴预警期》，小说集《灵魂课》《喂饱两匹马》《十三个父亲》《把世界分成两半》等，曾获得首届郁达夫小说奖、《上海文学》奖、《朔方》文学奖、《雨花》文学奖等多个奖项。江苏省作家协会合同制作家。现供职广西作家协会。

了草地，来到我身旁……"

　　说起来，压水井也是一个过渡，在压水井之前，我们吃水，要到村子的水井里去挑，那时我更小，几乎没有印象了。我们村有两口井，一口离我们家较近，就在我们胡同向西那个路口的西北角，井边有一棵枣树，歪斜着横跨过井口的上方，那时我们经常爬到树上去玩；另一口井在西边，靠近我奶奶家，要去挑水大约要多走三四百米，不过这口井里的水甜，我们家里吃水，都是到这口井里去挑。那时候我爹在三十里外的果园，很少回家，家里的活儿都是我姐姐在做。每天清晨我姐姐一起床，就挑着扁担去水井挑水，挑了两趟回来，才开始做早饭，刚吃过饭，生产队的钟就敲响了，我姐姐扛起铁锹就下地干活去了。那一帮青年社员，说说笑笑着，从村里的大路上走过，我姐姐也加入其中。他们跨过村南的小桥，向东南方向走去，还有人唱起了歌，歌声越飘越远。有时候他们还会扛着红旗，红旗在空中猎猎飘舞，后面是逶迤的队伍。

　　那时候我姐姐十八九岁，已经是个大姑娘了，她梳着两条大辫子，穿着绣花的衬衫，两只眼睛很清亮，走在村里分外惹人注目。那时候很多人到我家来提亲，我爹和我娘都推辞了，我姐姐也不愿意，她担心自己嫁了人，家里的活儿就没人干了，她想等我们长大一些，能挣工分了，再考虑结婚。我们村里也有不少小伙子喜欢我姐姐，他们想提亲，提不成，约我姐姐去看电影，我姐姐也不去，简直是无计可施了。不知是谁最初将目光瞄向了我，想通过我，跟我姐姐建立一种联系。当然我也是后来才明白，一开始我是懵懵懂懂的，不知道为什么突然之间，村里的小伙子都对我莫名其妙地好了起来。我们村里的拖拉机手，刚在县里参加培训回来，胸前还戴着红花，他驾驶着拖拉机突突突突地冒着黑烟，在村里开来开去，神气得不得了。我们这帮小孩，只能跟在拖拉机后面跑，如果能扒上车斗，在上面趴一会儿，都会得意好半天。但是有一天，我们正追着拖拉机跑，拖拉机手突然停下车，向我们走了过来。我们一见他下车，都吓得四处奔逃，他却高声喊着我的名字，招手让我过去，我犹犹豫豫地走到他身边，他亲切地问我，"想不想坐拖拉机？"我简直不敢相信自己的耳朵，连忙拼命地点头。他拉着我的手，走到拖拉机头边上，将我抱上驾驶座，随后他也坐了上来，准备开车。这时候四散逃去的我的那伙玩伴，又纷纷围拢了过来，好奇地看着我们，又是羡慕，又是惊讶。拖拉机手大手一挥，"你们几个，都到车斗上去吧！"我的伙伴们欢呼雀跃，他们手忙脚乱地扒住车帮，从不同方向跳进车斗。拖拉机开动起来了，突突突突地冒着黑烟，向村南的小桥驶去。我们都没坐过拖拉机，坐在上面，感觉又新鲜又神奇。胖墩儿和小四儿扒住车帮，不停地高叫着，"快看，快看！"路旁一闪而过的房屋、树木和磨坊，让他们兴奋不已。最得意的当然是我了，我坐在拖拉机手旁边，看到前面的风景扑面而来，两旁的树旋转着向后闪去。拖拉机跨过小桥，驶出我们村，向南上了一条柏油路，从那里向西，朝我们乡里驶去。行驶在柏油路上，拖拉机更加迅速、平稳，突突突突地冒着黑烟，简直像火箭一样快。外村的小孩见到拖拉机，也追在后面呼哧呼哧地跑，我们的拖拉机开得快，他们追不上，追了一阵，他们只能停下来，无奈地看着拖拉机的影子越走越远。我们也曾有过追不上拖拉机的失望，但是现在坐在上面，感觉就不一样了，胖墩儿和小四儿扒着车斗，冲着他们哈哈大笑，感觉很得意。拖拉机载着我们，一直驶到乡里，又从乡里绕了一个圈子，从我们村北边驶过，在学校门口停下来。拖拉机手从车上一跃而下，又将我从座位上抱下来，打了一个响指，问我们，"感觉怎么样？"我们都用崇拜的眼光看着他，连连说太好了，他又吹了一声口哨，冲我说，"以后想坐拖拉机，就来找我！"说着朝我们挥挥手，跨上拖拉机，一溜烟开走了。

胖墩儿和小四儿他们围着我，叽叽喳喳地说，"这家伙以前那么神气，今天是怎么了，对我们这么好？"我想了想，也不明白是为什么，只好猜测说，"是不是我那天捡麦穗，捡到的都缴到队上了，他是要奖励我们？"胖墩儿和小四儿笑话我，"别美了，这家伙才不在乎这个呢。"我们想不明白，也就不再想了。后来拖拉机手每次见到我都很热情，让我们坐上拖拉机，拉着我们转上一圈，我们都很高兴。有一天，拖拉机手载我们回来，将我单独留下，对我说，"明天我要去县里拉化肥，你想不想去？"我们村离县城很远，我都没有去过几次，一听他的话，我就高兴地跳了起来，连忙说，"想去啊！"他又说，"你回家也问问你姐姐，看她想不想去？"我说好，就蹦蹦跳跳地回家了。

回到家，我姐姐正在洗衣服，我连忙将这个好消息告诉她，没想到我姐姐一听就拉下了脸，"我不去！"我听了很不解，负气地一转身，"你不去，我去！"我姐姐说，"你也不许去！"听她这么说，我感觉很委屈，眼泪都快掉下来了，我姐姐擦了擦手，赶忙过来哄我，"别哭了，改天我骑车带你去。"

"可是我要坐拖拉机去……"

"到了集上，我给你买好吃的。"

"可是我都跟人家说好了……"

"没什么，我跟他说……"

晚上吃饭的时候，我爹娘都回来了。坐在饭桌上，我又说起这件事，埋怨我姐姐，我姐姐什么也没说，抬起头瞪了我一眼，就低下头来默默吃饭。以前我和姐姐闹了矛盾，我爹娘都叫姐姐让着我，这一次却很奇怪，他们都没有理我，我爹看了姐姐一眼，放下酒杯，转而说起了果园里的事。第二天早上，我去上学，在学校门口就遇见了拖拉机手，他斜靠在学校门口，看到我，放下嚼在嘴里的一根麦草，问我，"怎么样，你姐姐去不去？"我不敢抬头看他，低下头，很不好意思地说，"她说她不去。"

"好，那我中午来接你，咱们一起去。"

"她也不让我去。"

他看了看我说，"那好，以后我再带你去玩……"说着他摸了摸我的头，向路边停着的拖拉机走去。我站在那里，看着他吹着口哨越来越远，心里对我姐姐充满了埋怨，我觉得她让我失去了一次去县城的机会，这让我感觉对不起人家的好心，也让我在小伙伴面前少了一个炫耀的资本。

那时候我读小学一年级。我最初到学校里去，是我姐姐送我去的。我们那时候上学的课程很少，只有语文和数学，也没有学费，只缴一两块钱的书本费，到时候就会发下新书来。我还记得那一天清晨，我姐姐给我洗过手脸，让我背上她给我缝的小书包，就拉着我的手向学校走去。学校在我们村的西北角，门口有一棵老枣树，从我家出了胡同，向西上了我们村的大路，再向北走，五六百米就到了，学校就在大路的西边。到了学校，我姐姐带我去报了名，将我送到教室，叮嘱我好好学习，她就回去了。我隔着窗户，可以看到她越走越远的身影。

我姐姐没有读过书，我们家里孩子多，家里又没人干活儿，我姐姐要照顾弟弟妹妹，我爹娘才能下地去干活儿。我姐姐也读过几年书，但是那个时候，她上学要带着我的两个小姐姐，手里牵着一个，怀里抱着一个。上课的时候，她们也不安分，不是哭了，就是叫了，扰得教室里很乱，让老师没法正常上课，我姐姐也很苦恼，最后实在没办法，她只好不再去读书了。我是家里最小的孩子，等我去念书的时候，我姐姐已经长大了。没有念书，是我姐姐一生最大的遗憾，直到多年之后她还常常提起，不过那个时候，她把不能念书的遗憾，都用在了对我的悉心照顾上。每次我发了新的课本，我姐姐都细心地给我包上书皮，她找来那时候还很少见的光滑的硬纸，在煤油灯下细细地裁开、叠好，小心地将书的封面夹住，再在书皮上用笔工整地描出"语文"或"数学"的字样，然后她将书递给我，嘱咐我在学校里好好学。我姐姐包的书皮干净整洁，在我们学校里是最好的，我一拿出课本来都会引起同学们的羡慕，他们的课本，没包书皮的，已经卷了边或窝了角，包了书皮的，也包得很粗糙杂乱，用纸不讲究，叠得不整齐，有的还沾了一块油渍，看上去又脏又乱，和我的书根本没法比。那时候我有不会写的字，也会问我姐姐。我记得最开始学数学，不知道为什么"9"这个数字怎么也不会写，前面八个数字写得很顺畅，一到这里就卡了壳，我拿着作业本去找姐姐，我姐姐正在煤油灯下纳鞋底，她听了，在昏暗的灯光下，把着我的手，告诉我该怎么写，"这么一转，这么一弯，就好了"，她把着我的手教了几遍，让我自己写，我又写了几遍，才像个样子了。

那时候正在播放电视剧《霍元甲》，我们这帮小孩看得很痴迷，有卖作业本的商家，瞅准了这个机会，在作业本的封面上印了霍元甲等人的头像，一时很风靡，但是也比其他作业本要贵两分钱，我们都很想要这样的作业本，有了这样的本子感觉很厉害，像是自己也成了大侠一样。不过那时我们家里都很穷，父母才不会给你买贵一点的本子，哪怕我们觉得很重要。我们班的语文老师对我们很好，有一次放了学，他叫住了我和胖墩儿、小四儿，送了我们每人一个印有大侠头像的作业本，我们都高兴得不得了。再后来，他还送了我一支圆珠笔，那时候我们写字都是用铅笔，感觉圆珠笔是中学生才能用的，有了圆珠笔，我感觉自己像是一下子长大了。

后来语文老师又交给我一样东西，但不是送给我的，是让我转交给我姐姐的，他还嘱咐我要悄悄地给她。那是封在信封里的一样东西，隔着信封去摸，感觉像是一个小木梳，但我没敢打开来看，晚上回家，我悄悄地给了姐姐，姐姐问我是哪儿来的，我说是语文老师送的，她嗯了一声，塞在抽屉里，也不理会我好奇的眼光，继续纳鞋底，纳了一会儿，就盯着煤油灯跳跃的火苗出神。第二天上课，遇到语文老师，他悄悄地问我，给她了？我点了点头。他又问，她说什么了？我说，什么也没说。过了两天，语文老师又给我一样东西，让我转交给姐姐，仍然是信封包着的，我还是没敢打开，但隔着信封去摸，感觉像是一个小圆铁盒，像是我姐姐用的那种雪花膏。这次我给了我姐姐，姐姐问了是谁送的，仍然是什么话也没有说。第二天面对语文老师询问的眼神，我也只能摇了摇头。

又过了几天，语文老师又给了我一样东西，这次是个大纸包，仍然是封死的，我摸着感觉像是一条围巾或衣服，我悄悄给了姐姐，姐姐仍然是没有什么声响。这次我有点沉不住气了，我问姐姐，你怎么也不给人家回个信？姐姐瞪了我一眼，你小孩子家懂什么？我又说，人家见了我天天问呢。我姐姐好像一下子生气起来了，她说，天天问？那你就把这些东西还给他吧。说着，她把前两个信封和那个纸包一起塞到我书包里，说，明天你就还给人家。我一下子愣在那里，不知该说什么好，我姐姐又数落我，你在学校里就好好学习，人家让你送信你就送，让你捎东西你也捎，你到学校里是去念书了，还是去送信了？以后别人再让你捎什么，你就别捎了。我只能灰溜溜地低下头，答应了下来。第二天，当我将那些东西还给语文老师时，语文老师盯着我书包的眼光，一下从灼热变成了黯淡，面对他的失望，我也不知道说什么好，不知道是他连累了我，还是我连累了他。

我记住了姐姐的话，不再帮别人捎什么东西给她了，当然我心里也有点不高兴，感觉像是被取消了某种特权似的。那时候我们村里的风气很保守，男女结婚一般都是父母之命、媒妁之言，青年男女之间谈恋爱，是很少见的，即使一个小伙子喜欢一个姑娘，想要表白，也只能偷偷地私下接触，而如果一个姑娘喜欢上了一个小伙子，就更加被动保守了，好在那个时候生产队还没有解散，他们还能一起去下地劳动，但除去地里的劳动之外，私下接触的机会就很少了。在这里，需要说一下的是，让我帮着捎信的并不是只有拖拉机手、语文老师，其他还有不少人，有我们村的，也有外村的，有认识的，也有不认识的，有对我很好的，还有只是将我当作传话人的。那时候放了学，我在村子里跟胖墩儿、小四儿一起玩，突然就会有一个人叫住我，问"你是那谁谁的弟弟吗？"或者"那谁谁是你姐姐吗？"我说是，那人就会拿出一封信或一样东西交给我，说，"帮我把这个带给她吧。"以前遇到这样的情况，我就会高兴地答应下来，谁让她是我姐姐呢？更何况让我捎信的人一般也会给我点小礼物呢，几块糖，一杆笔，一个橡皮擦，等等。虽然不多，但却让我在同伴面前很有面子，很得意。现在我姐姐不让我捎信了，再有人来问我，"你是那谁的弟弟吗？"我就没好气地说，"不是！"也有人认识我，说，"你帮我把这个带给她吧。"我也没好气地说，"不行，你自己去找她吧！"那些人听了我的话，只好尴尬地逃走了。这样一来，我自己倒是清静了很多，但心情也有点失落，如果说我姐姐是月亮，那我就是星星，现在月亮愈发璀璨，而星星则愈发暗淡了。

那时候放了学，我和胖墩儿、小四儿等人经常到处跑着去玩。我们村东北角有一个磷肥厂，那是我们村里的集体产业。那时候工厂很少，我们都觉得很神秘，很好奇，经常会从村里跑到磷肥厂去玩。到了那里，我们翻墙爬过去，能够看到一排排厂房，听到一阵阵机器的轰鸣声，感觉很震撼。生产磷肥会产生氨水，整个工厂也弥漫着一股氨水的气味，又酸又刺鼻，但那时候我们却都感觉很好闻，好像那是来自另一个世界的味道。有时候隔着门缝，我们可以看到巨大的机器在颤抖着发出嘶鸣，像一匹匹暴怒的烈马，我们感觉很兴奋，又很害怕。磷肥厂的工人也是我们村里的，但都是后街的，跟我们不是一个生产队，每次见到我们，就把我们向外赶，"小孩子看什么看？小心闪瞎了眼。"我们只好夹起尾巴溜走了。唯一不赶我们的，就是我们村那个返乡的高中生。

那个时候，在我们村里，高中生就是很有知识的人了，当年高考还没有恢复，学生读完高中后大多都是回乡参加劳动，我们村的高中生回来之后，就跟生产队的人一起，建起了这个磷肥厂。当时我们村里的人都不知道磷肥是做什么的，磷肥厂是做什么的，是他跟大队的人提建议、选址、建厂、买机器，几乎是一个人将磷肥厂建了起来。磷肥生产出来之后，我们村里的人撒在地里，才知道庄稼会长这么好，粮食能打这么多。磷肥厂的磷肥，不只供应我们村，还卖给周围的村镇，磷肥厂也有了效益，年底全村的分红都高了不少，全村的人都对磷肥厂啧啧称赞，说起来都很自豪，一说就是"我们的磷肥厂"。恢复高考后，高中生想要考大学，但几次都被我们村的老支书劝住了，他就留在我们村，当了磷肥厂的厂长，此后他的人生故事还有很多，不过我们现在还是回到当时吧。那时高中生是磷肥厂的技术员，他见到我们总是笑眯眯的，停下来跟我们说说话，问问是谁家的孩子，读几年级了，学习好不好，等等。那时候他总是穿一件蓝色工装，袖口都磨破了，但他人很瘦，很有精神，我们也知道他是磷肥厂的功臣，都很崇拜他，围着他问这问那的，他就笑呵呵地给我们讲这是干什么的，那是干什么的，我们听了，半懂不懂的，但都很好奇，很憧憬。等谈完了，天都黑了，我们三个走出磷肥厂的大门，踢踢踏踏地向回走，心中却充满了喜悦与兴奋。

那一次，我们走出了门，他又叫住了我，将一张字条飞快地交给我，说，"将这个给你姐姐，别让人看见"，说着对我眨了眨眼。我明白了他的意思，将字条揣在口袋里，对他点了点头，掀开门帘，跑出去追上了胖墩儿和小四儿。他们问我高中生叫我干什么，我嘴里说着没什么，手却在口袋里抓紧了那张小字条。走在路上，我心里很矛盾，想着要不要将他的字条给我姐姐，可是想到姐姐对我的批评，我不敢再拿给她了，等回到家里，我将那张字条塞到了我家院墙的墙缝里。

我姐姐不让我捎信，一开始我还沉浸在自己的情绪中，但很快也就不当一回事了，该玩就玩，该撒欢就撒欢。但是没过多久，事情很快就发生了变化，反倒是我姐姐有点沉不住气了。有一天我回到家里，看到我姐姐正在洗衣服，我便帮着她去压水，我姐姐说，"把你的褂子脱下来，我一起给你洗了吧！"我脱了上衣扔在水盆边，我姐姐拿起我的上衣，翻了一下衣兜，没有掏出什么东西，脸上明显流露出失望的神色。我恰巧看到了，问姐姐，"姐姐，你在找什么？"

"没找什么……最近没有我的信呀？"

"你不是说，不让我帮你捎东西吗？"

我姐姐笑了，"咦，你什么时候变得这么听话了？"

姐姐的话让我一时反应不过来，仔细一想，才明白原来她并不是真的不让我转信，或者说她只是不让我转某些人的信，而对于某个人的信，她不但不拒绝，甚至是有点期待的。这让我很有些意外。这时，我才突然想起那个高中生的字条，我连忙跑到院子里，从墙缝中将那张字条抠了出来，前两天下雨，那张字条洇湿了，看上去也有些皱巴巴的，但好在还很完整。吃过晚饭后，我将那张字条偷偷拿给了我姐姐，我姐姐什么话也没有说，掖在床头，又开始在煤油灯下纳鞋底。

那时候我姐姐很关心我的学习，时常检查我的作业，看我的字写对了没有，算术算对了没有，她认的字虽然不多，但教我还是不在话下，每次她在煤油灯下看完，笑着抬起头来，对我说，"今天写得不错。"我就高兴得不得了。不知道从什么时候开始，在检查完作业之后，我姐姐开始考我认生字，她在纸上写下一个字，问我念什么，有的字我认识，就大声念了出来，有的字我不认识，姐姐就给我讲解。有的字我不认识，我姐姐也不认识，我姐姐就写下来，让我到学校里问老师。那时候除了上课，我跟语文老师联系已经很少了，经历了那件事，再见他我总感觉有点不好意思。但他似乎并不在意，课间休息时我去问他字，他也很热情，对我说，"这是树林的'树'字，三年级才学到。"我再去问，他说，"这是泉水的'泉'，你看上面是一个白，下面是一个水"。我再去问，他说，"这是母爱的'爱'字，也是阶级友爱的'爱'。"我再去问，他说，"这是先后的'后'字，也是后天的'后'。"我再去问，他笑了，说，"没看出来，你还这么爱学习，我教你学习查字典吧。"我没告诉他是我姐姐让我问的，我也不知道我姐姐为什么让我问，不过在他的耐心教导下，我很快学会了查字典，但这个时候我才发现，我姐姐已很少考我生字了。

我姐姐很忙，白天要下地干活，回来之后还要做饭、洗衣服、喂鸡喂鸭喂狗。这时候生产队已经解散，大伙儿不再一起去上工了，而是各家忙活各家的，我家的劳力少，我爹又在果园里，家里的活儿就全压在我娘和姐姐的肩上了。那时候我能做的活很少，也就是放羊、割草、捉虫等几样。那时候每天放了学，我都和胖墩儿、小四儿赶着自家的羊，跨过村南的小桥，到东南地里去放羊。我们村东南，有一大片荒地，零星种着几棵树，我们经常到这里来放羊，到了那里，我们把羊撒在草地上，让它们随意吃草，自己就爬到树上去玩，等到天快黑时，羊已经吃饱了，我们就牵着它们到河边去饮水，等它们饮饱了，就赶着它们向回走。等我们跨过小桥时，时常可以看到我姐姐在河边洗衣服，有时是她一个人，有时是和她的女伴们一起，人多的时候她们叽叽喳喳，说说笑笑的，互相泼水，打闹，不知谁说了一句什么话，一个人起身去追另外一个人，那个人一边求饶一边咯咯笑着跑，周围的人都在看，在笑。一个人的时候，我姐姐就安静地在河边洗衣服，这个时候，阳光斜照过来，将她的身影勾勒得很清晰，她半蹲在河边，将衣服在河水中漂洗，又将衣服摊开放在河边的石头上轻轻捶打，等捶打干净后，她将洗好的衣服放在水盆中，端着盆子走上河岸，她的两条长辫子从身后垂下来，轻轻摇摆着，看上去很美，简直就是最美的一幅画。有时候我们刚跨上小桥，胖墩儿和小四儿就指着岸边对我说，"看！你姐姐在那里洗衣服。"我也喊起姐姐来，姐姐听到了我的喊声，朝我招招手，我跑到她身边，正好她也洗完了衣服。我就帮她端着盆子，一起往家里走，有时我姐姐心情好，还会轻轻哼唱起她喜欢的那首歌："泉水叮咚，泉水叮咚，泉水叮咚响，跳下了山岗，走过了草地，来到我身旁……"

放了学，没事的时候，我和胖墩儿、小四儿有时候还是会跑到磷肥厂去玩。我们在那里也时常会遇到那个高中生，有时候他指挥工人安装设备，有时候他一个人坐在宿舍里写东西。见到我们，他仍然笑眯眯的，有一次他还给我们讲起磷肥厂的远景，他说你们要好好学习，等将来毕业后回到我们村，把磷肥厂发展起来，到时候实现了工业化和机械化，我们村里就大变样了，家家都住小楼，人人都开汽车，地里的活都不用人干，有机器就行了……听着他的讲述，我们又吃惊，又向往，简直无法想象会有这么美妙的世界。等多年后，他所说的终于实现了的时候，他自己却陷入了困境，这是后话。但我却永远记得在他那间宿舍里，火炉上的水壶呼呼冒着白气，脸盆架上的镜子都模糊了，窗外是冰雪世界，屋内是一片阳春，他说话时眼睛闪闪发亮，像是看到了无限遥远的未来。但奇怪的是，自从他塞给我那张字条之后，却再没有让我给我姐姐捎过什么东西，有时候我想，他那张字条或许没什么特别的内容，只是跟姐姐说个什么事吧，有时候我也会想，这个高中生相貌堂堂，待人又和气，他要是能做我姐夫也很不错，想到这里，我很想提醒他，我姐姐念书不多，不要写字条，可以送一点别的什么给她，但是他没再提起此事，我也不好意思跟他说起。我也听说不少人去他家里提亲，像他这样出色的人物，村里的不少姑娘都很喜欢，有时候我也会暗暗为我姐姐担心，但我也不敢跟姐姐说，我不知道她是怎么想的，她的事从来也不跟我说，好像我一直是个小孩儿似的。

那天傍晚，我从东南地放羊回来，没有向西走那座小桥，而是让胖墩儿和小四儿帮我把羊赶回去，我从河的南岸游到了北岸，想从北岸走过去，到小桥边跟他们会合。河的北岸是我们村的东头，那里有一大片树林，那时候正是桑葚成熟的时候，我想到那里有几棵桑树，可以爬上树摘些桑葚吃。到了那片树林，我很快找到了一棵老桑树，哧溜哧溜爬了上去，在那里我看到，枝叶间悬挂着的桑葚一串串垂下来，正是要熟透的样子，红得发紫，紫得发黑，黑得发亮，在阳光下闪烁着宝石一样的晶莹光泽，又在微风中轻轻摇曳着，散发着微甜的醉人气息。我跨坐在树杈上，忙不迭地摘下一串，细细品尝起来，那种略带酸味的甜蜜感立刻充满了我的口中，想到马上就能和胖墩儿、小四儿大吃一通，让我不禁心花怒发，忙不迭地摘了起来。

我正在树上采摘着，听到树林中传来窸窸窣窣的声音，低头向下一看，只见在密林的小径中，远远地走来了两个人，一男一女，等他们慢慢走近了，我才慢慢看清，那个男的是那个高中生，而那个女孩竟然就是我姐姐！看到他们，我一下子愣在那里，不知道这是怎么回事，心里又是惊讶，又是委屈。原来他们竟然背着我悄悄好上了，原来没有通过我这个信使，他们私下联系上了，这可太出乎我的意料之外了。本来他们两个好上，我心里是很高兴的，但现在他们竟然忽视了我，这又让我有点不痛快。这时候他们已走到了这棵老桑树的下面，我看到高中生大着胆子牵起了我姐姐的手，我想了一下，抓起一颗桑葚投过去，那颗桑葚打在他的手上，他的手抖了一下，连忙松开了。过了一会儿，他的手又摸索着要去拉我姐姐的手，这时我的第二颗桑葚又发射了过去，砰的一声打在他的手上，他的手还没碰到我姐姐的手，就连忙缩了回去。但这时，他仍然沉浸在甜蜜的感觉中，没发觉情况有异，还在那里说："等过了这阵，我就到你家去提亲，我想你爹会同意的……"

"我不同意！"我终于忍不住，在树杈上喊了起来。

我姐姐和高中生都吓了一跳，连忙抬起头来。

我像个猴子一样三蹦两跳，从树上蹿了下来。我姐姐一把抓住我，"吓死我了，原来是你这个坏小子！"又说，"好弟弟，今天的事你可别跟别人说啊！"高中生也从惊吓中缓过神来，连忙说，"好弟弟，你怎么跑到这里来了？"

"谁是你弟弟？"我白了他一眼，神气活现地说。

"你先走吧"，我姐姐朝他使了个眼色，高中生看了我和我姐姐一眼，略顿了一顿，就转身朝来时的那条路走了回去。我姐姐这时也回过神来，问我，"你不是去放羊了吗？羊跑哪儿去了？"我说胖墩儿和小四儿帮我赶着呢，她看着我身上桑葚汁液沾湿了的衣裳，说，"又弄脏了，还得给你洗"，又说，"咱一起回家吧"，说着拉住我的手向家里走，一边走一边对我说，"今天的事，你可千万不能给别人说呀，跟咱爹咱娘也不能说。"我点了点头，过了一会儿，又说，"我要是不说，你会对我好吗？""那是当然"，我姐姐咯咯地笑了起来，"你要是说了，我就再也不理你了，你要是不说，你想要什么，姐姐就给你买什么。"

从那以后，我过上了一段幸福美好的生活。在那个时候，我想要什么，我姐姐就给我买什么，我想去哪里，我姐姐就带我去哪里。我姐姐带我去电影院看电影，去集上买吃的，我还让她跟我一起坐上拖拉机手的车，突突突冒着黑烟，到县城转了一大圈，那个拖拉机手很兴奋，但回来后却又很失落，他不明白我姐姐为什么对他忽冷忽热的，但我在胖墩儿和小四儿面前却着实风光了一番。我姐姐要去哪里，我也跟着她去，那时候她跟那个高中生见的机会本来就很少，现在我像个小尾巴一样跟在身边，她跟他只能在人多的场合见面，只能用眼睛说话。那个高中生见了我就更加热情了，看戏他就给我买瓜子，上街他就给我买花生，一见我，他就是一副笑脸，也不知道是不是由衷的。

不过这样的好日子并不长，大约半年之后，那个高中生就用一辆自行车将我姐姐从家里接走了，——他们结婚了。他们结婚后生活很好，对我也很好，但我总感觉，是那个高中生从我的生活中抢走了我姐姐，所以我一直不能决定是否在内心真正原谅他，所以即使在三十年后的今天，我仍然会想起那天清晨的情景，仍然会想起那天他将我姐姐接走后，我一个人站在路边，看着他们消失的背影，轻声哼唱起了那首歌："泉水叮咚，泉水叮咚，泉水叮咚响，跳下了山岗，走过了草地，来到我身旁。泉水呀泉水你到哪里你到哪里去，唱着歌儿弹着琴弦流向远方……"

银 锭 桥

叶　梅[①]

　　一个年轻的女孩趴在银锭桥的栏杆上，一动不动地看着远方，已经很长时间了。

　　这是个周末的上午，马松拉着一对老外逛了一圈什刹海，再回到银锭桥跟前，发现这女孩还在那里趴着，桥上喧闹的人群过往不停，她却像是长在了那石桥上。要说她趴的位置确是古来就有的一景，叫作"银绽观山"，天气好时，从这已有五百年历史的桥上朝西看去，能看到远处早青晚黛的玉泉山，但这天从早晨开始就雾蒙蒙的，一直都未散，她能看到个什么呢？真是让人奇怪。

　　马松把车停在桥南沿的胡同口，忍不住走上桥在那女孩身边吆喝了一声："咳，坐三轮吧？"

　　女孩头也未回，倒是旁边经过的人停下来问："多少钱？"马松却不太理会，问话的路人一看他无心招揽的样子，"嘁"一声走开了。那女孩神色恍惚地扭过头来，马松抓住她的眼神，上赶着又问："小姐，坐不坐三轮？"

　　女孩瞟了他一下，摇头，脚步软软地走开。她看上去相貌平常，单眼皮，薄嘴唇，脸色发黄，但一头柔顺的黑发从她耳旁垂下，脸上有了一点说

[①] 叶　梅　中国作家协会主席团委员。多年从事文学创作、编辑及评论。著有小说《撒忧的龙船河》《五月飞蛾》《最后的土司》《歌棒》，散文集《我的西兰卡普》《大翔凤》《穿过拉梦的河流》《根河之恋》，长篇纪实《第一种爱》《美卿——一个中国女子的创业奇迹》《大对撞》等，多种作品翻译成英、法、阿拉伯等文字。

不出的秀气。她背一个小双肩包，一个小熊的挂饰在包下方晃荡着。

走到桥头的路口，女孩仍是一脸恍惚的神情，人流从她身旁经过，有的大步流星，有的成群结队，唯有她孤零零地站在那里，好几次都差点被人撞了。马松想，她在找什么呢？正想着，那女孩隔着一堆人朝他招了招手。

马松把车推了过去。他这车不寒碜，酱红色车篷，黑漆油亮的车身，金丝绒坐垫，外搭一块软绵绵的小花毯，半年前到什刹海进了这行，有个叫福哥的老师傅告诉他说，人靠衣裳马靠鞍，咱这是见世面的营生。人要穿得精神，车也要打扮得齐整，才是咱北京形象。他说，福哥你说得对。

那女孩一步踏上车去，却险些歪倒了，他上前扶了一把，正触着那女孩的手，凉得跟冰块一样，深秋的天在桥上站了那么久，怎么会不凉？他扯过花毯递到她手里，说："你把这盖在腿上，暖和点儿。"

女孩说："谢谢。"

"你是要逛大圈呢，还是小圈？"待她坐定，马松拿出一张什刹海的地图，指着上面的蓝色海面，说："这一圈是大圈。小圈呢，就是后海这一块儿。收费都写在上面，你看看吧。"

女孩疲惫地靠在后座上，"行。"像是一句都不想多说。

马松腿上一使劲，三轮呼呼地走起来。福哥说，在什刹海拉三轮不光靠腿，还得靠嘴，游客都爱听故事，三皇五帝远了点，但从建元大都那会儿说起是必需的。什刹海分前海、后海、西海，是元大都的中心，从明朝到清朝，银锭桥畔是个艚运码头，各地给皇宫进贡的物品先是到了通州，然后再换成小船运到什刹海，过银锭桥进入紫禁城。船若是大了，这桥下就过不去，只能掉头回通州。"说它矮，还真矮，小船低头过，大船把头摆，说它高，它也高，莲花泡子荷叶飘，望海观山把景瞧。老北京人都说，不到银锭桥就等于白来一趟什刹海。"上午拉那对老外，马松也是这么学着福哥说了一套，老外正在学中文，听得兴致勃勃，临走还给了他五美元小费。

但这女孩却没有半句回音，马松说得口干舌燥，不由得放慢了车速，说，"前面有个恭王府，你要不要去看一看？"

仍是没有回话，他侧过身子一看，那女孩竟闭着眼像是睡着了。

马松便不再吱声，将车拉到了离恭王府不远的一条胡同里，那里闹中取静，有一座老宅子叫将军府，深灰色的高墙，紧闭的暗红大门角结着蛛网。什刹海寸土寸金，这门前有一块难得的空地，安了地锁，小车停不进，三轮倒正好，还有一棵粗壮的大槐树，像一把撑开的绿伞，马松有时就把车蹬到这儿来，独自发呆。

他这会儿把车停在树下，从车座下掏出早晨灌的水杯，炮弹似的一大个儿，朝喉咙里倒了一气，才把嗓子里要冒的烟给灭了，不想一抬眼看见那女孩的脸，不禁吃了一惊。

那女孩靠在那儿闭着眼，泪水长流，胸前已湿了一片。他连忙叫道，"哎，小姐，你怎么回事？"他摇着她的肩膀，"你身体不舒服吗？"女孩摇头。"那你是什么事想不开？"

胡同口那边坐着一个老头儿，身旁搁着一个鸟笼，听见这边动静，把脸掉了过来。马松说："哎，小姐你快别哭了，要让这边的大爷大妈看见，还以为我欺负了你似的。"真是乌鸦嘴，话刚落音，那边门里果然闪出一个宽衣阔袖的大妈，菊花似的烫发蓬松在头上，似笑非笑地走过来，说："怎么了这是？闺女你没事吧？"

女孩脸上的鼻涕眼泪一片狼藉，她抓过双肩包翻出一包小纸巾，胡乱地擦着。大妈问马松，"你说说，这是咋回事？"马松说："我不知道。"大妈往他跟前逼了一步："你拉她逛什刹海，干吗拉到这儿来了？你是看这儿清静吧，存的什么心眼儿啊？"

马松冷笑道，"大妈，你话可别这么说，我能存什么心眼儿？"

"你哪个公司的？我可认识你们经理。"大妈说，"你这小子不是咱北京人吧？我告诉你，好好拉车，别在这儿捣乱，别给北京添堵。明白了吗？"

要是倒回去十年，马松听了这话，定会恼火，但这会儿他举起那个炮弹水杯朝喉咙里一浇，就把一点不快给浇灭了。他说："你放心大妈，北京是咱们的北京，谁也不能给北京添堵。"

大妈问："你叫什么名字？"

"我叫马松，您看——"他晃了晃挂在胸前的小牌，"这上面有我的帅哥形象，还有车号。"他调侃道，"您问我名字干吗？是要给我介绍媳妇吗？我可在北京没房没车，过两天我就走了，回我的三峡去。"

说着，他把车顺过来，绕着槐树掉了个头，那大妈说："我看你这架势不像个拉车的。"马松跨上车一脚蹬去，说："咋不像？跟福哥学的。"大妈听罢叫了一声，双手一拍，"咳你早说啊，福哥咱们熟啊。"

她还在说着什么，但马松飞驰而去，胡同口恰是有点小斜坡，他一手掌车龙头，一手朝身后边挥了挥，三轮朝着海边飞奔直下。风鼓起他浅赭色的上衣，本来有些单薄的身子粗壮起来，他一口气蹬过恭王府、野鸭岛，到后海北沿的一条胡同口停了下来。他跳下车，擦了一把汗，对车上的女孩说："下车吧。"

女孩无言地看着他，身子没有动。

"下车吧，我看你也无心逛，你就下车吧。钱也不用给了。要打车可以穿过这胡同去钟楼那边。"他说完，用毛巾掸了掸身上，眼睛也不看那女孩，靠海边挑了个敞亮地方，蹲下来看他的手机。他心里有点气，那女孩刚才一言不发，想让他背黑锅啊？

看了一阵微信，有个段子说，开学了，路上掉沟里了，老师问他有没有受伤？学生说：人没事，就是暑假作业全掉沟里了。老师笑了，你的套路比沟深啊。老师又问：有钱、任性的下联是？学生答：没钱、认命。

马松自己说，傻瓜才认命。一回头，那三轮车上已经空空的，女孩不见了。

他站起身走过去，却发现小花毯上放着一张百元大钞，心里不禁嘀咕，想不到那女孩还挺仁义。再一揭毯子，竟抖出一个粉壳子手机来。

秋天的风已有了凉意，后海的柳树枝和槐树叶都黄了，一起风就落叶纷飞，车轱辘从铺洒着片片黄叶的道上轧过，就像轧过了一天天的时光。马松注意看那些迎面走来的年轻女孩，单眼皮薄嘴唇，都不是；又超过一个个女孩的背影，没有那个双肩包下晃荡的小熊。

他骑得呼呼生风，那些跟他一样穿着赭色大褂的车夫都奇怪地看着他，有人认得他，叫着他的名字，说："马松，你小子疯跑什么？"

"前面有活儿等着呢。"他喊道。

很快骑回银锭桥，那有个年轻女孩趴在桥栏杆上，但细看却不是她，是一女孩摆了姿势，让男朋友给她照相，她侧过身子来，笑出一脸娇媚。

他又骑到前海，秋日渐短，一会儿就过了晌午，几个光着膀子的男人在海边游完泳，爬上岸意犹未尽，比画着说个没完。马松挺佩服他们，这日子的水已经凉得扎骨，但那些人每天都要来游一回，还有几个老太太，头发都花了一多半，哧溜一下就钻到水里去了。

这几个月来，他一早一晚看这什刹海的风景，听福哥他们带着那种炫耀的口气说道，好像这银锭桥、恭王府、摄政王府就是他们自己家似的，听着听着他也有了这种感觉，现在他还真有些舍不得。

马松往前骑着，碰到每天开着水车喷洗栏杆的一对夫妻，男的开车，女的举着高压水枪朝一根根汉白玉栏杆"滋滋"地喷，一片片污渍由黑变淡，马松问他们，看到一个背双肩包的女孩没有？男的说，哪里看得过来？他又问坐在小店跟前卖酸奶、大碗茶的女掌柜，人家说，你这不是考我吗？这么多的人。

绕着什刹海蹚了一圈，气喘吁吁的，也没见着那女孩。他甚至放下车，到烟袋斜街和烤肉季那边走了一个来回，也还是没找到。他苦笑了一下，想找的人总找不着。

他不想再找了。

其实他并没有真想赶她下车，只是她坐在车上一言不发，让他心里憋得慌，谁想她静悄悄地就走了，而且还落下了东西。

恰在这时，兜里的手机突然"呜呜"地震动起来，是那女孩的粉壳手机。他忙掏出来一看，手机屏幕上一个男人头像在闪动，显示出姓名"张子全"。他摁了应答的绿键，可还没来得及张口，就听那男的在耳朵边闷声吼道："刘月，你究竟想干什么？"

是那种气急败坏的口气，"我给你打电话，你为什么不接？发微信你也不回，你就逼着我到银锭桥来！可我在微信里给你说了，我不会来的，分手的时候我都给你说明白了，咱俩不要再见面了，你干吗还要这样？"

马松一听，猜出是那女孩的前男友打来的，大概女孩想约那男的来银锭桥，可人家不愿意，根本没打算来，她就痴痴地等。这是何苦呢？

"……该说的我们都已说过了。刘月你想想，咱们就那样住在破地下室里，连个洗澡的地儿都没有，天天吃泡面，能过一辈子吗？那她就喜欢上了我，又不是我去勾引的她！她家是北京的，有房子有钱，家里父母也都非要我跟她好，你说我该做什么选择？这是我的错吗？这只能怪咱们太穷了，生存与爱情哪个重要？刘月你换了是我，你该怎么做？"

这男的甩了人家，居然还这么振振有词、咄咄逼人？马松心里真替那个叫刘月的女孩不平。

"你不要不吭声，你这叫冷暴力！刘月，你不要这样好不好？算是我求你了，好吗？"男的又换了腔调，软软地说："咱们在一起度过了那么多美好时光，难道就不能把最美好的记忆留给彼此吗？我承认你为我做了很多，最过意不去的是，让你把孩子做掉了……不过，我早就想好了，等我安顿好，我会给你补偿，你拿着钱回老家去。你不是一直说要回贵州的吗？我把我现在所有的积蓄都给你，三万行不行？嗯？"

"……那五万？这回可以了吧？我在网上帮你买车票……"

"你是个浑蛋！"马松终于忍不住骂道。电话那边声音戛然而止，稍后紧张地问："你谁呀？"

"你别管我是谁？我就是个男人！"马松大声吼道。

"等等，等等，你是不是她现在的男朋友？"

马松咬牙切齿地说："张子全，我看真得让刘月早些忘了你！"

"你到底是谁？把话说清楚……"

"我跟你有什么好说的？你倒是赶快来银锭桥吧！"马松吼叫着，"刘月她等你大半天等不来，一气之下从桥上跳下去了！你看着办吧！"他啪的一下把手机摁了。

他鼻子呼呼来气，大步走上银锭桥，像一只红了眼的雄鸡来回踱步。他是有些好激动。老家三峡人说话声音都大，隔山隔水的小声听不见，还爱"出鼓头"，就是打抱不平的意思。那有一次也是在银锭桥上，他看见一对男女吵架，男的扬手一巴掌将女的打得一屁股坐在了石板上，他一怒之下上前就揪住了那男的脖子，却没承想那女的蹭地跳起来抱住他的腰，硬是让那男的就手给了他一拳，当下他成了个乌眼鸡。福哥在一旁看得清楚，后来站出来让那对男女给马松道了歉，说，"做人不能这么做，这老北京的理儿摆在那儿，咱不服不行。"

事后又拍着他的肩膀说："你小子行！这路见不平拔刀相助，古来就是如此，不过以后遇到这种事，你得先弄明白了，值不值当？"马松爱跟福哥聊天。福哥是老北京人，长在胡同里，后来搬迁去了平谷那边，又回到城里拉了十多年三轮，古今中外，天上地下都能聊出道道。福哥说，"马松你跟我说句实话，你究竟到北京干什么来了？"

马松说："我这不是跟着福哥你们拉三轮吗？"在什刹海拉三轮也不是随便就能拉的，得考试培训，马松最初就说："混饭吃呗。"可福哥摇头，说，"你不缺这口饭。"马松就笑笑。

人说这银锭桥不是那西湖断桥，白娘子和许仙的儿女情长，却是历代文人称作的"北京第一佳山水"，夏日里，可见远山近水荷花，是北京城内任何一块平地上都看不到的风景。乾隆皇帝吟诗道："银屏重叠湛虚明，朗朗峰头对帝京，万壑精光迎晓日，千林琼屑映朝晴。"那万千气象又怎是一个美字了得？马松摁了那张子全的电话，就一直守在桥上，想看远处的风景，也存念看那叫刘月的女孩还会不会出现。

　　眼看日落西山，暮色渐渐从什刹海的水面升腾起来。京城的天气难得万里无云，但在深秋时也会有天高云淡，这天上午虽然雾气浓重，但经过几阵大风吹过，这会儿反倒显出远山的轮廓，如一幅古老的画。只是这汉白玉摸上去冰凉的，趴在上面一会儿就浑身凉透了，他叹了口气，往桥下走去。突然，有人在他身旁追着喊："小伙子，小伙子！马松，怎么叫你不答应啊？"

　　马松定睛一看，将军府旁的那位大妈冲到他面前，手里提一把红绸扇，腰间系了条绿腰带，脸上笑成了一朵花，说："马松，我告你呀，今儿我跟你福哥通电话了，他真的是回平谷抱孙子去了，他说你这小伙子为人不错，大妈这下就放心了。"

　　马松说："您就是跟我说这个呀？"

　　大妈唠叨着，"那福哥可是个好人，他救过我们家老头子的命，那一年你大爷在这桥上摔了一跤，人家福哥二话不说，抱起他就放到车上，一口气拉到医院，要不然你大爷就把老命给送了，你大爷有心脏病你知道吗……"那大妈说了一阵，"哎，小伙子，我说话你听见了吗？"

　　马松说："我听着呢。"

　　大妈神秘兮兮地扯住他的袖子，说："我看你失魂落魄的，不是跟人家闹掰了吧？你跟大妈说实话，是不是跟那个姑娘在搞对象？我见到她了，也是失魂落魄的……"大妈手指着小石碑胡同："就先那会儿，我们几个老姐妹聊天，完了要去跳舞，就看那个姑娘过来了，朝那边，进了那家小饭馆……"

　　马松这时看那大妈的菊花头，简直漂亮极了，他连声说谢谢，然后拔腿就朝小石碑胡同奔去。

　　饭馆名字叫沓儿，在小胡同最僻静的拐角处，店里只有三张小桌，马松一步跨进去，就看见灯光下那个女孩独自坐在靠窗的桌前，一碟素什锦，凉拌黄瓜丁胡萝卜丁煮黄豆花生米，一碟麻豆腐，炸焦的干辣椒翘着尖角，她捏着一个小瓶的红星二锅头，脸色酡红，头半垂着，一只手撑着下巴。

　　那一刻他心里真有些百感交集，不知怎么就像见了久别的亲人似的，"刘月，刘月！"他叫道，

　　女孩醉眼惺忪地抬头，"干吗？你是谁？"

　　马松掏出粉壳手机，放到她面前，女孩愕然地看了一眼，一会儿似乎才明白过来，"我的？"

　　"哦，我想起来了，你是那个马松。"她看了看马松的赭色上衣，"那个

挂吊牌的帅哥？"她轻声地笑起来，柔顺的长发遮住了她半边脸，看不清她的眼神，但她的笑让马松心里有些难过，这个实际上很孤单的女孩。

"你是个好人。"她扬起头看着他，仍然微笑着，"你要不要坐下来喝一口？二锅头，北京人爱喝的小二，我今天也尝尝。"

她说着，将酒瓶凑到嘴边，仰起脖子就喝，可猛地呛了起来，一个劲咳嗽。"没有了，再来一瓶。"然后她朝前台那边叫着，过来一个姑娘，眼神看着马松。小瓶二锅头，才二两装，可她的样子一看就不会喝酒，马松说："不要了，她已经喝醉了。"

女孩辩白道："我没有喝醉！我知道你叫马松。马松，你怎么找我来了？哦，你给我送手机来了。谢谢你！真得谢谢你！可是……"她喃喃地说着，"这手机我不想要了，我不会再给任何人打电话，是的，不会再打……"她边说边推开面前的手机，突然眼泪汪汪，就像一个无助的孩子，眼神茫然地四下搜寻着。

马松顺着桌边坐下，说："刘月，你看着我。"他说，"那个，有一个叫张子全的给你来过电话。"

她像是没听见，又朝前台大声叫着："喂，我要的酒呢？快给我拿过来。"前台的姑娘送来一瓶小二，马松摁住酒瓶，说："刘月，你不能再喝了。"

女孩破涕为笑："刘月？原来你认识我？那好，你陪我喝一杯，我从来没喝过二锅头，今天得喝……"她抢过酒瓶，给马松倒了一小盅，然后高高地举起酒瓶，又仰起脖子，但嘴含着瓶口却迟迟未往下吞咽，然后一低头，噗的一口吐在了地上。

"太苦了。"她泪花闪闪地说，"一杯苦酒，太难喝了。"

马松从她手里拿过酒瓶，说："难喝就别喝了。"

她目光朝向窗外，马松也顺着她的目光看去。

夜色在什刹海是另一番景象，从这里可以看到水面的一角，闪烁的灯光倒映在波光摇动的水面上，黄的红的交织在一起，如梦如幻。女孩的脸也被窗外的彩灯映照着，眼里的泪花竟然也晶莹闪光。或许是酒精的缘故，忧伤并没有使她憔悴，反倒脸色红润，显得比白天好看得多。她像是在对马松说话，又像是在自言自语，"春天时，我们来过这里，满天的柳絮飞扬，我们租了一辆双人骑的自行车，在柳絮中穿行……夏天时，我们也来过这里，划船，还唱了歌，让我们荡起双桨，什刹海拍的电影，好听的歌……但这个秋天，他不再来了……"

她眼神空洞地看着马松，又像是穿过他，穿过他背后的墙，看着更远的什么地方，"他回来得一天比一天晚，话也越来越少，脸上的笑容像惊飞的鸟儿，再也不见踪影……后来，人也飞了。"

马松不觉笑起来，说，"你像是在作诗。"

她惊讶地扬起眉毛："你怎么知道？我告诉你一个秘密——"她假装神秘地放低声音说："他就是读了我的诗，才追着给我送鲜花的。"她得意地一笑，"他说我是才女，他的毕业论文都是我替他写的。可我不光是才女，还是他的厨女、侍女，我每天替他做饭煲汤、洗臭袜子，还替他生孩子……"

她上半截身子扑倒在桌上，头枕着胳膊，不知是哭了还是睡去，声音哽咽着越来越小，久久没有动静。

马松看了看窗外，惊讶地发现月亮不知什么时候升了起来，奇妙地跳过了什刹海繁密的灯光，无比皎洁地悬在半空，像一面明亮的镜子，一览无余地俯照着人间万千世相。他将刘月先倒给他的那杯酒一饮而尽，然后说，"我给你讲个故事好不好？"

也不管她是否在听，他说，"八年前，我有一个兄弟跟一个姑娘相好了，他们算是青梅竹马，他开始帮她挑水时，姑娘还没有水桶高，后来他们一起进城打工，姑娘没出过远门，一步不落地跟在他身后。他心疼她，从不让她干重活，除了给爹妈寄些钱，他挣的钱全都给她了，帮她的爹治病，还修了房。可就在我那兄弟盘算结婚办喜事的那个冬天，姑娘却一声不响地跟人去了东莞，再也不接他的电话。过了很久之后，她托人带信来，说她已经嫁了人，嫁给了一个有钱的老板。"

她突然抬起头，嘴里含糊地说，"这样的事情太多了，不好听。"

"我还没讲完呢。"马松说，"我那兄弟很伤心，觉得活着真没什么意思。"

"我同意。"她说，"是没什么意思。"

"你别打断我。"马松说，"他想四处走走，然后一死了之。一张火车票坐到了北京，他逛遍北京城，有一天到了什刹海，看见一个没有双臂的人坐在地上写字。大冷的天，那人用右脚指头夹着毛笔，左脚摁着纸，写出一笔漂亮的书法，写好一张旁边一个女人就帮他收起来，路过的人如果想要，就往一个小纸盒里放下些钱拿了去。那天刮风，吹得纸乱卷，我那兄弟站在那里看着，就蹲下来帮他摁住纸，很奇怪，摁了一会儿就不觉得风大了，身上也暖和起来。"

"那后来呢？"她问，"你那兄弟怎么样了？"

马松说："那个无臂人说，谢谢兄弟，这里有我老婆就行了，你忙你自己的事去吧，你还有好多的事要做。听他这一说，我那弟突然觉得是有好些事情等着他。他买了当天的火车票，回到老家的深山里挖了三口鱼塘，养了名贵的观赏鱼。锦鲤，大正三色、金松叶、银松叶，丹顶锦鲤，好多种。那些鱼儿对水的质量要求非常高，只有生态好的山水才能活，他的家乡就有好山水，他吃了很多苦，但一年之后他的鱼儿卖到了深圳、香港，还有东莞、中山一带，他成立了一个养殖公司，鱼塘从三口变成十口、二十口，几年下来他挣了很多的钱，成了家乡有名的富翁。"

她听得有些入神，说，"你应该去找你这个兄弟，跟他一起干，何必在这里拉三轮？"

马松叹了口气，"可他现在也到了北京。"

他把那小瓶二锅头拿到自己面前，在掌心里搓弄着："他想在这里找一个人。半年前他听说，那个他看着长大的姑娘嫁的并不是有钱人，而是一个人贩子，他把她卖到了北方，她得了很重的病。"马松说着，将那瓶小二举起来一下倒进了喉咙，比起炮弹似的大水杯，这点酒只是润了口舌，但他却也像她刚才呛了似的剧烈咳嗽起来。

她扯过一张纸巾递到他手里，说："你怎么哭了？"

"怎么会？"马松说。他面前的这个女孩像是一时忘了自己的忧伤，问："那，你那兄弟找到她了吗？"

"没有。"马松摇头，"一晃半年过去了，幸亏他成立了公司，他把鱼塘交给了公司的副总，他来到北京，一直在人最多的地方转悠。那姑娘曾说过，人生最大的梦想就是来北京看一看故宫长城，还有什刹海。他想，说不定哪一天就会碰见她，如果能找到她，哪怕她只有一口气，他也要把她带回家乡去，给她治病，教她养鱼，养那些好看的鱼……"

女孩站起来，走到他身边，说："这回你真的哭了。"她笨拙地用纸巾帮他擦着眼角，这个好心的女孩。马松轻轻拉住她的手，然后放下，说："其实，他没过多久就知道了。"

"知道什么？"女孩急切地问。

马松幽幽地说："她早就不在了。"女孩怔了一下，"啊？这样啊？"

"她在南方就已经不在了。"他说，"她根本没来过北京，更没有来过什刹海。……可她明明说过，她这辈子一定要来的。所以，他仍然在这里待了好几个月，每天绕着什刹海转呀转呀，他帮她看遍了风景。"

"我明白了。"女孩若有所思地说。

"你明白什么？"

"那个兄弟就是你。你说的是你自己的故事。"

马松不置可否。他说，"有一天，有位叫福哥的老北京人给他讲了一个段子，有位老人对他的孩子说：攥紧你的拳头，告诉我什么感觉？孩子攥紧拳头，说有些累。老人说，试着再用些力。孩子说更累了，憋气。老人说那你放开它。孩子长出一气，轻松多了。老人说，你攥得越紧当然就会越累，放了它，就释然了。"

女孩静静地听马松说完。

他们沉默了好一阵，女孩说，"哎，我们是不是该走了？"

马松说，"走吧。"

他向前台招手，然后掏出一张百元钞票，"我估计你这点儿菜，够了吧？"女孩说："我自己买单。"马松抖了抖票子，"这就是你的钱。"女孩想想，笑起来。

俩人走出小店，凉风迎面扑来，女孩打了个喷嚏，说："你的三轮呢？你那床小花毯真暖和。"

马松说："已经交车库了。什刹海的三轮到5点就得交车。"

走出小石碑胡同，就上了银锭桥，女孩似乎还带着些许醉意，一会儿抬头看月亮，一会儿又扑到桥栏杆上探头看水，马松说，"刘月，你别磕着了。"女孩回身站定，久久地看着他。月光真亮，就连脸上的汗毛似乎都能看得清，"没有人这么跟我说话。"她有些感伤地说。

"昨天夜里我还在想银锭桥那个传说，要是手拉手一起过桥的情人，一辈子就不会分离。可我跟他来过那么多次，却一次都没有牵过手，所以我给他发短信，让他无论如何今天来一趟银锭桥。可是我真傻，明明知道他是不会来的。"

"不过，我再也不会那么傻了。"女孩说。夜已经有些深了，桥上行人渐渐稀少，但沿海的酒吧仍然灯火辉煌，一个歌手沙哑的声音唱着：

…………

穿越人海在你耳边轻轻说爱别走远
一阵阵秋风吹着脸，天有些凉了

…………

　　"现在好了，让我像鸟儿一样飞过银锭桥吧。"女孩张开双臂，做出飞翔的姿态，踵踵几步险些歪倒，马松一步上前扶住，他攥住她瘦瘦的小手，上午那会儿冰凉的，这会儿却像一块小火炭。

　　她在他的怀抱里抬起头，披落的黑发掠到耳边，清亮的月光下，女孩的脸干净得像刚落下的白雪。马松说，"你的家是贵州吗？离我的家乡不远。"

　　"你好像认识我很久了。"女孩说。

　　马松说："好像是。"

　　女孩汹涌地哭起来。他紧紧地握住她的手，说："刘月，你看那边。"

　　远远的，月亮下的西山倩影雄健而又曼妙，无限沉着地长卧于天地之间，什刹海的波光似乎正在涌向那突起的山峦，细碎的涟漪诉说着人间无数的话语。他们站在桥上，就那样一直看着远方。

附　　录